A MALDIÇÃO DA LUZ

A MALDIÇÃO DA LUZ

LIVRO UM DA *SAGA IMORTAL*

K. M. RINALDI

2018

1ª Edição

PandorgA

PANDORGA EDITORA E PRODUTORA

Todos os direitos reservados
Copyright © 2018 by Editora Pandorga

Direção Editorial
Silvia Vasconcelos
Produção Editorial
Equipe Editora Pandorga
Preparação
Larissa Franco
Revisão
Aline Graça
Júlia Medina
Projeto gráfico e diagramação
Aline Martins | Sem Serifa
Composição de capa
Marcus Pallas

Texto de acordo com as normas do Novo Acordo Ortográfico da Língua Portuguesa
(Decreto Legislativo nº 54, de 1995)

Dados Internacionais de Catalogação na Publicação (CIP)
Bibliotecária responsável: Aline Graziele Benitez CRB-1/3129

R879m Rinaldi, Karina
1.ed.   A maldição da luz / Karina Rinaldi. – 1.ed. – São Paulo:
        Pandorga, 2018.
        320 p.; il.; 16 × 23

        ISBN 978-85-8442-338-5

        1. Literatura brasileira. 2. Romance. 3. Aventura.
        I. Título.

CDD 869.93

Índice para catálogo sistemático:
1. Literatura brasileira: romance   2. Aventura

2018
IMPRESSO NO BRASIL
PRINTED IN BRAZIL
DIREITOS CEDIDOS PARA ESTA EDIÇÃO À
EDITORA PANDORGA
Rodovia Raposo Tavares, km 22
CEP: 06709015 – Lageadinho – Cotia – SP
Tel. (11) 4612-6404
www.editorapandorga.com.br

PRÓLOGO

Tudo começou com um par de olhos se abrindo.

Depois de uma noite sombria, uma tempestade de tragédias e de uma mão deslizar sobre seu rosto dissolvendo-se em silêncio, ela conseguiu sentir a imortalidade circular em suas veias, e desde então sentiu a regeneração e a juventude fazer parte de seu corpo. Sua vida imortal desgastada, cheia de emoções conhecidas e na qual coisas novas apareciam raramente, começou com um simples toque.

Viveu em um vilarejo entre neve, montanhas e guerreiros e viu o tempo passar. Viveu em navios, colônias, metrópoles e viu o tempo passar mais uma vez. Em um piscar de olhos, a imortal sentiu o mundo ir para uma só direção.

Sabia-se que a imortal tivera dois nomes, se tivera mais ou se ainda teria mais um, ela nunca se importara. A imortal era apenas mais uma pessoa entre milhares, podia se transformar com o povo ou podia regressar com os seus pensamentos, mas continuava tendo uma essência.

A humanidade fazia parte dela. Mesmo triste, sozinha e sem nenhuma alma por perto, continuava com seu jeito único de ser e de viver.

A imortal viveu milhões de momentos, passou por sensações e emoções que um mortal nunca cogitaria existir e conheceu, também, milhões de pessoas. Vivia levada pelo destino tal qual um rio seguindo seu caminho, até conhecer alguém que lhe deixou um embaraço maior, um mistério, uma linha em branco. Ele era diferente, simples assim.

Nunca poderia se esquecer da primeira vez que o viu. Na verdade, foi ele quem sentiu seu coração palpitar. Nunca poderia se esquecer da primeira vez que ele entrou em uma luta sem saber se iria esperá-la no além da vida. Nunca poderia se esquecer do que ela disse quando teve a chance de chamá-lo de volta.

Com essa pessoa, a imortal viveu por algum tempo, conhecendo o mundo através de seu olhar. Até que sua própria vida imortal teve de ser concluída em um desfecho. Neste fim, aquela pessoa especial soube que uma parte sua seria levada. Eram unidos como almas iguais, mas tiveram de ser separados por razões incompreensíveis. A imortal não estava ciente, mas teve de passar por mais outra metamorfose, teria que se transformar em outra coisa e continuar o ciclo – o ciclo tão imortal quanto ela.

Antes de se transformar e retornar ao momento em que a imortalidade fora concebida, ela foi até o além do além e olhou para o passado daquele lugar. De lá, percebeu que viveu uma vida completa, em que não havia somente ela naquele ciclo, ela viu que mais personagens em sua história estavam entrelaçados como nós em uma corda infinita. Eles eram cruciais naquele ciclo, assim como ela foi uma vez, nesta vez e nas muitas vezes que se seguirão.

A imortal foi única na Terra, ela tinha certeza. Por causa disso, algumas paredes em sua volta foram construídas. As paredes, às vezes, eram muitas; outras vezes eram poucas, mas sempre aqueles que podiam atravessá-las eram conhecidos por serem os seus amigos mais especiais.

Até certo ponto, a imortal nunca havia vivenciado tamanha perda ou medo da própria civilização com a qual convivera. O pavor que sentiu quando mais uma guerra mundial foi declarada começou numa manhã. Com aquela guerra, o ciclo se concretizaria, sua existência se entrelaçaria com a de outras pessoas, dando um aspecto escultural à história. A imortal foi a responsável pelo prefácio daquele ciclo e, mesmo sem perceber, se tornou uma alavanca para o mundo que iria surgir depois dessa guerra.

CAPÍTULO 1
A MORTE

Seus amigos estavam em roda, rezando para que a humanidade parasse de fazer história outra vez. A imortal não seria atingida pela guerra – seu corpo e sua existência continuariam –, mas aqueles amigos eram mortais e ela não queria vê-los deixarem esse mundo.

A cidade onde estavam – diferentemente daquela onde ela abriu seus olhos pela primeira vez – chamava-se Horring. Os prédios eram como enormes colunas prateadas estendidas até onde seus olhos azuis não podiam mais alcançar. Uma metrópole desenvolvida que se tornara alvo com aquele confronto. Os civis tinham o desprazer de não poderem fugir do ataque iminente, já que as guerrilhas da Última Guerra aconteciam nas redondezas, fazendo com que nenhum lugar daquele império fosse seguro.

Para a imortal, aquele grupo de pessoas era composto por amigos verdadeiros. Eles faziam-na se recordar do quão preciosos são os amigos de verdade. Dizia-se que estes podiam ser contados com os dedos. Entretanto, ela precisaria de pelo menos três páginas e muita tinta para escrever os nomes daqueles que foram eternizados em sua mente.

Além dos mortais da Terra e de seus amigos daquele tempo, a imortal conhecia uma criatura misteriosa, um ser envolto em penas negras, que fora o responsável pelo despertar de sua imortalidade. Ela o considerava seu criador e protetor e o chamava de *anjo negro*, o ser que a salvava das piores situações, seu guardião. O *anjo negro* costumava surgir com as asas abertas e a aura de poder emanando de si. Quando se via em uma situação semelhante à morte ou em que sua regeneração não seria útil, o *anjo negro* aparecia para livrá-la da dor. A imortal o amava e sabia que ele sentia algo parecido em reciprocidade. Ela recordava-se das inúmeras vezes em que ele a levara para longe do sofrimento. Apesar de toda a bênção, o *anjo negro* salvava somente a imortal e nunca havia tocado em nenhum outro ser humano.

Mesmo que o seu guardião nunca tivesse salvado outros inocentes de situações extremas, a imortal o perdoava. E, além de tudo, sentia que compartilhava com o ser aquela sensação de viver uma vida que parecia ser infindável. Sabia que o *anjo negro* era como ela.

Embora a aparência da imortal fosse jovem, ela tinha cabelos brancos, memórias e experiências que mais ninguém, em nenhum lugar, poderia ter. Chamava-se, naquela Era, Isabel e, por ser tão diferente, chamava a atenção das pessoas ao seu redor.

A declaração de guerra partiu do ambicioso conquistador de Horring e de outras regiões, e fora um impulso para muitos conflitos pelo mundo. Isabel, antes de a cidade se tornar sitiada, costumava espalhar a ideia de que o fim daquela Era seria em breve. Sua vidência se iniciou com o medo da guerra. A imortal e um de seus amigos costumavam pregar nas ruas que outra Era nasceria com um único, vasto e poderoso Império.

A roda de amigos foi formada quando a notícia de que o inimigo vencia na região se espalhou pelos meios de comunicação. Havia um labirinto de estantes de livros entre eles, bem como mesas de madeira e candelabros, tudo muito antiquado em comparação ao cenário do lado de fora. A janela proporcionava uma vista utópica com carros voadores e *outdoors* coloridos. Um androide organizava os livros das estantes, calado e alheio às transmissões desesperadoras dos telões do lado de fora.

A biblioteca do grupo, um espaço de lazer em um dos cem andares daquele prédio, estava afastada da ampla e aconchegante tecnologia que irradiou por todo o mundo. A quietude era difícil de perdurar fora dela, já que a aflição e a preocupação estavam no cerne da cidade.

Isabel estava tensa. Uma guerra foi declarada mais uma vez e a cidade poderia servir como uma permuta de poderes se fosse tomada como espólio ou destruída por completo. Horring tornou-se uma ilha isolada, o destino do povo estava nas mãos de uma potência inimiga.

Os nomes dos impérios e dos territórios tomados na Última Guerra provinham dos nomes e sobrenomes de seus conquistadores. Isabel e uma das amigas previram um só Império, então, a imortal poderia se preparar para muitos mais acontecimentos até lá. Mas, infelizmente, a mortal não ficaria viva para saber que estava certa.

Enquanto o sol afastava-se cada vez mais do centro do céu, os cidadãos de Horring foram atualizados de que todo o exército que protegia a região fora massacrado. E, então, quando transmitiram a imagem de um míssil sendo armado em um avião em uma pista de pouso, longe de Horring, os amigos da imortal ficaram em choque. Entretanto, agiam de forma calma e suas vozes soavam firmes quando, enfim, pediram que a imortal saísse do prédio para que ela não os visse morrendo.

Lágrimas e palavras de esperança haviam preenchido a biblioteca.

Depois de se despedir, a última coisa que Isabel viu entre aquelas velhas estantes foi o robô humanoide continuar com o seu trabalho, como se nada estivesse prestes a acontecer. A imortal não olhou para trás pela segunda vez antes da porta se fechar, pois sabia que seria muito doloroso ver os amigos naquela situação. Respirou fundo e tentou lembrar-se deles vivos e felizes, e não assustados e cientes da iminência da morte.

Isabel desceu a escadaria do prédio e notou os apartamentos com portas escancaradas. Viu os vizinhos despedindo-se e ouviu gritos de pânico de moradores amarrando tralhas para tentarem fugir da explosão, mesmo sabendo que seria uma tentativa inútil.

A imortal se sentou nos primeiros degraus do pátio e ficou tentando conversar com o seu *anjo negro*, pedindo-lhe para que, desta vez, não salvasse somente ela da explosão, mas, sim, todos aqueles mortais também. Porém, suas preces não se mostraram ouvidas.

O *anjo negro* vivia em um lugar distante. Ouvia sua protegida, mesmo em meio ao caos daquele instante e sabia que não tinha poderes para poupá-la da guerra em Horring.

Dessa vez, a imortal não seria salva.

* *

Quando chegou ao lado de fora, percebeu um barulho fino ecoando pela cidade tumultuada. Inúmeros aviões voavam alto entre os edifícios. Isabel parou entre as pessoas do tumulto e mirou o céu, protegendo os olhos do sol. Assim que os aviões passaram, foi possível ver o objeto prateado deixado por um deles. Era uma ogiva que começou a despencar no meio do azul-celeste.

Todos nas ruas perceberam que estavam condenados. Isabel constatou que teria sido melhor se ninguém tivesse sabido do ataque inimigo. Então, ela deixou de fitar a ogiva e olhou no fundo dos olhos de todos à sua volta. Vendo o semblante dos que estavam ali, Isabel conheceu um pânico contido que nunca havia conhecido em sua vida imortal.

Fecharam os olhos e esperaram pelo impacto.

Não houve explosão, mas, sim, uma onda elétrica que alcançou todos com um pulso invisível. Foi o suficiente para atingi-los com uma rede de energia fatal. Isabel sentiu uma ardência em seu corpo conforme a força elétrica a alcançava. Um choque a atravessou causando chiados como se uma torrente de água estivesse permeando os seus ouvidos; ela tentou gritar, mas sua mandíbula travou a ponto dos dentes quase se quebrarem. Tudo foi coberto por um clarão que a cegou antes de fazê-la desmaiar.

As pessoas sentiram o choque e seus corações pararam no mesmo instante. O pulso elétrico apaziguou-se nas bordas da cidade, mas matou todos em um segundo, deixando as construções intactas.

Isabel abriu os olhos e começou a se desvencilhar dos corpos que estavam em cima dela. O sol batia rubro no horizonte, pintando os contornos com a luz. A imortal se pôs em pé, com o sangue voltando a percorrer as veias e o corpo se recuperando. Os cabelos continuavam brancos e brilhantes e esvoaçavam com um vento mórbido; os olhos estavam cansados e deprimidos.

Dezenas de milhares... todos estavam deitados no chão como se estivessem dormindo. A imortal reconheceu o cheiro de queimado e sentiu mais uma ardência, só que em seus olhos.

— Maldição! — Seu grito ecoou por todo o horizonte.

Horring agora consistia em uma cidade morta. Pessoas jaziam abraçadas no meio da rua, e ela era a única de pé.

Mas Isabel caiu de joelhos, colocou as mãos no rosto e lamentou-se. Sentia um silêncio profundo como nunca sentira antes. Parecia que o mundo inteiro havia sido destruído pelo pulso elétrico, e não somente aquela cidade condenada. Era a primeira vez que estava no alvo de um ataque tão cruel. Era a primeira vez que perdia seus amigos em uma explosão tão singular. Ela olhou para o edifício prateado da biblioteca onde estavam, sabendo que os encontraria como aqueles ao seu redor, uma rede de pessoas.

Sua vida nunca parava, então a imortal precisava escolher um caminho para prosseguir. Não podia ficar ali para sempre, mas também não podia criar raízes em lugar nenhum. Mesmo que o destino tivesse sido cruel com ela e com os outros, Isabel sabia que não podia fazer nada para reverter a situação. E o *anjo negro*, onde ele estava?

Caminhou por avenidas tentando não olhar nos olhos abertos dos cadáveres, mas não conseguiu evitar enquanto atravessava a multidão estendida nas ruas e calçadas. Pessoas de diversos tipos pareciam dormir, enquanto algumas outras pareciam fitar o vazio, a luz dos olhos vidrados se esvaía. Conforme se afastava do centro de Horring, o coração de Isabel apertava cada vez mais em seu peito, traumatizando-a. Era uma experiência dolorosa demais para suportar. Não conseguindo se segurar, Isabel começou a chorar em silêncio.

Enquanto passava pelo lugar assolado, em meio aos corpos ainda tomados pela eletricidade trucidante, uma criatura endoplasmática surgiu entre as sombras. Um fio negro voou pelas laterais de seu caminho, observando-a com cautela. Uma fumaça que flutuava com calma, podendo aumentar sua velocidade e deslizar entre as coisas pelo ar como um peixe de energia negra. Havia saído de uma fissura que surgiu no chão onde a luz não tocava. Estava atrás de Isabel, mantendo-se por perto, passando rapidamente entre os carros.

A imortal sentiu um frio que eriçou os pelos da nuca. O frio que a criatura carregava consigo. *Não é o meu anjo negro*, ela pensou, pois seu *anjo* transmitia calor. Aquilo que a perseguia era outra criatura. Parou de andar, franzindo o cenho com uma repugnância crescente estampada no rosto.

— Você! Você de novo?! — gritou Isabel. Sua voz ressoou por entre os prédios atingidos pela eletricidade. — Isso é tudo culpa sua!

— Não é minha culpa se os humanos são tão destrutivos.

A voz do fantasma de energia negra ressoava em um tom baixo e penetrante. Era uma voz feminina composta por outras semelhantes, embora todas fossem turvas, como se ecoassem em um canal metálico, retumbavam rangidos de desespero, de terror, de alegria e também de medo.

Isabel continuou olhando à sua volta à procura da criatura.

— Eu sei que você está aí! Apareça e me enfrente!

Era possível sentir o seu medo, mesmo ofuscado pelas palavras valentes.

Subitamente, a sombra negra se revelou, voando com rapidez entre os postes das ruas cobertas por cadáveres. A criatura era ágil e evitava a luz como se fosse tóxica, corria somente pelas sombras, deslizando como o vento. Pousou no chão, como uma esfera gasosa e foi criando uma forma.

— Hoje, você levou tanta gente... — queixou-se Isabel, no lado iluminado da rua. Seus olhos ainda queimavam, transbordando.

A fumaça causava certa morbidez ao ambiente, tornando as sombras mais sombrias e fazendo os musgos e a ferrugem crescerem rapidamente. Um cheiro putrefato tomou conta do ar, alcançando Isabel.

Aquilo tomou uma forma definida. Alguém, de forma vagarosa, tomou controle das suas mãos que se formavam no ar, mãos de puro osso, sem nenhuma carne, nem pele. O rosto foi sobressaindo, estava escondido pelo manto negro formado de sombras, e a fumaça ainda a rodeava. O capuz se formava e escondia os olhos escuros e sombrios. O rosto era uma caveira imóvel e os dentes estavam pressionados uns nos outros. Os pés apareceram flutuando e, assim como as mãos, eram compostos apenas por ossos velhos e manchados. Era um ser formado por um esqueleto, mas seus olhos e em volta deles, até o começo do nariz e sobrancelhas, eram humanos e femininos.

— Isabel — disse a voz feminina, que ainda ecoava dentre outras vozes e saía do manto. Entretanto, a boca de ossos não se movia e o olhar continuava sem expressão.

— Eu... eu a culpei. Só que, pensando melhor, você não tem nada a ver com as calamidades que os humanos fazem — Isabel declarou, e enxugou suas lágrimas que não paravam de escorrer.

O ser permaneceu em silêncio. Ela continou:

— Estou cansada de perder pessoas, cansada de continuar seguindo um caminho infinito até chegar a outro lugar com novas pessoas, para então perder tudo novamente.

Horring fora condenada e virou um cemitério a céu aberto. A imortal nunca havia visto algo tão cruel acontecer.

— Sei que é injusto.

— *Morte*. Você só aparece quando há morte — afirmou Isabel. — De onde você veio?

— Não há palavras para explicar e, mesmo se tais palavras existissem, você não as entenderia. Isabel, você é a única que me vê, pois nunca terá sua alma ceifada. Poderá entrar em um eterno descanso, mas sua alma... sua alma vai além da imortalidade.

A imortal sentiu um frio, acompanhado de medo, galgar sua espinha. Tinha medo de morrer, mas o medo de viver até o fim dos tempos era muito maior. Isabel não pretendia continuar viva para ver o universo se transformando num grão de areia prestes a implodir novamente. Não queria estar viva até a própria existência se tornar um vazio profundo.

— Não quero viver para sempre — confessou. — Não quero ver uma matança acontecendo mais uma vez. É horrível demais para suportar.

Seus olhos não conseguiam fugir dos mortos estendidos pelas ruas. O coração palpitava no peito, cheio de sentimentos tristes e amargos reprimidos.

— Seus sentidos seriam bloqueados e seu corpo não teria mais forma — a criatura de fumaça disse. — Mas sua alma continuaria existindo.

— Leve-me — a imortal pediu.

Não sabia se seria o melhor. Ela estava traumatizada demais com aquela tragédia e queria acabar com sua dor, portanto, não conseguia enxergar o lado ruim daquela decisão.

— Saiba que um dia lá dentro, nunca mais poderá voltar. — A Morte estendeu sua mão óssea.

— Não tenho medo do outro lado.

Isabel ergueu a sua para tocá-la. Um portal se abriu atrás do esqueleto. Escuro como ônix, assim como os olhos e a fumaça da criatura. Isabel respirou fundo, querendo tomar coragem.

— Então venha — chamou o ser. — Venha comigo para o outro lado.

Isabel foi caminhando vagarosamente em direção à Morte com a mão estendida, pronta para ser levada. Seu coração estava rendido e não queria continuar naquele mundo de calamidades humanas. Não queria mais se recordar dos olhos vidrados das vítimas de Horring.

Sua mente conflituosa e traumatizada deu espaço ao coração. A emoção sobrepôs a racionalidade. Isabel sabia das consequências e não se importava.

Entretanto, algo surgiu e a impediu de morrer.

Seu *anjo negro* veio tardiamente. E dessa vez, Isabel foi realmente salva.

* * *

A imortal viu o mundo anoitecer sentada no meio do deserto.

As estrelas foram surgindo e uma entre milhares começou a se mover com o passar do tempo. Isabel percebeu que olhava para um planeta que subia até a mancha da Via Láctea ao encontro das outras estrelas mais brilhantes.

Ela viu os feixes de azul-índigo sumirem com o negrume do céu. O mar sideral fazia o horizonte de terra tornar-se prateado, e era possível enxergar até mesmo os desfiladeiros do outro lado. Horring estava lá atrás, a cidade morta jazia ainda com suas luzes acesas. A imortal andara alguns quilômetros e não pretendia retornar.

Durante a madrugada, o barulho de grilos e da brisa se misturava. Isabel descansou na areia e voltou os olhos para cima, olhando para os flocos de luzes que a iluminavam. A imortalidade não a permitia dormir, sua mente nunca adormecia, somente se fosse à força; já sua fome e sede continuavam como se ainda fosse mortal.

Mesmo com as roupas em trapos e o corpo sujo de terra, seus olhos continuavam azuis, vivos e limpos. Eram duas piscinas que costumavam lembrar eletricidade, gelo e céu. Esbanjavam uma sensação instigante que até os mortais conseguiam perceber. Diziam que era como se uma alma antiga estivesse aprisionada neles.

Isabel costumava reprimir seus sentimentos, mas, naquele momento, estava tão aturdida que era impossível suas emoções não estarem estampadas em seu semblante. Porém, cuidou para que não soltasse nenhum suspiro de lamento. Fechou os olhos e ficou ali, deitada, até a manhã chegar, para depois andar... até se passarem dias e dias e o Império se formar, assim como previu com a sua falecida amiga.

CAPÍTULO 2
O MATRIMÔNIO

Sem perceber, Isabel foi mais do que uma imortal desde a Última Guerra. Ela se tornou alguém mais presente naquilo que a humanidade tratou de chamar trivialmente de *topo do mundo*, o lugar dos soberanos do Império, uma antiga metáfora que significava força e supremacia. Isabel abandonou seu nome e deu lugar a um novo que lembrava, para ela, brilho e silêncio. Tornou-se, a partir dessa mudança, uma tradicional fonte de confiança e conselhos para o Império. Durante muito tempo, foi um oráculo aclamado, e as pessoas à sua volta passaram gerações seguindo sua sabedoria. Entretanto, com o passar dos anos, a tradição de seguir os seus conselhos se esvaiu, deixando-a com uma função menos significativa para o topo do mundo.

Estavam no ano de 1183 d.I, ou seja, 1183 depois dos Impactos. Os Impactos foram eventos que aconteceram muitos anos após a Última Guerra, que foi quando o Império se formou. Ambos deixaram muitas marcas no mundo. Foi após os Impactos que a contagem de anos recomeçou. Isabel se via em um tempo que jamais pensou que a humanidade poderia alcançar. Estava em uma *Era* distante daquilo que os humanos costumavam imaginar como seria. Isabel tornou-se a oráculo, e agora, servia o Império no futuro do futuro do futuro da guerra que havia tornado Horring um túmulo aberto.

O Imperador daquele tempo era descendente dos primeiros que carregavam o nome de Hideria, o conquistador, e dos primeiros da vasta família Cromdha. Era o homem mais poderoso do mundo, mas, depois de tantos séculos naquela era pacífica nas plataformas, a concepção de poder era simplesmente exercer os seus deveres com a sua Nação e continuar com a soberania dela sobre as demais.

O palácio de Hideria – um território repleto de conjuntos habitacionais, complexos políticos, locais de lazer e jardins – era próspero, cheio de vida e cores, e chamado de Saturni assim como o homem que o fundou.

Isabel, os Cromdha e os não-Cromdha daquela geração viviam em meio à prosperidade que seus antepassados haviam alcançado no passado. Mas no meio dos nobres da Primeira Nação, daquelas torres e saguões requintados, havia sempre o lado ruim, uma escuridão e uma pessoa envolta em trevas, e Isabel o conhecia.

Ela viveu uma fase cercada por paredes que a separavam de afeto e sentimentos humanos. Com o dom que só ela tinha, foram semeadas algumas discórdias. Conseguia ver um fragmento do futuro ao concentrar-se, e esse dom foi o que a fez se tornar a Oráculo das 10 Nações desde o surgimento do Império, no que eles chamavam de plataformas.

O Imperador, uma dessas fontes de negatividade de Saturni, a mantinha por perto devido à cerimônia que se aproximava. Seu filho mais velho iria se casar e a imortal era escolhida para unir os pares nas cerimônias mais importantes.

O herdeiro chamava-se Vidar, tinha a pele pálida e cabelos loiros. Era um *deletis* – termo que designava aqueles que tinham características físicas peculiares. Os *deletis* podiam ter olhos roxos, cabelos verdes ou algum tom de pele incomum, e isso poderia abranger até mesmo animais e plantas. Vidar se diferenciava pela cor dos cabelos e pelos olhos claros e enigmáticos.

Ele tinha dezoito anos, assim como sua noiva. O Pai foi quem arranjou o casamento seguindo as leis antigas que regiam tudo e todos em Saturni e Império afora. Ele ainda não havia contado ao filho, mas a chegada da prometida tornava a união iminente. Ninte era o nome da noiva. Ela tinha uma sobrinha somente um ano mais nova, e por isso, as duas eram tidas como primas.

A cor dos olhos de Vidar brilhava mais do que o normal, confirmando sua característica *deletis*. Sobretudo, tinha o olhar frio e um jeito misterioso. Sua vida consistia em tragédias das quais nem ele se recordava. Um acidente, muitas vítimas, poderes que iam além da compreensão e uma lavagem cerebral que tirou suas memórias. Vidar lembrava-se somente de metade de sua infância, como se tivesse nascido aos cinco anos de idade.

O herdeiro tinha feições admiráveis e perfeitas. Suas sobrancelhas eram pretas, apesar dos cabelos claros. Vidar não tinha herdado muito do Pai, o

Imperador Dorick XX, cujos cabelos estavam se tornando grisalhos e passara a mancar, embora as pessoas mais velhas e a imortal achassem os dois parecidos, ainda mais ao comparar o Imperador quando mais novo.

O senhor Pai de Vidar, diferentemente do filho, tinha cabelos negros com mechas grisalhas nas têmporas. Tinha barba, nariz fino, que parecia uma seta, e se vestia com pesados trajes vermelhos e brocados. Assim como nos tempos antigos, os aristocratas vestiam com o melhor.

Vidar e Dorick XX passavam pelo túnel feito de wistérias vermelhas, caminhando direção ao pátio onde as naves pousavam em Saturni. A imortal, com um capuz, prosseguia em silêncio atrás dos dois.

Conforme se aproximavam do pátio de pedras, uma nave pousava de modo silencioso. Os dois pararam de andar e esperaram a nave abrir o seu compartimento.

— Faz tanto tempo que não as vejo — declarou Vidar com seriedade. — Creio que você quer arranjar um casamento entre mim e uma das Oborun. Obviamente Ninte, já que a outra possui o sobrenome Cromdha.

A rampa desceu e a porta se abriu. Da nave de Stemonova saíram duas mulheres elegantes, ambas com cabelos azuis. Uma foi quase correndo em direção aos dois, com um sorriso largo enquanto descia; a outra preferiu observar de longe, como uma pessoa tímida faria, e permaneceu em cima da rampa. A que ficou para trás era Natasha, a prima com quem Vidar tivera mais contato quando era mais novo.

A imortal recordou-se dos dias em que Natasha ia com Vidar explorar o território de Saturni como dois desbravadores. Mas, agora, estavam crescidos e a imortal acompanhou toda aquela trajetória. Vidar e Ninte eram um ano mais velhos que Natasha. Os três eram jovens, tão jovens, porém herdeiros de muita riqueza.

— Ninte — disse Dorick XX ao vê-la.

Ela segurou a barra da saia e fez uma reverência ao supremo soberano. Seus cabelos extremamente lisos e azulados chamavam a atenção, caindo ligeiramente sobre as costas e rosto como um fino véu. Eles contrastavam com as roupas brancas que usava.

— Majestade, Alteza. — Ninte fez uma cordial reverência ao Imperador e ao herdeiro.

A parente de Ninte, Natasha Oborun, costumava usar tons de roupas mais escuros e era bem mais reservada e discreta do que a prima. Seus cabelos azuis cacheados também chamavam a atenção e eram sempre mantidos da mesma forma desde quando era criança. Natasha tinha dezessete anos e também foi posta sob um acordo matrimonial promovido pela mãe. Faltava um ano para ter um prometido de Stemonova e casar-se, assim como Ninte.

A imortal percebeu que a jovem olhava para Vidar veementemente.

Natasha pensava em como ele mudara de forma tão repentina, e se lembrou da época em que caminhavam pelos lugares afastados do palácio, explorando a propriedade e brincando nas outras escalas. Mas aquela época se fora havia mais de dez anos, tornando-se apenas uma memória distante.

— Natasha, você não vem? — o Imperador quis saber.

— Desculpe-me. — Ela foi em direção aos três e fez uma mesura menos polida. — Majestade, Alteza.

A imortal também fez um aceno com a cabeça em resposta à mesura.

— Oráculo. — Natasha não se permitiu lançar nem um breve olhar para a imortal e o Imperador, mas olhou para Vidar com um soslaio hesitante.

Natasha tinha o queixo pequeno, nariz e lábios finos. Suas maçãs do rosto eram rosadas e com pintas, o olhar sempre vago, porém, naquele instante, seu olhar estava preso num canto e seus pensamentos presos em Vidar.

Na rampa da nave apareceram mais duas pessoas e alguns serviçais carregando malas e presentes. Uma mulher mais velha desceu a rampa. Era a chanceler de Stemonova, a Nação da família que visitava Saturni.

A chanceler possuía detalhes prateados no seu vestido, similares a uma armadura amarrada com faixas de seda. Ela, a mais importante entre os visitantes, usava uma coroa que se assemelhava a pequenos flocos de neve de prata. Seu nome era Vasla Rochman Oborun, Ninte era sua irmã mais nova.

Havia um homem que também descia a rampa junto à Vasla. Suas vestes eram menos formais, usava um sobretudo acima do que parecia uma farda e era mais velho que Natasha.

— Vasla, há quanto tempo! Por que dispensou todas as cerimônias? Nem mesmo quis a recepção da corte — comentou Dorick XX à chanceler.

Embora não fosse nem um pouco parecida com Natasha, a chanceler Vasla era sua mãe.

— Não precisamos de tanta formalidade, meu amigo Forceni — respondeu ela chamando o seu supremo pelo nome verdadeiro.

Eles deram os braços para caminhar pelo túnel, mas o Imperador viu algo que queria saber:

— Quem é este rapaz?

— Chama-se Iven Pavarde. É comprometido com Natasha — respondeu a chanceler Oborun.

O Imperador entendeu a rápida resposta e virou-se para Vidar de relance, em busca de alguma reação à breve notícia, entretanto, o rapaz não pareceu se importar, como se não sentisse nada pela garota e apenas continuou a caminhar com a chanceler e a Oráculo.

Iven era um homem de expressão séria, tão séria e fria quanto a de Vidar. Era jovem, tinha corte militar — cabelo raspado nas laterais — e uma barba grande e espessa, dando o aspecto de mais velho e experiente.

Foram o Imperador, a chanceler, o herdeiro, Natasha, Ninte e o jovem comprometido. A Oráculo prosseguiu atrás de todos, observando Natasha e Vidar.

A imortal captou um breve olhar entre eles. Sabia que estava carregado de sentimentos, eram muito ligados na infância, podiam ter se desposado, como estava sendo com Ninte. Mas Natasha tinha o sobrenome Cromdha e, segundo as leis antigas que regiam no Império, ela não podia se casar com ele, pois o rapaz também era um Cromdha. O objetivo daquela lei antiga era perpetuar o sagrado nome, portanto, era inaceitável dois Cromdha se unirem.

— Creio que nossa Natasha está muito feliz com a união que se aproxima — Dorick XX afirmou.

— Nunca me casaria com ele em condições normais — murmurou Natasha.

Vasla suspirou de exaustão e colocou os dedos no osso entre os olhos.

— Vai começar a reclamar de novo?

— Ela deseja se casar com outra pessoa. Outra pessoa que deve ter o sobrenome Cromdha, assim como ela. — Iven deu a Vidar um breve olhar de esguelha.

— Isso é proibido. É a lei suprema, não tem como evitá-la. Se a quebrar uma vez, será expulsa de Nova Peterhof e nunca mais poderá entrar em Saturni. — Lembrou Dorick XX, que demonstrava paciência com o desapreço da jovem herdeira da Sexta Nação.

Natasha o ouviu com a cabeça baixa, mas seus olhos sempre se lançavam sobre Vidar ao seu lado.

— Vamos mudar de assunto um pouco?

Antes que soubesse que todos concordariam, Vasla perguntou:

— Como estão as coisas em Saturni?

— Estão indo muito bem, Vasla. Somos uma família pacífica — respondeu Dorick XX.

— É o que você pensa... — disse o filho, em um tom bem baixo.

O comentário foi ouvido por todos, mas ninguém retrucou.

Os sete atravessaram o túnel e chegaram a uma pequena trilha de pedras batidas com bifurcação para o chamado jardim de coretos. Vidar se separou do grupo e começou a andar em outra direção.

— Onde ele está indo? — perguntou Vasla indiferente, enquanto Iven cruzou os braços olhando-o.

— Deixe-o, Vidar faz isso o tempo todo. Não se lembra? Já estamos acostumados com ele se isolando das pessoas, calado e meditativo, como sempre — disse Focerni conformado.

Os outros pararam e o observaram.

Vidar não olhou para trás, ficou com as mãos no bolso e, como sempre aconteceu, Natasha começou a segui-lo. Andaram um seguindo o outro como faziam antigamente.

— Parece que voltei no tempo — exclamou Vasla.

— Creio que a Oráculo sente o mesmo — Dorick XX virou-se para a imortal.

— Sim, Majestade, acabamos de ver duas pessoas retornando aos hábitos da infância — a Oráculo respondeu.

Vasla sorriu, Ninte e ela conheciam a imortalidade da jovem de cabelos brancos, assim como os outros chanceleres e nobres do Império.

— Venham. Vamos começar com os planos dos casamentos.

Os cinco restantes entraram em um saguão. Ninte acendeu um cigarro e deu uma última olhada para Vidar e Natasha que sumiam na trilha.

*
* *

Vidar e Natasha já estavam um pouco longe. Os dois passaram entre coretos e a trilha de cascalhos nos jardins das torres baixas. Havia alguns córregos e muros cobertos por heras. Naves e drones de segurança passavam no alto dos céus. O centro do palácio de Saturni não estava muito longe dali.

— Por que me segue? — questionou Vidar, sem retribuir o olhar que a garota lhe dava.

Ambos atravessaram uma ponte arcada.

Vidar tinha um jeito indecifrável de ser. Seus olhos corriam em outros lugares, seus pensamentos vagueavam. Mas o olhar de Natasha estava preso nele a todo o momento, tentando decifrar seus mistérios. O casal parou no parapeito da ponte e ficou de frente a um lago turvo.

Ela não o respondeu, apenas permaneceu ao seu lado. Natasha sabia que tinha algo estranho com ele. Vidar poderia ser frio, mas nunca a ignorara daquela maneira. Quando eram crianças, sempre eram vistos juntos, tinham respeito um pelo outro, apesar de quase nunca conversarem. Sempre andavam e andavam deparando-se com os obstáculos de Saturni. Quando Natasha viajava e se encontrava com Vidar, costumavam trocar algumas palavras antes de saírem juntos como desbravadores do território. Era esperado que ele dissesse ao menos um "bom-dia".

— Gosto da natureza... do silêncio... — Natasha comentou enquanto observavam o lago.

— Eu gosto de ficar sozinho — ele retrucou.

— Não queria que você ficasse sozinho — confessou.

Ele, finalmente, olhou para ela.

— Não a vejo faz tanto, tanto tempo. Você não mudou nada.

— Você também não.

Fizeram silêncio. Os olhos de Natasha eram verdes como o lago à sua frente.

— Desculpe-me por ser assim — disse Vidar.

— Ei! — Eles se olharam. — Você pode confiar em mim. O que te aflige tanto?

— Sei que faz muito tempo que não tivemos a oportunidade de nos falar como agora, mas você me conhece muito bem, Natasha. Sinto-me culpado por ter feito aquilo, aquilo que todos falam.

Era a primeira vez que falava daquela tragédia. Um evento terrível que havia acontecido quando Vidar tinha somente cinco anos. Ele havia surtado, despertado coisas sobrenaturais. Suas memórias foram transformadas após o evento, para que ele não se recordasse, mas ainda havia um pequeno resquício em sua mente. E era o que o afligia dia e noite desde que tudo aconteceu.

— Esqueça isso.

— Não posso esquecer. Ainda mais agora, que você e Ninte vieram para cá novamente. — Vidar estava com o cenho franzido. — Vocês me fazem lembrar daquilo que fiz. E a Oráculo também. Sinto que até mesmo ela, uma imortal, sente medo de mim.

Natasha não soube o que dizer.

— Ainda tenho aquilo dentro de mim. — Ele olhava para um ponto fixo, sem se importar com tantas confissões. Vidar confiava em Natasha. — Aquele transtorno que o senhor meu Pai também tem. Uma personalidade terrível que despertará quando eu me tornar Imperador. As pessoas me acham um perturbado, não é?

— Não. Não. Olhe... — Natasha trocou o peso de um pé para o outro, quase se inclinando para mais perto dele. — Não quero que você fique com Ninte. Ela não o entenderia. Aquele jeito perverso, aqueles hábitos que ela tem, só faria mal a você.

— Eu também não quero ficar com ela...

— Não quero me casar com Iven.

— Também não quero que você se case com ele.

Natasha respirou fundo, seu coração se acelerava com a maneira de Vidar manifestar seus sentimentos.

— Iven faz coisas terríveis. E é odioso.

— Não é muito diferente de mim.

Natasha segurou em seu braço e, olhando-o naqueles olhos distantes, declarou:

— Você não é odioso, Vidar — pausou. — Eu... eu... eu quero quebrar essa lei suprema.

— Você é perfeita para quebrar leis. E eu também sou um pouco fora da linha.

Ela viu um sorriso torto crescendo no rosto de Vidar, mas que se desmanchou no mesmo segundo.

— Não acha que as punições das leis antigas são simples demais? Uma pessoa Cromdha se casa com outra Cromdha. Tudo bem em ser banido dos palácios das 10 Nações. Eles ainda podem comprar um lindo apartamento nas áreas urbanas, nas ruas altas, onde somente a elite reside — Natasha propôs, permitindo-se mostrar um sorriso aturdido.

— É uma das únicas leis do *primeiro Cromdha* que não foi alterada — lembrou Vidar.

— Vascaros... — Natasha mordeu o lábio inferior. Estava nervosa. — Vamos quebrar esta lei. Fugir dos paradigmas. Posso fazer com que minha mãe quebre o contrato com o Imperador.

— Mas o Imperador deve governar em Saturni. E futuramente o governador será eu.

— Não!

— Não o quê?

— Não acho um problema. Você pode construir outro palácio. Uma plataforma que fique no alto do céu, de onde nós poderemos enxergar as cidades, poderemos enxergar a curva do mundo. Sempre pensei em algo assim, um lugar azul, como mais uma nuvem no céu.

— Natasha, você será a futura chanceler de Stemonova daqui a alguns dias. Eu *prometo*.

Ela arcou as sobrancelhas, e depois as franziu.

— Como?

Sua respiração travou em seu peito. Vidar olhou para Natasha como se estivesse fazendo uma promessa de vida, mas não era. Era uma promessa de morte. *Ele irá me transformar em chanceler, mas já é hereditário. Vasla precisa ser morta para tal realização.*

— Você não gosta muito dela. Não, na verdade a odeia com todas as suas forças. Eu sei do que ela fazia com você, eu sei do que ela continua fazendo. Ela não é sua mãe de verdade, disso eu sei. Então, farei com que você suba um degrau para o topo do mundo e tome o lugar dela antes do tempo. É uma promessa.

A chanceler Vasla, mãe de Natasha, iria esperar mais trinta anos para se aposentar. Natasha iria ter o gabinete da Sexta Nação somente quando se tornasse tão velha quanto ela. Mas Vidar tinha uma promessa que adiantaria todo aquele processo. Natasha seria chanceler antes dos dezoito anos e aquela notícia lhe causou um frio na espinha.

— Não quero por agora. Eu quero ser algo mais. — Ela se debruçou mais ainda em seu braço. — Reconheço que já tenho muita sabedoria para ser chanceler. Estudei tanto... mas...

— Não pode se casar com quem possui o sobrenome Cromdha como você. Fique com o Iven, como tem que ser.

— Não quero viver com ele por toda a minha vida.

— Sinto muito. Não posso abandonar Saturni e o Império. — Vidar se virou a contragosto.

As mãos de Natasha resvalaram-se do seu braço aos dedos. E ele retornou ao começo da ponte arcada e ao pátio de coretos de onde vieram. Natasha ficou sozinha, vendo-o deixá-la com uma promessa. Suas sobrancelhas ficaram franzidas, e seus olhos começaram a brilhar ainda mais.

Quase todas as suas lembranças dos momentos que ela passou com ele chegaram a sua mente, despertando uma imensa vontade de chamar seu nome e de confessar tudo o que sentia. Mas Natasha acordou de seu vislumbre, percebendo que nada poderia mudar a sua situação. Percebeu que aquele romance que tinha com Vidar não iria levar a nada. As leis antigas eram mais fortes, mas a promessa dele passou a ser fonte de expectativa.

*
* *

Passaram-se algumas semanas. Ninte teria de se casar com Vidar em nome da lei suprema. E mais ou menos um ano depois do casamento que ainda iria acontecer, Natasha e Iven teriam que se desposar também, como era o acordo entre a chanceler de Stemonova e o Imperador.

Vidar não falava muito com Ninte, nem mesmo antes da cerimônia quando deveriam se conhecer melhor para terem mais intimidade. Apesar de Ninte ser mais extrovertida e se esforçar em ser carismática com todos – até mesmo com quem não gostava –, Vidar se afastava mesmo sem intenção.

A cerimônia foi preparada rapidamente. O salão já estava cheio para contemplar a união. Tudo lembrava um tradicional casamento arranjado, desde a época que chamavam de Penúltima Era, quando Isabel e sua imortalidade surgiram. Era direto e logo celebrado, e a corte ficava presente com rostos alegres em um salão requintado. Os convidados conversavam, riam e bebiam enquanto mais pessoas da nobreza de outras Nações chegavam. Todos aguardavam a noiva e o noivo.

Havia um grupo de dançarinos que movimentava o recinto. Os nobres comiam e se divertiam ao som da música. Algumas pessoas usavam tiaras chamativas, ligadas a penas e cordões; outras usavam mantos de pelos e colares de pedras preciosas. Essas pessoas eram os nobres mais valiosos para as 10 Nações, os primeiros convidados que veriam o matrimônio bem perto do altar.

— Preparem-se, os noivos estão chegando! — gritou Kroser, que apareceu no começo do salão.

Ele também era primo de Vidar e de Natasha. Tinha o cabelo preto amarrado num rabo de cavalo, nariz adunco e olhos escuros.

Apesar de ser nova, Natasha estava fumando sozinha, encostada a uma coluna. Algumas pessoas desconhecidas conversavam próximas a ela, já que se afastara da sua família como estava acostumada a fazer durante momentos assim.

Aquele salão tinha paredes azuis e douradas, com colunas contorcidas de adornos. Fitas brancas serviam de enfeites entre os arcos da abóbada e entre os lustres de cristais. Havia uma escada que levava ao altar, que estava coberto por um extenso tapete persa dourado. Ao redor do altar, foram dispostas várias flores verdes *deletis*, com galhos retorcidos e finos que se estendiam até a mesa de madeira do centro.

Foi chamado um grupo musical formado por pessoas de branco. Tocavam violinos e violoncelos metálicos. Havia placas de vidros e projeções holográficas nas laterais. O grupo tocava uma melodia suave, mas contagiante. A cantora, vestida de azul com detalhes neônio na roupa cantava a música calma e estava ao lado da pianista e dos outros músicos.

Muitas pessoas conversavam perto da entrada, acompanhados e segurando alguma bebida. As mesas nas laterais do salão estavam repletas de convidados extravagantes, quase bêbados que gritavam e riam demasiadamente. Já os membros das escalas superiores pareciam mais comportadas, incluindo os Cromdha.

O Imperador Dorick XX estava com a chanceler de Stemonova e alguns dos convidados de outras Nações. Estava vestido de vermelho veludo fundido em preto couro. A chanceler de azul e cetim. Anasye Elidova e Tars Caregaard a acompanhavam. Os dois provinham de Stemonova, das escalas luxuosas do palácio de Nova Peterhof. Já o Imperador costumava ficar sem companhia. Mas Elike Osean, um tipo de intendente, o Senhor Olister Wary, o Marechal da Polícia e Chaser Atwer, um Sacer, encarregado de dar a bênção ao matrimônio com os rituais de sua religião, estavam por perto.

Os homens de smoking branco começaram a mudar a música quando foram avisados, fazendo os convidados se viraem para trás apreensivos, afastando-se do centro do salão e respeitando o espaço que os noivos iriam caminhar até o altar. Depois de alguns segundos de espera, o casal surgiu de braços dados adentrando no local.

A imortal surgiu no altar e os aguardou como os outros. Ela, diferente do Sacer, iria confirmar o casamento dos noivos na frente de todos, selando a paz entre a família de Vidar e de Ninte, Cromdha e Oborun.

Vidar estava sério e parecia olhar fundo nos olhos de todos, Ninte estava sorridente e fazia um aceno de cabeça de vez em quando. Seu vestido era da cor de seus olhos, conforme a tradição. Era um vestido verde-escuro de tecidos brocados dourados que começavam na cauda e assomavam ao tule em seus ombros. Vidar estava de preto e, assim como Ninte, usava um tipo de coroa de bronze.

Entre todos aqueles convidados, Vidar reparou em uma mulher que chorava em silêncio. Foi como se o tempo tivesse parado quando ele a viu. Era um rosto triste entre todos aqueles rostos contentes. Seus olhares se encontraram e logo entraram em sintonia como se nada tivesse entre eles. Aquela mulher era mais velha que Vidar, tinha a mesma idade que Vasla. Os olhos dela eram claros e irreais como os dele e os cabelos eram negros e longos como os de ninguém mais daquele recinto. Era uma mulher parecida com Vidar, tinha uma marca estranha na testa, de cor verde. Ela o olhava no fundo dos olhos, até poder tocar a sua alma, e por um momento, Vidar achou que fosse sua própria mãe.

Aquela mulher era uma entre milhares. Ele podia sentir sua presença peculiar, como se ela fosse de outro mundo. Além da marca verde na testa, ela tinha um colar de opala de tom azul que brilhava de forma descomunal. Seus olhos encontraram os dele e os dois ficaram se olhando como se fosse eternamente, embora o momento tivesse durado cinco a dez segundos. Vidar prosseguiu com Ninte pelo caminho. Restou somente a lembrança daquela ocasião, a sombra daquela mulher, como se fosse uma aparição entre os convidados. E aquele estranho colar azul que ela dedilhava como refúgio varreu-se por sua mente, restando em sua memória somente os olhos molhados que o olhavam numa expressão triste.

Os dois foram ao altar, depois de atravessarem a fila de tapetes e passarem pelas pessoas encantadas com o passo dos noivos e com a música.

A Oráculo estava de branco. Assemelhava-se a um anjo, pois seus cabelos eram claros como leite e os olhos azuis eram vivos como se ela tivesse poderes.

— Vascaros, como vocês todos sabem, construiu este palácio com Lucio Saturni e fez de um mundo devastado e reprimido a um mundo próspero e bonito como conhecemos hoje. Devemos respeitar a sua lei que perdurou desde mais de um milênio atrás. Portanto, casamentos arranjados são comuns na nossa sociedade e não devem ser alvos preconceitos — a Oráculo dizia em meio à quietude do salão. Sua voz ressoou com firmeza. — Estes dois aqui possuem a sorte de se casarem um com o outro, Ninte Rochman Oborun e Vidar Ariward Cromdha. Ninte e Vidar estão comprometidos perante as leis antigas.

Vidar estava com o braço entrelaçado com o de Ninte. Ela estava atenta às palavras da Oráculo ao passo que ele uma vez varreu o recinto com o olhar, à procura de alguém.

— Estamos no mundo construído por Vascaros Cromdha, o nosso salvador, e faremos o progresso seguindo seu princípio de conservação do sobrenome mais viável. Que os votos sejam proferidos pelos noivos.

Eles disseram, como devia ser: *Que seja marcado com glória qualquer casamento tradicional do Império. Que a Nação construída pelo casal seja a mais próspera e que o céu seja o mínimo do que eles podem alcançar. Que o fruto do casamento que ocorre em nome da lei suprema seja o Cromdha convicto, verdadeiro.*

— As coroas de bronze, símbolo da valência e da soberania de Hideria, a Primeira Nação do Império, se tornarão alianças dessa união. O bronze será derretido e transformado marcando a união de duas almas. Que queimem suas coroas, os dois escolhidos pelas suas famílias!

Os noivos pegaram suas coroas de bronze e as tiraram de suas cabeças. A mesa de madeira do altar começou a se abrir, duas pontas laterais viraram-se para cima destampando uma enorme labareda de fogo. Os dois jogaram suas coroas na fogueira.

A cor do fogo tornou-se mais forte. As coroas sumiram em meio às chamas que subiam altas, mas foram se desfalecendo até se apagarem, mostrando as duas alianças forjadas. Era uma tecnologia que lembrava um ritual alucinante. O brilho rubro do fogo dava um aspecto de magia.

— A coroa de bronze, símbolo de Vascaros, está sendo transformada em dois anéis da eternidade. Peguem suas alianças e digam suas falas bem alto, para todas as testemunhas ouvirem! — exclamou a Oráculo das 10 Nações.

Os noivos ficaram de frente um para o outro. As alianças ainda se assemelhavam a bronze derretido, mas estavam frias e prontas. Todos os convidados faziam silêncio, apreensivos. Natasha ainda estava fumando escondida pela multidão. Dorick XX, Vasla Oborun e os outros da corte assistiam ao matrimônio da primeira fileira.

— Nós seremos um par de presentes ao mundo. Governaremos, cravaremos nossos nomes em Saturni, marcaremos a história, e que a luz do sol seja menos brilhante do que nossa união. Seremos um só, em nome do nosso salvador, em nome do mundo, em nome de nossa terra elevada. Prometo cuidar de ti, ser para você o seu guia, serei sua armadura e sua constelação — disseram eles ao mesmo tempo, olhando um nos olhos do outro.

Então, colocaram as alianças um no outro e se beijaram. As pessoas começaram a erguer os copos, taças e garrafas depois de selado o consórcio. Dorick XX aproximou-se do final do altar, abriu os dois braços e disse bem alto:

— Agora, em nome de Vidar e Ninte, bebam até a última gota de seus copos!

Todos entornaram seus copos e cálices, segundo a tradição. Um garoto de cabelos vermelhos bebeu um vinho enegrecido extremamente forte, era um dos irmãos mais novos de Vidar. Outros convidados, jovens ou velhos, tomavam até os últimos respingos e, logo depois, erguiam as garrafas e copos vazios com sorrisos truculentos nos rostos. Natasha carregava uma garrafa enorme de espumante e não se contentou muito em tomar tudo de uma vez, como deveria ser feito. Mas tomou, com seu jeito inconsolável, engoliu tudo e não demonstrou desgosto. Logo saiu pelos portões laterais. A festa continuou atrás dela, os noivos foram puxados pelos convidados quase embriagados e juntaram-se a multidão eufórica.

CAPÍTULO 3
A REALIZAÇÃO DE UM SONHO

O guarda-costas do Imperador possuía uma vida obscura. Ele também servia Vidar e deixou-se submeter ao plano do herdeiro. Lembrou-se da primeira missão quando entrou em Saturni. O guarda-costas há muitos anos teve de ir para outra Nação matar uma pessoa cujo passado com o Imperador não podia ser revelado. Fora uma missão sigilosa que Dorick XX o encarregou, e o guarda-costas realizou com vontade. Recebera o apelido de Astaroth e poderia escrever um livro acerca das incontáveis vidas que ceifou, inclusive, aquelas que tirou durante suas lutas financiadas pela chamada Rosa Negra, em uma famosa arena longe de Hideria.

Astaroth podia pressupor que era somente o Imperador que tinha assuntos nocivos em outras Nações, mas quando Vidar havia completado seus dezesseis anos, percebera, assim como Kroser, que o herdeiro tinha mais artimanha que o Pai. Era como uma versão mais airosa, inteligente e idealizadora de Dorick XX. Vidar era mais desenvolvido em seus objetivos de vida com Saturni, com a Primeira Nação e principalmente com o Império. Era calculista e tinha uma paixão pelo Império muito maior que a do Imperador.

Foi lacônico o trabalho de Astaroth para exterminar Vasla. Ele testemunhou o momento em que a luz de sua vida a deixou. Ela estava incrédula, agarrada em seus braços, com sangue saindo pela boca.

Depois, o mandado saiu do palácio de Nova Peterhof sem deixar rastros, pois Vidar lhe ensinara todas as passagens ocultas que ele conhecia. Não demorou muito até os criados verem a chanceler morta perto da banheira. Natasha não derramou nenhuma lágrima sequer, nem mesmo Ninte, nem mesmo Iven, nem mesmo Denvi, o cunhado de Vasla, e nem mesmo Eloz, outro cunhado e pai de

Kroser, mas que tinha muita afinidade com ela. Anasye Elidova encarregou-se do funeral, mas também não chorou. Tars Caregaard era mais sensível, porém conseguiu se segurar. A única pessoa que chorou, quando as cinzas da chanceler estavam sendo jogadas no Mar Cáspio, foi Lhaika Pavarde, a mãe do jovem Iven. Lhaika mal conhecia a vítima da promessa de Vidar, mas, mesmo assim, reagiu como se uma velha amiga tivesse sido perdida.

Passaram-se cinco estações. Natasha Oborun tornou-se chanceler, mas ainda não havia começado o trabalho oficial no gabinete. Quem arcava com a regência era a Senhora Elidova e os conselheiros. Tars Caregaard era um deles, e Eloz e Denvi Q. Cromdha ajudavam temporariamente.

Natasha retornou a Saturni para cumprir o acordo do Imperador e Vasla. Tinha de se casar para construir um governo acompanhada pelo pretendente. Quando chegou em Saturni, viu que pouca coisa havia mudado, e Vidar continuava longe de seu alcance.

O casamento de Natasha se aproximava, para seu desgosto, e os dias, uma vez que não queria que passassem, se foram rapidamente. Desde que Vasla apresentou-lhe Iven como seu noivo em nome da lei suprema, ela sentiu um frio em seu peito, relutava com aquilo diariamente e cogitava em fugir. O mundo tornou-se uma fonte de sombras e pesadelo, as pessoas, fontes de desprazer. Todas as noites, antes de dormir, Natasha recordava da vida vazia e sofrida que teve em Nova Peterhof, e tentava ignorar o destino que teria. Mas era incontrolável, era relembrada todas as vezes que cruzava com alguém que um sujeito odioso como Iven a aguardava no altar. Ele fazia calamidades com as pessoas e era corrupto. Vidar surgia em sua mente com mais uma promessa imaginária. *Quem sabe ele deixará Ninte e virá para buscar-me no altar?* Ela pensava, como um sonho irreal e petiz.

Na quietude da noite, se via em prantos, sozinha. Natasha, depois da morte de Vasla, havia passado a ficar mais distante e mais passiva. Seu noivo não demonstrara nenhuma mudança. Iven parecia estar num estado de espírito nublado, sendo sempre ranzinza.

Natasha olhou pela janela da escala do salão de cerimônias de Saturni, esperando algum sinal de condolência, mas a nobreza estava feliz demais com a festa e a infelicidade dela se tornou transparente. Perguntava-se onde estaria Vidar, queria que ele pelo menos desse uma olhada na janela onde ela estava, mas, desde que a arrumação do matrimônio começou, ele havia desaparecido.

Estava em um vasto quarto, com estantes, sofás e uma confortável cama onde tinha se entregado às lágrimas na noite passada. Havia várias mulheres terminando os retoques de costura do vestido verde-claro, que possuía franjas e faixas douradas, e era todo florido em rendas. As partes delicadas e douradas brilhavam com a luz branca do lado de fora, onde uma neve fina caía pacificamente.

Era de manhã e o tempo estava extremamente arrefecido. Algumas árvores e arbustos estavam cobertos de neve colorindo Saturni de branco.

— A estação reflete muito bem esse casamento. É fria e triste — comentou Kroser quebrando um silêncio evasivo. Ele estava de braços cruzados, próximo à porta.

— Você acha que não sei o quanto é idiota se casar com alguém com que nunca manteve duas ou três conversas? — rebateu Natasha em um tom falho, como se sua voz estivesse desgastada.

Os olhos dela estavam mais pesados e seu sobrolho estava carregado. Ergueu um pouco mais a cabeça para espiar o pátio lá fora, procurando por Vidar, mas não havia ninguém, somente a neve caindo como garoa. Seus cabelos estavam quase terminando de serem fixos em um penteado.

— Cansei-me. — Natasha se levantou e olhou para as serviçais. — Deem-me logo o vestido. Não quero perder tempo.

— Você deve se apresentar como a chanceler que se tornou, não como uma herdeira mimada — opinou Kroser, com um pequeno apelo crítico.

Ela se virou para ele, enquanto as serviçais a vestiam com a armação verde-escura.

Natasha suspirou.

— Se Vasla não tivesse morrido, o acordo com Dorick XX não iria pesar tanto nas minhas costas.

— E ela se foi de uma forma bem misteriosa... — murmurou ele coçando o queixo.

— Sim. — Natasha afirmou enquanto puxavam a armação de suas costas, apertando sua cintura. Queria disfarçar qualquer tipo de repugna ou medo em seu casamento, mas ela não tinha o dom de esconder seus sentimentos. Evitava olhar nos olhos negros de céu sem estrelas de Kroser, que não parava de encará-la.

— Vasla faleceu há exatamente um ano. Desde aquele dia sempre andei desconfiado de seus objetivos. Tenho receio de que você esteja por trás do mistério. Vocês se odiavam! — declarou Kroser e depois abriu um leve sorriso em um dos cantos da boca.

Natasha suspirou de estresse e desviou seu olhar do de Kroser, evitando-o. Ele continuava alisando o queixo, refletindo e a observando.

Ela alcançou uma caixa de cigarros vermelha e começou a fumar.

— Não sei unir as palavras certas. Mas parece, para mim — insinuou Kroser.

— Foi Vidar. — Natasha interrompeu, deixando o silêncio evasivo surgir novamente naquele quarto. Depois, deixou a fumaça sair de suas narinas, e em silêncio soprou para o lado.

Kroser não ficou muito surpreso, já era de se esperar para ele, que era comum saber das intrigas que percorriam toda a corte. Saturni era tomada por crimes e histórias sombrias. O mundo retornava às raízes primitivas, onde morte e violência eram constantes.

— Natasha, você acha que é a única que sabe da relação que ele tem com essa morte? Sou um cúmplice marcado pela lealdade. Sou pago por Vidar para guardar e manter assuntos sigilosos — confessou Kroser de forma perversa. — Ele tinha planos de formar um novo Império. Mas, agora, nós temos de seguir uma predição, uma predição da Oráculo. Aquela imortal miserável amaldiçoou ele e a todos que convivem com ele.

Natasha ficou perplexa. Kroser desmanchou os braços cruzados, tirou o pé da parede e foi embora, deixando-a.

Ela já estava com o vestido arrumado, pronta para ir, mas aquilo a deixou espantada o suficiente para que precisasse digerir a notícia em sua cabeça primeiro.

Natasha deu mais alguns tragos no cigarro, pigarreou e olhou para o seu reflexo, o cabelo e o vestido, tão bonitos quanto uma pintura. As cores trabalhavam em harmonia. O verde dos seus olhos e do seu vestido era mais belo que a cor que Ninte usou em seu casamento. As curvas, o decote, os olhos esfumaçados, tudo estava esplêndido como o Imperador Dorick XX desejava para seu acordo com a antiga chanceler.

Natasha amassou o cigarro e o deixou na piteira antes de sair pela porta. Decidiu caminhar mais devagar, aproveitando aqueles que seriam seus últimos minutos sem Iven Pavarde.

Cruzou os corredores arrastando seu enorme véu esverdeado pelo carpete, sem se preocupar se iria enroscar nas quinas e nos pés dos móveis. Estava sozinha, andarilha, tão pensativa que poderia até mesmo, por um segundo, se esquecer que iria se casar naquele dia. Em seus pensamentos estavam Vidar e sua promessa cumprida.

Ela não se sentia mal por aquilo. Conhecia o passado sombrio da mãe e a repudiava pelas coisas que permitia acontecer às pessoas inocentes e à própria Natasha. Vasla e ela nunca foram como mãe e filha.

Estava frio, porém a cerimônia iria ocorrer em um lugar quente e protegido, no mesmo salão de antes. Natasha espiou pela janela cheia de neve, o caminho até o salão, onde as pessoas a aguardavam. Decidiu ficar mais alguns segundos refletindo, procrastinando sob o clarão do lado de fora, distraindo-se com a neve que caía e o céu triste assim como ela.

— Natasha — chamou uma voz baixa.

Ela se virou. Deparou-se com um homem de cabelos grisalhos e uma cicatriz profunda que partia da sobrancelha até o pescoço, como um arranhão impiedoso. Era um homem de mais ou menos trinta anos, mas os cabelos *deletis* de duas cores lhes dava uma aparência mais velha. Estava todo vestido de preto, com uma capa grossa de frio e um capuz, e usava botas sujas de neve, já que viera de fora.

— Quem é você?

— Ele é o homem que foi pago por Vidar para fazer aquilo. Nós o chamamos de Astaroth — anunciou Kroser, que apareceu na quina do corredor com os braços cruzados.

— Ele? — indagou ela com receio, apontando.

Astaroth fixou seu olhar nela e observou a sua reação. Natasha viu a extensa cicatriz e a reconstituição prateada abaixo de sua pele. Astaroth tinha um olho preto comum, enquanto o outro era biônico, vermelho e de vidro, com câmaras e arcos envoltos de placas metálicas. Ela umedeceu os lábios e indagou:

— Você a assassinou?

Astaroth não hesitou:

— Sim.

Ela não demonstrou embate, mas continuou mordiscando os lábios e franziu as sobrancelhas olhando-o com uma leve desavença.

— Como você saiu sem aparecer nas câmeras? E o sistema? Como entrou?

— Vidar me ensinou as passagens ocultas e pediu a Ciberato para que minha presença não fosse alarmante. As gravações foram burladas pelo sistema a mando dele — respondeu Astaroth.

Natasha balançou a cabeça. *Ciberato, o sistema global de vigia, pertencente ao topo do mundo.*

— Pergunte se Vasla disse alguma coisa antes de morrer — sugeriu Kroser, atencioso à conversa.

— Ela disse?

Astaroth aspirou o ar buscando na memória, como se fosse custoso de lembrar.

— Ela disse tudo isto: *"Diga que peço perdão por ter tirado a vida da mãe dela."* No mesmo segundo eu soube que aquela mensagem era para você. Sabe, quando uma pessoa tem a chance de falar suas últimas palavras, geralmente, elas são repletas de sentimentos resumidos que carregam por toda a vida. Vi em seu olhar uma grande decepção consigo mesma e mágoa. E frustração, também. Não me leve a mal, Majestade, mas acho que ela estava falando com você, como se estivesse de pé, atrás de mim, olhando-a morrer. Ela se arrepende.

— Ela se arrependia — corrigiu para o passado.

Perdão por ter tirado a vida de sua mãe. Natasha abaixou os olhos, permitiu seu semblante tornar-se triste com aquelas palavras transmitidas pelo homem. *Ela se arrepende pelo que aconteceu com minha mãe de verdade.*

— Você é a chanceler de Stemonova agora por causa dele. Não vai agradecer? — Kroser mostrou um sorriso afável.

Natasha, séria, subiu o olhar de volta para Astaroth e lhe disse:

— Obrigada. — Saiu, passando por ele e por Kroser.

Então depois se deparou com a escadaria onde Iven a esperava nos primeiros degraus, vários andares abaixo. Ele não a viu lá de baixo, mas ela se espantou e se afastou alguns passos. Sentiu uma pontada em seu coração, a realidade caiu como chumbo sobre ela. Vidar não iria se despedir, não iria aparecer e conversar e muito menos iria fugir com ela para sempre.

Restou a Natasha somente alguns andares e alguns segundos de plena consciência liberta. Olhou para trás, Kroser e o guarda-costas Astaroth estavam próximos esperando-a descer.

Natasha respirou fundo e desceu o primeiro degrau segurando na barra do vestido. O tapete estendido deixava os passos surdos, fazendo com que sua preocupação em Iven vê-la antes da hora de alcançá-lo se tornasse inexistente.

— Natasha — chamou uma voz, vinda do corredor.

Ela olhou para trás, era Vidar, sereno e inerte olhando-a.

A jovem colocou as mãos na boca e rapidamente subiu os degraus que havia descido, atravessou o corredor e o abraçou como nunca tinha feito antes. Ele envolveu sua cintura, com o rosto afundado em seus cachos, sentiu o aroma doce de seus cabelos, fechou os olhos com o abraço apertado e aproveitou ao máximo aquele momento íntimo. Natasha pareceu ter se esquecido das desavenças anteriores, desfez o abraço e deslizou as mãos nos ombros dele olhando-o com expectativa.

— Não sabia que...

— Eu queria dizer que você é tudo o que eu quero, mas estamos submetidos a seguir caminhos opostos. Quero que saiba que fiz por você e pelo seu sonho. Corri um risco, mas foi pelo seu sonho.

— Não era um sonho muito... — Natasha interrompeu a si mesma.

Ele a encarava, apreensivo como nunca.

— Não era um sonho muito importante.

— Mas era um sonho. E te devia algo. Eu te devia muito e ainda devo.

— Por que, Vidar?

Ele se aproximou o suficiente para, até mesmo, beijá-la. Mas estava sério, observando-a com olhos misteriosos.

— Você foi a minha única amiga. Mesmo que não tenha ficado claro, gostava de te você por perto. — Ele sorriu.

Foi um sorriso marcante. Um sorriso que só ela poderia ver. Gradualmente, ela o retribuiu. Em seguida, mirou para a mão direita de Vidar, a mão com a aliança de bronze.

— Não quero mais ver esta aliança de bronze no seu dedo.

— É tarde demais para realizar esse sonho.

— Já é tarde demais para mim também. Estou com o vestido da cor dos meus olhos, pronta para encontrar Iven na beira da escada. Já está acontecendo. Há dezenas de pessoas esperando por mim e por ele — Ela grunhiu quase sem fôlego no final do apelo e ficou inquieta mostrando seu desespero.

Contudo, Vidar não podia fazer o que ela realmente queria, embora tivesse todos os artifícios para que fugissem juntos. Havia um desejo em particular que o impedia, como se Natasha fosse o topo inalcançável de sonhos.

O que Vidar podia fazer para ajudá-la era uma coisa que ele teve que planejar com Astaroth e Kroser.

— Você está errada. Não está tarde para você. Na verdade, está bem na hora. — Ele se virou para Astaroth, que tinha pegado uma arma preta com luzes azuis no bolso do casaco.

A arma estava com a trava de segurança desativada. Era uma arma de fogo – artilharia proibida pelo Império e que, inclusive, muitas pessoas nem sabiam que existia. Natasha franziu o cenho, olhando a plenitude da arma, tão sombria e ancestral.

— Esta arma é capaz de fazer uma pessoa implodir por dentro. Seu peito, sua garganta e seus miolos derretem, causando uma hemorragia pelo nariz. Não há bala nesta arma, mas um ínfimo laser com nanotecnologia que pode causar um estrago em milésimos de segundos. Este é o único exemplar deste tipo de arma e está carregado no mínimo, com apenas um disparo no aguardo — explicou o guarda-costas de cabelos cinza com a arma encostada no ombro. — A criminosa Indústria Arcádia pode realizar os sonhos dos mais poderosos chanceleres. Serei aquele que irá testá-la.

Natasha piscou e se demonstrou confusa, então Vidar a chamou com um toque e perguntou-lhe:

— Você quer atravessar este corredor, descer as escadas, encontrar Iven, subir ao altar e ficar com ele para sempre, ou quer viver como uma chanceler só, que possui uma das maiores fortunas do mundo?

— Não quero me casar com Iven. Não quero!

— Então já está decidido. Até logo, Natasha. — Vidar deu as costas, sua capa cinzenta moveu-se sutilmente.

Os outros dois desencostaram-se das paredes do corredor e prosseguiram seus caminhos seguindo o mentor.

Natasha ia dizer alguma coisa, mas o que ela poderia dizer? Que o amava? Que morreria por ele? Sua língua travou, segundos se passaram conforme ele sumia de vista, Natasha decidiu esperar a realização de mais um sonho – um sonho maligno. Era como se ela e Vidar fossem demônios que poderiam matar quem quer que estivesse em seus caminhos.

O trio seguiu pelos fundos sem ser notado pela corte festeira. Vidar se separou, pondo em prática o plano e ordenou que Astaroth ficasse à espera em uma torre vazia da escala contígua; depois se uniu a Ninte no salão e retornou ao seu jeito implícito de ser. Natasha tornou a descer as escadas, pensativa.

— Natasha, você demorou muito, que droga! — disse Iven, com seu jeito tipicamente rude, na beira da escada. Ele a fitou com uma expressão raivosa e ficou estalando os dedos no corrimão esperando-a descer os últimos degraus.

Os dois se uniram, mesmo brigando como gato e rato e seguiram em silêncio até o salão.

Os agasalhos pesados de inverno rigoroso foram deixados de lado. O salão estava sendo aquecido por algumas lareiras nas laterais e as pessoas que estavam festejando não sentiam frio e, sim, calor agradável como se o dia estivesse ensolarado lá fora.

— Que seja marcado com glória qualquer casamento tradicional do Império. Que a Nação construída pelo casal seja a mais próspera e que o céu seja o mínimo do que eles podem alcançar. Que o fruto do casamento que ocorre em nome da lei suprema seja o Cromdha convicto, verdadeiro — disseram os noivos.

A Oráculo das 10 Nações estava com as mãos entrelaçadas em frente ao casal. A corte estava em silêncio, atenciosa aos noivos no altar. Das janelas do grande salão era possível ver a neve que ainda caía como chuva. A decoração era em tons de laranja e amarelo nas cortinas, lustres, colunas e flores, exceto pelo piso, que boa parte fora coberta por um tapete de ornamentos em tons de dourado. As cores fortes e quentes contrastavam com o branco glacial do lado de fora, dando certo equilíbrio. Os dois se viraram um de frente para o outro.

— Nós seremos um par de presentes ao mundo. Governaremos, cravaremos nossos nomes em Saturni, marcaremos a história, e que a luz do sol seja menos brilhante do que nossa união. Seremos um só, em nome do nosso salvador, em nome do mundo, em nome de nossa terra elevada. Prometo cuidar de ti, ser para você o seu guia, serei sua armadura e sua constelação.

Natasha continuou séria, olhava para o odioso Iven com os olhos duros e apreensivos. Pensava no que iria acontecer, se Iven seria raptado, se seria morto com um tiro na testa de forma impetuosa. Ou se aquela arma que Astaroth possuía iria realmente funcionar. Lembrou que, se aquela arma negra atirasse com êxito, poderia traumatizar todos os convidados. Ela piscava, imaginando. Com certa loucura e crueldade, continuou esperando.

Morra... Morra... Morra... E me deixe em Nova Peterhof sozinha, a mais jovem chanceler do Império. As ambições de Natasha a fizeram fitar seu noivo com olhos cheios de expectativa.

Os dois colocaram as alianças de bronze recém-fabricadas um no dedo do outro. Pareciam apressados, sem comoção alguma.

— Em nome de Iven e Natasha, bebam até a última gota as bebidas que carregam nas taças, copos, garrafas ou cálices em suas mãos direitas!

Dessa vez, quem anunciou aquele pedido havia sido a Oráculo.

Os convidados fizeram, obedecendo a imortal de aspecto angelical.

— Vocês dois já estão oficialmente casados! — ela exclamou.

Lhaika, a gentil mãe do noivo, aplaudia com um sorriso no rosto.

Um beijo brusco selou a união do casal. Depois, se viraram e juntaram os braços novamente para descerem as escadas do altar.

Os noivos caminharam para se unir aos convidados que enchiam o salão. Os aplausos comemorativos difundiram-se com a música. Até que, subitamente, Iven sentiu uma coisa estranha em seu corpo. O jovem olhou para o peito, que queimava como fogo e a sensação se espalhar por seu coração. Ele largou a mão de Natasha e cambaleou.

Os convidados perceberam que algo estava acontecendo.

Iven começou a sangrar pelas narinas e suas mãos não conseguiam estancar o intenso sangramento. Natasha ficou sem reação, não o segurou, nem gritou, somente permaneceu longe dele, onde foi deixada, olhando-o assustada. Ele se ajoelhou no altar, com o sangue agora também jorrando pela boca. Os convidados se abalaram: muitos gritaram, enquanto outros tiveram a mesma reação de Natasha, perplexos com o sangue que jorrava pela escada do altar, tingindo o tapete de vermelho e se aproximando da primeira fileira de convidados.

Natasha espiou pelos semblantes confusos em busca de Vidar, encontrando-o com uma expressão mascarada de seriedade. Ele segurava seu copo ainda cheio de bebida cor de citrina e, ao seu lado, estava Ninte, assustada, assim como os convidados ao redor.

Iven começou a perder a cor, respirava como se seus pulmões tivessem diminuindo de tamanho. Ele desabou de bruços no chão, com os olhos vidrados para a corte que chamava por ajuda.

— Iven! — gritou Lhaika, correndo até seus braços.

A Oráculo imortal tampou a boca com as mãos e observou aquela cena sem saber o que fazer.

Algumas pessoas começaram a recuar e outras começaram a correr em direção à saída. Uma gritaria preencheu o salão. O Imperador e a Oráculo tiveram uma reação parecida com a de Natasha, pois sabiam que nada poderia ser feito – e sabiam, também, que tipo de arma havia causado tamanha destruição no corpo do rapaz.

— Alguém... — sussurrou Lhaika enquanto deitava Iven nos seus braços. Ficou acariciando os cabelos escuros dele enquanto chorava e dizia palavras positivas.

Ele começou a ter convulsões, o que fez a mãe segurá-lo com força, como se tentasse impedir.

A pele dele começou a se manchar de vermelho, como se uma onda estivesse se alastrando internamente. A noiva continuou onde estava, em choque. Logo as convulsões foram diminuindo. Lhaika ainda o abraçava forte, aos prantos. Iven piscou várias vezes, cada vez mais lento até, enfim, fechar os olhos.

A gritaria prosseguia e alarmes ressoavam, entretanto, o episódio acontecera tão rapidamente que não houve tempo para os protocolos de segurança serem seguidos. Lhaika ainda abraçava o corpo do filho quando gritou:

— Alguém chame por ajuda! Por favor!

Ainda não estava ciente de que o filho em seus braços tinha perdido a vida silenciosamente, mas Natasha percebera, pois viu-o apagar-se assim como um fogo fraco, cessando sem esperança alguma.

No meio do caos disseminado no salão, Kroser entreolhou-se com Vidar e fez um aceno de cabeça. Estava tudo indo de acordo com o planejado.

Natasha enfim se moveu, aproximou-se de Lhaika e deu uma olhada para Vidar. O jovem herdeiro deliciava-se com gosto refinado da bebida, como um complemento ao seu espetáculo.

— Iven... Iven — chamou Lhaika, sacudindo-o. — Meu filho?

Natasha se abaixou e abraçou Lhaika pelos ombros deixando-a encostar a cabeça em seu peito como forma de consolo. A mulher se retorcia a cada soluço, chorando e chorando. No tapete estendido nas escadas havia sangue empapado em tons de vermelho mórbido. Natasha tocou o rosto de Iven, estava pálido como papel, imóvel e quente como pedra posta ao sol. Depois ela olhou para Vidar e desenhou com seus lábios um discreto *obrigada*.

A imortal, a sábia Oráculo do Império, viu alguém morrer de forma cruel mais uma vez.

Daquela vez, a Morte não surgiu em seus pensamentos.

CAPÍTULO 4
A VISITA À ORÁCULO

Iven era um criminoso, era um homem capaz de espancar e matar mulheres, disso Natasha e Vidar sabiam. Só que nada podia ser provado à polícia de Stemonova, pois Iven também tinha acesso aos pequenos sistemas de vigilância de lá. Era provável que a antiga chanceler conhecesse o grupo traficante do qual Iven fazia parte, mas ele era um homem importante, e sua índole como um descendente de grandes empresários da Sexta Nação era maior do que esses crimes, por isso a união entre as famílias tinha acontecido.

As cerimônias de casamento terminaram dando início a uma etapa na vida de Vidar e, inclusive, de Natasha. Ele continuou sendo reservado e misterioso e ela continuou com sua amargura. Com o surgimento dessa nova fase, depois de se virem casando com quem não queriam, endureceram seus corações mais ainda e se acostumaram com o fato de não poderem ter um final feliz. Em especial, Natasha, que tomou esses atos como remédio.

Foi como se a mente de Vidar tivesse aceitado o destino sem protestar e sua natureza misteriosa e meditativa salientou-se. Já Natasha parecia ter se esquecido de sua paixão por ele, como se tivesse entrado em transe, fechando portas e portões para não experimentar nenhuma emoção forte outra vez.

Entretanto, vultos de ambos surgiam nos pensamentos dos dois. Não havia cura, e o tempo e o dia-a-dia só podiam amenizar o vício deles. Vidar tinha Ninte, que trazia certa cor à sua vida preta e branca. Tinha alguns sorrisos ensolarados e piadas infames todos os dias. Ninte quebrara todas as paredes e chegou perto de Vidar com seu jeito único. Ela teve certa vantagem, visto que ele carregava no dedo uma aliança de bronze como a dela. A jovem passou a fazer parte da vida dele de forma mais abrangente, e Vidar e ela tornaram-se um casal como qualquer outro.

Natasha tinha seus cigarros e vinho para consolá-la nos dias de solidão. Às vezes, se via ponderando as pinturas e as histórias que faziam parte de sua vida desde que era menina. Entretanto, como a nova chanceler de Stemonova, havia construído barreiras; seus olhos secaram-se para nunca mais chorar e seus pensamentos foram entretidos com responsabilidades. De vez em quando, Natasha evocava uma mulher que conheceu na infância, a quem chamava de mãe de verdade, a que parecia estar à espera nas entrelinhas das histórias. E essa pessoa era a única que se apoderou da maior parte de seu coração, compartilhando com Vidar um canto especial.

Antes de ter retornado à sua Nação para governá-la como chanceler viúva, Natasha ficou alguns dias em Saturni. Presenciou o funeral de Iven mais digno do que o merecido e aproveitou o tempo para se conciliar com o seu futuro, mas de um jeito supersticioso.

Anasye e Tars aconselharam-na a visitar a Oráculo e obter as respostas de todas as suas dúvidas. Os religiosos vascaritas eram raros em todos os palácios das 10 Nações, mesmo com a presença dos Saceres. A Oráculo e suas predições faziam parte dessa religião como algo puro e eleito para continuar o progresso começado por Vascaros – o primeiro Cromdha.

Passou pelas escalas mais monótonas de Saturni e seguiu o caminho que seus tios, Eloz e Denvi, haviam passado havia muito tempo. Quando encontrava pessoas descendentes dos monovos, Natasha recebia uma reverência bem mais cortês e marcante, enquanto os moradores de Saturni, os descendentes dos primeiros hiderianos, simplesmente lhe davam bom-dia e abaixavam a cabeça. Mas alguns, mais solidários, davam os pêsames e diziam que seus dotes foram os de maior agrado. Ela era a chanceler, estudara para se tornar uma, mas ainda não havia estabelecido sua moral no gabinete de Stemonova.

A Oráculo estava à sua espera, afinal, era sempre avisada antes de receber uma visita tão honrosa. A Biblioteca Milenar, onde estava, situava-se em uma escala mais verde, repleta de estufas e jardins. Em contrapartida, no inverno, a neve acomodava-se como parte da paisagem de Saturni, tingindo tudo de branco. Os saguões até as cúpulas e a própria Biblioteca eram os lugares ancestrais de Hideria por terem mais de dois mil anos. Embora tivessem sido fundadas em uma era tecnológica, os arcos, os trifórios, as paredes e assoalhos eram inspirados em uma arquitetura muito mais antiga e histórica. Natasha percorreu pelo largo corredor de lustres que brilhavam sob o céu nublado do lado de fora. Mesas e estantes foram posicionadas simetricamente até um grande portão laminado e escuro, que era o começo da ala principal da Biblioteca Milenar, também fundada por Lucio Saturni.

Aquele corredor extenso era só um fragmento do que viria a seguir atrás do portão. A verdadeira Biblioteca tinha posse de todos os livros da Penúltima Era de todo o globo, sem exceção alguma. Qualquer livro encontrado fora das fronteiras do Império era encaminhado para o salão da Biblioteca Milenar e armazenado para sempre. Somente os moradores de Saturni e seus visitantes podiam servir-se à vontade de qualquer informação não divulgada e de contos e histórias inacessíveis para resto do mundo.

O portão foi aberto pelos serviçais. No lado de dentro, Natasha incomodou-se com a má iluminação e sentiu o cheiro peculiar que aquelas estantes gigantescas de livros haviam guardado por tanto tempo. Era uma enorme e grossa torre formada por escadas em espiral e mezaninos vastos para todos os lados, com um zimbório de vidro no topo.

Havia um dispositivo para localização de livros no começo da ala que estava ligado, aceso em hologramas. A imortal tinha mexido nele para encontrar alguma das obras. Ela estava um andar acima, explorando uma pilha de livros antes que um robô pudesse guardá-los nas estantes. Folheava um velho livro de capa de tecido sob a luz bruxuleante da abóbada de mais de cinco metros. Natasha pigarreou para chamar sua atenção.

— Com licença — disse ela.

A Oráculo percebeu sua presença e caminhou até a balaustrada. Havia lustres e lamparinas que pareciam ser de uma era bem distante. Natasha sentiu-se regressando em um tempo primórdio.

— Ah, você. Peço perdão por não tê-la visto. — A imortal, com o rosto contraluz, ergueu um pouco o livro que segurava e disse: — "Dom Quixote". Já vi o homem que o escreveu.

Natasha revirou os olhos, desacreditada. Uma coisa que não admitia era que a Oráculo das 10 Nações era imortal, mais velha que a Última Guerra. Vasla e os outros acreditavam, ou pelo menos, fingiam acreditar por causa do Imperador.

A jovem percorreu o pátio dando uma olhada no corredor de pergaminhos, livros de linhagens e cartas, e parou, com as mãos para trás, esperando mais recepção por parte da Oráculo. Mas, sem nenhuma cerimônia, a imortal deixou o livro em uma mesa de madeira e disse.

— Não vi nada sobre você na minha fonte de predições. Mas posso lhe dar um conselho se você se sente perdida quanto ao seu governo na Sexta Nação do Império.

A Oráculo pareceu ser uma silhueta misteriosa de uma jovem e airosa mulher, seus cabelos longos e lisos formaram uma névoa em torno da cabeça, como se tivessem sido desarrumados naquela tarde na Biblioteca Milenar. A mulher que dizia ser imortal tinha coisas em comum com Natasha. Ambas eram *deletis* nos olhos e nos cabelos e pareciam ter uma idade próxima: dezoito anos.

— Não quero incomodá-la, ó, Oráculo imortal de Vascaros. Só quero a pequena brecha do meu futuro que sei que consegue ver.

A imortal riu desinibida.

— Qual é o seu nome?

— Antes de Vascaros e eu criarmos um novo, me chamava Isabel.

— Ahã... tá! — Natasha cruzou os braços ao desmanchar toda sua postura formal. — Sua mãe pode ter dito às gerações passadas, como o Imperador, Vasla e Auleg algumas "profecias" que coincidentemente aconteceram para a sorte dela. Mas você não viu nada sobre mim, e ainda me trata como mais alguma visitante curiosa por sua "história imortal". Você não é mais velha que o Império, é apenas uma jovem lunática.

— Minha mãe era uma humilde fiandeira que faleceu na mesma noite que um anjo me presenteou com a imortalidade — afirmou a Oráculo, retrucando as palavras rudes da chanceler. — Ela não era Oráculo das 10 Nações, pois as mesmas não existiam. Se não acredita que nasci na Penúltima Era, então o que a trouxe aqui?

— Meus tios me convenceram. Estou me sentindo pressionada com a ideia de retornar a Stemonova e comandar um país inteiro. — Natasha confessou e passou a acalmar a voz e o prospecto. — Não sei por onde começar. Não tenho ninguém próximo para confiar plenamente. Só preciso de uma direção.

— Vejo que pensa muito em alguém que faz parte de todo o seu coração e cabeça. Não. Está ofuscada. — A imortal estreitou os olhos, estudando-a. — Era como uma mãe para você, uma mulher ou um homem, uma alma afetuosa, mas que se foi. E essa partida foi extinguindo sua felicidade.

Natasha se calou. *Como ela poderia saber?* A imortal tornou a deslizar os dedos pelos invólucros dos livros, os títulos faziam-na relembrar de épocas passadas. Ela escolheu um deles e o folheou até a última página, revisando-o para se distrair.

— Vejo que precisa encontrar sua personalidade, em vez de ser o que os outros querem que você seja — continuou, sem encarar a jovem. — Você sempre foi submissa. O Imperador, Vasla e Auleg a fizeram assim. Mas, no fundo, há uma teimosia em você, há uma força que grita para se libertar e que foi semeada por aquela pessoa especial. Agora, o cargo de chanceler lhe dará espaço para que sua personalidade verdadeira seja libertada.

Natasha ficou incrédula pelo fato de que a Oráculo conhecia o seu segredo. Foi convencida de que aquela jovem poderia ter coisas preciosas para dizer naquele momento confuso.

— Sei qual é a minha personalidade.

A imortal continuou folheando as páginas do livro. Mal olhou de volta para Natasha, que a fitava no andar de baixo.

— Não. Não. Você não sabe. Só saberá da sua verdadeira personalidade quando se tornar uma chanceler convicta, uma chanceler verdadeira da Sexta Nação.

Natasha conseguiu ver um sorriso amigável dos lábios da mulher que já fora chamada Isabel.

Ficou se perguntando sobre o significado daquelas palavras. Parecia um enigma, mas se pedisse para a Oráculo explicar, as palavras não mudariam. A verdade estava ali e já fora dita.

— Entendeu? — a Oráculo perguntou. Natasha balançou a cabeça, ainda um pouco desacreditada.

— Então, o que eu devo fazer?

— Vá para a planície, viaje para lugares que nunca pensou em viajar. Depois volte para governar, e encontrará a sua verdadeira essência que está na sua Nação.

— Eu lhe agradeço. Então... bem, eu vou para a planície por um tempo, e quando eu retornar, me tornarei chanceler e terei todo o poder da Sexta Nação, e assim irei encontrar a minha verdadeira personalidade, já que não terei mais ninguém acima de mim para me forçar a ser quem não sou. — Natasha piscou, tinha uma fagulha de empolgação. — É isso, Oráculo?

— Isso. Você me entendeu bem. — A Oráculo fez uma reverência com a cabeça. — Sinto-me bem em tê-la ajudado.

Então Natasha saiu da Biblioteca Milenar, regressando à escala onde a corte a aguardava.

Anasye Elidova e Tars Caregaard já estavam em Stemonova, portanto, apenas os velhos tios Eloz e Denvi esperavam-na à frente da nave. Os serviçais colocaram todas as malas para dentro e a corte fez uma fila de despedida. O Imperador não compareceu, havia dado somente um adeus, seus pêsames e um presente de lembrança. Corriqueiramente, Natasha recolheu seu casaco de inverno com um serviçal e foi em direção ao pátio de naves, mas, antes de poder ver a nave e a corte que a aguardava, seu nome foi chamado por uma voz que a estremeceu.

Era Vidar e Ninte, juntos como um casal. Natasha virou-se para trás e os viu caminharem até ela.

— Está nervosa? — indagou Ninte com pouca cortesia.

— Um pouco — Natasha respondeu-lhe friamente

— Visitou a Oráculo? — questionou Vidar, olhando-a naturalmente, mas antes de ela responder ele comentou: — Ela surpreende os céticos.

Natasha cuidou para que não o olhasse muito, daquela forma apreensiva que sempre olhou. Insólita, ela concordou.

— Prenderia-me no quarto se fosse você. Nunca teria coragem de governar — comentou Ninte.

— Ela me disse tudo o que precisava ouvir. Disse-me que eu tenho que viajar, e que irei encontrar a minha verdadeira personalidade em Stemonova. Parece ser algo simples, mas, de algum modo, atravessei o portão da Biblioteca Milenar realizada. — Natasha olhou de relance para Vidar, e se concentrou em Ninte. — Desde a infância tenho estudado mais do que o suficiente para me tornar chanceler, mas ainda tenho um pouco de medo.

— Você só será mais uma chanceler dos milhares que Stemonova teve. Desde Dagehal Cromdha, nada mudou no Império, tudo continuou do jeito como sempre foi. É só apossar-se de seu gabinete e contratar um mero guarda-costas da Elite, como segue a tradição. — aconselhou Ninte de modo sombrio e dando de ombros.

Vidar, abraçado nela, concordou assentindo. Ou, pelo menos, demonstrava-se concordar.

— É mesmo. Meu nome será só mais um no livro de sucessão.

— Você ficará no gabinete até seu último suspiro, caso não deixe descendentes — interrompeu Vidar. — Cuide para começar com o pé direito.

Natasha e ele ficaram se olhando por alguns segundos e sorriram como se aquilo fosse uma brincadeira perversa. Ninte afastou-se de forma brusca, acendeu um cigarro e ficou junta à janela observando o horizonte de névoa.

— Não gosto de você, Natasha — ela declamou. — Se não fosse por Vidar, eu não estaria aqui. — Com um cigarro próximo ao rosto, Ninte deu-lhe um olhar desdenhoso. — Não nos perturbe com seus problemas particulares.

— Você é que quis vir... com ele.

Natasha engoliu em seco. Vidar olhava Ninte de soslaio.

— Nunca pretendi atrapalhar a sua relação com ele — Natasha tentou dizer.

Ninte deixou que a fumaça saísse de suas narinas e não a olhou, apenas fitou a brancura do lado de fora. Natasha viu que Ninte percebeu e se incomodou com a forma em que seus olhos brilhavam quando ela olhava para ele.

— Isso foi um aviso — disse Ninte com calma.

— É ciúmes. — Vidar passou soturno por Natasha e parou na soleira da porta olhando-a. — Vá, comece com seu governo da melhor forma possível e, depois, viva das mordomias. Foi sempre assim. — Ele permitiu que seus olhos se perdessem nos ventos do inverno hideriano do lado de fora que o alcançava ali, açoitando seus cabelos.

Natasha acomodou a gola de seu casaco e tornou-se a andar em direção à porta, e se forçou a deixá-los em um devido adeus.

Passou por ele, ia seguir em frente, mas se deteve, parou no meio do alpendre, espiou se Ninte conseguia vê-los e disse baixinho para Vidar:

— Eu... Eu... — Ela olhou para o lado, mordiscou os lábios e pausou por algum tempo. Depois, virou-se para ele, que a esperava declarar alguma coisa. — Eu queria fugir.

Uma rajada de vento passou entre as torres e os arbustos. Ela sabia que muitas pessoas a esperavam, mas, mesmo assim, ficou ali, como se tivesse todo o tempo do mundo.

— Eu queria fugir com você para um lugar alto, onde seria possível ver a curva do mundo, as cidades... Poderíamos ser tão felizes.

— Se tudo der certo, poderemos ser mais do que felizes, sem ninguém para nos submeter a nada, ninguém para nos mandar ou castigar. Se tudo der certo.

— O que planeja? — sua voz ressaltou estridente, como um disparo de plena reclamação. Contraditória, Natasha olhou em sua volta, inquieta, bagunçou os cabelos e continuou. — Pelo amor sagrado, o que pretende com Kroser e Astaroth? E... e esse mistério, esse silêncio, esse seu jeito? Você pretende se tornar Imperador? Vai matar Eze e o senhor seu Pai?

— Eze abdicou seu lugar no trono, serei o Imperador de qualquer forma — assegurou ele.

— Não vai responder às outras perguntas que fiz? — Naquele momento, ela deixou fluir todo o rancor que sentia. — Por acaso nunca percebeu que é estranho? Muito obrigada por aquilo, por ter realizado meu sonho e me livrado de um pesadelo. Mas...

— Posso te contar *todas* as minhas ambições e minhas obrigações. Mas não posso arriscar — retrucou ele com o cenho franzido.

Natasha inquietou-se um pouco, desceu os centímetros que os seus pés subiram e recolheu o dedo que tinha apontado.

— Conte-me pelo menos alguma coisa. Alguma pequena parte.

— O senhor meu Pai, uma vez...não, isso não — ele mesmo se interrompeu. — É uma cicatriz aberta. As minhas lembranças antes daquele acidente foram todas apagadas, deixaram-me desmemoriado, como todos sabem. — Ele riu, sozinho. — O senhor meu Pai mandou Astaroth matar minha Mãe. Kroser ouviu e me contou. Quando tinha dezesseis anos, formei uma espécie de liga com eles, perdoei Astaroth, tornei-me uma fonte de planos com o Império, mas então descobri após o ocorrido com Vasla que, no futuro, esses planos irão fazer parte de um ciclo simbólico.

— Você vai mandar Astaroth...?

— Claro que não, espere! — respondeu Vidar. — Um dia depois do assassinato de Vasla, a Oráculo me deu duas opções. São opções terríveis, Natasha, você não iria acreditar se eu te contasse. E eu escolhi, eu tive... Então ela me contou todos os eventos principais que devo seguir até... — ele olhou para o lado, rebuscando as palavras concretizadas em sua mente. — *Desde o dia em que Haxinus voltar de Balsam até o dia em que ele e a imortal se despedirem.* E minha parte na história, ela me contou. Não posso falar a predição a você, pois, segundo ela, não faz parte do seu destino saber.

Natasha mordeu as unhas e tentou imaginar. Mas ela mal havia passado a crer que a Oráculo era mesmo imortal. Tudo o que Vidar disse, por um momento, pareciam ser palavras variadas, jogadas para queimar em uma fogueira e para crepitar em sua mente como uma dúvida eterna, sem sentido algum. Ele se assemelhava tanto a um vascarita convicto. À primeira vista, tudo parecia mentira, tudo parecia loucura, pois era religioso demais para seu gosto.

— É difícil de acreditar.

— Apenas vá para Stemonova. Por favor, não venha mais para Saturni — pediu ele.

— Não! Eu tenho que te ver! — ela gritou e segurou nas mãos dele, olhando-o um semblante carregado de suplicidade.

Vidar fitou-a de soslaio. Aquele olhar frio era cortante, mas Natasha estava acostumada.

— Estou casado com Ninte! Natasha, vá embora. É para o seu bem.

— Desculpe-me por tudo. Prometo que não irei mais... — Ela perdeu a voz, e começou a chorar e a secar os olhos com a gola do casaco, escondendo o rosto fragilizado, com vergonha.

— Está na hora da sua nave partir. Diziam que o povo de Stemonova é bem pontual. — Ele ofereceu a Natasha uma fagulha de um sorriso amigável. — Vá.

— Quero fugir com você. — Ela deixou um soluço escapar. Com o rosto vermelho, continuou segurando Vidar e o impedindo de voltar para dentro da escala. *Essa é minha verdadeira personalidade?*

— A Oráculo falou que irá encontrar a sua personalidade, não é? Apenas enfastie-se, fume mais um pouco, engrosse sua voz, fique perturbada, deixe-se ser cruel. — Vidar roçou suas mãos nas dela e as apertou com carinho. Depois a soltou, quando viu que Natasha se acalmara ouvindo seu conselho.

— Tá! — ela disse e piscou, zonza.

Vidar abriu mais um sorriso bondoso.

— Lembre-se dos seus sonhos de vida... das pessoas com quem se importa.

Natasha lembrou-se da sua mãe. Não de Vasla, mas da outra. E da força imensa que tinha dentro de si que gritava para se libertar.

— Utilize-se da ousadia, da maldade. Todas as pessoas possuem uma própria quantidade em seus corações. — Vidar completou.

Natasha enfatizou a ousadia e roubou-lhe um beijo rápido e insensível.

— Queria ser mais ousada — confessou. — Queria ficar com você, só para mim.

Vidar se comoveu com aquela confissão, beijou-a na testa e se afastou um passo para sinalizar de que era a hora de Natasha ir embora. Então ela seguiu o exemplo dele, como foi previsto pelo mesmo, ficou olhando-o por alguns segundos depois do beijo, logo deu as costas e saiu. Foi embora de Saturni com toda a frieza que podia carregar consigo. Aproveitou um momento sozinha, enquanto seguia o caminho até o pátio de naves e acendeu um cigarro, andando com os pés firmes.

E assim foi, começou um governo sem pavor, simulou toda sua falta de coração, frieza, astúcia, amargura, ousadia, perversidade. Até o dia em que não precisou mais fingir, pois tudo aquilo começara a fazer parte de si. Natasha se tornara a pessoa que tinha de ser.

CAPÍTULO 5
O SANGUE *DELETIS*

As estações do ano passaram como brisa e, de forma progressiva, a chanceler de Stemonova viu-se governando de maneira resoluta em Nova Peterhof.

Era o início do verão em Stemonova e o ar continuava arrefecido pelas estações anteriores. No ambiente e nas edificações, o clima mostrava-se sem o calor brando presente no sul. Os olhos de Natasha estavam voltados para as montanhas, tão íngremes, rochosas, brancas e cinzas, como se fossem um punhado que algo maior colocara ali para servir de alento aos seus olhos. O sol embaçado estava atrás, fazendo-as escuras e sombrias e dando-lhes um aspecto sinuoso.

O tilintar de sinos ecoou pelas montanhas e pela sacada que Natasha observava. Era a hora da lua nascer, o momento que os vascaritas se uniam para um culto de luzes. Ao ouvir as badaladas que partiam dos templos, ela revirou os olhos. Não acreditava na santidade do destino como eles, muito menos na lendária mulher que ajudou Vascaros a unir o mundo após o apocalipse – após o que chamavam de Impactos. Os religiosos, amplamente agradecidos à vida que o primeiro Cromdha lhes favoreceu, existiam em todas as partes do Império. Natasha era descrente de tudo que não foi provado à sua frente, exceto pelo dom da jovem mulher da Biblioteca, embora até isso tivesse desacreditado com o passar do tempo, incluindo a imortalidade da Oráculo.

A Oráculo era mantida em Saturni. De vez em quando recordava da Era anterior àquela, dos dias que passou com o primeiro Cromdha havia um pouco mais de um milênio. O primeiro Cromdha foi seu amigo, o seu mestre, e se tornou imortalizado com as coisas impossíveis que fizera com seus poderes de Glaunt. Ela viu o mundo, desde o falecimento dele, agradecer seus feitios com algo parecido com uma religião. Vascaros construiu as dez plataformas, o lugar onde as 10 Nações ficavam separadas, mas unidas com um Imperador Cromdha a partir dele.

Vidar, diferente de Natasha, acreditava no destino. O herdeiro de Saturni ainda tinha instalado em sua mente a predição contada pela Oráculo, o que se tornara uma fixação, mesmo que ele não percebesse.

Por causa desse prenúncio da imortal, Vidar sabia de algumas coisas que aconteceriam em Saturni e às pessoas de Saturni. Entre elas, estava Ninte e uma doença sem cura, algo misterioso para aquela geração. Ela era *deletis,* a julgar pelos cabelos azuis e foi essa mutação que a submeteu a uma trágica enfermidade.

Quando Ninte bateu a cabeça na quina da escadaria, foi imersa em sessões de ilusões que, para ela, duraram muito mais do que míseros segundos, que foi o tempo que realmente desacordada. Ilusões de um novo corpo, uma nova vida, um novo nome. Ela esteve no puro limbo de ilusões quando a doença começou e era inevitável não as misturar com a realidade.

A primeira reação de Vidar ao saber das condições da esposa foi fazer algo que ela menos aprovava: chamou Natasha. A voz dela no telefone, o tom, o jeito de falar, o sabor do som, foi bem diferente do que ele idealizava. Natasha estava com a voz mais imparcial, mais impassível, mas afirmou que iria a Saturni rapidamente.

Não demorou nem uma hora, e a chanceler de Stemonova atravessou o oceano com seu comboio de naves velozes e diretas. Pousou em Saturni e não fez cerimônia, indo em direção à torre na qual Ninte estava hospitalizada.

Ao atravessar a porta, deparou-se com uma demonstração de afeto entre o casal, que estava com as mãos entrelaçadas, sussurrando conversas calmas. Ninte estava no leito, pálida e com rosto úmido, tinha manchas vermelhas e suas veias estavam saltadas por todo o corpo.

Natasha ouviu-a dizer coisas assustadoras que tinha visto em suas ilusões, depois pigarreou para chamar atenção. Vidar se virou, ficou de pé e encarou Natasha.

— Você a chamou nas ilusões que tive também — alegou Ninte, que não pareceu ter se incomodado com a vinda de Natasha. Estava cansada demais para começar uma discussão.

— Você pode esperar um momento? — perguntou Vidar.

Natasha assentiu e saiu para caminhar um pouco, meio vacilante, cruzou os braços e tentou olhar para outras direções. Aquela doença a fazia recordar de uma coisa terrível que havia acontecido recentemente, mas ela era forte e escondeu esse sentimento e deixou aquela lembrança no fundo de sua mente.

Entre eles, a conversa manteve-se baixa e um tanto sigilosa:

— A Oráculo me disse sobre essas coisas, Ninte — afirmou o herdeiro ajoelhado junto ao leito. — Toda a sua experiência de poucos segundos quase infinitos foram coisas que a Oráculo previu.

— Por que eu? — murmurou Ninte.

— Não é por causa da doença. Ela me disse que era para acontecer, simplesmente. O que você viu antes de acordar?

— Repetição de acontecimentos, eu cortando meu cabelo em frente a um espelho, sendo julgada, oprimida, chorando. Me vi esforçada, rebelde. Me vi mudando de nome, sendo torturada. Aconteceu como um trovão. Tão rápido! — exclamou com a voz falha. — Mas foi tão cansativo.

— Foi um vislumbre — contou. Vidar tinha uma expressão triste estampada em seu rosto.

— É... — Ninte virou a cabeça e fitou o teto da sala branca. — O que vai ser de mim? Só sei que estou cansada demais com tudo isso. Prefiro morrer do que passar por essa experiência novamente.

Ninte, vagarosamente, fechou os olhos e dormiu. Não tinha sido de propósito, o cansaço trazido com a doença chegava intensa e subitamente. Vidar deixou-a descansar e se virou para Natasha, que aguardava.

— Ela está bem? — perguntou enquanto se aproximava.

Vidar virou o rosto e deixou-a sem resposta alguma.

Demetrus Arsen, um dogmático doutor, chegou e tomou as rédeas.

— Está estável por enquanto. Dentro desta cápsula está a atmosfera que ela necessita para continuar vivendo, e...

— Para continuar vivendo? — questionou Natasha, interrompendo.

— Ninte está tendo a crise dos *deletis* — respondeu Vidar no lugar médico.

— É importante saber que os *deletis* são seres vivos com mutações ainda não explicáveis. E, assim como os Glaunts, às vezes, é algo hereditário e outras, é algo que aparece uma vez na família. — Ele retornou a observar Ninte que fora incubada em uma caixa de vidro.

Flocos de luzes brancas flutuavam entre o espaço. Pareciam ser a fonte da atmosfera que eles deixaram.

— Os *deletis* são um nível mais avançado dos humanos e os Glaunts são um nível mais avançado dos *deletis*. Os *deletis* são como seres que não nasceram na Terra, pois precisam de ar e de nutrientes que não são encontrados aqui. O ser vivo que é as três coisas ao mesmo tempo, um humano, um Glaunt e um *deletis*, é aquele propenso a desenvolver a crise. Ela desenvolve-se em uma pessoa em três milhões. Portanto, é algo mais do que extremamente raro — disse um dos assistentes androides de Demetrus a Natasha, era o que possuía voz feminina.

A aparência do androide era ultrapassada, sua face era como uma máscara primitiva, e a construção da pele sintética era nitidamente algo que não tinha o objetivo de ser o mais realista possível.

O androide dirigia-se à chanceler muito cordialmente.

— As pessoas que sofrem da crise de *deletis* precisam viver em uma atmosfera diferente existente na Terra. Por isso, ela tem que passar o resto da vida aqui, nesta caixa — comentou o doutor.

— Vidar, o que posso fazer para ajudá-lo?

— Você é a pessoa em quem mais confio — ele confessou enquanto fitava Ninte. — Eu a chamei para servir como apoio. Para ficar no meu lado nesse momento. Nem Hideria, nem Stemonova, nem o Império inteiro possui recursos financeiros para reverter essa situação.

— Mesmo assim... — Natasha estava tensa.

O apoio que Vidar procurava era o apoio que todas as pessoas precisam quando se perde alguém querido. Ela estava ciente de que nada poderia ser feito, mas escolheu teimar. Deveria haver algum procedimento, por mais difícil que fosse, que poderia poupar Vidar daquela perda.

— Você tem que fazer alguma coisa.

— O que posso fazer? — retrucou ele. A angústia perturbava seu olhar, era maior do que qualquer outra que Natasha já viu.

— Não tem como tirar o gene modificado? Temos tecnologia suficiente para isso.

— Sim, nós temos. Mas Ninte não possui nenhum gene com formação diferente dos outros. A origem desta mutação ou anormalidade vem de algo desconhecido — respondeu Demetrus com paciência.

— Ela já teve desmaios duas vezes antes, mas não se cuidou, pois achou que fosse algo irrelevante. Sempre soube que era perigoso, até mesmo antes da Oráculo chegar com aquela profecia — comentou Vidar com amargura. Era a predição atormentando a sua vida e ele não podia fazer nada.

— O que vai fazer, Vidar? — Natasha indagou.

— Sugiro o método da transferência de memória para outro corpo saudável — comentou a assistente. — Pode ser um procedimento pouco aceito atualmente, mas é o mais viável. Sua amada terá a mente transferida para um clone formado nesse mesmo laboratório e sem doença alguma.

— Sim. Podemos transferir as lembranças dela para um clone. O clone seria exatamente como uma cópia dela como está aqui e agora. — Demetrus coçou a barba. — O corpo dela perecerá, mas, digamos que a alma será transferida. Entretanto, Alteza, se não lhe aprouver um procedimento tão pouco aceito como a clonagem, sugiro a eutanásia.

— Uma alma é feita de lembranças — disse o herdeiro, pensativo. — Mas uma alma nasce para cada corpo. Um corpo sintético ou um clone terá alma diferente da Ninte original. Mesmo tendo suas memórias, não será mais a Ninte. Ela já está morta. Nem a clonagem e nem a eutanásia a salvará!

— Ela não está morta, senhor, está em perfeitas condições — disse o assistente de voz masculina.

— Dentro desta caixa! Somente aqui! Ela não tem salvação. Não posso conviver com isso — rebateu ele com raiva.

Vidar parecia aflito e Natasha tentava procurar palavras para acalmá-lo.

— Vidar, ela ainda não está morta — disse ela segurando seus ombros, encarando aqueles olhos que agora estavam cinzentos como uma neblina. — Converse com ela.

— Faça um clone dela. É a única alternativa — propôs Demetrus. — Um clone com suas memórias, um clone com sua alma. Um clone que poderá quebrar todos os paradigmas. Hoje em dia, a transferência de memória de falecidos para clones não é aceita, mas, antigamente, esse era um procedimento comum e que há muito revolucionou a medicina. Estou dizendo que, como esposa do herdeiro do Império, a sua nova Ninte poderá fazer o mundo relembrar do quão era bom viver e viver, passar de corpo em corpo e envelhecer várias vezes.

— O Império proibiu a transferência de memórias para clones exatamente por isso. — Vidar o trucidou com um olhar agudo de desprezo. — Bilionários viveram por trezentos anos em uma dúzia de corpos perfeitos até que o Império proibiu de continuarem com o ciclo vicioso de transferências.

Demetrus sabia que Vidar estava certo. O Império via a clonagem como algo obsessivo, que trazia nas pessoas afortunadas um espírito perfeccionista e que tentava se afastar da morte na medida do possível. Como Vidar comentou, costumava existir pessoas vivendo mais do que deveriam devido à clonagem. O que Demetrus Arsen queria para Ninte era uma forma de demonstrar à sociedade que a clonagem era uma tecnologia ainda existente que poderia trazer salvação às pessoas em seus leitos de morte. Ele queria que o Império regressasse à era das clonagens de corpos e transferência de memórias para que ele pudesse usufruir da vontade de viver dos humanos.

Demetrus clicou em um botão da caixa de vidro que fez com que Ninte acordasse. A *deletis* em seu leito estava de branco, assemelhava-se a algo feito de luz. Mexeu os olhos, mas ainda os manteve fechados. Todos se aproximaram da caixa de vidro.

Enfim, Ninte abriu os olhos. Estavam vermelhos, com manchas de sangue ao redor de sua íris que passou a ficar sem cor, como se estivesse com uma cegueira. Vidar e Demetrus inclinaram-se para mais perto da caixa:

— O que está sentindo? — perguntou Demetrus empurrando Vidar para o lado.

— Meu corpo está ardendo. Estou me sentindo fraca. Sem ar.

— Os sintomas são sempre os mesmos — contou o médico em direção aos outros, garantido com suas constatações científicas. Depois virou-se para Ninte novamente. — O que quer?

Ela não parecia responder. Vidar afastou-se da caixa com os olhos transbordando.

— A resposta é prevista — afirmou um dos assistentes.

— A dor cresce a cada instante. Se continuar assim, por favor — murmurou Ninte. — Não posso. Por favor, me deixem morrer.

— Sempre prevista — confirmou Demetrus.

— O que vai fazer, Vidar? — indagou Natasha.

Vidar se virou e colocou a mão na cabeça, escondendo dos outros a sua reação. Natasha não fazia ideia de que estava o pressionando.

— Sim, o que vai fazer, Alteza? É importante lembrar que a criação de uma nova atmosfera é extremamente cara.

Natasha pensou nos outros membros da família de Ninte e os de Saturni. Deveriam ser chamados para vê-la, para apoiarem Vidar com o qual quer que fosse sua decisão. As crises de *deletis* possuíam pouquíssimos sintomas e costumavam acontecer rapidamente, sempre com fim mortal.

— Faça o que Ninte pediu — respondeu Vidar, enfim.

Demetrus, e até mesmo os assistentes, pareciam ter se espantado com a decisão.

— O quê? — perguntou Natasha com o cenho franzido.

— Estou realizando um desejo dela. — O herdeiro tinha de seguir a predição da Oráculo. Mas a filosofia por trás da clonagem causava-lhe transtorno.

— Não. Ela nunca pediria por isso em sã consciência.

— Desliguem a atmosfera. Faça um clone dela. — Mandou Vidar ignorando-a e ignorando suas emoções.

Demetrus, apesar de se lamentar no primeiro instante, deu um pequeno sorriso com a decisão drástica e lucrativa do herdeiro.

— Você tem certeza disso? — perguntou.

— Sim. — Vidar engoliu em seco, mas tomou coragem. — Não quero um. Quero dois clones.

Demetrus se viu em uma situação que nunca imaginaria estar.

— Os dois clones serão perfeitos? Ou os dois terão as mesmas características dela?

— Não. Eu quero um clone perfeito e outro como ela.

— No método de clonagem da minha empresa D.A, uma vez que um clone de origem de um *deletis* é formado as características *deletis* não serão herdadas. O clone imperfeito terá exatamente as mesmas memórias de Ninte e o perfeito, como o próprio nome diz, poderá não ser como ela — garantiu o doutor.

— Tudo bem — murmurou Vidar, passando os dedos no vidro da caixa.

Ninte já tinha perdido a consciência mais uma vez.

— Como podem decidir pela vida de alguém assim? E você, Arsen, que tipo de médico você é? — perguntou Natasha aos dois com indiferença.

— Sou do tipo que faz o que os pacientes desejam. Respondi sua pergunta?

— Não foi isso que eu quis dizer, seu idiota. Clonagem é considerado antiético pelas leis antigas.

— Existem vários tipos de ética. Existe a minha e a sua.

Natasha estreitou os olhos.

— Você deve ter muita moral no mundo científico e o Império o aclama pela quantidade de tecnologias que recuperou das últimas eras, mas será que a clonagem é algo que você possui autorização? Posso te denunciar a qualquer momento.

— Denuncie-me. — Demetrus a encarou. — Viro o jogo e transformo a sua Nação em um pedaço pré-histórico do Império. Sou o encarregado de resguardar as tecnologias criadas pelos humanos, sou o responsável pela disseminação delas.

Natasha era chanceler de Stemonova, mas Demetrus a desafiava como uma mulher qualquer. Havia algo peculiar nele, um poder que Natasha via irradiando de seu olhar. Demetrus estava em um degrau abaixo do topo do mundo, mas sua cabeça estava erguida demais. *Cuidado para não tropeçar*, ela pensou ao estudá-lo de cima a baixo.

— Calem a boca e faça o que mandei antes que eu mude de ideia — comandou Vidar.

Vidar tinha sentimentos demais em seu semblante e em seu tom de voz. Seus olhos sempre procuravam evitar os outros que estavam naquela sala, mas estava ciente de que tinha de se manter firme na frente deles.

— Sim, Alteza — respondeu Demetrus de imediato, deixando aquela atmosfera de tensão entre ele e Natasha. Virou-se para o herdeiro e lhe fez uma reverência. Seus assistentes também se curvaram.

— Dois clones, um perfeito e o outro imperfeito — Vidar assegurou com uma relutância impossível de esconder.

O doutor assentiu com a cabeça.

Vidar caminhou em direção à porta deixando todos para trás. A Oráculo e a predição assombravam sua cabeça. *Não. Como Ninte pode ter um destino assim?* Ele apoiou-se na parede para não desabar, sentia-se enfraquecido com tamanha injustiça que acontecia com Ninte. A crise de *deletis* caiu-lhe dura como uma rocha. Em um momento Ninte estava viva e, no outro, Vidar tinha de matá-la, como a predição da imortal o condenava.

CAPÍTULO 6
A PROMESSA DO HERDEIRO

Ficar sozinho por um momento fez Vidar refletir.

Havia uma promessa a ser cumprida, contudo, não era uma promessa comum, era algo que faria parte de toda a sua vida e que iria nutrir dor e solidão.

Ficou junto à janela daquela torre, olhando a paisagem com a mente divagando, longe dali. Reviveu a noite ritualística na qual a Oráculo lhe contava a predição e a terrível consequência de não segui-la. Vidar era um condenado e tinha que carregar o fardo enquanto vivesse, e a única vantagem é que sempre saberia do destino dele e das pessoas ao seu redor.

Vidar havia escolhido entre salvar Natasha ou ver o Império sucumbir e ela ser morta. Com sua escolha, a Oráculo contou toda a predição que ele tinha que seguir. Os dois estavam na Biblioteca Milenar, sozinhos e sob a luz de uma vela. Seus murmúrios ecoavam pelos vastos salões:

— Dois anos depois de seu casamento com Ninte, ela terá a crise de *deletis* e morrerá no mesmo dia. — O rosto de Vidar tornou-se assustado. — Antes de sua morte você terá de escolher o método de clonagem para salvá-la, mas...

A Oráculo pausou, fitando a expressão de Vidar em sua frente.

— Eu sinto muito.

— Por favor, continue — ele pediu, mesmo com o coração batendo com uma infindável amargura. *Ninte morrerá. Ninte morrerá no mesmo dia.*

— Você terá de escolher o método de clonagem para salvar a mente dela, mas dois clones deverão ser feitos.

— Dois?

— Dois. Um imperfeito, com a memória de Ninte, e o outro perfeito, sem memória alguma. — A Oráculo mordiscou os lábios.

A luz da vela tornava ambos os rostos como máscaras douradas.

— Quais serão seus nomes?

— Natasha irá contar uma história. E é dela que os nomes irão surgir — a Oráculo respondeu.

A imortal tinha de cor toda a predição e a repassava para o herdeiro com o intuito de terminar tudo naquela mesma noite.

— Um clone perfeito e a outro imperfeito. E Ninte?

— Viverá na imperfeita.

Não é possível algo assim acontecer. Ela irá morrer, sua alma morrerá com o corpo, e esse clone será uma mulher diferente.

Vidar piscou devagar. Estava abatido com tudo aquilo, mas tinha que unir forças para continuar ouvindo sua predição. Sua maldição.

— O destino do clone perfeito é viver e viver. O clone perfeito será uma nova existência. Você deve deixar o clone perfeito sofrer preconceitos como se fosse uma aberração e deve tratar o clone imperfeito como se fosse a própria Ninte.

Vidar engoliu em seco ao se imaginar convivendo com os clones. A Oráculo de alguma forma sabia do que exatamente haveria dentro de cada um. Uma alma, uma existência, vazia ou não, cada clone estava destinado a ser algo. A predição dizia para Vidar tratar uma nova existência com indiferença e conviver com uma cópia de Ninte como se ela fosse a sua verdadeira esposa.

As palavras seguintes da Oráculo foram em vão. Vidar retornou à torre onde Ninte jazia em seu leito de vidro. A paisagem formou-se em sua frente.

Mas ele ainda ouvia a voz angustiada da Oráculo.

— Vidar... Eu... Eu sinto muito, muito mesmo. Por tudo — ela segurou em sua mão.

A predição ainda não tinha terminado.

— Mas, por favor, faça tudo como foi contado.

A compaixão da imortal era imensa, mais profunda que o desespero de Vidar. Mesmo assim, o herdeiro a consolou com uma promessa.

— Eu vou cumprir tudo que me disse. Palavra por palavra, e me lembrarei de você e de Haxinus mesmo corrompido, mesmo me tornando maligno. *Eu prometo.*

Vidar e a Oráculo apertaram as mãos. Foi um aperto de mão demorado e significativo.

Haxinus, meu irmão tão distante. Ele também tem um fardo nessa predição.

— Vocês se casaram há apenas algumas estações, e não demorou nem dois minutos para matá-la. — Natasha irrompeu no corredor, olhando-o com desaprovação e tirando de Vidar toda aquela recordação. — Você é...

— Pense o que quiser de mim. O que importa é o que eu penso de mim mesmo, e sou apenas o homem que tomou a decisão certa. A mesma decisão que tomaria sob qualquer circunstância.

A voz da imortal surgiu na cabeça de Vidar mais uma vez, atordoando-o. *Eu sinto muito, muito mesmo.*

Natasha ficou sem palavras. Perguntou-se como o herdeiro de Saturni poderia fazer aquela decisão tão estranha. Um clone seria o viável, um clone com as memórias de Ninte para que ela continuasse com sua vida. Mas Vidar escolhera dois. *Dois clones para quê?*

— Não sei os nomes que devo escolher. Não podemos chamar as duas de Ninte — comentou Vidar, mudando de assunto.

Natasha suspirou e aproximou-se para ajudá-lo com os nomes, apesar daquela decisão ter sido tão contraditória.

— A minha mãe me contava histórias antes de dormir — mencionou ela em um apelo de confissão.

— A sua mãe? — perguntou surpreso.

— Não a minha mãe de sangue, a minha mãe. Como posso dizer... de coração.

Perdão por ter tirado a vida de sua mãe. Vasla Oborun dissera a Astaroth quando sua vida deixava o seu corpo. Natasha se lembrou daquelas palavras tão reveladoras.

— E quem é? Sempre quis saber dessa mulher — indagou Vidar.

— Uma empregada de Nova Peterhof. Uma das cozinheiras da primeira torre — respondeu Natasha com um sorriso tristonho, porém, que transmitia um ar de aceitação.

Ela se sentou com Vidar no chão do corredor e continuou:

— Ela sempre conversava comigo quando percebia que os outros da família e do palácio me ignoravam. Eu era apenas uma criança que tinha que aprender a soprar fogo azul. Todo o peso de ser um dos trinta Glaunts na Terra estava nas minhas costas. Era encarregada de treinar e me tornar uma mulher poderosa. Quando falhava nos testes de Auleg e queimava minhas bochechas, ela me visitava escondida e me trazia livros cheios de contos fictícios e histórias dos tempos primórdios. Eram cópias originais das Fábulas da Última Era. Ela também tentava me fazer parar de fumar, já que Auleg me fez viciar para melhorar o sopro. Ele a odiava, e ela o odiava mais ainda, pois sabia que ela me fazia esquecer que eu era a herdeira de Stemonova e uma Glaunt. Me propôs em fugir com ela, disse que nós poderíamos viver como mãe e filha que sempre fomos. Ter uma vida simples e humilde, a vida que tanto desejava com ela — ela suspirou.

Vidar a ouvia com atenção, como sempre fez.

— Já ouviu falar da Eclíptica?

— Não. Fui obrigado a ler somente outro tipo de coisa. Algo mais político e formal do que isso.

Os dois sorriram um para o outro.

— Tudo bem. Mas saiba que tenho a história aqui. — Ela apontou para a cabeça. — Cada palavra e cada vírgula, mas irei resumir. Os nomes de duas personagens poderão lhe servir como inspiração ou, até mesmo, serem tirados da história.

Vidar assentiu.

— Não esperava nada a não ser isso.

Então Natasha começou a contar uma versão resumida, embora tivesse uma boa memória e se lembrasse de todos os detalhes. E Vidar, além de ser paciente, poderia ouví-la contar qualquer história por dias.

Antes mesmo das civilizações de diferentes continentes começarem a se conectar com a globalização, havia um reino ancestral que possuía uma tecnologia em um patamar tão insignificante que seria difícil pensar no progresso. O reino tinha castelos tão grandiosos quanto os dessa era, mas feitos de outros materiais, com formas e arquitetura diferentes. O povo naquela era vivia em outra realidade.

Um pai e uma filha cuidavam do reinado. Sobre as montanhas, eles ficavam, e separados dos demais lá embaixo, dos pobres e incultos. O pai e a filha aproveitavam o posto do topo do mundo com mimos e riquezas, como nobres costumam fazer. No entanto, uma sacerdotisa tinha ambições, e planejava algo avassalador contra os dois. Era uma Glaunt oportunista e cheia de planos para o reino. Ela pretendia, em sua primeira chance, matar todos do castelo e tomar o lugar do rei para sempre. Foi isso que ela fez, sem hesitar.

Em uma noite de reunião no salão comum, ela matou todos, transformando os guardas e moradores do castelo em moedas de ouro, já que era esse um dos seus poderes. A velha matou o rei sem misericórdia e, atrás do trono, ela viu a princesa escondida. A garota, de nome Saga, suplicou à mulher para não a matar. Saga disse que se sua vida fosse poupada, ela lhe transferiria todos os seus poderes, contudo, a mulher não sabia que Saga não era uma Glaunt e estava mentindo, então aceitou a proposta. Porém, após acasos, eventos catastróficos e coincidências, quem pagou pelo preço foi a própria jovem, pois a mulher, quando se viu no topo do mundo, percebeu que não precisava de mais nada. No segundo em que deveriam firmar aquele acordo, a velha mulher se virou contra Saga. Ela realizou o pedido em não a matar, mas amaldiçoou a garota, repartindo sua alma em duas, que foram fluindo por dois córregos distantes do reino.

A jovem pareceu ter perdido a vida, já que sua alma foi dividida e transformando-se em algo indescritível. Porém ainda vivia, uma parte no dia e outra na noite. Por muito tempo, nenhuma das almas ficou sabendo da existência da outra. À noite, reencarnava como *Nix* e, de dia, reencarnava como *Hemera*. Ambas as almas só puderam se unir em um momento de permuta entre o dia e a noite. Reza a lenda que elas se encontraram durante o eclipse, viram-se como em um espelho, encararam o reflexo uma da outra e, quando uniram as mãos, atravessaram o espelho, fazendo com que as memórias de ambas se apagassem e reavivando Saga.

A mulher ficou no topo do mundo como sempre sonhou, vivendo no castelo e tendo todo o povo daquele reino submisso até seu destino chegar com o renascimento da verdadeira herdeira. Mas diziam que a alma de Saga se foi como deve ocorrer com a morte, e que as duas mulheres, Nix e Hemera, foram, na verdade, novas mulheres, com almas distintas e também diferentes da alma de Saga. Mas a maioria dos leitores sempre prefere um final feliz, e a fábula foi criada para dar aquele toque de dúvida na mente deles: ou Saga foi morta ou não? Dependia da interpretação. Porém, não se podia negar que a sacerdotisa, a velha Glaunt, viveu como rainha por longos anos, e aquelas almas viveram de forma incomum até serem *reunidas*.

Toda essa história seria verdade se não fosse passada na planície depois do apocalipse. A alta montanha onde o reino fora estabelecido seria um morro de entulhos causado após a queda de um dos meteoros, a floresta seria vigas de ferro de prédios de séculos atrás, e o rio seria fios de esgoto e lixo beirando as vilas amontoadas de barracas de toldo e ruínas. O castelo seria pontas de edifícios de megalópoles soterrados. O rei seria uma espécie de líder, com moral suficiente para liderar uma população sobrevivente dos Impactos, analfabeta, ignorante e sem futuro. A princesa continuaria sendo sua filha, uma das poucas pessoas privilegiadas, protegida pelos canibais e pelos saqueadores das estradas no deserto. A velha seria uma Glaunt moribunda, com a sorte de ter nascido com poder. Mas não teria transformado as vítimas em ouro, na realidade, a história é baseada em uma mulher que assassinou um Distrito civilizado da planície inteiro durante um eclipse, porque, simplesmente, não tinha mais o que fazer.

Porém, o povo da plataforma, o povo do Império, conhece somente o lado fabuloso e brilhante da história. Nem poderiam imaginar que existem pessoas morando alguns quilômetros abaixo de seus pés, nas sombras.

Estamos no Império, na terra elevada, entretanto, eles estão no inferno, na terra em que nós costumávamos ficar. Será que seria errado unir o mundo mais uma vez, como Vascaros fez com a lendária mulher em Artiov?

CAPÍTULO 7
A DIVISÃO DE ALMA

— Sou do tipo realista. Com certeza Saga foi morta. E, por mais triste que seja, também acredito que Ninte não surgirá em nenhuma dos clones.

Não costumava ser o hábito de Natasha ser sincera e dura como foi em seu comentário. E foi ali que Vidar percebeu que ela havia mudado com o tempo. Ela se denominava realista, mas viu que, apesar de aceitar aquilo, Natasha estava direcionada para o lado mais trágico e sombrio das coisas.

— Nós nunca poderemos saber, Natasha. Não estamos em um patamar suficiente para ter certeza do destino da alma de Ninte. Mesmo com as teorias e os fatos científicos, devemos questionar tudo. Os Glaunts, há muito tempo, eram seres impossíveis de existir, e olha no que deu.

— Mas também não podemos ficar no meio termo, temos que acreditar em alguma coisa até que uma verdade absoluta se prove — Natasha disse de forma conclusiva. Estavam um ao lado do outro.

Enquanto contava sua história, Natasha havia abraçado seus joelhos. Vidar começou a observar o seu redor, pensativo e, mais uma vez, seu olhar estava longe, embora seus pensamentos se voltaram à mesma coisa: o próximo passo da predição.

— O que achou da história?

— Já sei quais serão os nomes delas: Hemera e Nix. Dia e noite — ele sorriu de modo sincero e a fitou.

Vidar realmente confiava na mulher ao seu lado. Seus sorrisos vinham com raridade e seus olhos frios tinham um calor que só Natasha conseguia sentir.

A porta do final do corredor se abriu, Demetrus apareceu. Eles se levantaram do chão para ouvi-lo.

— Majestade, Alteza, já está tudo pronto. Os equipamentos para o procedimento já foram colocados a postos. Podemos começar?

— Sim. E faça o mais rápido possível — ordenou Vidar ao prever a reação negativa do Pai em saber dos clones e do preço a ser pago com o procedimento, o que era muito para seu comodismo habitual. Depois virou-se para Natasha, que ainda estava parada. — Você não vem?

— Não. Eu vou embora. Tenho que voltar para Stemonova — respondeu. — Boa sorte com Hemera e Nix.

Vidar estranhou que ela parecia incomodada com algo, mas se despediu com um abraço desprovido de intimidade. Um olhar e um aceno firme de cabeça foi o que trocaram antes dela partir pelo elevador da torre. Depois, ele caminhou junto a Demetrus rumo à sala principal.

Natasha partiu com seu comboio de naves monovas enquanto Vidar ia em direção a uma sala diferente da outra. Ainda era branca e possuía computadores comandados por androides. Ninte fora conduzida até lá. Havia três caixas de vidros suspensas: a dela e os dos futuros clones. Cada caixa era ligada por válvulas e pequenos canhões de laser. Demetrus controlava pelos dispositivos, as caixas de vidro estavam sendo prontas pelos seus comandos e, pelo computador, os androides vigiavam o procedimento.

Demetrus e seus assistentes pararam ao lado de Vidar. O médico estava com um controle e se virou para o herdeiro esperando um sinal para começar. Vidar olhou para Ninte, evocou todos os longos dois anos que passou com ela. Tentou tornar seus pensamentos os mais positivos possíveis repetindo a mesma frase várias vezes em sua mente: *Ninte renascerá no clone imperfeito e o clone perfeito irá viver e viver.*

— Não irei me despedir — ele murmurou. — Eu a verei em breve.

— Permissão para começar?

Vidar olhou para Demetrus e fez um breve aceno com a cabeça.

Então o médico pressionou o botão do controle. Um ruído surgiu das máquinas e uma faixa passou por todo o corpo adormecido de Ninte, lendo-a e deixando a informação nas telas do computador.

Os olhos de Vidar e de Demetrus refletiam o brilho azul das faíscas que percorriam as três caixas. O ruído incessante dos computadores e das máquinas preencheram a sala branca.

Os androides também observaram o procedimento, parecendo enfeitiçados pela tecnologia. As máquinas se moviam contornando os corpos e rangendo com seus movimentos. Os olhos de Vidar miraram o chão quando percebeu que Ninte já não era a mesma e, ao lado dela, de sua companheira, havia dois novos corpos exatamente iguais, sendo construídos pelas pinças das máquinas que a imprimiam da cabeça aos pés.

— Reduzida, e duplicada. Assim como uma informação em um computador — disse Demetrus em meio ao ruído do procedimento.

— É bom lembrar que os clones não serão *deletis* como a original — assegurou o androide de voz feminina.

— Tudo bem. O que importa é que dê tudo certo — disse Vidar.

Todos estavam atentos àquele procedimento estranho, mas avançado. Até mesmo Demetrus e os assistentes estavam desacostumados à clonagem, por ser algo extremamente raro naquela época.

Havia uma energia azul naquele processo, uma energia considerada de outro mundo por ser tão incomum e poderosa. Demetrus era um dos poucos do Império que tinha acesso a todos os equipamentos necessários: as caixas de vidro, os dispositivos, os leitores e os decodificadores. A matéria orgânica era calculada a nível celular para a clonagem. A tecnologia era antiga e atualmente questionável, mas Demetrus Arsen possuía autorização para mantê-la em sua empresa.

Sabia-se que Ninte tinha um rosto oval, lábios carnudos e covinhas que se revelavam quando sorria, algumas das características das quais Vidar se lembrou enquanto assistia ao processo. Os clones teriam aqueles traços que continuariam a despertar um sentimento instigante nele e em todos de Saturni.

— É impossível não dar certo. A tecnologia usada para isso é uma das mais desenvolvidas, Alteza — respondeu um dos assistentes.

Os quatro observavam de longe tudo acontecendo. O ruído começou a desacelerar e uma fumaça branca proveniente de duas caixas suspensas começou a escapar pelos canos ligados ao chão. A caixa de Ninte estava vazia. Seu sumiço fez Vidar engolir em seco.

— Está acabado — disse Demetrus enquanto pressionava outro botão do controle. — Vá lá ver suas duas novas Nintes.

Vidar foi se aproximando com esperança em ver o resultado de mais uma parte da predição da Oráculo. As caixas se inclinavam e suas tampas se abriam.

Ele olhou para as duas. Hemera e Nix. E escolheu um lado para se aproximar primeiro. Eram exatamente iguais, as duas tinham cabelos pretos e longos e olhos escuros, ao contrário de Ninte.

Os clones estavam com as mesmas roupas que usava: vestidos brancos finos que pareciam ser feitos de luz.

— Ninte! — disse Vidar, virado para a mulher mais próxima.

Ela sentou-se na caixa, olhando-o com um sorriso. Nas suas bochechas estavam as duas fendas excepcionais, herdadas da original.

— Vidar? — O clone olhou para as mãos e depois em volta, desacreditada. — Deu tudo certo. Sou eu, Ninte!

Eles se abraçaram, então Vidar lembrou-se da outra, o clone perfeito. *Ninte renascerá no clone imperfeito e o clone perfeito irá viver e viver.*

Ele a observou atrás de si, no outro lado da sala branca. O clone perfeito ainda estava deitado, imóvel, mas com os escuros olhos abertos e fixos em algum lugar vazio. Lembrava um androide defeituoso.

— Hemera parece olhar para o além — observou Vidar.

Naquele momento, escolheu o nome Nix para o clone imperfeito visto que Ninte e Nix eram nomes parecidos.

Nix segurou a mão de Vidar como se tentasse chamar sua atenção, entretanto, ele não parava de observar Hemera, que fitava as luzes em cima e permanecia imóvel, como foi formada.

Ele estava olhando para uma existência nova e estava com um clone de Ninte. Hemera poderia ser uma casca vazia, Vidar viu que os olhos dela tinham pouca presença. Mas ele tinha que seguir a predição e aceitar os dois clones da forma como eles eram.

— Esta com quem você está de mãos dadas é Ninte, ao passo que a outra demorará a definir a própria personalidade, já que não herdou grandes memórias. É como se tivesse nascido agora. É uma pena.

— "Uma pena", é o que diz? Isso já era previsto, não é mesmo?

— A expressão "clone perfeito" significa um clone sem personalidade específica. É uma expressão feita para os clones que os cientistas usavam para estudar. Mesmo sendo perfeita, ela já deveria ter se levantado e dado bom dia. É um tanto justificável, pois o que a difere da imperfeita é que a constituição do cérebro dela foi feito de forma próxima a original, sendo que o da imperfeita foi feito para ser idêntico. De alguma forma, esse clone foi criado como uma Ninte desmemoriada.

— O procedimento de clonagem não é tão palpável como uma cirurgia — completou um dos assistentes. — Mas nós podemos ter certeza de que ela será introduzida ao mundo e terá acesso a algumas partes da memória da original eventualmente.

Vidar balançou a cabeça em concordância e fitou o outro clone. Um dos assistentes de Demetrus estalou os dedos na frente do rosto de Hemera, que levou um pequeno susto e se virou para ele.

— Levante-se — disse ele.

Ela obedeceu.

Hemera ficou de pé, mas perdia o foco e o equilíbrio. Ela se apoiou na caixa onde estava e ficou olhando para um ponto fixo, atordoada, até os assistentes examinarem seus olhos com uma luz. Seus olhos eram tão negros que ela não parecia ter pupilas.

Demetrus estava afastado, mas observava Vidar e Nix, desejando que não reclamasse da forma que Hemera ficou e, muito menos, descontasse no pagamento. O médico havia percebido algo no jovem que o fez ficar melindrado: era iminente que Vidar teria Nix como sua favorita. Ele viu Hemera e percebeu certa fragilidade, certa superficialidade.

— Alteza — o médico chamou. — Se me permite perguntar, por que dois clones? Por que o senhor queria um clone perfeito?

— Longa história, Arsen — Vidar continuava com Nix. — Não é para a sua laia.

Nix olhou para sua gêmea. De alguma forma, parecia conformada com a existência dela, embora tenha franzido o cenho ao estudar o seu torpor de androide defeituoso. Apesar do que a Oráculo falou a Vidar, Hemera demonstrava não ter uma alma dentro dela.

— Ela é um de nós agora? — Nix perguntou para Vidar.

— É como deve ser, Ninte — ele limpou a garganta e corrigiu: — Nix.

Minutos depois, Demetrus Arsen e seus assistentes haviam ido embora. Aquela torre hospitalar de Saturni fora arrumada pelos empregados da empresa de Demetrus, e os moradores das escalas ao redor não desconfiaram que o herdeiro do Império passara longas horas por lá.

Vidar retornou com Hemera e Nix para a outra parte do palácio de Saturni, onde ficavam as primeiras escalas com as torres mais vistosas. Dorick XX, no salão do trono de bronze, chamou pelo filho, alvoroçado por sua decisão de clonar a esposa, algo que não era nada habitual. Tanto o Imperador quanto outras pessoas das nações não admitiam clonagem de um humano falecido e, assim como Natasha, considerava antiético.

Vidar chegou rapidamente ao salão do trono – o mesmo lugar onde se casara com Ninte e Natasha com Iven, cuja morte fora mais marcante do que os dois casamentos juntos.

O salão continuava gigantesco e mantido com os portões fechados; as paredes azuis imprimiam um aspecto glacial, colunas contorcidas, chão de mármore coberto por vastos tapetes e vitrais nas laterais iluminavam o ambiente. Todo o rastro da tragédia que ocorrera há um ano fora retirado do recinto. Vidar caminhava encarando Dorick XX, que estava em seu trono suspenso no altar, entre sombras de cortinas e mais colunas. Era um trono simbólico, o trono do Imperador, rústico, mas grandioso. O altar era discreto, como se não tentasse ser o centro das atenções naquele salão. Em contrapartida, a quantidade de guardas, mordomias e o guarda-costas faziam o trono parecer mais supremo e meritório. Um dos homens de prontidão, ao lado do Imperador, possuía os cabelos de duas cores – mechas cinzentas mescladas com cabelos castanhos – e um olho biônico vermelho e excêntrico. Era Astaroth, denominado soldado de Elite.

— Que história é essa de clonar Ninte? O que você tem na cabeça? Como pôde ter feito isso sem me perguntar? E quem saiu ganhando foi aquele doutorzinho medíocre. Quanto pagou a ele? — gritou o Imperador, cuja voz ecoou pelo recinto, sendo ouvida pelo seu filho e os demais presentes.

— Acalme-se, Pai. Você nem viu o resultado do procedimento. Quero dizer, os resultados.

— Não me importo se o procedimento foi um sucesso ou não. O ato de clonar os mortos e, até mesmo os vivos, não passa de um ato repugnante! Essas duas mulheres são corpos mortos sem vida alguma. São zumbis circulando pelo sagrado palácio de Saturni, e não quero isso!

— Não ligo para o que você pensa delas. Já está feito e não tem como voltar. A não ser — Vidar trocou o peso de um pé para o outro e encarou, com os olhos meticulosos, a pessoa ao lado do trono. — A não ser que você mande Astaroth cuidar delas.

— A não ser, também, que você volte no tempo e impeça a minha crise de *deletis* — disse Nix, que apareceu fumando um cigarro em uma piteira, vestida com um traje elegante. Ambos olharam-na caminhar, vindo de baixo de um arco da lateral do salão.

O descote do vestido de Nix se assemelhava aos que Ninte costumava usar. E o modo em como ela andava e falava lembrava muito o jeito soberbo e sensual da jovem falecida. Aquilo, para Vidar, era o único lado bom da clonagem, daquela parte da predição e, por um momento, demonstrou-se muito satisfeito ao vê-la tão marcante, tão Ninte. Mas logo se lembrou, havia Hemera também, e ela poderia ser uma casca vazia e ele tinha que fingir que não fazia ideia.

— Então, este é o primeiro clone, onde está o outro? — perguntou o Imperador, de modo hostil.

— Não me chamo o primeiro clone. Eu era Ninte, mas agora sou Nix. — Ela soprou fumaça. — Tive uma crise de *deletis*, mas agora estou perfeitamente saudável.

— Não precisamos mais trocar nenhuma palavra com ele. O senhor meu Pai não abre seus olhos e não muda de opinião. Ele não está num patamar acima do nosso para ter certeza sobre a vida de um clone.

Então os dois se viraram e foram de mãos dadas, mas o herdeiro sabia que o Pai não os deixaria com as últimas palavras.

— Sim. Não estou em um patamar acima dos seus. Estou apenas no topo do mundo — retrucou consigo mesmo ao observar o casal que havia lhe dado as costas. — Onde está o outro clone? Quero ver essa aberração agora — comandou para todos ouvirem.

O casal parou de caminhar e olhou para trás, ambos escolhendo mais palavras para retorquir. Porém, um portão lateral foi aberto para que as ordens do Imperador fossem atendidas.

— Hemera está aqui, Majestade — disse uma aia empurrando Hemera para um lugar mais próximo do altar.

— Ah — exclamou o Imperador coçando o queixo e alongando seu pescoço para vê-la. — Elas não são muito parecidas com a original.

— Se me permite comentar, meu senhor, Ninte possuía os olhos quase da mesma cor que os de Alik e Damisse, olhos verdes bem bonitos — comentou a aia que trouxe Hemera para o salão. — Mas os clones não são mais *deletis*.

O clone parecia ter vergonha de tudo e todos, escondia-se em sua capa como se tentasse se proteger de algum mal. Seus olhos negros entreolharam-se com os olhos desiguais de Astaroth. Em um mísero segundo, ele captou nela algo que poucos poderiam ver.

— Hemera! — chamou Dorick XX. — Do que se lembra?

Hemera não respondeu, vacilante com a presença de todos, permaneceu no mesmo lugar em que foi deixada, olhando ao redor como um animal amedrontado.

— A memória de uma pessoa é mesmo algo misterioso. Você tem sorte, primeiro clone. Já estou farto de visitantes. Podem sair daqui — mandou o Imperador.

O casal retornou ao caminho dos tapetes até o grande portão, e Hemera os seguiu tal qual uma sombra, pois não sabia mais o que fazer ali. Percorreu o caminho até as escalas deslumbrando as minúcias das alas por onde passava, fuzilada por olhares arrogantes e estranhamentos durante todo o percurso.

Dorick XX continuou no trono, mandou buscarem cerveja peralta, cujos grãos de cevada e de café foram semeados nos campos longe das fronteiras do Império e onde não se viam mais cidades, somente selvas e desertos.

Astaroth, que era próximo ao Imperador, foi convidado a se sentar e desfrutar da bebida. Fazia anos que não tomava algo tão fino e doce. A primeira vez que tomou a cerveja peralta havia sido na época em que lutava na arena, financiado pela chanceler de uma Nação longe dali. E, por alguma razão, Hemera o fez se lembrar desta chanceler de Corssa. Como se o clone, que aparentava ser medrosa, tivesse uma pequena chama prestes a aparecer e queimar quem estivesse à sua frente.

CAPÍTULO 8
A BIBLIOTECA MILENAR

A tarde havia se passado rapidamente, Nix fora reverenciada muitas vezes pelos nobres mais cordiais ainda sendo chamada de Ninte. O clone imperfeito parou para se olhar nos espelhos de um salão. Observou cada fio de cabelo, procurou algum cílio ou pelo da sobrancelha desigual, alguma pinta ou um ínfimo detalhe diferente de Ninte, mas não encontrou nada. Somente a cor preta do cabelo não era de Ninte, e os olhos estavam agora em um tom escuro e mais encontradiço.

Ela não demonstrava sentir nada pelas diferenças físicas de seu novo corpo, somente repudiava aqueles que haviam se esquecido de como seu antigo corpo perecera devido a uma doença rara e implacável. Havia também os desavisados, achando que Ninte havia simplesmente tingido as madeixas.

Já Hemera, tão só, reconheceu algumas partes de Saturni e recebeu olhares desdenhosos. Os outros não gostaram dela, alguns tinham medo. Sua existência era discutida e, assim, discordada. Vidar não podia demonstrar que se importava, ele tinha que se manter longe dela, dessa existência nova que renasceu de Ninte.

Uma vez que Hemera viu o céu branco, não nublado, mas coberto por feixes e nuvens tão claras que fizeram o azul se desbotar, lembrou-se da neve de Stemonova, o inverno intenso e o gosto dos flocos de neve caindo em sua língua. Por alguma razão, não era uma lembrança prazerosa de se recuperar. Quando viu algumas crianças brincarem nos ladrilhos, teve um vislumbre de infância jamais vivida por aquele corpo. Ao contrário do que parecia, aquela recordação não lhe trazia boas sensações. Tentou encontrar uma forma de se esquecer de tais memórias turvas e sem sentido se distraindo com passeios sem rumo. Contudo, sempre que conhecia um novo lugar, Hemera evocava memórias melancólicas e aborrecimentos passados. Sua personalidade se salientava sobre todo o mar escuro e repleto de amarguras de Ninte.

Hemera nasceu como uma folha de papel pronta para ser preenchida por uma odisseia de erros, acertos, dogmas, desejos...

Sem perceber, seus pés a levaram para os limites de Saturni, com torres inabitadas e gigantescas, a perder de vista. Os arcos e grandes coretos abriam caminho para um imenso e monótono campo, onde Hemera se lembrou de algum lugar visitado por Ninte. Próximo dali estava a Biblioteca Milenar, cujo nome era misteriosamente conhecido e para onde ela se dirigiu seguindo pelas trilhas.

Ela entrou na Biblioteca e mandou abrirem o acesso da ala principal. Estava tudo calmo e frio, as correntes de ar zumbiam como fantasmas. Hemera caminhou até o centro e espiou entre as estantes sob fracas luzes. No meio da monotonia, o clone avistou uma criança de costas, ocupada com um pequeno livro. Era Damisse Saliery Cromdha, que percebeu sua presença e a olhou de volta, largou o livro e se esgueirou evasivamente.

Damisse parou no final da estante e observou Hemera entre as lacunas, em silêncio. Seus olhos emitiam um lampejo assustado que Hemera já conhecia em outros moradores de Saturni.

— Ela tem medo de você — avisou um garoto que surgiu das sombras. Seu nome era Alik. — O que faz aqui, e sozinha?

— Este lugar me chama a atenção — respondeu, correndo os olhos pelo zimbório lá em cima.

Hemera continuava com os braços envoltos nos ombros, movendo-se de forma contida em um prospecto tímido, ainda lembrando o clone amedrontado que tentava se proteger de algo.

— Você dispensou todas as companhias. Parece-se conosco — disse Alik.

Ele apoiou suas costas em uma estante e olhou-a de cima a baixo.

— Vocês também acham que não tenho alma? — perguntou alto o suficiente para que a a garota pudesse ouvi-la também.

A voz de Hemera era mais passiva que o normal. Damisse se revelou e, com receio, respondeu que não.

Os gêmeos eram quase idênticos. Tinham a pele cor de caramelo, o rosto redondo, nariz e boca finos e sardas nas maças do rosto. Os olhos eram verdes, em tons de oliva.

— Acho que estamos em um patamar muito baixo para termos certeza de algo assim. Mas, olhando bem, seus olhos brilham como os de qualquer outra pessoa.

Alik e Hemera sorriram um para o outro. Ela tinha um sorriso triste, Alik reparou.

— A Oráculo estava certa — sussurrou Damisse para ele, depois que viu o sorriso tristonho florescer em Hemera.

— Sim. — Ele se virou para Hemera. — Ela disse que você nos encontraria. E você encontrou.

— O que fazer para que os outros parem de me olhar daquele jeito? Eles não têm respeito por mim, o *clone sem alma*. Me culpam por existir, mas não culpam Vidar por ter tido a decisão de me fazer existir. É tão estranho. Dois clones, para quê?

— Nunca poderemos entender essa decisão. Nem mesmo a Oráculo sabia da doença de *deletis* de Ninte e a criação de vocês duas. Mas... — Alik segurou em uma das mãos dela e adentraram mais o recinto, entre os corredores e as luzes bruxuleantes. — Ela nos disse que serei um bom guia para você, vamos dizer assim.

— Não entendo — disse Hemera.

Eles pararam e se olharam.

— Do que você se lembra? — perguntou ele.

— Vidar me disse para dar uma volta, para interagir com as pessoas. Tive recordações estranhas, memórias falhas, como se eu tivesse sido uma pessoa diferente, batido a cabeça e me esquecido para sempre do que realmente é imporante.

Alik e Damisse a ouviam com a devida atenção.

— É uma sensação ruim que não consigo explicar por meio de palavras. Acho que as pessoas normais nunca poderiam senti-la.

— Quero que saiba que, seja o que for essa sensação, ela não fará mais parte de você daqui pra frente. — Alik escolheu um livro entre milhares e o folheou em busca das gravuras e, sem mesura, continuou: — A Oráculo nos disse...

— Ou você escolhe se lembrar de todas as memórias de Ninte e se transformar em Ninte... — começou Damisse.

— Ou você escolhe recomeçar com sua vida e se transformar em Hemera — terminou Alik.

Hemera piscou, ainda remoendo as ideias dos gêmeos.

— O que vocês fariam no meu lugar? — Aquela pergunta soou como se Hemera fosse alguém dependente, sem nenhuma convicção. Mas com o dar de ombros de Alik e a calmaria de Damisse, ela encheu os pulmões e continuou: — Com os acessos de memórias que tenho de Ninte, vejo que nunca serei alguém como ela. Mesmo que me esforçasse. Sou um clone perfeito, com uma personalidade que poderá ser definida de acordo com o tipo de vida que eu escolher.

Alik e Damisse se entreolharam. Hemera viu certa satisfação nele, que tinha aberto um sorriso moleque.

— Tudo bem, o que importa é que você seja feliz. Não é?

Os três sorriram. Aquilo despertou a confiança de Hemera neles, principalmente em Alik. O trio continuou a conversa, com os gêmeos apresentando à Hemera informações que apenas as boas amizades confidenciariam.

Enquanto saíam da Biblioteca e começavam um passeio, Alik contou-lhe sobre Saturni: a idade das árvores, as espécies dos falcões nômades que chegavam por lá de tempos em tempos, as escalas mais velhas e hieráticas. Com facilidade, ele embaçou um pouco os olhares indômitos e desdenhosos que vinham para Hemera, visto que era o filho de Dorick XX, assim como Vidar.

Acompanhada por Alik, nenhum morador de Saturni poderia nem sequer franzir as sobrancelhas de desgosto para o clone. O Senhor Olister Wary, Marechal da Polícia Militar, fez uma reverência aos dois, depois foi o Sacer Chaser Atwer que demonstrou ter respeito por Hemera. Ele era um sacerdote e sua religião pregava que o preconceito constituía uma das raízes da maldade humana. O Sacer conversou com eles e contou-lhes a história da Biblioteca Milenar; ao fim, partiu e deixou Alik e Hemera sozinhos novamente.

O garoto era gentil, tinha um grande carisma, e isso fez com que o vazio de Hemera fosse diminuindo à medida em que eles contavam da vida um do outro. Alik dizia ser descendente do povo de Corssa, que os olhos verdes eram *deletis*, que tinha amigos fora de Saturni, uma promessa de vida e que Vidar era o seu exemplo, como se o irmão fosse um modelo a ser seguido. Dizia que ele era tão inteligente que se tornava difícil de sentir inveja.

E disse à Hemera sobre as coisas do mundo, a Última Guerra, o Império, a Revolução dos Glaunts; os Impactos, conhecimento que, de alguma maneira, ela já tinha. Contou sobre tudo que podia lembrar; a idade dele e de sua gêmea, treze anos, mesmo que não parecesse; do seu irmão Haxinus, de dezesseis, que estava em Balsam; e de uma organização secreta chamada Hakre, que ele se orgulhava como um patriota.

Já ela, contou sobre as únicas coisas concretas que se lembrava, como se estivesse descrevendo um sonho. Narrou o momento que abriu os olhos pela primeira vez, quando sentiu um clarão ofuscando sua vista e sua visão arroxear. Citou o momento em que ela viu Vidar pela primeira vez.

— A aliança que Ninte usava também foi duplicada — comentou Alik, observando os dedos de Hemera apoiados no banco onde estavam.

Era um dia claro, alguns nobres caminhavam no pátio. Damisse estava cortando alguns galhos de bonsais, a conversa havia durado algumas horas.

— Vidar ainda é meu marido — comentou ela, olhando o brilho fosco do anel. Ela o tirou do dedo e o olhou. — E, Saturni, a minha casa.

— O sonho de tantas mulheres lá fora — Alik virou-se para o horizonte e procurou a cidade além da vista. Solem, a capital, parecia emergir entre os montes dali.

— E o Império, futuramente, depois que Vidar substituir o senhor Forceni como Imperador.

— Não se Eze retornar para casa — afirmou Alik apoiando as pernas e sentando-se de maneira relaxada e sem requinte.

— Eu espero que ela volte — disse Hemera ainda olhando para o anel. — Para que eu chegue mais perto da chance de deixar essa vida e esse lugar de vez.

Ela subiu os olhos para Alik e viu a feição dele se tornar assustada e sombria.

— Como tem coragem de dizer isso? Você está vivendo um sonho realizado.

Hemera fitou Alik. Não tinha palavras para explicar aquela vontade.

— Se você se afastar, ouvirá coisas a seu respeito que vão, com toda a certeza, te ferir. Tem certeza que quer se tornar uma pessoa comum?

— Não sabe como é ruim quando as pessoas sussurram que é alguém desalmado, que é uma perda de tempo e espaço nesse lugar. Se Vidar não ligou, nem mesmo me defendeu, então as pessoas daqui têm liberdade de dizer e fazer o que quiserem comigo — retrucou Hemera, guardando o anel no bolso displicentemente. Apesar das palavras firmes, seus olhos corriam com confusão. — E ainda temos Astaroth, que de alguma forma sei dos seus trabalhos sujos. O Imperador pode mandar ele me sequestrar e me jogar no esquecimento. Você já sabe, este é meu primeiro desejo: sair daqui e viver em Solem. Longe dessas pessoas.

Ela se afastou deixando um Alik perplexo para trás, entretanto, quando se distanciou o suficiente para perceber que caminhava sozinha, Saturni pareceu ter sido posta sob sombras. O ambiente começou a despertar medo em Hemera, até mesmo as luzes de fim de tarde a fizeram se lembrar de um pesadelo que Ninte tivera. Não sabia o porquê, mas somente as lembranças ruins de seu antigo corpo surgiam conforme o tempo passava.

Hemera estava sozinha e era estranhamente maltratada. A ignorância de Vidar sobre aquela situação a feria mais do que qualquer outra coisa. Mal sabia que o tratamento que Vidar lhe dava foi uma das coisas que ele prometeu fazer, seguindo a predição. Ele se sentia mal em deixar Hemera sofrer.

Passaram-se duas horas. Hemera havia retornado ao seu quarto na mesma torre das escadas em espiral. Antes de o sol se pôr, Damisse bateu à porta.

— Isto é para você. — A gêmea de Alik estendeu-lhe um livro da Biblioteca Milenar. — Aqui diz tudo sobre clones. É um livro muito, muito, muito antigo. Foi escrito antes da Última Guerra, antes de o conquistador Yvis Hideria ter nascido.

— Yvis Hideria.

— Sim, o general que conquistou nosso Império. Vivemos na Primeira Nação, Hideria tem esse nome por causa dele.

Hemera conhecia a história. Deu um sorriso brando e pegou o livro.

— Foi Alik quem teve a ideia de te dar esse livro. Existem dispositivos que podem projetar livros inteiros, mas preferimos o jeito antigo. Costumo ler muito na Biblioteca. Diferente dele, quero me tornar uma historiadora, uma filósofa.

— E o que ele quer se tornar?

— Alik quer ser político como Vidar. Quando Vidar se tornar o Imperador, depois que o senhor nosso Pai se aposentar, Alik pretende se tornar um audi-federal ou um audi-interino. Bem, ele ainda não decidiu se irá trabalhar aqui em Saturni ou na capital. — Damisse suspirou. — São muitas influências que nos rodeiam. Fui influenciada pelo nosso professor e Alik foi por Vidar e nossa mãe.

Hemera conhecia aquelas denominações devido às falhas memórias de Ninte.

— Torço muito por vocês. — Ela fez um aceno de cabeça. — Muito obrigada pelo livro.

Damisse fez um aceno simpático em resposta e saiu.

CAPÍTULO 9
O CLONE PERFEITO

Havia um célebre pintor de Saturni, calvo, com rosto plissado e sobrancelhas rasas. Ele pintava Damisse como um ser encantado de contos e fábulas, cercada por animais do bosque, coelhos, cervos, pássaros e borboletas; com uma luz descendo entre seus dedos que tampavam o rosto do sol, partindo de um céu precipitado entre árvores, e em uma posição de bailarina, segurando a cesta junto ao corpo. Com habilidade, ele utilizava cores claras e sombreava com *sfumato*. Fazia a tinta a partir de thymus azul *deletis* que colhera da campina.

Damisse deu ao pintor um cravo e um grande beijo nas maçãs do rosto e saiu para mais um passeio até as escalas da Biblioteca Milenar. Ela costumava ler muito as histórias da Penúltima Era. Diferentemente das crianças de fora de Saturni, Damisse e Alik podiam estudar quando bem entendessem, pois o professor lhes permitia aquela liberdade, embora isso não os fizesse menos talentosos, visto que os gêmeos gostavam de ler.

Damisse, sozinha, devorava todos os livros, estante por estante. Preferia os que contavam a história da Última Guerra, aqueles que havia milênios não circulavam nas mãos das pessoas comuns. O Império censurava livros, peças e pinturas, portanto, a arte conhecida popularmente era o produto final de processos de censuras e julgamentos. Dessa forma, Damisse, assim como outros moradores de Saturni, tinham acesso a algo que ninguém mais no mundo tinha.

Damisse poderia passar dias sem trocar mais de uma frase com alguém, pois sempre ficava nas mesas mais distantes do portão da Biblioteca Milenar. Estudava história e, às vezes, lia com Alik.

A herdeira nunca se esquecia de ligar para seu irmão que estava em Balsam. Antes de dormir, comentava sobre as coisas que leu durante a tarde e eles conversavam sobre tudo o que surgia em suas cabeças. Damisse sob a luz sideral, e o irmão Haxinus, no seu beliche.

— Daqui a algum tempo, Haxinus voltará de Balsam. Será que ele já tomou a decisão do que irá escolher? — Damisse perguntou à mãe, Ayun, no gabinete de uma escala de Saturni.

Ayun Salicry Cromdha não era mais esposa de Dorick XX, mas ainda morava em Saturni e ficava com os filhos. Tinha a mesma pele caramelo, porém os olhos eram dourados *deletis* como mel. Também se diferenciava por um *bindi* violeta no meio da testa.

Ayun era de Corssa, a Quarta Nação do Império. E, como Alik uma vez disse à Hemera, ele e Damisse eram descendentes do povo antigo do leste de lá.

— Ele poderá ser influenciado pelo Senhor Olister Wary. Wary é um ótimo Marechal da Polícia Militar e Haxinus poderá optar por ele — respondeu Alik.

Os gêmeos estavam debruçados na janela ao lado do gabinete, Ayun Saliery estava na mesa, trabalhava como audi-interina de Saturni.

— Queria que Haxinus ficasse aqui, na guarda de Saturni — Alik confessou.

O jovem gostava do irmão assim como gostava de Vidar.

— A guarda de Saturni é muito sem graça — Damisse mordeu uma maçã.

Pássaros-da-noite passavam ladeando as árvores do bosque junto à janela.

— Não é isso o que o General Fregipt diz — Ayun interveio.

Fizeram-se silêncio. O canto dos pássaros enchia o gabinete de Ayun.

— Bom dia, Senhor Mirrado! — Alik acenou para o homem franzino que passava lá embaixo.

— Pare de me chamar assim, moleque! — O homem rebateu erguendo o punho fechado.

Alik e Damisse gargalharam.

— Com licença, senhora. — Era Hemera na soleira da porta. Ayun fez um gesto chamando-a para entrar.

O clone tinha um sorriso fraco e tímido no rosto, entrou no gabinete e se aproximou dos gêmeos.

— Terminei de ler o livro. — Ela o estendeu para Damisse.

— Já?

— Sim. É muito bom.

Damisse o pegou. Era um livro verde, grosso e de brochura.

— Hemera, não é? — Ayun entrou na conversa.

O clone balançou a cabeça.

— Bem-vinda a Saturni.

— Obrigada, senhora. — O clone fez uma reverência.

Como acontecia com Ninte, os longos e lisos cabelos emolduravam cortinas nas laterais do rosto. Hemera trajava um vestido amarelo-claro, tinha um manto e um capuz de tecidos finos e bordados em ouro. O clone tentava encontrar um estilo e, seguindo o livro dado por Damisse, tinha de descobrir sua personalidade.

— Se você tiver algum problema, alguma dúvida de como as coisas funcionam em Saturni, é só me encontrar aqui, nessa torre — Ayun disse com seus olhos de mel olhando-a com ternura.

A senhora mãe dos gêmeos sempre tinha um sorriso bondoso no rosto. Hemera apreciou a sua ajuda e fez outra mesura.

— Obrigada — As covinhas de Ninte surgiram no rosto de Hemera à medida que seu sorriso tristonho se abria. Damisse e Alik também sorriram.

***

Hemera passava seu tempo lendo e aprendendo sobre história, como Damisse fazia, contudo, as histórias que Hemera mais pesquisava eram sobre Metatron.

Metatron era um planeta distante, habitado por cientistas e exploradores. Famílias abastadas também saíram do Império para colonizá-lo. Havia um pouco mais de quatrocentos anos que a Nave de Irmano, que comportou todas aquelas pessoas, partiu de uma das Nações do Império para atravessar o Portal rumo à Metatron.

A intensa pesquisa de Hemera levou à conclusão de que o planeta era uma boa opção para a ciência. Estudou também as naves sentinelas que eles enviaram ao desconhecido. Tudo mostrou-se valer a pena quando Metatron recebeu seus primeiros sentinelas e ela aprendeu também que as ligações de Metatron com o Império haviam sido cortadas, e as colônias passaram a viver de subsistência.

— Metatron é um planeta um pouco maior que a Terra — contou o Sacer Chaser Atwer em uma de suas visitas. - É repleto de vulcões e florestas, há um grande oceano e um grande e único continente.

Ele era um ancião carismático e íntegro e, diferente de outros moradores de Saturni, o Sacer não olhava para Hemera com repugnância.

O Sacer lhe deu uma imagem de Metatron e do sol azul que o iluminava. O clone agradeceu fazendo um gesto de oração com as mãos e inclinando a cabeça.

Um pouco mais tarde, Hemera teve uma refeição agradável com uma família moradora de Saturni de uma escala anexa à sua. Depois, foi à Biblioteca Milenar sozinha e conversou com Alik e Damisse sentados na mesa. O clone leu um livro afastada deles e os observou estudarem com o professor.

Além de ler livros de história, passou a ter uma coleção de biografias em seu aposento, grande parte abrangendo clones e androides. Ela percebera que sua existência era uma raridade, visto que o último clone perfeito havia nascido numa base científica havia mais de duzentos anos. Soube nas pesquisas que os clones perfeitos aprendiam rapidamente, mas que suas vidas sempre foram reservadas para serem apenas cobaias. Hemera percebeu que era a única naquele mundo por ter nascido com liberdade em Saturni, assim como Ninte que ela desconfiava que renasceu em Nix. Também percebeu que tinha de fazer algo para se destacar entre as pessoas e, principalmente, tinha de fazer algo para se tornar diferente de Nix.

Ayun apareceu em seu aposento um pouco depois de ter sido chamada.

— Hemera, por que você quer fazer isso?

— Eu quero ficar diferente de Nix. — O clone segurava uma máquina com as mãos trêmulas enquanto olhava para seu reflexo no espelho. — Quanto mais diferente dela, melhor.

— Olhe, quero que saiba que pode se arrepender depois — Ayun moderou o tom de voz: — A moda em Saturni sempre foi cabelos longos, não é?

— Não vou me arrepender — retrucou Hemera aborrecida.

Ayun juntou as mãos, as mangas de suas vestes eram de cetim violeta como seu *bindi*.

— As mulheres que têm cabelos curtos em Hideria são androides ou militares. Você não é nenhuma dessas coisas, Hemera.

— Então o que sou? Sou um clone perfeito, não sou? — Hemera fitava seus próprios olhos no reflexo. — Aprendi que devo me destacar entre os demais.

— Você é uma nova pessoa em Saturni. Você é Hemera Cromdha e Ninte Rochman Oborun, você é esposa de Vidar e irá estabelecer um legado em Saturni.

— Isso...

— Você não pode simplesmente fazer isso para diferenciar-se de Ninte. De Nix — corrigiu.

— Por quê?

Ayun ficou sem palavras. Não encontrou um motivo derradeiro para fazer Hemera afastar-se da máquina. O clone era perfeito e aprendera consigo mesma e com os livros que leu a ter determinação. Então Hemera começou. Centímetro por centímetro a máquina raspava suas madeixas, deixando seu couro cabeludo nu.

Ayun a assistiu através do reflexo no espelho. As mechas caíam nas roupas de Hemera e no chão, nas faixas de luz do sol. Fios negros e leves a contornavam como uma sombra no assoalho. Ela se cortou em alguns pontos, mas não se deteve. Teve dificuldade em raspar a parte de trás, pois não podia enxergar totalmente no espelho, mas conseguiu, a máquina não emitia nenhum ruído. Hemera, com o tato, conseguiu tirar todo o seu cabelo tornando-se calva.

Sentiu sua pele lisa, era estranho que suas sobrancelhas tivessem se tornado mais marcantes. Hemera aproximou-se do espelho e contemplou a si mesma. Estava diferente aos próprios olhos, e imaginou o que os moradores de Saturni iriam pensar ao ver sua drástica mudança.

Ayun suspirou, incrédula. *Temos um clone perfeito.*

Hemera protegeu sua cabeça nua com um capuz e saiu de seu aposento com Ayun Saliery. A mãe dos gêmeos foi divertindo-se com a companhia tão excêntrica do clone. E Hemera apreciava sua amizade. De mãos dadas, saíram pela escala, enfrentando mais olhares curiosos sobre Hemera. Ayun falou de seus filhos e reforçou aquelas palavras que diziam que qualquer problema que surgisse, Hemera poderia encontrá-la em seu gabinete. A corsseana era uma mulher íntegra e lembrava muito dos bons moradores de Saturni, como o Senhor Atwer, o sacerdote vascarita. Antes do sol avermelhar, se despediram e Hemera decidiu ir sozinha encontrar-se com a Oráculo.

Hemera tornou a passar por caminhos ermos, havia pegado atalhos para chegar mais rápido – elevadores ocultos que levavam a escalas de transição quase nos subtérreos. Alguns atalhos eram muito utilizados, levavam às partes mais movimentadas de Saturni, onde ocorriam reuniões e cerimônias todos os dias.

Hemera chegou numa grande e vertiginosa escala, formada por labirintos de corredores, pontes e torres amontoados. Disseram que a Oráculo estava por lá, quando ela tomou coragem de entrar e perguntar para alguém. A Oráculo observava alguns artistas retratando os esculturais fontanários centrais, com as velas em cima e com as estrelas que haviam começado a aparecer no fundo.

— Hemera?

O clone olhou para trás, estava quase subindo as escadas para o teto-jardim onde a Oráculo e vários pintores estavam.

— Você está diferente.

Era Vidar, parado, e com um jeito e expressão incomuns. Olhava-a como nunca olhou, estava com o mesmo olhar atencioso de Ayun e do carismático Sacer. Era como se estivesse dando um tempo ao tratamento indiferente que dava a Hemera. Um *intervalo* para a predição.

— Você também — ela disse.

Ele concordou com um sorriso mais terno do que o de costume. O frio marcante de seus olhos continuava, mas aquele sorriso veio-lhe com certa luz.

— Falaram sobre o que você fez. Não vim aqui por curiosidade — ele confessou. — Vim aqui para ver se você está bem.

— Eu estou bem — ela deu um sorriso forçado. — Ayun, Alik, Damisse e Chaser são meus amigos. Eles me ajudam.

— Mesmo assim... você fez algo muito peculiar — Vidar meneou o rosto espiando Hemera através do capuz. O manto de bordas de ouro cobria sua cabeça até testa.

— Tomei uma boa decisão. Sou Hemera, não Ninte, nem Nix — ela afirmou com plena certeza.

Vidar fez um aceno de cabeça em aprovação.

Os acessos das memórias de Ninte revelavam a Hemera que nem sempre a beleza das pessoas costuma ficar na sua forma física. A sua mudança poderia ter sido drástica, mas mostrava ao mundo que Hemera era um clone vivo e com consciência do que fazia. Mesmo calva, Hemera continuou vendo uma bela mulher olhando-a de volta no espelho.

Vidar viu que a felicidade dela era o que importava. Se o clone estava, pelo menos, um pouco mais feliz em ser diferente, não havia nenhum problema com aquilo. Mas o herdeiro de Saturni tinha a predição e uma promessa para ser cumprida. Assentiu, girou em seus calcanhares e saiu daquela escala. Afastou-se de Hemera e deixou o grupo de pessoas com seus desdenhes com ela, como devia ser. *Ninte renascerá no clone imperfeito e o clone perfeito irá viver e viver...* Vidar tinha de dar mais atenção à Nix e tinha de ignorar Hemera, deixando-a viver e viver – sozinha. E, além de tudo, tinha que enfrentar os questionamentos que sempre o faziam. *Dois clones para quê?*

CAPÍTULO 10
A IRMANDADE

Alguns meses haviam se passado após o aniversário de quinze anos de Alik e Damisse. Damisse não mudara muito, mas Alik crescera desde então, parecendo ser o filho mais velho de Ayun. A garota manteve seu cabelo longo, cacheado e escuro, sempre arrumado por uma grossa trança. Já o irmão ousou fazer uma tatuagem durante uma de suas saídas secretas de Saturni para Solem, a capital. Seu cabelo continuou o mesmo de antes, era curto e repicado e tinha uma franja jogada para o lado.

Alik estava fora de Saturni, andando completamente só, sem nem mesmo seus guarda-costas ou serviçais, abrindo mão completamente das mordomias palacianas e se misturando entre os civis da capital, encapuzado e com as mãos no bolso, andando pelas praças e avenidas movimentadas sob o sol de verão.

Na frente de onde Alik estava era possível ver a praça principal de Solem, um lugar gigantesco e sem as sombra das torres, ilhada, como se fosse o centro do centro, era a praça mais movimentada e mais cheia de atrações, como um ponto turístico deveria ser.

As bandeiras hiderianas eram mantidas nos topos dos mastros das laterais da praça principal. Eram simples, porém heráldicas. Tinham somente um brasão, e eram parecidas com as de famílias reais. O símbolo de Hideria, desde a Última Guerra, era uma coroa de bronze toda ornamentada e detalhada em um plano branco. As bandeiras mexiam com o vento fazendo com que o brilho dourado das estampas da coroa sobressaísse a cada sopro. Alik caminhou até o centro da praça, olhando as estátuas ancestrais que exibiam a história de sucessões do Império das plataformas em um gigantesco vórtice. Desde o primeiro Imperador Cromdha, Vascaros, até o atual, Dorick XX.

Havia também chafarizes e fontes, e muitas luzes de neônio, que delineavam o caminho e provinham dos degraus e dos parapeitos.

Alik sentou-se perto da estátua do Pai, olhando para a de sua avó, Daihil XVIII. As estátuas dos Imperadores eram escuras, algumas poucas eram equestres, cujos cavalos possuíam armaduras com chifres e correntes metalizadas, enquanto as das Imperatrizes eram mais angelicais, delicadas e esvoaçantes. Ficavam nos altares, inalcançáveis, e possuíam detalhes dourados que contrastavam com o material escuro. As estátuas eram gigantescas e feitas de um metal sintético, mais duro e bem polido e estavam em bem conservadas, apesar das primeiras da fileira terem sido construídas havia cerca de dois mil anos e meio.

Alik passou o tempo na praça vendo as nuvens escurecerem e os ventos tornarem-se impetuosos até a chuva chegar com fraqueza. Um teto se abriu no céu acima da praça, transparente e silencioso, como se fosse uma redoma. O garoto viu os pingos caírem e escorrerem pela cúpula se unindo e crescendo como fios de água. Deitado no banco da praça, ele começou a tentar adivinhar qual fio de água chegaria ao chão primeiro, como se apostasse corrida com a chuva.

As pessoas nativas de Solem – comumente chamadas de solenes – eram modestas, tinham uma aparência agradável, caminhavam sem pressa, não andavam muito em grupo, no máximo trios e, até mesmo, os jovens eram introvertidos. Poucos conversavam entre si pelas ruas. Somente no interior dos shoppings e dos bazares, as pessoas riam, conversavam e extravasavam como se estivessem confortáveis em casa.

— Alik?

Ele olhou. Era Jan, uma garota da mesma idade que ele, baixa e magra, tinha a pele morena, os cabelos repartidos no meio com mechas rosadas. Os seus olhos eram escuros e grandes e ela tinha uma pinta bem próxima do olho esquerdo que parecia ser uma lágrima.

Nenhuma sarda do rosto de Alik ou de Damisse se comparava à lágrima de Jan. A expressão de seu rosto era naturalmente triste, ainda mais com aquela marca de nascença.

— Jan? — ele se sentou.

— O que está fazendo aí no meio da praça?

— Nada...

— Levante-se! Vamos para a reunião.

Depois do viaduto, os dois atravessaram um portal de vidro e entraram numa espécie de bazar. A entrada estava lotada, colorida e barulhenta, com cheiros diferentes de comidas exóticas e produtos à venda pelos ambulantes. Eles seguiram por corredores e escadas passando entre lojas de comidas típicas e artesanato, frutos do mar, especiarias e frutas exóticas e modificadas geneticamente. O cheiro de ervas e tempero, pimenta e perfumes doces tomavam conta do caminho.

Algumas rosas pretas encantavam os clientes, mudando de cor quando eram iluminadas por lanternas. Havia também jarros de rochas vulcânicas e pessoas que esculpiam com argila e outras pincelando cores de plantas *deletis* em seus quadros. Haviam algumas pessoas vestidas tradicionalmente. Mulheres com vestidos extravagantes e ombreiras chamavam atenção em um restaurante, eram androides garçonetes, identificadas com placas de metal em suas nucas.

De outro restaurante, vinha um vapor quente que alcançava o corredor. Havia bancas de livros de holograma, em que o papel estava apenas na capa, dentro deles havia os dispositivos das páginas.

Jan passou atravessou o labirinto de lojas com Alik a acompanhando, mas distraindo-se com facilidade. Passaram na frente de uma casa de tavolagem e, depois, seguiram para a ponte estreita com a outra torre adjacente. Acima da torre situavam-se os topos dos prédios, onde ficavam os apartamentos sofisticados, e abaixo, a imensidão, as ruas baixas, onde ficavam os apartamentos mais pobres e pequenos. Era possível identificar os lugares de predominância das classes sociais – onde as nuvens alcançavam, os mais ricos, e onde era mais escuro e parecia ser sempre noite, os mais pobres.

Alik e Jan entraram em um alto edifício espelhado chamado Singular e desceram de elevador até um dos andares do meio. Caminharam pelo corredor estreito até chegarem ao apartamento cuja porta tinha a letra *H,* prateada. O lugar, à primeira vista, aparentava ser um ponto de encontros; havia um bar e muitas pessoas de diferentes origens, que Alik cuidou para que não o percebessem. As paredes laterais do apartamento eram feitas de vidro, mostrando a cidade visível daquele andar. Os respingos da água da chuva escorriam pela enorme janela, o tempo ali estava nublado e calmo.

Eles passaram direto para uma sala ao lado, onde uma mulher, sozinha, estava sentada em uma poltrona tomando um nactac e comendo queijos da lua, enquanto lia notícias tranquilamente. Era uma mulher baixa, assim como Jan, mas, diferente da garota, tinha a pele pálida e sardenta. Uma de suas mãos era robótica, uma prótese de baixo custo feita após um acidente e que passou a ajudar em seu trabalho extra como tatuadora. O braço podia ser acoplado a uma máquina de tatuar, mas ela estava com a prótese comum naquele momento. Era ela quem fazia as tatuagens de hakre em todos os membros da irmandade.

— Este maluco estava no meio da praça, mãe — disse Jan.

A mulher sorriu e se acomodou na poltrona.

— Bom dia, senhora Laria O'Balley. — Alik acenou com a cabeça.

A mulher da poltrona sorriu e bebericou o nactac da xícara.

— Alteza.

— Estava pensando — Alik começou uma conversa. — Hoje à noite o meu irmão retorna de Balsam.

— Sim, Haxinus... ah! — suspirou Jan, sentando-se.

— O que tem ele?

— Posso trazer Haxinus para cá, para conhecer a irmandade — Alik propôs.

Laria e Jan entreolharam-se.

— Seria uma boa ideia se ele não estivesse querendo entrar na Polícia — Jan resmungou.

Alik percebeu que aquilo era verdade.

— Bem, Haxinus ainda não é, ainda está na fase de escolha. — Ele abriu um sorriso matreiro. — Ele é legal. Não irá causar problemas só pelo fato de ser da Armada Branca.

— Pois bem, Alik, se confia em seu irmão... — Laria tragou todo o nactac, até o mel e as uvas e ameixas amassadas no fundo.

Jan sorria para Alik demonstrando ansiedade em conhecer o herdeiro de cabelos vermelhos. Tinha certa inspiração por Haxinus ser o único dos Cromdha de Saturni em várias gerações que escolheu voluntariamente ir à academia militar de Balsam. A Armada Branca era a única que criava soldados para todas as outras Nações do Império.

— Já está na hora da reunião — alarmou Laria terminando a conversa. Ela pegou dois moldes metálicos e entregou para Alik.

Eram parte de seu disfarce: com os moldes no queixo, todos os membros da sociedade iriam acreditar que ele era um simples rapaz daquele complexo que teve algum problema estético no passado e, assim como Laria fez com sua prótese, não teve dinheiro para a reconstituição total. Não imaginariam sua riqueza.

Os três foram tranquilos à sala onde ocorria as reuniões. Laria era uma espécie de soberana, sendo reverenciada pelos membros quando vista. Jan era como uma princesa daquela sociedade, também era o centro de respeito e admiração, e Alik concluía e adicionava ao seu disfarce sua posição: nas sombras das duas.

Uma grande câmara ficava no interior bem escondido do edifício. Era repleta de velas e lamparinas acesas nas paredes, sem nenhum aparelho, nem nada elétrico, para que o sistema de vigilância do Império Ciberato não os espiasse. Havia quadros antigos de velhos proprietários que os obtiveram através de leilões, eram moldurados em cedro negro, pintados com uma seleção de tintas *deletis*. Tinha ilustrações de Vascaros, Sony, o fundador da irmandade, militares, juízes de tribunais importantes – o que eles chamavam de primeiras tardias –, alguns homens de prata, entre outras pessoas, importantes ou não, que em algum ponto da história ajudaram a irmandade.

Laria sentou-se na cadeira da ponta, Jan ao seu lado esquerdo e, ao lado dela, estava Alik, que desarrumou o cabelo e, com a postura desleixada, posicionou os ombros para frente, para seu corpo parecer mais franzino e completar o disfarce.

A mesa era de madeira; extensa, escura e com as bordas claras, estava cheia de papéis e anotações, diários de Oradores e documentos do Secretário. Laria era a Presidente e Jan era a Vigilante. Alik, com sua função de membro honorífico, assim como todos os outros presentes, mantia-se absconso, uma cabeça entre dezenas. Na frente de Jan estava sentado um homem sombrio, organizado, que esperava todos chegarem e anotava seus nomes.

Todos chegaram e ficaram em seus lugares após cada um cumprimentar Laria. O homem sombrio à direita da Presidente disse:

— Atenção, a reunião começou. — Ele se levantou, coçando a garganta.

O silêncio pairou prestativo ao seu preâmbulo.

O homem sombrio chamava-se Loenin Lowarerd. Aparentava ser forte e possuía tatuagens de escamas nos braços. Era mais velho e mais alto que todos dali. Vestia-se de preto, tinha rugas nos olhos e mechas brancas nas têmporas, entre os cabelos prateados. Era o Vice-Presidente da organização e o segundo mais respeitável.

— Com os altos da Hakre depois de mais incentivo dos moradores dos Primeiros Condomínios, o projeto de empréstimo está se tornando capaz de expandir. De acordo com o Tesoureiro — Apontou para um homem corpulento cujo nome era Gorard Yanksil —, podemos abranger os empréstimos para a primeira faixa de membros secundários necessitados e ainda garantir o funcionamento da creche e da escola do Singular.

— E quanto às nossas próprias fontes? A nossa sociedade pode ser filantropa, mas temos que lucrar mais por nós mesmos. O crescimento de incentivos dos ricos dos Primeiros Condomínios não será para sempre. — Laria interveio.

Todos concordaram.

O Tesoureiro Gorard Yanksil fez um sinal para seus colegas ao lado. Cada um deles apanhou uma maleta e se dirigiram à Presidente.

— Setenta mil nuis é o lucro atual — disse Just Ealwic, um dos membros que abriu as maletas em cima da mesa.

As pilhas de cartões levantaram os olhos de todos.

Alik era um dos primeiros membros Ele lembrava da época em que havia poucos membros ricos financiando a irmandade.

— Continua sendo pouco. Não quero parecer tirana, mas é preciso repensar nossas dívidas. Existem centenas de membros secundários que estão sendo apreendidos lá fora, forçados a dar informações sobre nós. Alguns estão sendo torturados pelo Alto Escalão da Polícia e, por causa disso, o nosso fundo está se acabando em fianças! — Laria olhou para Loenin. — E quanto às ramificações? Onde estão os membros de Tryantre? Sobreviveram à primeira tardia?

— Foram todos banidos — respondeu Jan. — Contatei o Segundo Presidente e ele disse que fugiu para União do Norte e não vai mais retornar.

— E a gratificação? — perguntou Alik.

— Sua empresa faliu assim como a Hakre de Tryantre — respondeu. — Não sobrou nenhum centavo.

— Meus pêsames a Hakre de lá — murmurou Laria com o punho no peito. — Ela era recente, como uma filha da nossa Hakre. Agora somos os únicos sobreviventes.

— É a Polícia de Hideria agindo! — exclamou uma voz no fundo. Era o Orador Trevis Blakart. — O déspota e seus filhos mimados estão nadando no dinheiro que a Hakre de Tryantre tinha em seus cofres!

— Os olhos deles cresceram quando viram que aqui em Solem há uma Hakre maior e mais rica que a de lá — completou uma mulher irritada.

Alik revirou os olhos ao saber que o povo da cidade confundia a Polícia com Saturni. O senhor seu Pai nada tinha a ver com o serviço que a Polícia Militar fazia nas metrópoles.

— Sabemos que não podemos tirar nada dos fundos de empréstimo aos necessitados. Então, temos duas opções: paramos de investir na creche e na escola e elas encerram suas atividades, ou começamos a encomendar drogas ilícitas da Facção Democrática seguindo a tradicional lei da oferta e da procura. Vocês sabem muito bem que os andares mais baixos desta cidade são repletos de viciados em fumaça-verde da Facção — propôs Laria.

Todos os membros que estavam presentes começaram a se questionar e a sussurrar. Começaram pequenas discussões e revisões de papeladas. Os membros honoríficos daquela reunião faziam perguntas a Jan, e Alik raciocinava sozinho.

— Silêncio! — gritou Laria batendo na mesa várias vezes.

Todos os membros pararam e retornaram à calmaria.

— Sei que nenhum de vocês quer sujar o nome da Hakre de Solem com venda de drogas. E sei que já estão todos ansiosos para que nossa situação econômica seja boa o suciciente para pararmos de vender armas proibidas da Arcádia. Mas nós precisamos crescer, precisamos pensar um pouco mais alto. Não podemos parar com o que fazemos.

Um membro longe da ponta onde Laria estava ergueu a mão:

— Proponho pedir ajuda ao líder da Facção, Shappamauck. A Hakre extinta de Petlia trabalhava tão próxima a ele que havia alcançado todas as informações secretas do Império. E, com isso, eles cresceram extravagantemente.

— A Hakre de Petlia afundou porque em Corssa existe Kralot Hameleon e, lá, os formados da Armada Branca agem com todas as ordens da Rosa Negra. A chanceler foi paga por Dorick XX para que esse podre se extinguisse de sua Quarta Nação — terminou outra mulher.

Alik a conhecia, chamava-se Olivi Demra.

— Como ela sabe que a Rosa Negra foi paga pelo... Imperador? — perguntou Alik a Jan com tom de voz baixo para ninguém escutá-lo.

A garota deu de ombros.

— Qual vantagem teria Shappamauck em nos ajudar? — um dos membros quis saber.

Ninguém soube dar uma resposta concreta.

— Minha opinião, vossa Venerável: devíamos criar taxas de participação. O nosso fundo se mantará e não tocaremos na creche, na escola, e teremos espaço para cessar o tráfico de armas. — propôs Loenin. — O povo necessitado do Singular não terá acesso a Hakre, mas devemos considerar essa opção mediante os problemas que surgiram.

— Isso mudaria drascticamente a estrutura de funcionamento da irmandade, mas é uma opção a se pensar... Quero saber quanto temos, realmente.

Os Oradores recolheram suas notas finais e entraram em um consenso:

— Duzentos mil e setenta e sete nuis, vossa Venerável. Um milhão duzentos e vinte e quatro membros secundários e trezentos e quatorze membros primários, sendo trinta e sete desses honoríficos — responderam.

Laria conformou-se.

Alik sabia daqueles números de cor. A sua irmandade unia a comunidade inteira daqueles prédios de Solem como uma grande família. Desde o topo até o térreo. Os membros ajudavam uns aos outros. Havia trocas de favores, confraternizações, mutirões... Alik tinha orgulho de estar entre eles. Os únicos de toda a Primeira Nação que se uniam como uma verdadeira comunidade.

Os cofres entre as sombras foram abertos. Os membros honoríficos daquela reunião mostraram à Presidente algumas caixas cheias de cartões de transição monetária e de cartões de nuis comprimidos.

— Se escolhermos uma boa alternativa para superarmos esses problemas, teríamos espaço para realizar um ou outro dos cinco principais objetivos da Hakre original.

Todos pareceram um pouco indiferentes com o comentário de Laria, já que não se lembravam muito bem dos cinco objetivos principais que o criador da Hakre propôs. Fazia mais de um milênio que a irmandade original fora fundada.

— Quais são esses objetivos? — questionou Just Ealwic e, assim como ele, quase todos os outros membros.

— Desde quando os enfatiza? — perguntou Trevis Blakart.

— Os documentos antigos de Sony, o criador da Hakre original, a revolucionária... — Laria se levantou.

Os membros que haviam ajudado o Tesoureiro Gorard Yanksil dispuseram-se a abrir outro cofre oculto entre as pilastras mal-iluminadas. Pegaram entre livros de história, livros escritos por Sony e listas, papéis velhos amarelados, um pequeno livro quadriculado de capa dura e o colocaram na frente da Presidente.

Laria agradeceu e abriu o livro antigo e empoeirado enquanto estava de pé. Em uma das páginas ela encontrou o que queria:

— "Durante a opressão aos Glaunts e *deletis*, fui capaz de tirar da minha mente minhas ambições mais consideráveis. Os meus objetivos e, espero que sejam, os objetivos fundamentais da Hakre – que torço que continue sem mim –, caso o dinheiro se tornar abundante, caso o nosso poderio militar se tornar influente e a vontade individual dos nossos membros que os fizeram escolher minha criação tenha sido realizada, são: *combater os policiais abusivos do Alto Escalão do Quartel da Polícia de Hideria; ter representatividade nas repartições políticas de Hideria.[...]* Enfim, *o décimo terceiro objetivo: formar um exército verdadeiro.*" — discursou Laria lendo as palavras de Sony, o criador da Hakre, que foram imortalizadas pelo tempo.

Alik e Jan entreolharam-se.

— Para que formar um exército? — indagou Alik diretamente a Laria.

Laria sabia aquele livro todo de cor.

— As razões não estão exemplificadas. Mas Sony dizia muito que uma revolução anti-imperialista se tornaria possível se a Hakre se fortificasse a ponto de formar um exército de militantes.

— Você sempre pretendeu formar um exército? — indagou Alik nervoso. Uma gota de suor escorria em sua testa. — Mas o Império... esse objetivo é muito mais...

Alik se interrompeu ao se sentir trucidado pelos olhares atentos de Jan e Laria e todos os outros. Jan o compreendia muito, e Alik tinha medo de algo ruim acontecer com o local onde sua família residia. Entretanto, Laria não demonstrou nenhum dissabor com aquelas pretensões, manteve sua postura e sua vontade.

— Não seja ingênuo, Moray — Laria falou com Alik chamando-o pelo nome falso. — Nossa irmandade teria de crescer, crescer e crescer muito antes de pensar em algo assim. — Laria lamentou-se. — Mas estou levando este objetivo como um motivo para nos fazer crescer. Somos uma irmandade, não podemos ficar assim, tão pequenos e fracos, sem nenhum motivo para nossa existência. Se não fosse pela teimosia da Polícia em manter a lei da proibição de sociedades, mesmo que fossem filantropas como a nossa, não teríamos sido forçados a nos equipar contra os militares em nosso edifício. As armas que circulam em nossas mãos e nas mãos dos nossos clientes aumentam a vontade de nos proteger do Alto Escalão e aumentam o repúdio que a Polícia tem por nós. E, como crescemos a ponto de termos uma pequena força bruta contra o Alto Escalão, temos de aproveitar e continuar nos mantendo em Hideria.

— Vossa Venerável, formar um exército seria algo de muita ambição, devemos admitir. E é um nobre motivo para que o apoio externo tão poderoso quanto a Facção de Shappamauck comece a surgir — comentou um homem com tatuagem de fuzil no braço e que usava coldres e cintos.

Esse homem tinha uma loja nas ruas baixas de Solem, onde se vendia alguns modelos especiais das armas proibidas feitas pela Indústria Arcádia. A Hakre possuía vários pontos de venda de armas, mas o dele sempre fora o mais importante e mais lucrativo. Ele tinha traços balsamenses. Seu nome era Lahius Kumar.

— A cultura revolucionária deverá ser disseminada pelos nossos membros. Iremos crescer com essa ideia de formar uma irmandade militante, uma facção, no sentido armamentista — Laria continuou. — Vendemos armas através de Lahius e da Arcádia, mas teremos de começar a vender as drogas que a Facção Democrática produz. Temos de expandir nossos contatos para sobrevivermos.

Aquilo gerou outra onda de murmúrios e discussões paralelas. Alik conversou com Jan. O herdeiro ficou pasmo com a ideia de Laria em começar a ter contato com a FD de Shappamauck. Se a Hakre começasse a ser uma irmandade revendedora de drogas da Facção, o seu princípio não seria mais o mesmo. As armas do Empório de Lahius eram vendidas para pessoas comuns, cidadãos que pretendiam se proteger, portanto, suas ações ainda eram nobres. Mas revender drogas da Facção os tornariam mandados do líder dela e mancharia o nome da Hakre, mesmo que o objetivo final fosse uma revolução assim como aquela pela qual fora fundada. A Revolução dos Glaunts causara uma guerra civil em várias cidades de Apogeo e de Hideria e ainda fervilhava na história, na vontade daqueles que tinham motivos para se rebelarem contra o Império.

As conversas iam e vinham. Alik sentiu-se imerso em um turbilhão de pensamentos divergentes. Ouvia os membros honoríficos ao seu lado e Gorard Yanksil e Just Ealwic quase brigando devido a um acreditar que os fins revolucionários iriam justificar os meios criminosos e outro dizendo que Laria estava sendo temerária.

A Presidente e a Vigilante conversaram entre si também. Laria e Jan raciocinavam da mesma forma e tiveram paciência em esperar os múrmuros do bando terminarem.

— Que uma votação seja feita — Laria disse a todos depois que os membros da mesa enfim se calaram. — Vocês são os membros honoríficos. Minhas ideias não são mais importantes que as suas. Proponho uma discussão sobre todas as opções que temos.

O Secretário e membros de cargos altos pegaram outros documentos. Loenin recebeu uma mensagem em escrito, viu que era preciso mostrá-la a todos da reunião, levantou-se novamente e tomou a palavra:

— Os componentes do Alto Escalão da Polícia estão disfarçados como civis, fazendo patrulhas no nosso edifício. — Aquela era uma notícia digna de mais balbúrdias. Loenin Lowarerd limpou a garganta. — Eles estão procurando suspeitos que andaram armados no Singular. E o número de pessoas que estão sendo interrogadas está aumentando.

— Era previsto que o Alto Escalão procurasse por nós com esse método urgente. Além do Império proibir facções, irmandades e outros tipos de clubes sociais com ideologias diferentes, eles sabem que nós somos os mais promissores a nos tornarmos uma oposição política ao Império — disse Olivi.

Trevis Blakart concordou com uma expressão de desgosto.

— Mesmo crescendo em número, ainda temos risco de falirmos. A disseminação de ideais revolucionários e uma formação militar não irão tirar as nossas insuficiências — Gorard Yanksil comentou com amargura.

— E se eu contar a vocês que fui transferido de Tryantre? — disse Alik.

Laria, Jan e Alik se entreolharam. Elas sabiam que ele estava começando a contar uma história mentirosa para ajudar a Hakre.

— Nem todos os cofres da Hakre de lá foram descobertos. Sou filho de um dos Oradores. — Ele demonstrou grande tristeza falsa. — Que foi banido. Meu pai me deixou a chave do cofre, e dentro dele está mais de quatrocentos mil nuis em dinheiro vivo.

Todos da reunião ficaram boquiabertos. Mais uma vez, o barulho aumentou. Murmúrios, sussurros, conversas paralelas, gritos e exclamações para todos os lados. Loenin sibilava com seus assistentes, Just dava explicações e Trevis trocava palavras com outro membro distante. Algumas das pessoas duvidavam das palavras de Alik e outras reclamavam da Hakre de Tryantre. Jan e Laria tentaram sussurrar algo para Alik, para impedi-lo, mas o herdeiro fingiu que não ouviu.

Depois de alguns minutos, o alvoroço foi se amenizando, restando apenas olhares espantados sendo lançados sobre Alik, que sorria amigavelmente.

Laria levantou-se e chamou a atenção de todos.

— Agora vocês descobriram que a Hakre de Tryantre não tinha, aparentemente, nenhuma dificuldade com o dinheiro. — Ela olhou de relance para Alik. — Finalmente um final feliz! Com essa notícia, devo conversar com Moray a sós, encerro a reunião e marco outra para amanhã! Vamos fazer os nossos deveres de casa. Cada um de vocês receberá uma missão até o próximo encontro. Agora: levantem-se e mostrem suas tatuagens com orgulho! — ordenou.

Então ficaram de pé simultaneamente e, como soldados, levantaram os braços, expondo orgulhosamente as tatuagens de adaga hakre nos pulsos direitos.

— Da Hakre somos e nossa irmandade nunca morrerá! — gritaram juntos.

Ao terminar a reunião, os membros foram saindo um a um. Alik ficou ao lado de Jan e suportou os olhares suspeitos contra ele. Os homens afastavam as cadeiras, recolhiam seus materiais e seguiam em direção ao portão. Lahius Kumar, o dono da loja de armas, sorriu para Alik.

— Alteza! — E foi embora continuou andando sem dar tempo de Alik respondê-lo.

— Lahius. — Alik respondeu.

Aquela palavra nunca deveria ser dirigida a ele dentro dos limites daquela região da Hakre.

O homem balsamense fez uma reverência antes de passar pelo portão.

Ele sabe que sou um Cromdha! Alik saiu pelo corredor procurando-o, porém Lahius sumiu entre a multidão.

CAPÍTULO 11
O DESBRAVADOR

Entre ruínas de uma cidade antiga estava o herdeiro do Império caminhando.

O sol escaldante atravessava as grandes e grossas trepadeiras e kudzus, a luz batia até mesmo nas fissuras dos altos edifícios enterrados pelo mato e pela terra que se instalaram ali havia mais de um milênio. A cidade inteira fora devastada por uma série de explosões e coberta pela poeira do tempo. O herdeiro, maltrapilho, carregava uma mochila e algumas armas cortantes em um cinto, estava com uma camada de lama sobre a pele para proteger-se dos insetos e proteções nos pés e canelas para não ser picado pelas cobras. Ele cortava o mato à frente abrindo caminho, escalava as árvores inclinadas que surgiam no que deveria ser o centésimo andar de um edifício de escritórios e consultava um mapa, olhando para a direção para onde o sol ia.

O herdeiro tinha feito um acampamento no terraço de um dos prédios daquela cidade, e descera de manhã pelos cipós e caminhos de braços de trepadeiras rodeando os antigos quarteirões. Ele tinha que encerrar sua missão antes de anoitecer – encontrar um transmissor no deserto para contatar seu escalão e poder voltar para Balsam.

Ele ficara três dias caçando e procurando objetos e outras coisas que eram dessa cidade para sobreviver. Passou em um deserto e contornou uma enorme cratera, esgueirou-se dos dingos na última noite e seguiu as estrelas para encontrar uma das poucas cidades de Hideria que sofreu antes da contagem de anos começar do zero pela segunda vez na história.

Insetos luminosos chamados de cigarras-do-feno brilhavam naquela cidade durante as noites, eram silentes e vagarosos como se fossem flocos de luzes verdes fluorescentes. Enquanto estava se aquecendo junto à fogueira na última noite, o herdeiro relembrou o porquê de estar naquela missão tão perigosa. Ele se chamava Haxinus Elkaish Cromdha e poderia estar em uma cama quente e confortável com toda a riqueza do topo do mundo em suas mãos. Entretanto, escolheu a Armada Branca, assim como poucos herdeiros fizeram por várias gerações. Ele queria ser forte, queria aproveitar seu tempo, mente e corpo e, por alguma razão, sempre sentiu que esteve certo em ter seguido aquele caminho. No futuro, Haxinus pretendia se juntar à guarda ou à Polícia e proteger as pessoas da capital do Império. Quando perguntado, o rapaz respondia que não se importava se tivesse que viver fora de Saturni e que era seu sonho ser alguém que se destacava pela liderança e que protegia os injustiçados pela sociedade e pelo Império.

 Sua aparência não estava nada primorosa, mas não se importava muito. Tinha sobrancelhas grossas que quase se uniam por alguns fios espalhados. Era conhecido por ter um sorriso admirável e caloroso. Os cabelos emolduravam o rosto tampando a testa e alcançando os olhos, por isso, de vez em quando, eram jogados para trás das orelhas. Possuía os lábios bonitos, não eram muito finos, nem muito largos, eram simplesmente atrativos. Tinha dedos com cicatrizes e alguns calos de tanto trabalhar braçalmente e, de acordo com ele, inutilmente na Armada Branca.

 Os cabelos de Haxinus não eram ruivos, não eram laranjas como fogo e, sim, rubro-escuro como sangue, chamativos, tornando-o facilmente reconhecível à primeira vista. Os olhos de Haxinus eram escuros, entretanto brilhantes demais para serem denominados somente escuros, era como um céu sem estrelas. Ele era um rapaz atraente e algo dentro dele o fazia ser um pouco mais versado e inteligente do que a maioria dos jovens de sua idade. Era sua experiência obtida na Armada Branca, onde optara cursar e viver por oito anos completos.

 Embora em nenhum lugar do Império havia guerra, nem mesmo um conflito sequer para que uma quantidade significativa de militares fosse formada, mas, ainda assim, a Armada Branca fora criada. Era uma força a qual os civis podiam optar por se alistar ou não, contudo, todos os Glaunts eram obrigados a servir e lutar na famosa arena Kralot Hameleon, que pertencia às 10 Nações, por mero entretenimento. Os Glaunts mais gloriosos nesses embates paravam atrás dos tronos de cada chanceler, servindo como guarda-costas.

Haxinus era respeitado pelos seus colegas, mas invejado por outros garotos. Decidiu sair de Saturni com apenas dez anos e raramente viu seus familiares, mantendo contato eventualmente com Damisse, Alik e Vidar, mas, apenas por meio de dispositivos.

Ele já tinha dezoito anos quando estava realizando a missão naquela cidade arruinada. Era um dos melhores soldados e se sentia o dono daquele território, transformando os braços das trepadeiras que perfuravam os prédios em seu caminho de aventuras. Surfava entre elas, pulava para as varandas e terraços, escalava os topos e observava seu domínio. Só havia ele e milhares de outros animais pequenos, fazendo-o se sentir o rei daquela pequena selva no meio do deserto. Ele estava na planície, um território fora do Império.

Em um dos paredões de concreto da cidade abandonada, Haxinus deixou sua marca, escrevendo no muro com seu faquir e deixando seu nome para que pudesse ser visto de longe. A inscrição ficou perfeita, profunda e legível, e o garoto teve o cuidado de até mesmo cortar os cipós e galhos para que nada tampasse a sua marca. Em seguida, partiu rumo à conclusão de sua missão. Viu no mapa que o transmissor que deveria pegar não estava tão longe e, se o encontrasse ainda naquele dia, bateria seu próprio recorde.

Ao chegar à fronteira da cidade com o deserto, enrolou panos na cabeça e na testa para se proteger do sol. Em seu peito havia um colar de uma pedra preciosa azul que brilhava de forma descomunal naquele mundo alaranjado. Haxinus segurou o pingente, escondeu-o para dentro das roupas e tornou a andar. A poeira a cada passo coloria o ar e o horizonte de bege, como se a caminhada do garoto estivesse envolta em uma neblina.

Haxinus não tinha amigos muito próximos, por isso, o que mais desejava era que os meses se passassem logo para ele se formar e enfim retornar a Saturni. Queria, mais do que tudo, reencontrar Vidar e os gêmeos, ter uma conversa agradável com Senhor Olister Wary, Sacer Atwer, conhecer Ayun e Biah Deva melhor...

Mas ele sabia que o melhor era pensar no presente e se preocupar somente com a sua atual situação em um lugar que era exatamente o oposto do lugar de onde veio.

Em meio ao vento raso, conseguia distinguir o som dos animais selvagens, estava preparado para qualquer obstáculo e ainda tinha energia e mantimentos para vários dias. O transmissor estava cada vez mais perto, faltavam apenas alguns quilômetros para que ele pudesse regressar à base.

O sol foi se deitando, as horas se passaram, e Haxinus via em seu mapa as coordenadas para o transmissor, estava a poucos passos dele. Mas havia algo que o intrigou: um grande espaço com radiação suficiente para queimar uma pessoa viva foi representado como uma mancha vermelha no mapa. O local repleto de contaminantes abrangia duas cidades desabitadas e os resquícios de estradas que ainda existiam.

Na monotonia daquele lugar desértico, os pensamentos de Haxinus se concentraram em apenas uma indagação: *Será que essa radiação é uma mentira contra os soldados que fazem missões assim como eu?* Pensou, e cessou seus passos. Tomou uma decisão e seguindo o mapa, pegou o transmissor que estava escondido abaixo de uma rocha, deu meia-volta e foi com a neblina seca em direção à mancha verde do mapa, a grande cidade naquele horizonte vazio.

Depois de alguns minutos, o herdeiro viu a natureza criando fundamentos; começando com mato e grama até crescerem e formarem uma íngreme floresta com nascentes e regatos bolorentos.

E então começava a mancha vermelha mortífera no seu mapa. *Horring* era o nome da cidade adiante, famosa por ter tido uma explosão de choque elétrico que matou toda a população de uma vez. Um império já morto havia testado a bomba de pulso elétrico em Horring durante a Última Guerra, tornando-a em um cemitério a céu aberto.

Mesmo havendo se passado mais de um milênio, as pessoas conheciam a história da destruição de Horring, a única cidade vítima da bomba de choque criada pelo inimigo de Yvis Hideria.

O mapa dizia que havia radiação em volta de onde Haxinus estava, não era em níveis elevados, mas nada o deteve. Um muro fora erguido no começo da área vermelha, mas já estava deteriorado pelos embates do tempo e foi fácil para o garoto ultrapassá-lo e adentrar a região a fim de investigá-la. Em um ato consideravelmente perigoso, ele tirou os panos que cobriam a face e pegou um punhado de terra supostamente contaminada com as mãos.

Em vez de Haxinus pressionar o botão vermelho do transmissor para que as naves da Armada chegassem para pegá-lo, escolheu continuar em frente seguindo sua curiosidade intuitiva. Correu os olhos por todas as edificações enquanto caminhava entre as ruínas e reparou que eram um pouco parecidas com a outra cidade que ele estava.

A planície era toda assim, dizia o Império. O Império ficava nas plataformas, sendo a plataforma de Hideria a única daquele continente. A planície e as plataformas eram separadas e, de acordo com o Império, não tinham contato algum, com exceção das indústrias que aproveitavam o espaço e os recursos das planícies. Haxinus percorreu o que um dia foram as avenidas, atravessando o mato. Conforme adentrava na cidade, o jovem herdeiro descobria algo que ninguém da Armada poderia imaginar.

Enquanto estudava a cidade, constatou mais uma mentira contada pelo Império, pois não havia radiação no local. Por um momento, se sentiu decepcionado, mas depois teve a maior descoberta de sua vida e entendeu a razão do Império esconder Horring com a mancha vermelha. Decidiu guardar o segredo. Aquela cidade era comumente chamada de Distrito 3 e tinha algo nela que Haxinus decidiu não contar para ninguém, nenhum civil, nenhum colega da Armada e nem mesmo seus irmãos, que poderiam ficar perturbados demais...

Depois de ter desbravado a antiga Horring, retornou para o meio do deserto que separava as ruínas. Pressionou o botão no local correto e aguardou o resgate enquanto remoía o segredo em sua mente. O tempo gasto descobrindo a cidade amaldiçoada de Horring o impediu de quebrar seu recorde, mas o jovem não se importava.

O herdeiro se sentiu seguro quando regressou ao quartel. Somente sentiu uma pequena nostalgia quando viu a capital de Balsam, Rajya, brilhar da mesma forma que brilhou quando ele chegou ali pela primeira vez havia oito anos. Era de manhã, assim como antes e, naquela viagem, Haxinus sentiu seu coração arrefecer uma vez que se lembrou que teria que esperar mais algumas semanas para que finalmente pudesse voltar para casa, para Saturni.

Nas conversas que teve com os membros de seu escalão, o jovem não intentou em contar sobre a ousada chegada à mancha vermelha. Apenas citou algumas dicas e as coisas interessantes que ocorreram durante a missão. E, de modo taxativo, retirou-se para ficar sozinho com seus pensamentos.

Em vez de ligar para Damisse ou para Vidar, Haxinus relembrou-se dos pesadelos que costumava ter. Eram pesadelos que ocorriam sempre no mesmo lugar, tendo poucos segundos de duração e uma conclusão nada confortável.

Várias e várias vezes aquele pesadelo o atormentava, e havia começado quando ele chegou na Armada Branca, decidido e impassível quanto à sua vida. Sofrido e angustiado em seus sonhos.

* * *

Havia cinco meses que Haxinus tinha completado dezoito anos. Estava no começo de janeiro do ano de 1188 DI, dois anos e quatro meses depois da notícia do falecimento de Ninte. Haxinus já havia se formado na Armada Branca e podia retornar para a casa em Hideria. Em seu beliche estava um convite para se candidatar ao teste para a arena de Corssa, um lugar de violento entretenimento chamado Kralot Hameleon.

Com determinação, aceitou e se inscreveu. Ele sabia que o teste era facilitado para os Glaunts, mas, até onde o herdeiro sabia, ele não era um.

Lembrou-se de Astaroth, o sombrio guarda-costas do Pai. Percebeu que ele também passara pelo processo nessa idade, que esteve na Armada da mesma forma e que sofreu nas missões na planície. Haxinus lembrou-se da época que a chanceler de Corssa tirou Astaroth de Kralot Hameleon e o enviou a Saturni a pedido de Dorick XX. Astaroth se tornou guarda-costas do Imperador um pouco antes dos dezenove anos. Mesmo sendo o melhor daquela época, o guarda-costas penou, assim como todos os outros Glaunts e os não Glaunts na Armada. Haxinus sentiu calafrios quando se imaginou lutando em Kralot, mas, ainda assim o teste lhe despertou certa curiosidade. Se ele passasse no teste, estaria mais propenso a ir para a Polícia de Solem, a capital de Hideria e sede do Império, devido à experiência.

Haxinus, apesar do calor, vestiu uma blusa de frio manchada a fim de se disfarçar. Escondeu os cabelos com uma touca, colocou o capuz da blusa e se manteve discreto enquanto pegava a nave até a base onde faria o teste. Por baixo da blusa vestia o uniforme, uma calça verde-escura e coturno.

Uma vez no vagão da nave pública, o herdeiro começou a jogar em um aparelho, ficou com as pernas esticadas e sentado de modo relaxado. Quando a nave pousou em outra estação, algumas pessoas entraram. Um rapaz da mesma idade de Haxinus sentou-se a seu lado. Era magro e baixo, também vestia o uniforme verde da Armada Branca e carregava uma mala assim como ele. Parecia ansioso, olhando de soslaio ao redor, coçando os dedos uns nos outros e batendo o pé.

— Teste de Kralot também? — questionou Haxinus, olhando-o de soslaio.

O rapaz assentiu:

— Estou um pouco nervoso — acrescentou. — Sou Marenio Tranni. Sou de Ignis. — Marenio estendeu sua mão trêmula e suada para que Haxinus pudesse apertá-la. Haxinus sorriu e eles apertaram as mãos.

— Sou Haxinus Elkaish. Sou de Hideria.

Uma ruga surgiu entre as sobrancelhas de Marenio.

— Hideria? — perguntou. — Seu nome só pode ser usado pelos Cromdha... E você é meio familiar.

— Se você é do escalão Amarelo da base do sul, eu não poderia negar esse comentário. — Haxinus abriu um sorriso habitual.

Marenio captou o sorriso de Haxinus e logo o entendeu. Ele correu os olhos pelo vagão, para as pessoas distantes sentadas com seus afazeres e para aquelas que fitavam o herdeiro.

— Alteza!

Haxinus riu com o nariz.

— Por favor, não me chame assim.

O garoto ficou sem graça com tal pedido.

— Alteza. Perdão. Haxinus, sou do Amarelo 13... E... então você recebeu o convite e se candidatou? — Marenio engoliu em seco.

Haxinus confirmou.

— Se você passar? E o... — Ele espiou de soslaio para as pessoas no vagão outra vez e continuou, bem baixo: — E o senhor seu Pai não vai ficar... irritado?

— Ele vive irritado, Marenio. O posto de chanceler sempre causa estresse. Imagine o posto de chanceler acima dos outros nove.

Fizeram silêncio. Haxinus observou a cidade de Rajya, a capital da Quinta Nação. Viu as altas construções que até perdiam de vista. Viu naves voando de forma ordenada entre as torres férreas, e os arcos hindus da cor do cobre nos edifícios multifuncionais. A nostalgia era sempre sentida quando via aquela cidade exótica pelas janelas de naves públicas.

Os prédios de toda Rajya eram grossos e um pouco afastados uns dos outros. O tráfego e o movimento eram muito comuns no dia a dia. As pessoas circulavam em fliperamas, bazares e shoppings, alguns no centro da cidade, na beira dos arranha-céus, e outros nas periferias. Era uma cidade resplandecente, estava sob um sol laranja com um céu azul-claro. Haxinus olhava para as cores que lembravam tanto os feixes de sol poente entre as torres de Saturni. Mais uma vez sentiu saudades.

— Você também pretende entrar na Elite? — perguntou Marenio, retomando a conversa.

Quem entrava na arena de Corssa poderia ser escolhido para entrar na Elite. Astaroth se tornou um membro da Elite devido ao seu destaque na arena, mas Haxinus não se inspirava naquele destino.

— Não. Mas estou habituado a coisas difíceis. Passar em um teste assim seria algo muito importante para o meu currículo. Tenho ambições somente com Solem — respondeu o herdeiro.

Marenio o compreendeu.

A nave pública resvalou-se no ar entre as torres negras e pontes que as ligavam como uma cobra. Logo pousou na segunda estação, que ficava num lugar alto, aberto e acessível em todas as direções.

Haxinus e Marenio desceram juntos da nave. Carregavam seus pertences da mesma forma, deram alguns passos pelo pátio e, ao mesmo tempo, viraram-se para a base militar que cortava o sol pela metade. Mesmo na contraluz, era possível enxergar a marquise base da Armada Branca. Marenio suspirou de preocupação.

— O que foi?

— Estou meio nervoso com isso. E se eu não for aceito? — Marenio se virou para Haxinus. — O que vão fazer? Nunca vi nenhum caso de soldado que reprovou e tentou pela segunda vez. Será que eles...

— Você enfrentou anos treinando e sei que, com certeza, foi treinando duro. Veio aqui para mostrar para eles suas capacidades. Um formado da Armada Branca, aquele que carrega a insígnia oficial, não pode mostrar fraqueza — disse Haxinus com uma rispidez própria, mas, como sempre fazia, tentava ajudar os outros ao seu modo.

O jovem engoliu seco e umedeceu os lábios, olhando a torre à frente como se a construção fosse um gigante capaz de destroçá-lo. Haxinus estava tranquilo e, rapidamente, se dirigiu aos elevadores da torre.

— Isso é sério! — choramingou Marenio.

Haxinus parou e se voltou em direção ao rapaz, que indagou:

— Sei que o nosso Imperador atual acompanha todos os processos da Armada Branca, cujas normas atuais foram estabelecidas por ele. Por acaso Dorick XX mantém consagrada alguma norma de que um veterano não pode ter uma segunda chance?

— Amigo, só apertei a mão dele uma vez. Até o momento que saí de Saturni, eu só o chamava de Majestade; poucas vezes podia dirigir minha palavra a ele. — Haxinus piscou e olhou para o chão. — Posso contar em uma mão quantas vezes tive uma conversa digna com o senhor meu Pai. Não posso responder à sua pergunta.

— Sinto muito — retrucou Marenio, mais espantado do que com pena.

Haxinus não se abateu, abriu um sorriso torto e moleque, tão parecido com os sorrisos de Alik.

— Vamos, plebeu!

Marenio, de forma desengonçada, pegou sua mala e correu.

*
* *

— Atenção!

Os soldados ficaram em alerta. Todos daquela base militar estavam perfeitamente enfileirados.

— Vocês, formados da Armada Branca, inscreveram-se para o teste que, caso passem, irá levá-los para Kralot Hameleon e, caso reprovarem, serão rebaixados de suas patentes.

Todos os candidatos sentiram pontadas no peito, inclusive Haxinus, que nunca havia desconfiado daquela punição caso a reprovação ocorresse. O homem parrudo caminhou em silêncio no palco, olhou fundo nos olhos dos jovens mais próximos e continuou:

— Está tarde demais para desistirem. Está tarde demais para se acovardarem.

Haxinus observou os jovens ao seu lado, perguntando-se se ouviam o mesmo que ele.

O rosto do General de divisão era bastante familiar ao herdeiro, que, mesmo de longe conseguia ver o nome escrito em seu crachá: *Gen. Saider*. Ele era de Apogeo, serviu sua avó e o Pai até Astaroth chegar.

Marenio tremia, fios de suor escorriam por seu rosto e os olhos cobiçavam a porta de saída, assim como suas trêmulas pernas, quase correndo seguindo o impulso inconsciente. Se arrependimento se resumisse a uma pessoa, Marenio seria perfeito para representar tal emoção.

O General Saider passou entre os corredores de candidatos, observando as condutas físicas e os *deletis*. Também estava em busca de alguém com a aparência estereotipa de Glaunt: porte alto e cenho carregado. Ao passar ao lado de Haxinus, seus olhos saltaram.

— Garoto, o que faz aqui? — indagou com a confusão em seu tom de voz.

— Intuição — Haxinus lançou em Saider um olhar terrífico. — E curiosidade.

Saider, com certa intimidade, segurou-se no ombro de Haxinus.

— Daihil XVIII tinha confiança em mim, assim como o filho. Posso ter sido substituído, mas ainda tenho que zelar pela segurança dos moradores de Saturni.

— Irei arcar com as consequências caso não consiga.

— Vossa Majestade Dorick XX é imprevisível e seus erros podem cair sobre mim. — Saider largou o ombro de Haxinus e o deixou. — Mas acredito que você tem capacidade de passar, ouvi falar muito de você e suas missões no Amarelo. — disse com as mãos para trás, retornando ao lugar onde estava.

Marenio, duvidando de suas capacidades, aspirou em tentar a própria sorte de escapar dali ileso. Pensava sobre tudo com cautela, observava os equipamentos dos testes que poderiam ser jogados no caminho, encarava a porta com o impulso de sair correndo, fugir para sua casa e nunca mais voltar e nunca mais tocar no assunto. Entretanto, o máximo que fazia era demonstrar-se arrependido de ter se inscrito em um teste que podia mudar o rumo de sua vida. Se sua patente caísse, talvez ele teria que cursar mais alguns meses para ser readmitido como um militar da Armada.

Haxinus estava confiante, com uma expressão tranquila e passiva no rosto, não demonstrando nenhum sentimento negativo, ao contrário dos outros. Na verdade, estava ansioso para começar e ver como era.

— Ei! — Marenio puxou a manga de sua blusa. — Alteza. Hum... Haxinus. Sei que nos conhecemos na nave, mas quero lhe perguntar uma coisa importante.

Haxinus fez um gesto de atenção como se estivesse disposto a responder a qualquer pergunta.

— Como está tão calmo em um momento desses? Os outros homens estão com calafrios, afobados, e você está apenas sorrindo.

— É assim que todos deveriam se comportar, deveriam estar confiantes nesse teste. E também deveriam refletir sobre qualquer resultado antes de se inscreverem. Devia-se saber o risco que se paga.

— Eu queria ir logo, direto para a Elite, tenho certeza que me daria bem.

— Marenio, ninguém consegue sair da Armada para a Elite. Kralot Hameleon é a metade do caminho para lá. Seria impossível um soldado recém-formado como você tornar-se um membro da Elite sem aprender as lições na arena de Corssa.

Marenio se virou novamente para a porta e suspirou de aflição. Haxinus sentiu pena, franziu as sobrancelhas e se aproximou novamente:

— Se quer ir embora, pode ir. Mas saia correndo e não olhe para trás — advertiu num tom de consolo. — Sinto muito mesmo. Não posso fazer nada para ajudar.

— Por que fui me inscrever neste teste? Meus pais me forçaram a isso! — disse para si mesmo, ofegante, esfregou os olhos e retornou à sua posição.

— Preparem-se, o teste começará em cinco minutos, estejam prontos para a conexão a longa distância. O primeiro destino é a planície — disse Saider.

Antes mesmo de começarem a se preparar, Marenio, com um disparo, saiu correndo pela porta a toda velocidade. O General, impetuoso, fez um sinal para os ajudantes irem atrás dele. Haxinus arfou de extremo assombro ao ver as armas de choque que os dois homens pegaram antes de saírem para perseguir Marenio.

O jovem correu entre as naves estacionadas da base e pulou para o terraço do prédio ao lado. Em um piscar de olhos, logo após seu salto, a borda do parapeito do terraço foi atingida por um turbilhão de eletricidade.

— O que vai acontecer com ele? — perguntou Haxinus a Saider.

— Não sou eu quem responde perguntas aqui.

Kralot Hameleon e sua admissão eram mesmo duras, assim como a consequência da reprovação. Mas Haxinus acreditava que quem teve vontade de arriscar todo seu esforço do treinamento militar para se tornar um lutador da arena de Corssa já deveria estar acostumado com as dificuldades da vida.

Depois de atravessar um viaduto inteiro, com carros e naves que quase o atropelaram, Marenio parou em uma esquina para recuperar o fôlego. Apoiou-se no joelho, rebuscando ar, achando que os homens ainda estariam longe. Porém, ele não imaginava que os homens que o perseguiram eram androides e, portanto, não se cansariam tão facilmente. Quando os viu fazerem sombra no lugar que estava, correu os olhos para cima, ainda apoiado nos joelhos. Rendeu-se e aceitou a punição.

O teste havia começado. Haxinus e os outros candidatos foram conectados a robôs que estavam na planície. Alguns acordaram embaixo da água, nas profundezas de alguma cidade antiga devastada no Distrito 32, e tiveram que nadar até a superfície. Outros, em um grande deserto com o Distrito 2 emergindo das areias, enquanto ao resto foi conectado aos robôs perto do Distrito 8. Haxinus viu-se em uma praia perto do Distrito 13, a velha cidade de Hong Kong. Moveu-se pelos rochedos e viu a simulação trabalhar ao seu redor de forma perfeccionista.

O objetivo constituía-se em um combate entre homens armados com exoesqueletos de metal. Havia um exército deles, e eram impiedosos. Haxinus e os outros sabiam que aquilo não era real, mesmo que a planície fosse idêntica à verdadeira.

Os candidatos, sendo pouquíssimos que tinham agilidade com máquina conectada, foram sendo derrotados um a um, mas Haxinus se mantinha impassível na medida do possível. Os objetivos foram mudando, pondo os jovens restantes em seus extremos. Era como um jogo interminável: os lugares mudavam conforme os objetivos eram finalizados, então a simulação de guerra fazia médias com os candidatos, estudando suas táticas de batalha. A arena de Corssa precisava de pessoas aptas a lutar corpo a corpo, portanto, aqueles que falhavam eram imediatamente reprovados.

Haxinus, com sorte e experiência, conseguiu passar sempre por pouco em todas as etapas do teste. Percebeu que era o último e continuou perseverante, deu seu tiro derradeiro e acordou de volta para a base. Foi aprovado, sendo assim um remetido à Kralot Hameleon e, se o herdeiro se destacasse na arena, poderia esperar o seu lugar na proteção do seu soberano. No seu caso, visto que ele era de Hideria, seu protegido seria o Imperador e Astaroth era quem seria substituído.

Quando retirou o capacete, Haxinus viu-se sozinho na sala pois os outros já haviam sido recolhidos.

Sentiu felicidade, orgulho, mas logo tais sentimentos subtamente foram ofuscados por uma centelha de desânimo e preocupação.

— Garoto — disse Saider, que o tinha esperado. — Parabéns!

— Muito obrigado — Haxinus, mesmo um pouco atordoado, apanhou a mala e colocou a alça no ombro, esperou a porta se abrir para finalmente ir.

— Espera, não vai para Kralot?

— Não pretendo ir para Corssa, senhor. Este teste foi para preencher meu currículo, não pretendo nada além da Polícia de Hideria — confessou, com o olhar perturbado pelo cansaço. — Tive muita sorte em ter passado. Só quero voltar para a minha casa, ver os meus irmãos...

Saider não se aquiesceu, pois Haxinus era a primeira pessoa a passar no teste e negar a viagem à Corssa. Entretanto, tinha de deixá-lo seguir em frente, mesmo sentindo que um talento fora desperdiçado. O jovem atravessou o corredor e foi embora. Era a primeira vez que alguém recusava ir para Kralot depois de passar em seu teste. Saider viu que Haxinus era alguém realmente peculiar.

Enquanto passava pelo estacionamento, Haxinus percebeu a solidão do local e aproveitou para correr pelo pátio à procura do rapaz que fugira.

— Marenio! — chamou. Sua voz ecoou na torre como o único barulho da cidade além do zunido de naves ligeiras do céu.

Haxinus avistou a borda do parapeito, saía poeira, estava escura, como se tivesse sido prensada por algo bem pesado. Ele espiou por entre as torres. Ainda não tinha desistido de encontrar Marenio, então decidiu descer a torre até a estação onde haviam chegado.

O jovem procurou na região em torno da base, novamente disfarçado, mas não teve muito efeito, pois os cidadãos já estavam em alerta. Passou pelas praças e pelas pontes que ligavam os prédios, olhando para cada um que encontrava, procurando algum sinal. Mas não encontrou nada. O rapaz Tranni havia sumido sem deixar rastro algum.

Haxinus viu-se sozinho. A calçada era ladeada por um muro alto e, em um mastro, estava içada a bandeira de Balsam – uma cabeça de tigre emoldurada por brasas brancas. Balsam, a Quinta Nação, era mesmo um país forte. Sua chanceler, Eze Laixi, era a irmã mais velha de Haxinus. Eze Laixi Kanajram Cromdha havia abnegado o título de Imperatriz e repassado a herança da Primeira Nação a Vidar, que era mais de duas décadas mais novo que ela.

    Haxinus girou sobre os calcanhares e se foi, resignado, retornando à estação para enfim voltar para casa. Marenio tinha obrigações decorrentes de sua decisão. A fuga fora uma escolha e ele tinha de arcar com as consequências. Talvez uma multa, anos de serviço ou uma marca de desonra... Haxinus conformou-se com o destino de Marenio e também se lembrou que nada poderia mudar caso ele o tivesse encontrado.

    Enquanto entrava no vagão, um sorriso veio ao seu rosto. Haxinus percebeu que tinha algo que os outros jovens de sua idade não tinham.

CAPÍTULO 12
O RETORNO

— Eu me inscrevi no teste de Kralot Hameleon — contou Haxinus a alguém cujo rosto projetava-se em um holograma.
— O quê? Essa é a coisa mais absurda que você fez desde que entrou na Armada Branca.

O rosto que conversava com Haxinus era de Vidar.

O herdeiro loiro estava em Saturni enquanto o irmão, recém-formado da Academia, estava em uma nave pública ainda em Balsam. Ambos sempre mantinham contato quando possível.

— Bem, já fiz a prova.

Vidar tinha uma expressão confusa.

— E então?

— Eu passei.

— Você irá para Kralot Hameleon? O Pai ficará furioso, Haxinus. Deixe Kralot e retorne a Saturni o quanto antes, é um conselho — Vidar disse.

Sua voz soava metálica naquela transmissão, no outro lado da linha, a voz de Haxinus também.

Vidar achou aquela notícia estranha, pois a Oráculo nunca tinha lhe contado que Haxinus iria ter algum contratempo antes de retornar à Primeira Nação.

— Não. Não, Vidar. Olhe, eu declinei a proposta — Haxinus explicou. — Eu passei no teste, mas fui embora antes da viagem.

Vidar ficou aliviado. Assentiu e continuou a conversa de forma trivial.

— Volte logo para casa, Haxinus, faz muito tempo que não o vejo. Todos nós sentimos sua falta.

A única vez em que retornou a Saturni entre aqueles oito anos foi no casamento de Vidar, quando Haxinus tinha mais ou menos treze anos. Passou somente um dia no palácio, provou vinho no casamento, nadou nas escalas termais e, na manhã seguinte, retornou para Balsam. Desde então tem um colar de opala oceânica guardado embaixo da blusa: o colar da triste mulher que Vidar viu antes de subir no altar com Ninte.

Os anos que Haxinus não esteve em Saturni foram os mais cheios de tragédias. O casamento de Natasha com Iven havia acontecido há quase quatro anos, e o falecimento de Ninte completou dois anos. Haxinus não ouviu falar muito dos clones, mas soube, na época em que repassaram a notícia, que Vidar havia cometido uma insensatez ao escolher aquele procedimento.

Haxinus não se aprofundava nas conversavas com Vidar a ponto de perguntar o motivo de ter escolhido dois clones de Ninte, pois o irmão era uma pessoa reservada e Haxinus não quis intrometer-se em seus assuntos particulares. Foi assim quando Alik dissera que havia se tornado membro de uma irmandade...

— Sim, eu voltarei ainda hoje. Mas irei me sentir um pouco desconfortável no palácio, a princípio. Parti há oito anos. Tudo estará tão diferente — Haxinus disse em um apelo de confissão.

— Está tudo bem, Haxinus. Você será bem recepcionado e gastará longas horas contando suas histórias da Armada. Nada de mal lhe acontecerá — Vidar afirmou. Depois, em um momento de distração, seu rosto entristeceu de forma explícita.

Haxinus viu que a nave onde estava aproximava-se de mais uma parada. A próxima estação era a internacional, onde o herdeiro iria pegar outra nave e viajar de Balsam para Hideria.

— Durante esses oito anos, conversei muito com Damisse, Alik, você — comentou. — Em uma das folgas que tive, eu visitei Eze e conheci Detrit.

— Detrit? Saiba que se o Pai ouvir este nome vai ter um ataque de nervos.

Os dois riram juntos, apesar daquela história ser algo repulsivo.

— O senhor nosso Pai é dividido — comentou Haxinus, em um tom quase pesaroso.

Vidar concordou. Na verdade, conhecia o motivo daquela constatação.

— Bom, o verei logo, logo, Haxinus. — Vidar forçou um aceno. — Tome cuidado com os civis da Hakre.

— Adeus! — Haxinus sorriu.

Seu bracelete piscou e a transmissão foi cortada pelo outro lado.

A nave pousou na estação. Haxinus atravessou o pátio e entrou na outra nave que, coincidentemente, já estava pousada entre as sombras, como se estivesse o aguardando. Na verdade, o herdeiro não embarcou numa nave, e sim no trem-bala que iria passar pela planície e subir novamente à plataforma de Hideria, especificamente em outra estação de Solem.

O trem-bala partiu depois que todo o vagão se encheu. Haxinus permaneceu em um canto isolado, olhando para os *flashes* que passavam pelas janelas em uma velocidade exorbitante. O trem desceu Rajya e alcançou mais velocidade em um tipo de túnel. As luzes nas janelas sumiram fazendo com que uma escuridão inerte permanecesse como se nada tivesse no lado de fora. Pouco tempo se passou e, de repente, uma nova cidade em um novo fuso-horário surgiu. A viagem terminou.

A noite era clara e brilhante na capital de Hideria, Solem. O ressoar de festas, de bares movimentados e de naves da alta sociedade ecoava pelas ruas. Haxinus embarcou na nave da guarda de Saturni que o esperava e ficou junto à janela para contemplar a sua cidade favorita do céu.

Durante o dia, Rajya brilhava dourada e acobreada com seus edifícios de ferro, já Solem tinha a cor predominante do céu pois todos os seus prédios eram cobertos por espelhos. Durante a noite, letreiros de neônios acendiam, fazendo com que a cidade tivesse um oceano de reflexos coloridos.

Solem era a sede do Império. Era enorme em todas as direções, tanto em termos de altura quanto de extensão. Era um labirinto formado por edifícios colossais que possuíam várias funções; abrigavam fliperamas, shoppings, condomínios, e outras coisas voltadas ao lazer. Entre os prédios, passavam naves e algumas das naves mergulhavam na imensidão da cidade, nos níveis mais baixos até o térreo. Os prédios solenes tinham formas cilíndricas, outros eram torres gigantescas que serviam como portos, túneis e parques. Em cada prédio ficava um elevador no seu centro que levava, no mínimo, a uma praça elevada. Alguns tinham várias, tantas praças, que faziam sombra nas de baixo. Eram como ilhas e as pontes e os túneis as ligavam entre si.

Solem não era a única metrópole do Império a ter um sistema prático e acessível de lugares, Rajya também possuía passarelas que ligavam seus prédios. Mas somente Solem tinha um encanto único e especial, pois todos os prédios tinham a mesma arquitetura. Rajya era a união de arquiteturas de gerações passadas, lembrava uma algazarra, como se seus prédios tivessem sempre em reformas e adições de andares e estruturas de ferro.

Bem no centro de Solem encontrava-se uma extensão elevada, como um altar. Era uma plataforma separada pela muralha onde Saturni ficava protegida. A muralha delineava o começo das escalas com seus vastos campos. Mais ao centro do território de Saturni ficava um aglomerado de torres que até perdiam de vista.

A nave da guarda de Saturni pousou em frente a um pátio aberto, ladeado por árvores que formavam corredores de arbustos baixos, flores e fontes. Havia estátuas cinzentas, feitas de mármore envelhecido. Haxinus desceu a rampa e caminhou rumo ao casarão da entrada.

Aquela escala de Saturni assemelhava-se a uma obra de arte, com vitrais e cúpulas acesos à noite. Ele olhava para o casarão com o coração acelerado. Finalmente estava de volta em casa.

Havia duas filas de serviçais à espera e silhuetas na contraluz no portão, aguardando-o. Uma reverência foi feita e Haxinus, risonho, subiu os primeiros degraus, porém, quando se aproximou, percebeu que quem o aguardava eram as pessoas que ele menos esperava para recebê-lo. À sua frente, estava um homem com semblante atípico e ao seu lado, havia duas mulheres.

O homem era Dorick XX, estava com aproximadamente setenta anos de vida farta. O Imperador trajava veludo vermelho com acessórios reluzentes; uma capa preta que cobria os largos ombros e um cinto preso que cortava seu torso ao meio. O Imperador usava uma coroa fina, uma mistura de ouro e de bronze ligada ao centro da testa. Ele costumava ter cabelos e barba negros como carvão, mas a idade fez o branco e o cinza aparecerem muito mais. Suas sobrancelhas hirsutas projetavam-se da sombra dos lustres acima, eram naturalmente franzidas, como as de Vidar costumavam ficar.

Aqueles membros da família Cromdha recebiam o herdeiro recém-formado da Armada com todo o esplendor, mas Haxinus ainda estava com seu simples uniforme militar verde e preto e carregava sua mala nos ombros.

— Seja bem-vindo, sobrinho — disse uma das mulheres, a mais velha entre elas. Vestia um caftan dourado assim como seus olhos e cabelos *deletis*.

— Seja bem-vindo!

Aquela, Haxinus reconheceu, era Ayun, a senhora mãe de Damisse e Alik, mas não era mais casada com Dorick XX. A mulher dourada no lado inverso de Ayun era a atual esposa do Pai. Seu nome era Biah Deva Kanajram, era de Rajya e mãe da chanceler de Balsam, a filha mais velha de Dorick XX. Biah Deva casou-se com Dorick XX duas vezes.

— E este olhar tão sério? — perguntou o Imperador a Haxinus.

— Esperava Vidar, Damisse e Alik. Não você. — O jovem herdeiro passou pelo Pai. Mas parou e olhou para trás, em direção à mulher dourada. — Nem você, Biah.

— Haxinus — Ayun o chamou.

Tinha pele cor de caramelo e olhos cor de mel e, assim como seus tons, era doce e simpática.

— Alik e Damisse queriam muito te ver, mas o senhor seu Pai quer falar com você antes de tudo.

Haxinus lançou um olhar polido à Ayun.

— Boa noite, senhora Ayun. Foi isso o que pensei, mas me recuso.

Dorick XX impediu-o de passar pelo portão ao segurar seu antebraço. Com calma, entreolharam-se.

— Quero conversar com você. Atenue essa expressão de desgosto e demonstre mais de respeito comigo e com Biah.

Haxinus vacilou, mas assentiu.

— Perdão, senhora, Majestade. — O jovem fez uma reverência aos dois. Entretanto, o desuso de cordialidade o fez se atrapalhar.

Era uma noite sossegada, as estrelas formavam uma grande mancha pacífica no céu solene. Passaram-se alguns minutos, Dorick XX e Haxinus subiram pelo elevador panorâmico para um cômodo mais confortável, acessível e discreto. O Imperador observava o céu pela vidraça, com as mãos para trás, ponderante.

— Eu tenho medo, Haxinus.

— Do quê?

— De morrer. — respondeu em um apelo de confissão. Sua voz rouca e suave demonstrava um desespero em seu âmago. — Uma mulher me disse que irei perder minha vida em breve, não quero deixar meu governo para seu irmão.

— Mas Vidar é uma boa pessoa, não parece ser egoísta como o senhor e sei que fará coisas boas para o mundo. Tenho certeza de que irá mudar o sistema e salvar o Império da violência e do tráfico crescente das ruas baixas. Enquanto Vidar será o melhor Imperador do século, eu serei da Polícia Militar, irei para Solem e tentarei ascender ao topo.

Esse era o sonho de Haxinus, e embora frequentemente pensasse nisso, era raro expressar em voz alta.

Dorick XX olhou para trás de relance com certa desaprovação, mas não retrucou, e o seu silêncio foi estranho para Haxinus.

O elevador se abriu e os dois entraram em uma sala com cascatas descendo pelas paredes batidas. A mobília era confortável, os visitantes podiam se sentar, pôr os pés para cima e conversar muito, como Haxinus imaginava que faria com Alik, Damisse e Vidar. Porém, naquela noite, a tensão pairava no ar por causa do Imperador.

— Posso, com sua ajuda, tentar convencer Eze em voltar a Saturni. Ela é a mais velha. Eze pode governar no meu lugar. — Dorick XX andava curvado e com as mãos para trás.

Haxinus o ouviu, calado.

O Imperador continuou:

— É amargo saber que vai perder a vida em breve. Ainda mais quando não se está de acordo com o próximo Dorick. Queria que fosse Eze a próxima Imperatriz, a próxima Daihil. Entendo que há certas coisas que não podem ser mudadas. Como o destino... Mas, posso insistir, com sua ajuda.

— Foi a Oráculo que lhe contou sobre seu falecimento?

— Sim.

Haxinus se sentou no canto do sofá e o ouviu com atenção devida. Embora Dorick XX fosse ruim, era um homem desolado que precisava ser ouvido. Haxinus sabia que o Pai não estaria na fila de recepção se não quisesse ter aquela conversa com ele.

— Me importo com o Império. Não acredito que Vidar será um bom sucessor, por isso quero Eze de volta.

— Eze é a única que pode intervir na sucessão, sim. Mas ela está em Balsam cuidando de uma Nação inteira e de um filho que deveria estar por aqui — reclamou Haxinus.

Detrit... Detrit, o filho ilegítimo, cuja mãe foi assassinada pelo homem de olho de vidro. Haxinus pensou. Ele conhecia as histórias mais obscuras de sua família, ao contrário dos gêmeos.

— Esqueça essa história Haxinus. Esqueça Detrit, esqueça Astaroth. Esqueça de mim. Estou tentando falar do Império. Sei o melhor para meu Império. — Os olhos do Imperador fitavam Haxinus de modo extremamente sombrio. — Eze terá de voltar antes que eu morra!

Haxinus ficou em silêncio, olhando para a face rubra e velha do Pai. As cascatas das paredes tornaram-se o único barulho em todo o casarão.

Sem eles perceberem, Vidar apareceu no mezanino da sala.

— Haxinus! — disse Vidar descendo as escadas que o levaria ao irmão.

O jovem herdeiro de cabelos vermelhos levantou-se subitamente e quase correu para Vidar. Eles se uniram em um abraço e Vidar bagunçou os cabelos do recém-chegado dizendo:

— Você cresceu. Não acredito que está da minha altura.

Haxinus gargalhava.

— Ayun me disse que você estava aqui. Vim logo correndo.

— E não tropeçou nessa capa enorme? — Haxinus indagou com seu humor afiado.

— Não vê que estamos conversando? Saia daqui! — gritou o Imperador para Vidar, que nada disse.

O sorriso do herdeiro loiro começou a se desmanchar. Ele deu uma última olhada para Haxinus e foi embora sem protestar.

Haxinus virou-se desconfiado para o Pai.

— É o destino do Império que está em jogo. Ajude-me a trazer Eze para cá antes que ELE — o Imperador apontou para a porta fechada do andar de cima — seja o novo Imperador.

— Não é justo. Vidar é o melhor homem para sucedê-lo, tenho certeza disso. Ele trará prosperidade, e quem sabe acabará com todos os horrores que o Império permite acontecer. Tenho muita esperança.

— Converse com a Oráculo e saberá do que estou falando — ordenou o Imperador, concluindo a conversa sobre a sucessão de modo peremptório. — Ela está na vigésima torre da escala um. Evite ser percebido pelos vascaritas de lá. Pergunte a ela o porquê dessa minha tamanha preocupação. É importante você saber. Quem sabe, poderemos mudar o destino. Não se esqueça, garoto.

Haxinus o estranhou. *Destino? Que droga de destino. O senhor meu Pai é um vascarita agora?* Não levou as palavras de preocupação tão a sério. Estava com raiva e cansado demais para dar a devida atenção àquele tema tão político e religioso para seu gosto. Queria encontrar Vidar e os gêmeos, contar sobre suas missões, ter uma conversa com o Senhor Olister Wary, o Marechal da Polícia Militar de Hideria, e contar a ele que passou no teste de Kralot Hameleon. Mas o herdeiro tinha de ir à Oráculo, então seguiu a ordem de Dorick XX, não por ele ser o Imperador, mas por ser seu Pai, o Pai que nunca lhe contou sobre como perdeu a senhora sua mãe. E que nunca mantivera uma conversa tão longa quanto aquela.

CAPÍTULO 13
OS IMORTAIS

A Oráculo o aguardava no último quarto.
Haxinus passara pelas escalas e pelos membros da corte de forma soturna, desceu escadarias para o subsolo e seguiu apressado pelo corredor.

Quando abriu a porta, viu o quarto simétrico e uma cama redonda envolta em um dossel fino de seda. A penumbra o alcançava e o envolvia em um clima místico. Ele aproximou um passo ou dois e viu lâmpadas acesas com fios estendidos pelo teto, chafarizes nas paredes e uma moça o olhando de soslaio sentada no centro da cama.

A imortal se levantou e abriu o dossel. A luz de fora alcançava seu rosto iluminando-a com uma cor dourada. Haxinus acabara de ver a mulher mais bonita que ele já vira. Ficou espantado, sem fôlego. A imortal estava de costas para a iluminação exterior, seus cabelos assemelhavam-se a fios celestiais e, nos olhos dela, Haxinus viu um céu eterno de serenidade. Eram os olhos mais belos que ele já avistara: azuis de um tom raro, como se fossem pedras preciosas e, por mais que fosse impossível, transmitiam sua própria luz, seu próprio brilho.

— Oi — ela disse, com um breve aceno.

E ele ficou sem voz.

— Hã...

Ela gargalhou com sua falta de palavras. Haxinus sentiu suas bochechas corarem.

— Haxinus! Você lembra de mim?

Ele respirou fundo, ainda mais depois de ter visto a reação dela à sua resposta pouco articulada.

— Muito vagamente.

Lembrava-se de uma mulher imortal de olhos azuis. Conhecia as histórias que os moradores contavam, a Oráculo imortal havia contribuído com Vascaros na união do mundo ao Império e participara ativamente na Revolução dos Glaunts, algo que dificilmente acreditaria se ela não vivesse em Saturni.

Quando Haxinus viu a Oráculo à sua frente, ela pareceu ter se transformado em uma pessoa da mesma idade que ele, como se tivesse rejuvenescido. Aquela era uma garota, não uma mulher que ele conheceu uma vez quando era menino.

A imortal percebeu o colar de Haxinus de brilho azul extremamente forte; era aceso com dunas elétricas que partiam de cima. O jovem tinha apenas treze anos quando começou a usar aquele colar todos os dias e o motivo ainda permanecia desconhecido.

— Você é mesmo imortal como todos dizem? — questionou e depois engoliu seco, mas cuidou para que o estalo de sua garganta não fosse ouvido.

Era a mesma garota que conversou com a Morte em Horring, com os mesmos cabelos brancos longos, que iam até a coxa e tinha um tom puro, um branco como leite; nariz empinado, rosto delicado e olhos azuis. Suas sobrancelhas eram tão brancas quantos os cabelos, chamando mais atenção para os olhos claros.

Usava com um vestido longo de cor tênue, um branco bem próximo ao do marfim. Estava com os cabelos soltos, tão lisos e brilhantes como seda e usava uma tiara prata em forma de ramos. Os ombros estavam à mostra pois a manga do vestido estava caída nos braços.

A jovem, aos olhos do herdeiro, pareceu ser diferente, como se fosse de uma época diferente, tinha os olhos diferentes, porém, o seu sorriso, ele sentiu já ter visto em algum lugar. A Oráculo parecia ser sábia, mas também, dotada de inocência, parecia ter certa perfeição, mas parecia ser também conhecedora das calamidades da humanidade a ponto de ter a sua perfeição ofuscada.

Ela é mesmo imortal? Haxinus se questionava, e sua pergunta não pairou no ar. A Oráculo, sem dizer uma palavra, pegou uma faca do bolso do vestido e a enfiou em seu pulso. Haxinus se assustou, mas permaneceu imóvel. Antes que a imortal retirasse a faca fincada em seu braço, seu sangue começou a diluir no ar; ao retirar a faca, seu pulso voltou ao normal. O sangue evaporou e o machucado se curou completamente. Ela exibiu seu pulso com um amigável sorriso.

Os dois se olharam. Ela sorrindo e ele pasmo. Ela se regenerava mais rapidamente que o Glaunt mais poderoso de Kralot Hameleon.

— Você tem mesmo a idade que os outros dizem?

— Sim, 3993 anos.

Haxinus suspirou fascinado.

— Sou a Oráculo das 10 Nações desde que o Império emergiu nas plataformas.

A imortal segurou seu vestido, abaixou a cabeça e inclinou-se numa mesura. Ela ainda segurava a faca com a lâmina já limpa.

— Sou Haxinus Elkaish.

De modo desengonçado, ele beijou as costas da mão esquerda da Oráculo, que sorriu com doçura.

— Não quero te chamar de Oráculo. Você deve ter um nome...

— Há muito tempo me chamava Isabel, mas, agora, sou Kalasya — ela respondeu.

— Prazer em conhecê-la, Kalasya. O seu nome é muito bonito, mas não vejo a hora de criar um apelido — Haxinus sorriu de forma atraente.

Kalasya devolveu o sorriso à sua maneira. Havia algum feitiço nos olhos dele que a encantavam, mas Haxinus não sabia. Ninguém nunca disse que ele tinha uma beleza acima do comum.

— Desculpe-me pelo desconforto que lhe causei.

— Na verdade, estou acostumado com sangue e essas coisas.

O herdeiro lembrou que o treinamento da Armada era mais que rígido. A Armada Branca treinava diversas pessoas de todas as 10 Nações para servirem o Império da melhor forma possível. A violência reinava nas ruas baixas de algumas Nações do Império, portanto, muito dinheiro circulava, financiando a academia de Balsam para que seus formados mudassem aquele cenário.

— Tive que usar este método para provar a minha imortalidade. Bem, minha regeneração. Assim como faço e fazia com outros herdeiros e herdeiras daqui — avisou Kalasya guardando a faca no bolso do vestido.

— Você se feriu na frente da Damisse? Ela desmaiou? — perguntou Haxinus risonho e riu mais ainda logo depois de concluir a pergunta, imaginando a reação de sua irmã mais nova.

— Na verdade, ela estava com Alik. Ele cobriu os olhos dela quando percebeu que eu ia me cortar. Ela ficou confusa com os olhos tampados e ele ficou fascinado com a regeneração, assim como você.

— Você está aqui desde que me mudei para Balsam? — ele quis saber.

— Sim. Sempre estive. Sempre cumpri minhas obrigações aqui — respondeu.

— Suas obrigações?

— Há muito tempo, prometi me dedicar à minha função. Prometi a Vascaros Cromdha que seria a Oráculo das 10 Nações até o fim.

— Então você faz parte do Império desde que ele subiu com a formação das plataformas. Você possui alguma suspeita, atualmente? — perguntou mais uma vez de forma curiosa. Porém aquela pergunta mostrou-se séria.

— Suspeita? Nenhuma. Para mim, o Império é um presente. — Ela começou a sorrir, queria evitar ser prolixa ao expor sua admiração.

Haxinus fitava as curvas de seus lábios, as sobrancelhas perfeitas que haviam se arcado e os cabelos sedosos que escorriam pelo rosto.

— Tudo tem o seu lado ruim.

Logo após, surgiu um momento de troca de olhares entre ambos. Kalasya ficou séria, franziu o cenho.

— E qual é o lado ruim do Império?

— Não concordo totalmente com o imperialismo de Hideria sobre os outros nove países. Acho que existem coisas que o Império autoriza que são absurdas. E também acho que muitas coisas podiam ser melhoradas. Não há mais progresso, o mundo é o mesmo desde muito tempo — respondeu o herdeiro de modo sincero. Deteve-se por um tempo ao ver que estava contrariando-a demais, mas depois continuou: — A tecnologia é a mesma, a vida das pessoas também. As gerações passam e nada muda. Vidar concorda com isso também. Acho que depois que ele tomar o poder do topo do mundo, grandes melhorias virão.

Ocorreu mais um momento de silêncio e troca de olhares. O chafariz era o único som no ambiente.

— E então, o que mais quer me perguntar?

Haxinus mudou de expressão. Esqueceu-se dos motivos em estar ali, já que havia sentido tantas sensações quando a viu. E aquele lugar místico e aquele momento assemelhavam-se a um doce sonho que Haxinus jamais teria. Ele coçou a cabeça, observou ao seu redor, confuso:

— Bem, não me lembro do porquê de eu estar aqui. Acho que foi por curiosidade.

— Ah! — Ela riu do mesmo jeito de sempre.

— Posso te pedir um conselho? É sobre o lado que quero seguir em minha carreira.

— Ah, sim. Você acabou de se formar na Armada Branca. Tem duas opções: a Polícia Militar ou a Guarda Real.

Ele assentiu com a cabeça.

— Você sabe que Saturni é uma cidade bem pequena, os perigos que você enfrentaria aqui não são nada em comparação às ruas baixas de Solem, por exemplo.

— Sei disso.

— O que mais lhe chama a atenção?

— Servir o Alto Escalão da Polícia me parece uma ideia perigosa, e ser um leal guarda de Saturni parece ser promissor. Se conseguir me desenvolver e subir nas patentes mais altas por aqui, eu seria importante para a ordem do palácio. O redor da muralha de Saturni seria meu posto de vigia.

— Entendo. O trabalho na guarda é muito mais tranquilo.

— E é por isso que eu escolheria a Polícia.

Kalasya arcou a sobrancelha.

— Sim, sim. Sou atraído pelo perigo que o Alto Escalão enfrenta nas ruas baixas. Gangues, tráfico, violência, *neopanks* e tudo mais. Sei que posso ser um bom membro do Alto Escalão, sei que posso ser alguém que vai fazer a diferença. Seguirei a lei e não serei corrupto como a geração passada da Polícia ficou conhecida.

— Você pode se arrepender, Haxinus.

— Não há arrependimentos quando se segue um caminho com honra.

Kalasya concordou. Aquelas eram palavras dignas de um sorriso. Um silêncio de poucos segundos tomou conta do quarto.

— Então, se está decidido, por que quer um conselho?

— Só queria falar disso com alguém.

— Sim, eu entendo. — Ela riu e uniu as mãos. — Bom, Haxinus, você é quem escolhe os caminhos que faz, mas se precisa mesmo de um conselho... a Polícia... Se você quer ser um elemento ativo nas ruas baixas como o Alto Escalão é, você deve conhecê-la por outros ângulos. Deve conhecer o Alto Escalão do modo como os civis das ruas baixas olham para ele.

Haxinus percebeu que aquela era a mais pura verdade e que Kalasya era, de fato, sábia como todos diziam. Porém, não havia como ele ir para as ruas baixas e conhecer a Polícia da forma como os civis a encaravam, visto que era um herdeiro do Império, um Cromdha de sangue sagrado.

— Tem razão, mas isso é algo que o meu nome e meu sangue não iria permitir.

A imortal correu os olhos pela vidraça que separava o lado de fora, observando os pássaros-da-noite ciscarem na campina iluminada pelas luzes das torres adiante.

— Alik é membro de uma irmandade cuja base fica bem na capital, entre as ruas médias — Kalasya comentou. — Você poderia ir com ele para as reuniões dessa irmandade filantrópica.

— Hakre... — ele murmurou. — Boa ideia.

Eles riram juntos e começaram a caminhar pelo quarto enquanto se olhavam. Kalasya tinha reparado naquela opala azul-celeste no peito de Haxinus. A imortal se lembrou da época em que as dez joias mais valiosas do mundo foram feitas, e aquela pedra preciosa de Haxinus brilhava como uma delas. Mas aquela opala oceânica não passava de brita comparada a elas — o que o Império chamava de Pedras Seculares.

— Seu colar me lembra as Pedras Seculares. Dez foram criadas pelo primeiro Cromdha e cada chanceler foi presenteado com uma depois que elas foram feitas — comentou Kalasya.

— Para que elas servem? Além de serem mais valiosas que as cidades de uma Nação juntas. — Haxinus perguntou olhando para o seu colar de opala. Nunca tinha visto as joias que Kalasya havia citado, mas sabia do lugar onde a de Hideria ficava e poderia imaginar a excentricidade de cada uma delas. As Pedras Seculares eram relíquias do Império e algumas ficavam escondidas enquanto outras tinham guardiões que as repassavam de geração em geração.

— As funções delas eu não me recordo, é como se houvesse falhas na minha memória. Faz tanto tempo. Acho que é por causa de Vascaros. Devia estar escrito algo sobre eu não poder saber de mais nada além disso. Então, ele seguiu a regra. E também devo ter seguido. Nós acreditávamos no destino, éramos ritualísticos.

— Mais de mil e cem anos. — comentou Haxinus.

Ele olhou para baixo, tentando imaginar o Império daquela época. Lembrou-se da estátua de Vascaros Cromdha, o seu antepassado, o rosto fora retratado como se fosse pacífico e seu olhar, dogmático, olhando para o céu.

— Você pretende ser guardião da Pedra Secular de Hideria? A de Hideria está na estátua de Vascaros da escala principal, mas, se um herdeiro como você quiser, ela poderia se tornar sua.

— No momento, não. Mas se for preciso — respondeu ele.

Os dois se viram com um sorriso modesto no rosto. Haxinus continuava olhando para a imortal, as maçãs de suas bochechas e os ombros expostos, os contornos do corpo, suas mãos.

— Você...

— Sim? — Ela virou-se para ele.

Estavam próximos demais, Haxinus podia sentir o hálito dela.

— Você é, obviamente, uma Glaunt. Dizem que você é bem poderosa. O que mais pode fazer, além de conselhos e brechas do futuro?

— Coisas inúteis. — Ela se afastou com um semblante de desagrado.

— Sério? Não devem ser tão inúteis assim. Você é aclamada por muitos.

— Um pouco — concordou Kalasya, e se afastou, foi em direção ao chafariz do canto do quarto e se sentou na beira de uma das pontas. Começou a empurrar a água com uma mão. — Você nunca deve ter ouvido falar de mim fora da corte. Somente pela sua família, não é?

— É, sim. Nunca, nenhum civil teve conhecimento sobre a imortalidade da Oráculo. E espero que continue assim. Sua imortalidade deve ser um segredo do Império. — Ele se aproximou, ficando perto dela novamente.

Kalasya observava as águas que se moviam. Os pensamentos que passavam em sua mente eram indecifráveis.

— Se não fosse por mim, Vascaros não teria construído as plataformas, pois fui eu que li o que deveria ser feito. E é por causa disso que somente os nobres falam de mim. Minhas histórias foram contadas entre as paredes dos palácios das 10 Nações desde que o meu nome se tornou Kalasya. E as histórias nunca se modificaram. Elas permaneceram as mesmas, e eles contavam somente o fato curioso de eu ser uma Glaunt imortal — disse retornando a olhar para baixo, enquanto ele a ouvia. — Mas a história nunca mencionou o fato de que qualquer um poderia fazer o que eu fiz depois dos Impactos. Nunca utilizei meus fracos poderes para convencer ninguém a viajar comigo e se unir a Vascaros, apenas utilizei de minha sorte em regenerar. Ajudei as pessoas a saírem das zonas perigosas depois do apocalipse e uni o Império diplomaticamente, assim como qualquer pessoa comum poderia fazer.

— Mesmo assim. Embora não ter feito coisas que impressionam desde o começo da Era Atual, você merece ser aclamada e respeitada para sempre. Se você não existisse, o mundo ainda seria na planície!

— Obrigada — disse Kalasya.

Eles se olharam, trocando sorrisos. Kalasya se levantou e enxugou as mãos.

— O que vai fazer? — perguntou risonho. Ficou empolgado, supôs que ela iria erguer as torres, explodir árvores ou dominar a água do chafariz até seus dedos.

— Os meus poderes inúteis...

Através da parede de pedras, das lamparinas, das talhas de ferro nas laterais e até mesmo da água, começaram a sair flocos de luzes brancas que flutuavam na direção de sua mão. As luzes cresciam, flutuavam e, vagarosamente, uniam-se.

— Até que...

Ela virou-se para ele esperando alguma resposta irônica.

— Não é muito inútil.

— Eu posso fazer isso com as folhas, o ferro, as pedras, os galhos... Desde que convivi com Vascaros, passei a enxergar tudo através dessas luzes, posso ver o futuro, fazer profecias e repassá-las às pessoas. Essas luzes são o que chamávamos de *fonte*. Mas, depois que ele se foi, este poder enfraqueceu. Passei a esquecer de algumas partes do que leio na fonte e nem sempre as predições são úteis para as pessoas. Nós pensamos em um futuro tão diferente por causa das luzes. Existia uma lei criada por ele que dizia que os Glaunts e seus poderes não podiam ser utilizados para fins lucrativos, mas o futuro é mesmo irônico, não é? Olhe só, você acabou de enfrentar um teste de entrada para Kralot Hameleon, pelo que ouvi. Os Glaunts são forçados a se afiliarem à Armada Branca e são levados para Kralot por puro entretenimento em Corssa.

— É mesmo irônico, contudo, não há como uma lei assim perdurar por mais de um milênio. Somente a lei suprema, a do sobrenome Cromdha e seus matrimônios, que ainda existe.

Kalasya aquiesceu. Os pássaros-da-noite planavam no campo em frente a janela. A campina íngreme situava-se sob a luz prateada da lua. O quarto da imortal costumava ficar em uma eterna penumbra, e as luzes do lado de fora sempre batiam com uma cor branda, o que reforçava o aspecto místico.

— Quando estes poderes surgiram?

— Fui desenvolvendo aos poucos. Preciso de muita concentração para isso.

Kalasya ficou de frente, em direção ao outro lado do quarto, como se estivesse evitando a troca de olhares, entretanto, Haxinus continuou a fitá-la. Sem perceber, estava enfeitiçado. Mal se lembrava do seu regresso a Saturni e nem mesmo tentava se lembrar dos motivos que o levaram ali.

Kalasya se lembrou de uma pergunta curiosa que queria fazer desde que o viu, então ignorou o olhar enternecido e perguntou-lhe:

— Você comprou este colar?

— Ah, foi só um presente do senhor meu Pai.

— Um simples presente? — Ela apontou. — É mais azul que o céu.

Haxinus riu, contudo, falar daquele colar lhe dava tristeza.

— Ganhei no dia do casamento de Vidar, quando fiquei aqui por um dia. O Pai me disse que pertencia a Vidar, mas não podia dar-lhe por enquanto, somente na hora certa.

— Hora certa?

— A hora em que perceber que até uma simples pedra dessa pode se tornar a única lembrança boa que Vidar tem de mim e da família. Foi isso que Forceni, o senhor meu Pai, me disse quando me entregou. Eu não me lembro das palavras exatas, pois aquele foi um dia muito agitado. Achei estranho, mas nunca, nunca o tirei do meu pescoço desde que o ganhei.

— Sabe o que esta pedra significa?

— Não. Falaram que pertenceu a uma mulher que foi embora de Saturni há muito tempo. Sempre suspeitei de quem seja, mas não posso afirmar ainda.

— É bonito — comentou ela.

— Eu?

Ela riu ao ver a expressão confusa de Haxinus.

— O colar.

Os dois riram juntos mais uma vez.

CAPÍTULO 14
OS QUATRO HERDEIROS

Ainda não eram sete horas da noite, mas o remanso de uma escala de Saturni assemelhava-se a uma típica antemanhã.

Vidar e Nix conversavam sentados em um banco, estavam sozinhos no sereno e tinham aberto uma garrafa de hondragua, enquanto esperavam a noite se acomodar totalmente na plataforma. O casal estava sob as nuvens roxas estriadas no céu, contavam e falavam sobre as constelações que surgiam, assim como faziam sempre. Vidar ensinava as mitologias das constelações e apontava as direções onde as estrelas desciam. Era uma das únicas coisas da qual tinha amplo conhecimento fora história e política. E Nix, assim como Ninte já havia sido, mostrava-se interessada em ouvir essas poucas coisas que Vidar tinha prazer em estudar e contar.

Perto dali, Alik caminhava distraído. Não queria que ninguém o visse longe da sua escala, mas passou em frente ao casal, sem perceber sua presença:

— De onde você veio?

Alik se assustou com a voz.

— Boa tarde — Alik disse, disfarçando o nervosismo.

— Boa noite — corrigiu Vidar e, depois deu um gole direto da garrafa, com os olhos semicerrados.

Alik sentiu-se menor em relação aos dois, como se eles pudessem castigá-lo.

— Onde estava? — Nix quis saber.

— Estava dando uma volta nos jardins dos coretos — mentiu.

Vidar entregou a garrafa a Nix e se levantou.

— Sua nave saiu do centro da cidade. Foi possível vê-la atravessando as bordas mesmo sendo pequena e nem tão brilhante quanto os zepelins de Saturni.

Sei que você saiu hoje mais cedo e vi com transmissão própria de Ciberato que você desembarcou na estação internacional e foi andando até a praça central. Se deseja sair escondido com sua amiga Jan, deveria ser mais cuidadoso.

— Você andou me espionando?

— Sei da Hakre.

— Não sabia que você bisbilhotava os outros, Vidar — reclamou Alik, com o sobrolho franzido. — Achei que era mais reservado.

Nix observava a conversa, calada e séria, tomando goles satisfatórios da bebida.

Vidar segurou-se em um de seus ombros e lhe disse:

— Seu segredo está bem guardado comigo, Alik. Gosto do jeito como você vive a vida, evita ficar preso aqui e conhece novas pessoas, anda pela cidade, sem rumo e sem obrigações. Ao contrário de mim que teve o peso da política nas costas por toda a vida, graças à escolha de Eze. Mas... a Hakre não é um bom caminho.

— Tem rancor da escolha de Eze?

Vidar não respondeu.

— O que você tem? — Alik fez mais uma pergunta olhando-o nos olhos.

— Você nunca foi de questionar muito — comentou, enigmático. — Eu deveria começar a desconfiar de você: o membro de uma irmandade que tem conflitos com o Alto Escalão da Polícia. A Hakre vende armas e dissemina a violência nos *neopanks* e nas ruas baixas. Não há honra em ser dessa irmandade.

Alguns segundos de silêncio. Nix verteu as últimas gotas da garrafa de hondragua.

— Vidar, a Hakre me ensinou muitas coisas. Frequentar as ruas baixas como um civil de lá é como ir a uma escola da vida. Aprende-se humildade, integridade. Tenho um dinheiro reservado para ajudar a irmandade que completa tanto a minha vida e não tenho remorso em mostrar que sou revolucionário. A Hakre quer uma revolução, ela quer acabar com a opressão do Alto Escalão nas regiões baixas e isso é mais nobre do que ficar estudando política na Biblioteca Milenar. — Alik olhou para cada um com seriedade nos olhos e completou: — Da Hakre eu sou e minha irmandade nunca morrerá.

— Tudo bem, Alik. — Vidar fitou-o com os olhos frios como gelo. — Só espero que esconda esse segredo muito bem daqui para frente. Me tornarei Imperador depois do Pai aposentar e não irei dar uma chance a facções criminosas que pretendem acabar com a Polícia.

— Então, seremos inimigos. — Alik sorriu, porém, no fundo, sentiu uma grande sensação ruim. — Saiba que, com ou sem mim, a Hakre se tornará um grande exército. E Imperador nenhum terá chance contra uma irmandade como ela.

Apesar de não ter aprovado aquilo no início, Alik proferiu aquelas palavras como se sempre tivesse admirado a formação de um exército. Quando sentiu seus lábios se movendo formando as palavras de revolução e de conflito contra o Imperador, Alik sentiu a tatuagem da adaga aquecer sua pele. Os punhos se fecharam em uma contida determinação. Durante a reunião da Hakre, a decisão de Laria em reforçar a ideia de formar um exército com os membros da irmandade trouxe a Alik um conflito em sua mente. Mas agora, ao olhar para Vidar e as torres alvas de Saturni, a ousadia lhe subia à espinha.

— Me esforçarei para mostrar que está errado. — Vidar também abriu um leve e rápido sorriso. Seu frio olhar nunca mudava, mesmo quando um sorriso vinha aos seus lábios.

Alik e Vidar tratavam aquele assunto como uma possibilidade absurda. Mas Alik nunca sairia da Hakre e Vidar estava destinado a ser o Imperador, a não ser que Eze retornasse a Saturni e reivindicasse o poder.

Alik riu de forma desconcertada.

— Isso realmente é verdade? Seremos inimigos, Vidar?

— Nós dois sabemos que é possível.

Alik mordiscou os lábios.

— Eu nunca iria querer algo assim — ele confessou.

— Alik, você sabe que é verdade. Você é um patriota para a Hakre e um visionário. Tem rebeldia no seu sangue como se você descendesse de Sony, o fundador. Você já é o inimigo da Polícia, portanto, do Império também. Mas ainda tem chances de se redimir.

— E você tem frieza em seu sangue. Tem sangue de gelo. — Vidar franziu o cenho. — Como pode dizer algo assim? Quer tirar de mim a única coisa que me dá um motivo de continuar vivo? Sim, a Hakre é como uma família para mim e eu não seria ninguém sem ela. E o Alto Escalão é o verdadeiro vilão de toda essa história.

— De qualquer forma, você é um criminoso. Tem sorte do Pai não se importar.

— Você tamb... — Alik quase citou as histórias que os moradores contavam.

Vidar também era um criminoso, era um assassino devido ao acidente que ocorrera em sua infância. Alik percebeu que seria injusto acusá-lo, mas seu irmão agia como se não ligasse para as vidas que tirou, como se não sentisse nada pelo acidente, nem mesmo um resquício de remorso.

— Eu o quê?

Alik não respondeu.

— Termine a frase!

— Você também é um criminoso. Às vezes se comporta como um psicopata.

Aquilo era verdade. Quando Iven Pavarde morrera no altar, Vidar foi o único, entre os tantos convidados, que não demonstrou nenhum assombro. Entretanto, era algo um tanto justificável, considerando que Iven era uma pessoa horrível, de acordo com o que Alik ouvira falar. Mas ele arrependeu-se de ter falado que Vidar era um criminoso, sentiu-se um monstro por falar aquilo.

E, de repente, Alik sentiu seu queixo deslocando em com um golpe inesperado. Vidar lhe desferiu um soco tão forte que o fez ser empurrado para trás. Alik ficou com as manchas de nós dos dedos na bochecha e uma marca vermelha como se tivesse levado uma chibatada. Foi retrucar, mas Vidar, ágil, desviou e o fez cair no chão com um golpe nas pernas.

Nix levantou-se subitamente e segurou o braço do marido, impedindo-o de cometer mais um ato terrível. Ainda no chão, Alik levantou o olhar em direção ao irmão e xingou todas as expressões que lhe vieram à cabeça. Ele se esqueceu que talvez merecesse um soco por ter dito algo tão cruel a Vidar.

Vidar não piscou, sequer frisou o semblante, apenas deu as costas lançando um último olhar de gelo e se foi, o que fez Alik agir sem razão mais uma vez. O jovem se levantou e continuou apontando, chamando-o e incitando mais briga.

Só depois de Vidar e Nix terem sumido de vista que Alik se calou. Sentiu o queixo estalando, enrubescido e quente, e não se preocupou se iriam perguntar sobre isso.

*
* *

— Mantenha o pulso dobrado quando for jogar.

Haxinus ensinava Damisse a jogar pedras em um lago.

Eram pedregulhos de rio que haviam sido formados ali havia muito tempo. Damisse fazia tentativas falhas e os pedregulhos batiam somente duas vezes na água, mas, quando Haxinus arremessava, vários baques se procediam até o pedregulho gastar toda a força do impulso e afundar. *Paf pafpafpafpaf* e Damisse fitando Haxinus com os olhos esbugalhados, como se ele fosse absurdamente forte.

— Não, não. São anos de prática. — Ele coçou os cabelos vermelhos e pegou mais um da beira do lago. Era redondo como um ovo de águia-real. — Vai, tente outra vez. Não force muito o pulso, só o deixe dobrado... Não, não, assim o seu ombro mal iria se mexer... sim, ótimo, o braço não estica.

Damisse jogou mais uma pedra, que voou longe antes de bater na água e, ao fazê-lo, somente dois baques foram ouvidos. Quase atingiu a estátua de leão que emergia do lago. A garota olhou para trás quando ouviu um passo saindo do bosque.

— Olá, Alik — Haxinus sorriu.

Era a primeira vez que eles se viam desde que Haxinus chegara de Balsam. Eles se abraçaram de forma brusca.

— Como foi a viagem?

— Ligeira — Haxinus respondeu.

Damisse catava outros pedregulhos e os jogava. O lago tinha reflexo verde como musgo.

— E o teste?

— Ah, bem, você sabe.

Haxinus não sabia como conversar com um parente que tinha anos que não via. Sentiu certo incômodo em começar a conversa com Alik, pois ele era um irmão que, para Haximus, ainda tinha sete anos. Vê-lo com quinze era algo difícil. Ainda mais com Damisse, que parecia ser mais nova, apesar de serem gêmeos.

— O que é isso no seu rosto? — Damisse reparou.

— Caí na calçada.

Alik aproximou-se da beira do lago e também começou a atirar pedregulhos na água. Haxinus reparou na semelhança que os irmãos tinham: tinham olhos idênticos, mas seus trejeitos eram completamente diferentes. Sentia falta daquilo, de conversar com os irmãos, de passar o tempo em Saturni sem muito que fazer. Mas, futuramente, Haxinus iria começar a trabalhar na Polícia se desse tudo certo com o Marechal Olister Wary. E ele estava confiante em ter de conhecer as ruas baixas como os civis conheciam, seguindo assim o conselho da Oráculo. Haxinus também queria conversar um pouco com o General Fregipt sobre a guarda de Saturni, só para avisá-lo que aquele não era o caminho que ele iria escolher.

Depois das conversas triviais e brincadeiras infantes, Haxinus viu que não seria inconveniente deixá-los.

— Ei, Alik, Vidar ainda está na audiência com Elike Osean e Ayun?

— Acho que já saiu. — A expressão de Alik entristeceu-se.

— Ah, bem. Acho que vou procurá-lo. — Haxinus atirou o último pedregulho.

— Por quê? — indagou os gêmeos em uníssono.

— Não o vejo faz quase cinco anos. Quero dizer, o vi ontem a noite, quando cheguei, mas o Pai interrompeu — ele não quis especificar sobre o ocorrido. — Desde hoje de manhã estou esperando ele terminar os trabalhos treineiros. Vejo vocês no jantar.

Eles acenaram e olharam Haxinus adentrando na trilha de cascalhos. Uma vez na escala dos intendentes, o jovem teve de atravessar uma multidão de políticos que frequentavam Saturni. Aquela escala ficava adstrita à escala central, de onde Dorick XX governava na maior parte do tempo.

— Boa noite, Alteza. — Era o Senhor Elike Osean com o manto branco de político.

Haxinus acenou com a cabeça.

— Boa noite, senhor. Sabe onde Vidar está?

O Senhor Osean apontou para um saguão quase vazio. Haxinus agradeceu e tornou a procurar Vidar, encontrando-o perto do saguão, olhando para um ponto vazio, meditativo, com olhos vidrados que pareciam querer transbordar em lágrimas. Parecia que nada poderia tirá-lo daquela desolação. Mas Haxinus era gentil e sempre encontrava um jeito de animar as pessoas com quem se importava. Parecia que Vidar estava apenas triste com todo o estresse causado pelo mundo da política, mal sabia que seu irmão tinha preocupações que envolviam algo muito maior. A predição.

— Boa noite, Majestade. Supremo soberano do Império, descendente do conquistador e do primeiro Cromdha e irmão do herdeiro mais lindo do mundo.

Aquilo fez Vidar explodir em gargalhadas.

A noite irrompeu e o céu tornou-se uma mancha prateada. Hideria, assim como as demais Nações, tinha o céu estrelado devido à tecnologia da redoma que as cobriam.

Quando a conversa os levou à escala dos coretos, Haxinus já tinha contado um bom resumo de toda a trajetória na Armada Branca a Vidar, que não tinha muito o que contar, visto que sua vida se resumia aos estudos, à mesma rotina que começara desde que tinha idade o suficiente para ler e aprender sozinho.

Somente depois da hora do jantar ter passado, os dois perceberam que estava tarde. Haxinus já tinha contado sobre as missões que passara na planície e sobre a última que realizou no território de Hideria. As cidades arruinadas, os Distritos zeros e os com números o fascinavam. Vidar havia contado sobre Hemera e Nix, e de onde surgiram seus nomes.

Havia sido uma experiência boa para os irmãos, pois tiveram a oportunidade de ser conhecer mais. Os dois chegaram na escala central muito atrasados, mas a conversa tinha valido a pena.

CAPÍTULO 15
A FAMÍLIA

A noite seguinte foi diferente.
Assim como no centro da capital, Saturni também possuía estátuas de Imperadores antigos, em um campo grandioso e repleto de caminhos. Sob a luz da lua um casal andava, contornavam as colunas de requintados saguões, se olhavam e riam entre coretos e pontes.

Na campina, a grama foi bem aparada, mas as estátuas eram cobertas por kudzus e heras selvagens. Eram estátuas de Vascaros e dos Imperadores anteriores a ele, diferentemente das estátuas do centro de Solem, que representavam Vascaros e seus soberanos sucessores até Dorick XX.

Nos dois lugares, Vascaros estava no final da linha, mas tinha seu devido espaço e suas homenagens. Ali, em Saturni, havia a representação bem polida de Yvis Hideria, o conquistador do Império. Em todas as estátuas, Solem ou Saturni, o simples olhar trazia consigo uma história de uma geração inteira de milênios de distância.

— Diga-me um segredo — Haxinus pediu à Oráculo enquanto conversavam.

Kalasya fez um *huuumm,* pensativa.

— Dorick XIX tinha quinze amantes.

Haxinus fez sua habitual expressão de espanto.

— Você conheceu ele? O meu tataravô...

— Conheci todos os chanceleres de Hideria — respondeu Kalasya.

Os chanceleres de Hideria eram o mesmo que Imperadores, pois Hideria era Primeira Nação e seu soberano tinha soberania sobre as outras. Algumas gerações passadas, Kalasya sabia, chanceleres de outras Nações exerciam mais influência do que o próprio Imperador. Mas aquele que governava Hideria sempre foi tido como um deus, e isso era uma tradição já arraigada.

— Conte um de Vascaros.

— Prometi para mim mesma que nunca iria contar. — Ela viu Haxinus atento à sua resposta. — Mas posso abrir uma exceção.

Kalasya continuou a caminhar com as mãos para trás, enquanto Haxinus a seguia e a observava pensar.

— Ele tinha dentes tortos. — Ela virou-se para ver a reação de Haxinus. — Ao contrário do que é mostrado nas ilustrações.

— Estou honrado. — Ele fez uma reverência teatral. — Guardarei este segredo com minha vida.

— Engraçadinho.

Lado a lado eles trilhavam um caminho entre as estátuas prateadas sob a luz da noite. Haxinus, distraído, arrancou algumas folhas de um arbusto e ficou pensando.

— Até que ele era um bom messias.

Kalasya riu.

— Uma pequena parte de mim acredita que ele era mais do que humano. — confessou com um tênue sorriso.

Haxinus concordou e continuaram caminhando. Mesmo em meio ao aspecto antigo daquela parte da escala, o calçamento, o jardim, as estátuas, havia um sistema de iluminação instalado e neônios distantes que combinavam com as torres mais movimentadas e populares, e os drones passavam no alto do céu, vigiando. Nenhum vento soprava, mas o ar parado era fresco, carregado de cheiro de mato.

— Conte-me um segredo sobre você — pediu Kalasya, descontraída.

— Gosto de poesias, um pouco. Damisse me contava sobre algumas, daquelas bem longas que preenchem livros grossos de capas duras. Antigas, com regras linguísticas diferentes.

— Eu também. Na verdade, gosto de muitas coisas. Mas isso não seria um segredo para mim.

— Gostar de poesia é uma coisa que guardo como segredo. Não iria gostar nem um pouco se os outros soubessem disso.

— Então recite uma poesia para mim. Quero ver se é tão talentoso quanto os artistas da Última Era — pediu Kalasya com educado entusiasmo.

— Sobre o quê?

— Sobre algo bem bonito.

— Quero que saiba que sou péssimo. Péssimo! Tão horrível a ponto de fazê-la fugir e nunca mais me ver outra vez. E a vergonha alheia pode ser fatal — alertou ele, com apelo piadista.

Kalasya sorriu e assentiu.

— Vai ser sobre você, oras. É algo bem bonito que parece ser celestial. E seus cabelos brilham tanto quanto as estrelas mais próximas.

Ela riu.

— Este é o prefácio?

— Não, só estou buscando algum ritmo — ele limpou a garganta e fez uma posição de poeta de pulso frouxo.

Kalasya, vendo a cena, deu uma risadinha tímida.

— Mulher, tu, ao te ver, meu coração passou a palpitar, e somente por ti ele passou a viver.

— *Essa* é uma rima excelente — alegou ela, sarcasticamente.

Haxinus nem ao menos tinha se intimidado com o olhar azul de Kalasya pousado sobre ele. Foi diferente do comportamento que teve quando a conheceu.

— Vê-la foi como se um cego tivesse visto a luz e as cores pela primeira vez! — Ele segurou-se no peito com afinco fingido. — Me intrigo ao ver seus olhos, ó, espelhos d'água...!

Kalasya aplaudiu com um ar bem-humorado de apreciação. Haxinus contribuiu dando mesuras teatrais; uma mão de pulso dobrado nas costas e a outra girando no ar, enquanto se curvava de modo sério e astucioso.

— Agora — disse Kalasya. — Vou fugir e nunca mais te ver outra vez.

Ambos riram e continuaram sua conversa, formada por comentários e perguntas curiosas sobre si mesmos. Seguiram caminhos que eles não repararam estar seguindo.

*
* *

Um jantar ocorria em uma torre de uma escala qualquer. Entre os convidados do Imperador, compareceram os filhos, Biah Deva e Ayun. Ele também aproveitou para chamar Elike Osean, o Sacer e o Senhor Elithan — que recebera o apelido de Senhor Mirrado por ter estatura franzina. O Marechal Olister Wary juntou-se depois quando revelou ter assuntos corriqueiros a serem tratados com o Imperador, o que fez com que os serviçais dispusessem mais pratos e talheres.

Biah Deva havia sido casada com o Imperador Dorick XX duas vezes em sua vida. Agora era a atual esposa dele e sentava-se no seu lado direito, vestindo o costumeiro dourado-escuro enquanto o marido continuava com suas habituais vestes cor de vinho. O Imperador deixou o superintendente, o Sacer, o Marechal e o franzino Senhor Elithan, que tinham trabalhos menos importantes, por perto. Ayun Saliery também tinha um cargo importante como Elike Osean e costumava trabalhar com aquele com quem teve os gêmeos. Dorick XX e ela já foram casados uma vez, eram próximos ainda devido à função que exerciam, mas não havia nenhum sentimento um pelo outro a não ser respeito.

Ayun tinha Damisse ao seu lado e Alik à sua frente. E depois, na sequência, vinha Vidar com Nix e Hemera, que estava ao lado de Alik. A senhora Mãe dos gêmeos vestia púrpura com uma tiara exótica proveniente de seu país de origem – Corssa. Damisse vestia rosa e Alik preto. Já o clone Hemera estava com sua simples roupa de passeio de um tom quente como ela acostumou-se a usar, junto a um capuz de bordas de prata que escondia o resultado da decisão de se parecer menos com Nix. Todos que a conheciam achavam que a cabeça calva de fato a diferia da outra.

Estavam todos muito bem-vestidos, apesar de terem um clima mais íntimo, em família. Havia uma cadeira reservada para Haxinus, que não tinha comparecido ainda. Todos conversavam alegremente sobre questões cotidianas enquanto se fartavam com a comida servida sem parar.

— Soube que Haxinus passou no teste de entrada de Kralot Hameleon — comentou o Marechal Wary.

Todos sabiam e confirmaram.

— Tenho certo orgulho, é verdade. Mas não precisava fazer aquilo. — O Imperador abanou a mão. — Foi perda de tempo. Espero que aprenda a não mais se gabar de suas habilidades e que enfrente o perigo real onde ele verdadeiramente quer estar: na Polícia.

— No Alto Escalão? É realmente um perigo... — disse Elike Osean.

— O Alto Escalão é um tanto independente do Quartel. Costuma ser um ponto de chegada repleto de diferentes interpretações — contou o Marechal e depois deu uma garfada.

— Muitos dizem que é corrupto, outros dizem que busca a paz com alternativas um tanto fora do comum — o Sacer comentou.

— Ah! São os cidadões criminosos que vivem pelo tráfico — Dorick XX resmungou.

O Marechal Wary deu uma risadinha e bebericou a cerveja peralta.

— Exatamente, Majestade. Há uma explicação para a violência das ruas baixas e ela tem muito a ver com a própria sociedade que vive lá. Eles podem escolher outros caminhos para a vida, são envolvidos em uma cultura apodrecida na qual sofrem influência dos *neopanks* e acabam entrando no crime. A minha instituição luta contra essa cultura da forma mais ética o possível. Não posso declarar nada com a mesma certeza sobre o Alto Escalão.

— Tenho certeza de que é verdade — Elithan pausou. — Vivi por anos nas ruas médias, assim como o nosso Senhor Chaser Atwer, e posso ter certeza de que a culpa daquela violência é da população. E o Alto Escalão age conforme os civis de lá.

Alik queria lembrar aos Senhores que a população só agia com rebeldia quando a Polícia passava em suas casas roubando o pouco que eles tinham. O Alto Escalão da Polícia de Hideria era corrupto e abusava de sua autoridade ao espancar, banir e assassinar inocentes e pessoas pobres que não tinham culpa de serem associadas aos criminosos – que, por acaso, não tiveram oportunidades para crescer na vida. Entretanto, ele controlou a língua.

Lembrou-se de quando retornou com símbolo da Revolução dos Glaunts tatuado na pele. O evento já era um dilema por ter o Império do preconceituoso César Runnas como vilão. Muitos amaldiçoavam o supremo soberano, outros tomavam o Império inteiro como culpado. Por isso, a tatuagem da Hakre era vista como um tabu. Forceni não tinha ficado nada satisfeito ao ver o filho com a adaga tatuada no pulso e mandou o prenderem em uma câmara da Biblioteca Milenar por uma semana, com somente uma bandeja de alimentos por dia e uma pilha de livros de história cuja concepção da Revolução era tida como um evento inevitável e ultrajante para a ordem pública atual.

Damisse sabia que Alik fazia parte de uma irmandade que tinha alguns confrontos com a Polícia. Sabia que os membros da Hakre eram do lado perdedor, pois muitos deles foram capturados e interrogados da maneira do Alto Escalão. E mesmo sendo uma das únicas pessoas de Saturni que sabia daquele pequeno segredo de Alik, discordava da participação dele na organização, que pretendia se tornar uma força armada.

— Não é somente Hideria — Ayun entrou no assunto. — Sou de Corssa e conheço bem a minha Nação. A polícia de lá também faz com que a população de má cultura pague com a mesma moeda.

— O mundo está muito violento ultimamente — Biah comentou. *O mundo* resumia-se ao Império.

— Na verdade, sempre foi assim. — Vidar deu uma garfada. — Os humanos são como um só, e é da natureza humana viver em conflito consigo mesmo.

Aquele raciocínio fez todos refletirem.

— Sim — concordou Hemera, quebrando seu silêncio. O clone estava ao lado de Alik para quando as conversas se tornassem paralelas, eles sempre tivessem algum assunto para falar sobre. — As pessoas fazem coisas erradas com elas mesmas.

— Atrocidades acontecem até no mundo animal — o Imperador limpou a garganta. — Vocês justificam a violência com metáforas. Não estou pensando que elas são ruins, mas que metáforas não combateriam as atrocidades que acontecem no Império.

— Tem razão. Neste mundo, atrocidades acontecem o tempo todo e palavras são só palavras. — Vidar umedeceu os lábios. Os olhos voltaram-se ao Imperador em uma expressão cuidadosa. — Uma coisa que me chama muito a atenção é um crime que ocorreu há alguns anos, dezessete, exatamente. Foi o caso de uma mulher ter sido esfaqueada em Apogeo. Imagens dela com os olhos e os braços abertos espalharam-se pela Terceira Nação. O mais chocante era que ela estava grávida.

— Nunca soube deste caso. — Nix se inclinou, segurando seu cálice que estava na metade. — Descobriram o assassino?

— Na verdade, não. Só que o mais impressionante foi o fato da criança ter sobrevivido a tudo, pois sua vida foi salva depois disso.

— Isso é ótimo! — exclamou Ayun.

— Me chocou muito constatar que o criminoso possuía ligações com Ciberato... Ele deve ter desligado o sistema de proteção do edifício, o sistema de câmeras de vigilância e, o sangue debaixo das unhas da moça não estava cadastrado em nenhum dos sistemas das 10 Nações, que é acessível somente para Ciberato. A perícia, junta à Elite, concluiu o caso apenas um dia depois do crime. Suspeito que o assassino tivesse ligações com a Elite... acho até que ele é da Elite. — disse Vidar, virando-se para o Pai, que bebericava uma bebida leve, fingindo-se de alheio. — Não, eu tenho certeza de que ele é da Elite. Aliás, o garoto que sobreviveu, nem sei como, mora em Balsam, foi adotado por uma mulher muito rica, pelo que sei, e vive a vida normalmente, ao passo que o assassino está solto, vivendo a vida medíocre que deve ter.

Todos tiveram suas reações pesarosas com a história contada. Ainda mais quando souberam que as imagens do corpo se espalharam por Apogeo e que a criança em seu ventre foi salva e adotada.

Biah e Dorick XX se entreolharam. Eles sabiam do que Vidar falava, sabiam da mulher e do filho sobrevivente. Biah Deva era confidente de Dorick XX, com as mesmas convicções e mesma depravacidade que ele, portanto, seus segredos eram guardados por ela. Mas Vidar soube daquela história por coincidência.

O senhor meu Pai é maligno e o pior de tudo é que ele age como se fosse uma pessoa normal. Vidar pensava. Somente ele e Haxinus, além de Biah Deva conheciam aquele segredo. Forceni, um pouco antes de se tornar Dorick XX, frequentou um lugar boêmio em uma rua baixa de Apogeo, e em uma dessas vezes conheceu aquela mulher viciada em *crack*. Vidar ouvira aquela história antes mesmo de completar sete anos de idade. Era um garoto ainda desmemoriado, estava passando pelos corredores de uma torre quando ouviu o Pai conversando com o sistema de vigilância Ciberato, alguns dias depois de ter se tornado o novo Imperador. Naquela época, Vidar não havia entendido tudo devido à sua inocência. Mas ele cresceu e deixou de ser inocente. *Ele a conheceu e a forçou a... não.* Ele não queria ter pena daquela mulher, e muito menos do filho que conseguiram salvar. Ela estava em um lugar melhor e o fruto daquela monstruosidade que seu próprio Pai fez foi adotado pela chanceler de Balsam Eze Laixi, sua irmã mais velha e filha de Biah.

Vidar havia contado a história de forma cuidadosa para que não percebessem a relação que o Imperador tinha com o assassinato. Proferiu aquela atrocidade e o fuzilou com seus olhos frios somente para importunar o Pai.

A avó de Vidar, de Haxinus e de todos os outros irmãos, chamava Daihil XVIII, falecera aos setenta e um anos, fazendo Forceni o Imperador aos cinquenta e três. Seu governo contava dezessete anos, a mesma idade de Detrit, o filho ilegítimo adotado por Eze.

— Mandou me chamar, Majestade? — perguntou Astaroth, que apareceu com as mãos para trás, submisso. Permaneceu rente à parede e entre as sombras como se tentasse esconder a sua forte cicatriz do olho até o pescoço. Seu peculiar olho biônico vermelho sobressaía na penumbra da sala.

— Ah, sim — murmurou Dorick XX.

Vidar olhou para Astaroth de cima a baixo antes de dar uma garfada. *O assassino apareceu e a cicatriz que ele carrega continua em seu rosto para complementar a história.*

— Onde está Haxinus? Ele está atrasadíssimo para o jantar.

— Ele está conversando.

— Hum?

— Está conversando com a Oráculo.

— Ah! Kalasya — ele disse o nome da Oráculo em um tom alto, como se apreciasse cada letra.

— Sim. Quer que o chame, senhor?

— Pode chamar os dois.

Astaroth saiu depois de uma reverência.

*
* *

Haxinus estava deitado em um extenso colchão cercado por dosséis, como se fosse o espaço zen da escala. Estava virado para cima com os braços abertos, pensativo, olhando fixamente para o teto do saguão. Kalasya estava de pé perto da beira de uma das piscinas cobertas observando os detalhes da cascata e das câmaras imersas lá embaixo.

As conversas os levaram até aquele recinto azulado e úmido. Os dois ficaram vislumbrados com a decoração e os detalhes das construções. Kalasya se lembrou da época em que aquela escala de termas fora construída, a princípio queriam que parecesse com um balneário. Tinha um pouco mais de cem anos, um terço dos moradores de Saturni eram crianças e adolescentes naquela época.

— O que faz para passar o tempo? — questionou Haxinus.

— Coisas diferentes. Dou uma volta ao mundo, conheço pessoas novas, faço amizades, me divirto em algumas festas.

— E isso você faz com raridade?

— Pode-se dizer que sim. É um modo de me libertar, de ser uma pessoa que não sou por algum tempo.

— Ser uma pessoa que você não é... então, quem é você, *Sya*?

— Sou a Oráculo das 10 Nações.

A resposta pareceu um tanto penosa para Haxinus, pois fazia parecer que Kalasya estava condenada a viver em Saturni, servindo com sua sabedoria.

— Hum... sua vida de festas deve ser bem melhor — ele comentou.

— Não sei o que é melhor para mim — retrucou. — Nunca vou morrer, então não penso sobre mim, sobre meu futuro, nem nada disso.

O pavimento de mármore em torno da piscina estava alagado, a cascata fora esquecida pelo tempo. Desde os anos anteriores à saída de Haxinus, ele e alguns dos irmãos iam à cascata para se divertir. As crianças mais corajosas mergulhavam na piscina e nadavam na galeria submersa.

A imortal tirou as sapatilhas, recolheu a barra do vestido avermelhado, colocou os pés na piscina e andou mexendo a água como fazia com a fonte em seu quarto. Haxinus levantou-se em um disparo.

— Você está andando sobre as águas?!

— Não mesmo. O piso está alagado.

— Ah! — Haxinus deitou-se novamente.

Kalasya riu com a reação dele.

Astaroth abriu o portão.

— Alteza e Oráculo das 10 Nações, o Imperador Dorick XX aguarda vocês.

— Ele também está me chamando? — indagou Kalasya.

Haxinus se levantou.

— Sim — Astaroth respondeu.

Haxinus e Kalasya se entreolharam.

— Ele faz questão.

Então, Haxinus deu de ombros e seguiu com a Oráculo até a torre na qual o jantar ocorria. Os dois foram juntos, sem pressa.

— Mandou me chamar? — perguntou ele que, sem querer, interrompeu a conversa de todos à mesa.

— Você está atrasado, Haxinus! Por onde andou?

— É, Haxinus, você anda meio alheio — comentou Vidar com bom humor.

Haxinus sorriu de volta e se aproximou da mesa, arrastando a cadeira para se sentar.

Kalasya apareceu com as mãos entrelaçadas juntas ao corpo.

— Sente-se, Oráculo.

Ninguém, além de Haxinus, chamava Kalasya pelo seu nome.

A imortal sentou-se na cadeira que os serviçais separaram. Era uma extensa mesa de cedro negro emoldurado, com mais da metade desocupada.

O jantar continuou com mais conversas duradouras. Os tópicos foram oscilando e não mais tocaram em temas obscuros como a violência das ruas baixas. No fim do jantar, eles fizeram perguntas sobre a imortalidade de Kalasya, curiosos com a longa vida de quase quatro mil anos. Eram como uma família unida e pacífica, até mesmo Vidar deu boas gargalhadas com as piadas que surgiram de vez em quando. Seus raros sorrisos e risadas eram intrigantes e combinavam com o jeito de Nix. Vidar e ela formavam um casal bonito que frequentemente trocava beijos e carinhos. Era como se ele tivesse aceitado a sua nova Ninte. Nix acendeu um cigarro, assim como Biah, e Hemera trocou mais conversas amigáveis com os gêmeos e Ayun.

Haxinus observava o jeito em como Kalasya se comportava na frente da família e dos amigos de Forceni. Reparava em seu sorriso, seus gestos tímidos, e o modo em como ela conversava. *Parece uma flor*, pensou ele.

No fim do jantar, todos tinham se dispersado e saído do salão gradualmente. Quando Haxinus deixava a torre, sozinho, viu Vidar e Kroser se encontrando.

— O exército já chegou. É amanhã. — Kroser dissera a Vidar olhando-o nos olhos e continuou andando como se nenhuma palavra tivesse sido proferida.

Vidar parou de andar e se virou para o céu sideral. Haxinus reparou que seu irmão olhava para um ponto vazio, como se pensasse de forma meticulosa algo que ele não sabia. *Amanhã...* e as palavras repetiram-se em sua mente até Vidar permiti-la sair de seus lábios.

— Amanhã.

Haxinus o ouviu. *O que tem amanhã?*

CAPÍTULO 16
A NOITE FRIA

A madrugada chegava silenciosa em Saturni, diferentemente do que ocorria com outras metrópoles.

As cidades hiderianas eram sempre acordadas e cheias de luz e atividade, e Saturni era como se tivesse parado no tempo desde o último feixe do sol. Um vento calmo passava entre árvores que cercavam pátios de pouso, mas era um vento produzido por hélices de naves invasoras, que silenciosamente varriam as folhas do chão.

Vidar aguardava um sinal da varanda de sua torre e, atrás dele, deitada entre alvos lençóis de seda, estava Nix em um sono profundo, tão inerte como se ninguém mais estivesse em seu quarto, nem Vidar, envolto em preocupações para que tudo seguisse como o planejado.

As naves eram diferentes, não tinham as insígnias oficiais da família da Guarda Real – os Fregipt – e muito menos as bandeiras de Hideria. Suas estruturas eram peculiares e, sobretudo, percebia-se que eram contrabandeadas. Eram dezenas espalhadas pelo pátio mal-iluminado repleto de árvores e seus galhos negros formando sombras.

Nas portas laterais das naves, abriram-se rampas de onde desceram diversos androides em fila, armados, marchando tal qual militares, em direção a um saguão ermo.

Antes dos alarmes dispararem e da guarda oficial de Saturni sequer perceber a minuciosa invasão, Astaroth desligara o sistema de vigilância com a ajuda do próprio sistema de vigilância global, Ciberato.

O Imperador não estava dormindo em seus aposentos, como de costume. Ele sabia que algo iria acontecer. Tomava vinho lima em sua poltrona, alucinava e delirava com fumaça-verde de seus incensos ao lado da cômoda. As visões coloridas penetravam na sua mente e estalavam seu crânio. Apareciam nos desníveis da janela ao seu lado, dançantes, enquanto a luz sideral se distorcia e girava sobre seus olhos. Zunia psicodelicamente até o efeito da droga acabar-se e restar somente os ecos da premonição da Oráculo sobre sua morte e os efeitos do vinho azedo que tomava, esquentando seu corpo e enrubescendo seu rosto aflito.

Astaroth ainda cuidava de sua parte nos planos, que era exterminar um dos únicos grupos de guardas humanos da escala do General Fregipt e da família Amsha, a escala 31. Escondia-se nas sombras como se fizesse parte dela, seu olho biônico vermelho sobressaltava de forma demoníaca, e os tiros silenciosos da sua arma eram fatais. Ele sabia que naquela torre estavam somente o General e o casal Amsha no lado oposto. Os herdeiros Fregipt não residiam em Saturni, assim como a filha dos Amsha que estava distante, em Kralot Hameleon.

O General Fregipt da guarda real seria sua próxima vítima e morreria sem sequer ter como se defender. O velho homem hideriano deveria ser o primeiro a saber da travessia da colônia de naves invasoras se não fosse pela omissão de Ciberato.

Os androides da invasão se separaram. Alguns seguiram caminhos calmos, e outros exterminavam os guardas de vigília e as pessoas que apareciam assustadas em suas frentes. Os invasores rumavam, impassíveis, por cima dos corpos.

Um tiroteio ecoou com disparos surdos em escalas cada vez mais próximas das principais, perto de onde o Imperador se encontrava, tamborilando os dedos na poltrona sendo tomado por um medo que ele jamais havia sentido. Começou a falar com Ciberato, apesar de ainda estar levemente bêbado e tonto com a droga, aproveitando a singularidade de onipresença do sistema que sentia tudo o que acontecia aonde se tinha eletricidade.

— Estou começando a me arrepender — confessou.

E subitamente Ciberato se projetou por meio de hologramas providos das luminárias e computadores, surgindo na forma de uma velha senhora grisalha de rosto austero, fitando-o.

— Devia tê-lo arrastado até o quarto dela. Se ele tivesse conversado com ela sobre o que ela me repassou, tragédias poderiam ser evitadas.

— Não há como mudar o destino. Você sabe disso — Ciberato retrucou.

A voz emitida para sua resposta era compatível com a velha mulher aleatória de sua projeção.

Astaroth abrira uma passagem oculta nas paredes com uma chave projetada pelo seu bracelete. Andou por algumas escadas subterrâneas e por caminhos sinuosos entre as paredes das escalas até chegar aonde tinha combinado com alguém.

A escuridão pouco o atrapalhava, seu olho biônico construído acima da sua medonha cicatriz enxergava no escuro e ainda mostrava coisas e tinha informações do ambiente ao seu redor. Ele andava com um capuz, um sobretudo e cintos carregados de facas limpas e sua arma certeira.

Vidar o aguardava em frente ao final da passagem oculta da torre principal. A poucos metros estava a escadaria em espiral da grande estátua de Vascaros que suspendia o cetro simbólico e com vitrais que banhavam a torre de diversas cores e tons.

O herdeiro usava um cinto onde havia sua espada na bainha de cor de carvão fosco com detalhes ornamentais prateados. A espada que ele carregava era extensa e levemente curvada. E ainda mostrava, à primeira vista, que ele não precisava de armas contrabandeadas para se defender ou atacar. No Império, não existia armas de fogo, nem mesmo para a Armada Branca, mas havia outros objetos feitos para lidar com armas proibidas compradas ilegalmente por civis. Sendo assim, as armas que existiam eram do submundo, um espaço de pirataria e indústrias grandiosas de traficantes poderosos.

— Está pronto? — perguntou Vidar a Astaroth, que havia chegado ao atravessar a passagem oculta na parede.

— Sim. Já terminei com tudo o que foi cabido a mim, senhor.

Vidar balançou a cabeça.

— Ótimo — ele disse. — Vamos acabar logo com isso.

Os dois seguiram pela escadaria de espiral. Vidar parou em frente à uma porta de madeira, depois que ouviu vozes femininas ressoarem da sala. Logo as reconheceu, eram Ayun e Biah trocando palavras espantadas sobre os tiroteios que se aproximavam cada vez mais.

Vidar abriu a porta lentamente, correu os dedos para o cabo da espada e se aproximou dois passos para dentro da sala. Ayun e Biah olhavam aturdidas pela janela voltada para o lado de fora da escala e tentavam se comunicar com mais alguém para pedir ajuda. Em silêncio, Vidar retirou a espada da bainha. Era esbranquiçada e brilhante, feita de diamantes lapidados uns nos outros em forma de lâmina afiada.

— VIDAR! — gritou Ayun, quando viu Biah ter seu pescoço rompido por uma lâmina fosca.

Ayun tentou fugir, mas Vidar segurou-a pelo antebraço. A lâmina desprendeu-se do corpo de Biah com ela já morta. Ayun caiu no chão com Vidar tentando conter seu frenesi.

— Por favor! Por favor! — Ela contorcia as pernas, mas ele era mais forte e a segurou. — Por favor...

Grunhidos foram ouvidos. Vidar viu o rosto de Ayun molhando-se com suas próprias lágrimas. Fechava suas mãos em seu pescoço com toda a força que poderia ter. A espada estava caída ao seu lado e ela tentava alcançá-la, tateando ao redor em meio ao estrangulamento. Vidar apertou-a com mais força até seu braço formigar. Continuou apertando, apertando e apertando a traqueia. Esperou cerca de sete minutos até Ayun desistir da espada e começar a perder a vida.

A última coisa que Vidar viu antes do mundo escurecer foram os olhos de mel de Ayun molhados com lágrimas que não eram dela. A força que ele usou era tanta que sua pressão sanguínea abaixou. Não se podia afirmar se foi pelo trauma ou pela queda de pressão, mas Vidar empalideceu depois de matá-la.

Ele teve de esfregar os olhos e apertá-los para que as lágrimas parassem. Olhou para as mãos trêmulas e lembrou-se da Oráculo. O seu destino, a predição... era a partir dali que ele precisava ser mais forte.

No corredor, Astaroth, enquanto vigiava, ouviu um breve suspiro e, em seguida, Vidar lhe chamou enquanto limpava sua espada no vestido roxo de Ayun.

— Os irmãos Cromdha detestam essa escala. — Vidar olhou para cima e suspirou. Tinha enxugado suas lágrimas e contido a tremedeira que o dominou com as duas vítimas em sua frente. — Agora eles irão detestar ainda mais.

— Elas viram os androides, senhor? — perguntou Astaroth se aproximando.

Ayun continuava com os olhos abertos, porém sem luz, e Biah estava deitada de bruços com todo o sangue escondido pelo próprio corpo.

— Eles começaram com o extermínio a partir da escala 30, somente depois que eles irão para a primeira. — Ele se virou e guardou a espada. — Elas se uniram aqui por coincidência. Chega de conversa. Vamos.

Eles saíram da sala e subiram um andar das escadas em espiral com a estátua gigantesca. Chegaram a um espaço onde as linhas de luz dos vitrais batiam intensamente, como se partissem do cetro de Vascaros representando a fonte de seu poder. A estátua de olhos vidrados tinha a cabeça erguida, a sua sombra era grandiosa e os seus pés a erguiam sem altar algum.

Biah, quando o tiroteio começara, havia descido somente um andar para encontrar Ayun naquela sala. O quarto do Imperador estava próximo. Vidar teve um andar para pensar em como acabaria com a vida de sua próxima vítima. Antes que ele e Astaroth pudessem chegar ao fim da torre, Vidar parou de subir os degraus e se virou para seu subordinado.

— Nos separamos aqui. Fique aqui de vigia e mande os androides prenderem o resto dos moradores das escalas 31 a 50 no salão do trono e não nos saguões de cristal como foi combinado. O salão do trono é mais fechado e isolado. Vamos mandar todos a um bom e seguro destino esta manhã. — mandou.

Astaroth assentiu com a cabeça. Logo desceu alguns degraus, deixando Vidar na escadaria olhando a estátua e pensando nos próximos passos.

Vidar subiu o resto dos degraus sem pressa, deslizando os dedos nas paredes de mosaicos, nas lacunas lisas e perfeitas e nas gravuras antigas. Parou em frente ao portão dourado, tirou os cabelos claros dos olhos e tocou de leve o cabo da espada. O jovem certificou suas convicções respirando fundo, estralando o pescoço e girando seus ombros para relaxar os músculos e prepará-los para mais um corte mortífero. *O destino* passava pela sua cabeça, o próximo passo, a Oráculo e suas palavras também.

Vidar empurrou o portão que, naquela noite, estava destrancado. Entrou no quarto e avistou a poltrona que não parava de se mexer. A poltrona fora posta de costas para a entrada e ao lado da janela cujas cortinas haviam sido fechadas. Dorick XX balançava seus pés e fazia a cômoda parecer viva.

O Imperador estava esperando pela sua morte, impaciente, batucando seus dedos, sentado de costas para a porta e para a pessoa que a abriu, acontecia conforme a Oráculo um dia lhe falou...

— Haxinus — ele disse como se cada letra fosse um ritmo doce de uma canção que poderia amenizar o seu medo.

Vidar não mudou de expressão, não piscou nem engoliu seco. Não havia nenhuma ruga entre suas sobrancelhas e nenhuma emoção em seu rosto. Empunhou a espada sem receio de fazer barulho, olhando fixamente para a cabeça do Pai à contraluz.

— Não quer ver o rosto de seu assassino? — perguntou. Ele o odiava e poderia sentir prazer naquilo. Tentava se concentrar nas calamidades que Forceni fizera antes mesmo de começar seu governo.

— O mundo verá quem quer que seja. — Vidar se aproximou.

O Imperador ainda não olhara para trás.

— Não reconhece minha voz, Pai?

Depois daquela pergunta, Dorick XX subitamente sentiu a espada perfurando sua barriga. Olhou na direção do torso, com os olhos esbugalhados e dentes rangendo. Cuspiu sangue uma vez, enquanto via a espada fincada e tocou sua barriga tentando parar a dor e o sangue.

— O mundo verá o novo Imperador e se curvará diante dele.

Vidar retirou a espada de forma ágil, fazendo com que o Imperador caísse morto, com o rosto e braços para frente, o corpo já amolecido como se sua vida havia dependido da espada fincada no torso. A lâmina ficou banhada em sangue e, vendo-a, o jovem sentiu todo o poder do mundo deslizando da espada até seus dedos e mãos, como se fosse uma transferência de energia, moral e soberania. Ele ficou dormente, parado, ofegante, fascinado, feliz, e maravilhado. Todo o poder do mundo passou a ser dele. Depois, olhou para as próprias mãos vermelhas e abriu um fraco sorriso que tirou toda a angústia da predição da Oráculo.

Vidar era um poço de sentimentos. Três pessoas tiveram suas vidas arrancadas pelas suas próprias mãos, sendo que a última vítima entre elas anulou a angústia de ter matado aquelas duas mulheres inocentes.

* *

Kalasya nunca dormia.

Durante as madrugadas, a Oráculo deitava-se entre os travesseiros, fechava os olhos e atenuava sua respiração sob a luz da lua e das estrelas, como se estivesse sendo sempre abençoada por elas. Naquela noite, ficou evocando seu *anjo negro*, suas asas e a forma como sua sombra se estendia para salvá-la das piores situações que teve o amargo gosto de experimentar. Seu anjo da guarda era o oposto de Kalasya. Ela conseguiu enxergar seus cabelos uma vez, eram cacheados e longos, leves, assim como seu olhar quase escondido pelas penas de suas asas que a envolviam. Kalasya pensava em como seus braços eram caridosos com ela, levando-a com suas luzes para um lugar seguro.

Mal se recordava da última vez que foi salva pelo seu *anjo negro*. Também não conseguia se lembrar detalhadamente da última vez que consultou a sua fonte de profecias. Com esforço, Kalasya seria capaz de se lembrar de cada detalhe minucioso de seu passado, mas ela obedecia a lei da natureza de esquecer as coisas. A última vez que proferiu palavras vindas das luzes místicas que conseguia evocar através de seus poderes de Oráculo havia sido poucos dias atrás. *Seus olhos ficam brancos,* Forceni tinha murmurado com o rosto perturbado de preocupação. Kalasya sempre parecia enfeitiçada quando lia o destino das pessoas nas luzes. Às vezes, ela se lembrava de tudo e, em outras, seus ouvidos paravam de funcionar de repente e seus lábios ficavam possuídos pelo emissor por trás dela.

Quando se lembrava das profecias, não via as mesmas sombras que os demais viam. E o não mais Imperador tinha visto somente escuridão. A lembrança dos olhos esbranquiçados da Oráculo não fora perdida em vão com seu assassinato. Ciberato, aquele com quem ele mantinha suas conspirações, também tinha visto Kalasya repassar a maldição de Forceni daquela noite. *Você já teve a sua predição, Forceni. Através do meu anjo negro. O seu desfecho está na predição de Vidar. Haxinus retornará de Balsam daqui a cinco dias. O futuro do Império não depende somente do Imperador. Armazene nele suas esperanças.*

Tudo o que Kalasya ouviu de si mesma foi sobre Haxinus e a esperança de salvar o Império. O olhar de Forceni não lhe levantou tanta suspeita. Kalasya nunca pensou que aquela simples consulta trouxe ao Imperador o seu fim e a notícia de um massacre.

Então, guiado pela voz da Oráculo, o Imperador depositou esperanças em Haxinus quando ele tinha chegado. Ou pelo menos tentou. Quando ele demonstrou seu desespero a Ciberato, o sistema lhe lembrou de um triste fato: *Não há como mudar o destino.* Tudo o que aconteceu tinha de acontecer. E a Oráculo e sua participação naquelas confidências mantiveram-se absortas.

Naquele momento, uma voz ecoou pelo seu quarto místico como se fosse um apelo do além, chamava pelo seu nome como se tentasse acordá-la e lhe dizer algo. E, de repente, gritou e a fez se levantar subitamente. Zonza, como se tivesse acordado de um transe, Kalasya sentiu que precisava correr o mais rápido possível até Haxinus e contar-lhe sobre a espada tingida de vermelho sangue. *Sangue do Imperador.*

O sangue dos moradores das escalas 1 a 30 formavam poças pelos corredores das suas torres. O ressoar penetrante de tiros ecoavam com disparados surdos. Alguns dos moradores foram exterminados antes mesmo de se darem conta de que seus assassinos eram androides. O que aqueles invasores carregavam – os fuzis largos e repletos de apetrechos – faziam barulhos explosivos. As vítimas tentavam fugir do desconhecido, porém, os androides de Vidar eram velozes e certeiros, e a última coisa que os alvos viam era o laser saindo pelo cano da arma, um verde poético e incendiante.

Kalasya parou em frente à porta do quarto de Haxinus, que era em uma escala vazia e longe das outras, separada por ladeiras e outras torres vazias. Bateu na porta com os nós dos dedos desesperadamente.

Haxinus demorou a se levantar, o que fez Kalasya chamar pelo seu nome várias vezes, e perguntar se ele estava mesmo ali. Depois de quase um minuto, ela finalmente ouviu passos indo em direção à porta. Ele a destrancou e abriu.

— O que foi? — perguntou sonolento e confuso. Nenhum indício de raiva acendeu nele, como se fosse mais do que paciente.

— O senhor seu Pai foi assassinado.

Haxinus, sem titubear, apanhou sua arma no quarto, passou rapidamente por Kalasya e correu.

Vidar sentou-se na beira da cama, fincou a espada no chão entre os joelhos e começou a limpá-la habilmente. Quando terminou, olhou para o corpo caído de lado na poltrona e deu um suspiro profundo.

Os soldados androides aliados a ele estavam no lado de fora, nas pontes entre as escalas. Vigiavam o perímetro em torno de um pátio elevado onde Astaroth, cabisbaixo, recarregava sua arma sentado em um banco de madeira. Sentia-se em uma atmosfera pesada, já que aquela escala estava abatida. E, ainda longe dali, ainda ecoavam tiros e gritos de pânico como em uma guerra. Astaroth tinha saído da vigília na escadaria em espiral a mando do novo soberano. Virou-se para o céu e sentiu como se algo estivesse desapontado com ele, tal como se as estrelas – testemunhas do crime que cometera a mando de Vidar – agora o julgassem penosamente. Em torno de si estavam caídos dezenas de membros da guarda anterior, assassinados, que haviam sido arrastados e postos em fila para a remoção ao amanhecer, entretanto, havia também cadáveres dos moradores, assim como em quase toda aquela região de Saturni. O olho de vidro dele já tinha registrado pessoas mortas demais para o seu gosto.

No salão do trono, pessoas acorrentadas e assustadas foram trancadas e mantidas em vigília. Os moradores das escalas 31 a 50 foram mantidos no chão, como escravos, em cima dos tapetes nos quais já haviam pisado com luxo e elegância durante casamentos e diversas cerimônias da corte. Eram pessoas de todas as idades e todas as feições que se intimidavam com os fuzis dos androides de preto. Fizeram perguntas aos homens que chegaram para checar a situação, Astaroth e Kroser, mas nenhum deles mostrou misericórdia.

Na escadaria em espiral, um dos clones subia. Era Nix, correndo em direção ao quarto do Imperador. Vidar virou-se para trás e a viu entrando. Eles se uniram com um abraço e um beijo. *Nix... você não sente nada por todos eles?* Ele se perguntou quando a viu sorrindo. Era um sorriso orgulhoso e sem misericórdia, como se nenhuma gota de sangue tivesse sido derramada.

— Vidar. — Nix o olhava com o semblante risonho. — Nós somos as duas pessoas mais poderosas do mundo. Somos deuses. Não há nada acima de nós!

Ninte, você é tão maligna quanto o Pai. E com o tempo eu ficarei pior do que vocês. Vidar queria falar, mas o seu olhar falava por si.

Haxinus e Kalasya irromperam na porta, chegaram ilesos e sem serem vistos, uma vez que Kalasya conhecia as passagens ocultas como a palma de sua mão. Depararam-se com o corpo de Dorick XX e Vidar de pé, encarando-os. Nix se afastou em direção à varanda e apenas observou os três.

Haxinus avistou o corpo do Pai, as costas da poltrona furada, um lampejo da lâmina fosca da espada e Nix observando-os de longe, essa cena deixou milhares de dúvidas em sua cabeça. Os olhos cerrados do Pai e a barba grisalha tingida pelo sangue o feriu por dentro. Ele fechou seus punhos com força e correu seus olhos para Vidar, esperando uma atitude.

Silêncio. Eles tiveram um longo contato visual. Vidar sorriu da maneira mais maligna que Haxinus já havia visto e então foi desfazendo a feição, mas ainda o encarando.

Seu coração acelerou, Haxinus estremeceu e seu rosto tornou-se sombrio, continuava esperando o irmão dizer algo que pudesse explicar os gritos e tiros que ouviu no caminho. Poderia ser até uma mentira. Mas o que via em Vidar foi um sorriso sádico transformar-se naquela mesma expressão isenta de emoções, tão tipicamente fria.

Haxinus revelou uma arma de fogo proibida e a apontou para Vidar.

— Alguma explicação? Fale ou eu atiro! — gritou ele, com o braço termendo conforme o peito se movia, ofegante. A mira estava firme, mas não foi intimidador o suficiente para Vidar.

— Você não tem coragem de atirar em mim. — Vidar andou e permitiu o cano da arma tocar em sua testa. — Minhas palavras não vão mudar em nada do que você viu e ouviu até chegar aqui. Os androides e os corpos *são* o que parecem.

Haxinus rangeu os dentes. Kalasya murmurou seu nome e o segurou, mas ele estava quase atirando. Quase.

— Vamos, pode atirar. E quebrar tudo aquilo que ela previu.

Kalasya contraiu os lábios e as sobrancelhas, surpresa com o que Vidar dissera.

— Não previ nada para você — ela murmurou.

Vidar fingiu que não ouviu.

— Qual seria o tamanho do desvio se você tirasse a vida de uma pessoa tão importante nessa predição como eu?

Dos olhos de Haxinus despencaram lágrimas. Ele abaixou a arma. *Covarde.* Seus pensamentos sibilaram incessantemente contra si.

De repente, Kalasya foi agarrada por androides e levada para mais adentro do quarto. Haxinus tentou impedir, entretanto, um androide lhe desferiu uma coronhada com o fuzil.

— Sya! — ele chamou, mas ela, contorcendo-se para se livrar da força descomunal que a segurava, já estava sendo arrastada para a varanda. Vidar ia junto. Era como se os androides lessem sua mente e fizessem suas vontades.

Haxinus, ainda no chão e zonzo, apalpou a testa ensanguentada vendo armas apontadas em sua direção e bloqueando sua visão a Vidar novamente.

— Não entre em desespero, Haxinus! — Kalasya pediu.

O jovem sacudiu a cabeça, enxugou o sangue que escorreu até os olhos e cambaleou, conseguindo se levantar e caminhar até a porta da sacada, se apoiando nos móveis e paredes. As armas continuaram miradas nele, mas isso não o deteve. Vidar segurou Kalasya pelos cabelos, observando Haxinus se arrastando, ainda sentindo os efeitos da pancada que levou.

Vidar estava com o rosto em cima dos ombros dela, segurando os seus cabelos com força. Empunhou a espada e a pressionou contra a garganta de Kalasya. Nix presenciava a cena como um elemento neutro, olhava para Haxinus e para Vidar, atenta com o que seria o próximo passo da predição.

— Não a machuque... — Haxinus implorou, quase sem fôlego, piscando com força e com a visão turva.

— Sabe o seu próximo passo, Haxinus? — perguntou Vidar.

Haxinus observou os androides à sua volta, depois encarou Vidar, sem responder.

— Seu próximo passo é fugir daqui com Alik e Damisse. Foi ela quem me disse.

— Eu nunca te disse nada! Mentiroso! — rebateu a Oráculo.

Vidar pressionou ainda mais a espada no pescoço da imortal, até um fio vermelho escorrer pela sua pele, apenas para, em seguida, se dissipar.

Vidar olhou de relance para Haxinus antes de empurrar Kalasya contra a vidraça. Ele era forte, Kalasya sentiu uma força descomunal que a empurrou contra o vidro como se fosse um nada. Em menos de um segundo, a janela se quebrou e Kalasya caiu do abismo, sumindo na frente de Haxinus.

Kalasya não gritou nem demonstrou resistência. Haxinus se levantou com um impulso para tentar impedir, mas, novamente levou um forte golpe na cabeça, fazendo-o desmaiar aos pés de Vidar.

Ainda desacordado, Haxinus teve os olhos vendados e as mãos amarradas por trás. Vidar mandou os androides o pegarem.

— Vamos dar um passeio — propôs o novo Imperador. — Quero adicionar algo a este grande passo que acabei de realizar.

A frieza de seu semblante o dominou completamente. Conforme rumavam em direção à nave, seus olhos corriam por Haxinus e por suas vítimas, como os olhos de um homem condenado a morrer.

CAPÍTULO 17
O MASSACRE

— Alik! — Ele olhou.
Era o Senhor Elithan parado na soleira da porta. Damisse havia corrido para seu quarto e os gêmeos estavam abraçados, com o medo escancarado em seus rostos. Eles tremiam, aproximaram-se de Elithan correndo.

— Venham comigo! Rápido!
— O que está acontecendo? — Foram conduzidos por Elithan através do escuro corredor.

Os tiros retumbavam pela escala, os três ouviam gritos de pessoas morrendo e objetos sendo destruídos logo abaixo.

— Não sei! Mas coisa boa não é! — Elithan saiu primeiro. Olhou para cima e para baixo para ter certeza de que aquela parte da escadaria em espiral estaria vazia. — Fiquem atrás de mim!

Damisse virou-se para Alik.
— Cadê a mamãe?
— Eu não sei.
— Senhor Mirrado... — Damisse puxou a manga de sua blusa. — Onde está a senhora minha mãe? Quero ver a mãe.

Um grito de mulher foi cessado por um tiro e uma chama verde brilhou abaixo. Elithan puxou os gêmeos para o andar de baixo e eles entraram na sala.

— Fiquem aqui, eu vou chamar Vidar e o General Fregipt. — Elithan os deixou escondidos no banheiro de um quarto qualquer.

Outra chama verde brilhou quando a porta foi aberta. Elithan deu de cara com o Sacer. O bom homem religioso o empurrou para dentro do quarto e trancou a porta atrás de si.

— Não saiam!

— O que foi? — indagou Elithan.

— Saturni está sendo invadida por demônios armados. Homens de olhos vermelhos estão assassinando homens, mulheres, crianças. — o Sacer chorava. — O melhor é ficar aqui.

Elithan ouviu uma explosão ser detonada fora da escala. Debruçou-se na janela e viu um esquadrão de homens de armadura negra atravessando a fumaça. Suas mãos trêmulas encontraram-se com a boca.

— Afaste-se da janela, Senhor Elithan — advertiu o Sacer vascarita. — Meninos... — Ele se virou para os gêmeos. Sinto muito.

— O que aconteceu?

— Cadê a minha mãe?

— Ela... — o Sacer Atwer gaguejou, virou-se de costas e tentou não responder. — Fiquem escondidos.

Damisse levantou-se de súbito.

— ONDE ELA ESTÁ? — Lágrimas brotaram em seus olhos enquanto ela sacudia o Sacer freneticamente. — Eu quero a minha mãe! Eu quero a minha mãe! Eu quero a minha mãe!

— Pare de gritar! — Alik mandou.

Damisse desabou no chão. O Sacer ficou sem reação com o desespero da garota, mas Elithan a abraçou e afagou o seu choro.

Os tiros pareciam se aproximar daquele andar.

— Escondam-se! — gritou o Sacer.

Elithan os conduziu para um esconderijo oculto dentro da parede.

— Senhor Mirrado — Alik lamuriou vendo-os ficarem de fora do esconderijo. — Senhor Atwer, não... fiquem aqui também!

— Não há espaço o suficiente para mais duas pessoas, Alik. — O Sacer lhe concedeu um sorriso gentil, mas carregado de pânico.

— Vocês são Cromdha. São mais importantes que nós. Fiquem vivos. — Elithan fechou a barreira e a parede retornou ao normal.

Os gêmeos ficaram presos na escuridão dentro da parede, abaixados e de mãos dadas.

Vidraças se quebravam no andar abaixo daquele. Elithan e o Sacer se esconderam atrás de uma mesa tombada. Passaram alguns minutos. Os dois ouviram tiros ricocheteando, mais tiros, gritos e pessoas chamando pelos seus parentes. Depois um passo no lado de fora, e perceberam a maçaneta daquele quarto se virando...

Um soldado androide entrou no quarto com a arma empunhada. Estudou os móveis e reparou nas ondas de calor que Elithan e o Sacer emitiam, então se aproximou da mesa tombada. Enquanto isso, Alik abria a barreira empurrando a parede e fazendo-a deslizar para o lado, revelando uma brecha e permitindo aos irmãos assistir à cena à sua frente.

Primeiro foi Elithan, depois o Sacer, ambos com tiros na cabeça. Sangue espirrou na janela atrás.

O androide então apontou a arma em direção aos gêmeos.

— Não... — Alik gemeu.

Damisse estava em um torpor, encarando os cadáveres e o vermelho da penumbra.

Um segundo, dois segundos... Para Alik pareceu uma eternidade. Houve uma troca de olhares. Os olhos vermelhos de predador conseguiam ser mais frios que os de Vidar. O androide abaixou a arma, girou em seus calcanhares e saiu do quarto, deixando-os vivos. Alik havia prendido a respiração e, quando ouviu a porta fechando-se novamente, todo o ar de seus pulmões se libertou.

O esconderijo da parede foi totalmente aberto e ele rastejou em busca de algum sinal de vida dos dois homens que os protegeram. Quando Alik olhou para trás, Damisse havia desmaiado.

*
* *

Haxinus acordou sentindo-se sendo arrastado pelo chão. Percebeu que estava no pátio da escala, com os olhos ainda vendados. Uma nave pousava à sua frente fazendo o vento soprar. Sentiu cheiro de sangue.

— Vidar! — gritou alguém que o conhecia.

Kroser estava ali e atirou em sua cabeça.

Os androides continuavam fazendo a limpa nas outras áreas, abatendo aqueles que não residiam em determinadas escalas. A música da guerra: tiros, gritos e bombas se espalhavam como um manto em Saturni, tornando o coração dos sobreviventes dominado pelo terror. Haxinus tentou se soltar, mas tinha as mãos atadas. Tentou gritar, mas Vidar mandou os androides taparem sua boca.

Sentiu seus pés derrapando no metal da rampa ao ser puxado para dentro da nave, onde os androides o colocaram deitado em uma cabine vazia. Ouviu o zunido da nave zarpando e alcançando estabilidade. E a energia correndo pelos fios da nave como sangue circulando em veias ecoou no lugar escuro onde Haxinus foi deixado.

Depois de algum tempo, Haxinus ouviu a nave pousando. Novamente, os androides o puxaram levando-o para fora e o largaram em outro lugar desconhecido.

O jovem ouviu os passos de Vidar se aproximando depois que caiu da rampa. Seus olhos, então, foram desvendados. A claridade do horizonte branco e a cor da aurora quase o cegaram quando se viu na orla de Hideria onde a plataforma se assemelhava a um horizonte de concreto sem fim. Vidar estava à sua frente, na contraluz.

— Apenas aceite, Haxinus.

— Para que tudo isso? Por quê?! — seu grito foi como um trovão.

Vidar respirou fundo e respondeu:

— Cada coisa ao seu tempo. Não é seu destino saber.

— Você fez pelo destino? Pelo destino? Covarde! Louco! — Haxinus sibilou do fundo de sua garganta. — Eu vou matar você!

— Abram a plataforma! — mandou o novo Imperador, ignorando-o e deixando a sua frente.

A plataforma se abriu aos solavancos e o chão de concreto deslizou para a lateral dando espaço para o de baixo. Foi revelada uma segunda camada, com aspecto rústico de encanamentos e fios à mostra e a abertura de um alçapão.

Um vento soprava frio do buraco, tal qual um excêntrico ser vivo respirando. Bramidos de vento e de tempestade de areia escura ecoavam de dentro do alçapão como gritos infernais. Raios caíam e trovões retumbavam maciços e agonizantes. Ou era uma coincidência, ou Vidar sabia daquela tempestade estrondorosa e violenta. Haxinus estava cara a cara com o pior da planície. Ali, nas sombras da plataforma de Hideria, a terra onde a humanidade viveu, parecia o verdadeiro inferno.

— O que quer me mostrar com isso? — Os olhos de Haxinus pousaram em Vidar de forma sombria. — Você é um assassino! Você traiu a nossa família!

Ele levou um golpe que o calou.

— Pare de gritar!

Haxinus passou a língua nos dentes e cuspiu sangue. Seu ódio o fazia se comportar de forma boçal.

— Eze te punirá por isso

— Estou acima de uma chanceler qualquer — Vidar rebateu.

Outro vento saiu do buraco rodopiando as roupas e os cabelos de ambos.

— Não acredito nisso... não acredito nisso. — Haxinus abaixou a cabeça. Seus olhos ardiam de fúria, não de tristeza.

— Olhe. Olhe para frente!

Haxinus levantou seu rosto em direção à abertura do chão.

— Você será banido.

— Não acredito nisso. — Haxinus sentia seu coração parando. Aquilo era surreal demais, sua cabeça latejava. *Estou tendo um pesadelo.* Sua mente repetiu essa frase várias e várias vezes.

— Olhe para a frente! — Vidar gritou em seu ouvido. — Eu estou no poder agora. Posso banir você e toda a sua família quando eu bem entender, mas estou te dando uma chance. Olhe para a planície. Olhe!

Vidar se afastou. Minutos se passaram.

Haxinus não teve noção do tempo em que fitou a abertura para a planície. Esqueceu-se do irmão ao seu lado e do esquadrão que o vigiava.

Engoliu em seco. Lembrou-se que nem tudo na planície era assim, escuro como o fim do mundo, mas sabia que Vidar tinha aberto aquela parte em especial, nas sombras de Hideria, para lhe mostrar seu possível destino.

— Qual seria o tamanho do desvio da predição se eu te matasse jogando-o dessa altura? Sei que você me entenderá, Haxinus. Mas, por enquanto, tenho que ser o Vidar cabido a mim. — O novo Imperador forçou a cabeça de Haxinus para a frente, como se pudesse afundar o seu rosto em algo invisível.

Haxinus, relutante, engoliu em seco mais uma vez e se calou.

De volta a Saturni, o jovem de cabelos vermelhos foi deixado em um quarto na baixa, virado para o salão do trono, onde os sobreviventes ficaram acorrentados.

Não era metal em seus pulsos, era uma corrente verde como o fogo das armas. Um a um, os androides preenchiam naves para levar os moradores que Vidar escolheu para algum lugar desconhecido.

Seguindo as naves com o olhar, através da janela, Haxinus indagou ao androide que adentrou o quarto:

— Para onde ele está os levando? — mas não obteve resposta.

O androide deixou uma bandeja de comida e saiu.

Haxinus permaneceu acordado até o sol surgir no topo do céu e clarear ainda mais as poças de sangue e os rastros da violência. Androides começaram a aparecer para carregar as pilhas de cadáveres e os robôs limparem o sangue do pavimento. O jovem continuou na janela, refletindo consigo mesmo:

— Para onde ele está os levando?

— Para um lugar seguro. Eles serão transferidos para a capital.

Haxinus viu seu carcereiro tirando a bandeja que fora deixada mais cedo. O jovem nem sequer tocou na comida.

— Obrigado... obrigado... — Haxinus achou que Damisse e Alik estavam entre eles. Sentiu um alívio gigantesco por saber que os gêmeos poderiam estar seguros.

A porta se fechou e o androide foi no andar de baixo onde os outros também estavam presos.

CAPÍTULO 18
A DEVOÇÃO

No momento em que a notícia se espalhou pelas 10 Nações do Império, os chanceleres tiveram diferentes reações com o ocorrido. Vidar Ariward Cromdha era o novo Imperador e, quando alguém se tornava um Imperador, nada no mundo poderia impedi-lo. Os chanceleres, mesmo dissentindo, não poderiam fazer nada para mudar aquele que governava Hideria. Natasha Oborun soube da notícia por meio de um emissário hideriano, assim como os outros chanceleres. Embora Vidar ainda não fosse oficialmente Imperador, pois não tinha seu nome escrito na linha de supremos soberanos, já possuía todo o poder do mundo em suas mãos.

A notícia também se espalhou entre os civis das 10 Nações, e agora a população estava ciente que Saturni fora esmagada por um exército de androides pertencentes a Vidar e uma parcela de seus moradores fora poupada e expulsa do palácio. Algumas fontes diziam que o novo Imperador, além de ter ordenado à sua nova guarda que matasse seus familiares, também assassinou os irmãos a sangue frio. Tal boato foi corroborado pelo fato de Haxinus, Alik e Damisse estarem desaparecidos desde a madrugada e de não haver registros de seu banimento.

— Ninguém pergunta sobre a Oráculo — Vidar comentou quando ouviu as notícias que transitavam Império afora.

Algumas eram verdadeiras e outras eram invenções ou especulações mal-interpretadas.

— Sim, Majestade. Ninguém a conhece fora de Saturni — disse Elike Osean de prontidão.

Estavam no gabinete.

— Eu sei disso... Eu só... Bem, os moradores foram expulsos e alguns conheciam sua imortalidade, poderiam ter espalhado esse segredo do Império.

A Oráculo é uma imortal de quase quatro mil anos e isso seria uma notícia espetacular para a mídia.

— Deve haver uma explicação para isso — falou Kroser. Ele era primo de Vidar e Natasha e convivia com ele desde a infância, por ter residido em Saturni. Kroser Gaissak substituiu o Senhor Elithan. Tinha cabelos negros e longos que eram amarrados para trás, nariz adunco e olhos escuros e mais expressivos que os de Vidar.

Também estava com o novo Imperador um homem chamado Tristar Saider, o irmão do antigo guarda-costas anterior à Astaroth. Ele era o novo audi-interino e substituía a falecida Ayun. Havia sido eleito por Kroser. Antes da invasão dos androides se iniciar, Kroser tivera a incumbência de contatar pessoas novas para o gabinete de Saturni. Tristar era de confiança como os outros, tinha cabelos e olhos castanhos, era um jovem cinco anos mais velho que Vidar, tendo então vinte e sete anos.

Vidar passou a ter a ajuda de Astaroth, Kroser, Tristar Saider e Elike Osean, que continuava sendo o superintendente do supremo soberano das 10 Nações.

— A Oráculo irá procurar Eze em Loxos — Vidar comentou para todos ouvirem. — Faz parte da predição. Agora, não sei como ela não se recordou daquela... daquela noite.

— Imortais, meu senhor — Elike Osean insinuou. — Quem poderá explicar a natureza deles? Pode ser que nossa Oráculo teve as memórias daquele destino apagadas de sua mente.

— Sim. Pode ter sido, Majestade — Kroser disse.

Os outros homens também concordaram. Todos partilhavam daquele segredo com o novo Imperador.

Vidar balançou a cabeça. *Eu sinto muito, muito mesmo.* Kalasya repetia em sua mente. A lembrança da predição e a compaixão que Kalasya sentiu por ele na noite em que repassou toda a predição reverberavam em sua cabeça. *Eu sinto muito, muito mesmo.* A voz dela repetiu-se em seus pensamentos desviando a atenção de Vidar. *Agora não sente mais nada. Tem sorte em não se lembrar.*

* * *

Eze Laixi, a chanceler de Balsam e a Cromdha que abnegou o título de Imperatriz, era extremamente religiosa. Pertencia à religião criada pelos homens do começo da Era Atual, os homens devotados a Vascaros, o primeiro Cromdha, considerado o salvador da humanidade e muito mais que um humano.

Tudo que ela fez em sua vida foi voltado à concepção da bondade de acordo com a sua religião e do retorno de seus atos com o tempo. Ela também pensava que, de acordo com o carma, as pessoas boas iriam reencarnar em um bom lugar e as pessoas ruins iriam reencarnar em meio ao sofrimento e caos. Esse já passava a ser o tipo de conjectura principal de uma religião que já foi a mais abrangente em seu país, e não de sua religião provida por Vascaros.

Naquele dia, antes do amanhecer, começaram a realizar uma oferenda; reuniram flores de diversas espécies em frente à velha árvore *deletis* e se curvaram três vezes. Uma pelos humanos, outra pelas plataformas e a última pelo Império.

Depois, começaram com seus trabalhos para com a ordem de Loxos, o palácio daquela Nação. A chanceler de Balsam gostava de descansar do árduo trabalho no salão da árvore, bebendo e comendo, conversando e rindo, acompanhada de seu leal guarda-costas, Kabor Laseeth, e alguns amigos de Loxos de vez em quando.

As colunas e as cortinas eram simétricas, assim como tudo em Loxos. Como era da predição, Kalasya entrou despercebida no palácio de marfim de Loxos, como uma das moradoras, para ver a chanceler. Estava encapuzada e usava trajes tradicionais daquela Nação. A sala da árvore onde a chanceler encontrava-se estava adiante.

Os homizios revelavam finas gravuras douradas e arcadas hindus vinham em conjunto com a arquitetura. Eze e Kabor estavam num local circular, com quedas d'água em torno, pedras batidas, luzes diversas, cortinas de seda e lantejoulas, e no centro do salão elevado existia uma árvore *deletis* de cor clara, com seus galhos abertos e folhas de um amarelo ardente.

Os portões se fecharam, Kalasya revelou-se e atravessou salão até parar em frente às escadas que levavam a eles. Eze estava sentada de lado, com as pernas juntas e desnudas pela fenda do vestido, tinha a pele bronzeada, uma cor de cobre reluzia. Estava distraída olhando os desenhos e contornos das bordas de suas vestes de alta costura. Kalasya bateu o pé.

— Como ela entrou aqui? — perguntou Kabor levantando a cabeça, depois de ter pegado um ácido de narciso. Ele quase sacou as facas em seu coldre, mas Eze fez um sinal impedindo-o.

— Não se preocupe, ela é como um fantasma quando quer.

Kalasya pigarreou.

— Sabia que eu viria. Passaram-se algumas horas desde...

— Vidar me contou. Ele disse que seu próximo passo após a queda da varanda seria me encontrar e pedir socorro. — Eze tirou as pernas do sofá e as cruzou. Roçava suas unhas bem-feitas no queixo e no rosto, analisando Kalasya com os olhos estreitos. — Álcool — a chanceler pediu.

Kabor logo deixou a taça em sua mão, que esperava. Ele era um homem balsamense, não era *deletis* como a chanceler, tinha a pele cor de cobre e cabelos e olhos escuros, amendoados. Olhava para Kalasya com atenção, pois, embora conhecesse a imortalidade da garota à sua frente, era muito difícil acreditar, até para os mais convictos.

— Vidar te contou? — Kalasya gaguejou. — Contou o que fez noites atrás? Contou que tomou Saturni com um exército?

— Ele não fez tudo aquilo que dizem. Está sendo injusta com o nosso Imperador — Eze retrucou e depois deu um gole da bebida.

— Você ainda é devotada ao Império como a senhora sua mãe. Desde garotinha. Mesmo estando longe dela, ainda é como Biah — Kalasya suspirou do pesar. — Pobre Biah. Vidar a matou com as próprias mãos.

— Não acredito no que diz. Estão espalhando mentiras sobre meu irmão. Vidar nunca seria capaz de cometer aquilo que estão falando. Saturni, sim, foi dominada por Vidar, mas não matou ninguém. Forceni morreu, sim. O senhor nosso Pai morreu e Vidar começou seu governo com uma nova guarda. Não há nada novo nisso.

— O Império foi tomado à força por Vidar e pelo seu exército, testemunhei esse motim. Ele matou Forceni e fez a nova guarda assassinar dezenas de moradores inocentes — Kalasya contou. — Não havia nenhuma necessidade de uma chacina se ele iria ser o próximo, já que você escolheu Balsam. O novo Imperador deve ser tirado do topo do mundo. Ele é um criminoso.

— Como pode falar assim? Você... a própria Oráculo mostra-se ignorante em relação ao legado deixado por Vascaros. O nosso Império é sagrado e não pode ser manchado.

— Uma pessoa sábia e uma pessoa ignorante não são opostas uma da outra. Um sábio pode ser ignorante em algo, sobre coisas ínfimas e quase sem nenhuma importância. E um ignorante pode saber de tudo sobre algo específico, o que o faz ser alienado em relação a diversas outras coisas. Sou apenas uma imortal que experimentou tudo o que o mundo nos propõe. — Kalasya se aproximou e olhou Eze no fundo dos olhos. — Não preciso ser sábia para contar o que testemunhei. Eu o vi com os meus próprios olhos. Eu e Haxinus. Vidar matou todas aquelas pessoas e você é a única esperança do Império. Vai nos ajudar? Vingar sua mãe e seus irmãos? Impedir mais desgraça em Saturni? — Kalasya franziu as sobrancelhas com ar de piedade. — É meu dever como Oráculo, e o seu também como chanceler e como parente das vítimas.

— Vascaros acreditava em um mundo melhor. Um mundo unido, sem diferenças, sem fronteiras. *Somos todos um* — Eze aumentou seu tom de voz. — Tirar Vidar do poder é ir contra os princípios do primeiro Cromdha que nos libertou no ano zero. Nunca serei contra o seu legado! Vidar não matou ninguém!

— Você está cega! — Kalasya exclamou, desacreditada. — Vidar é um assassino, um monstro, e você vai deixá-lo no topo do mundo por ser devotada ao Império?

— Vidar não fez aquilo! Eu já disse! E, sim, eu nunca iria contra o Império dele! Pode cortar os meus pulsos — alegou Eze, raspando um pulso no outro com os olhos saltados de raiva.

— Então, é isso? Você é a única ajuda que tínhamos. E agora... — Kalasya umedeceu os lábios. — Vou encontrar os sobreviventes que estiverem dispostos. Vamos tirar Vidar do poder e, quem sabe, acabar com essa maldição.

Kalasya deu as costas e saiu enquanto Kabor e Eze abriam expressões horrorizadas em suas faces por temerem um ataque ao Imperador que tanto tinham que prezar. Eze desceu as escadas rapidamente, quase seguindo Kalasya com seus passos firmes e praguejou:

— Você está corrompida! A planície é o melhor lugar para te purificar!

Kalasya continuou andando sem dar sinal de importância.

— Você e todos os rebeldes não são nada comparados à soberania do Império! Nunca vão conseguir!

Os portões foram fechados mais uma vez. Kalasya parou atrás deles e organizou suas ideias com alguns momentos de contemplação. Respirou fundo pensando em todas as palavras ditas por Eze Laixi. Vidar conseguiu enganá-la, mas um dia, Kalasya pensou, a chanceler de Balsam, com o esforço dos sobreviventes, poderia ver que o novo Imperador era mais carrasco que todos os outros juntos. A imortal respirou fundo novamente e, enfim, seguiu seu caminho. Porém, na esquina do corredor, se deparou com um rapaz de olhos *deletis* cinza como neblina.

— Detrit?

— Quem é você? — questionou, e olhou à sua volta em busca de um guarda ou sinal de sua irmã mais velha.

Era um rapaz de dezessete anos, de pele clara e cabelos negros. Tinha o rosto comprido, lábios pequenos e nariz pontudo. Estava com as mãos no bolso e revelava-se reservado. O rapaz era parecido com Forceni quando ele ainda era o jovem herdeiro de Saturni, bondoso e ainda não corrompido.

— Você é a Oráculo das 10 Nações.

Kalasya assentiu.

— É provável que tenha vindo aqui para pedir ajuda a minha irmã.

Ela negou.

Detrit não se surpreendeu.

— Ela é muito ligada ao Império e a Vascaros.

A breve conversa que teve com a chanceler de Balsam havia sido decepcionante para Kalasya. A imortal achava que era a única em toda Saturni que estava praticamente livre do novo Imperador e que assim podia rebelar-se contra o novo Império. Os sobreviventes estavam sendo vigiados na área urbana da capital e ela pensava que não havia nenhum Cromdha vivo a não ser o rapaz à sua frente. Haxinus estava com ela naquela noite, Kalasya se entristecia ao lembrar que ele poderia estar morto.

— O que o levou a concluir que sou a Oráculo?

— Tudo que é possível ver em você agora. E nos olhos, a alma aparece neles. Você é imortal — afirmou Detrit.

Os olhos dele eram de uma cor viva assim como os dela, mas eram cinza *deletis*, lembravam uma densa névoa, enquanto os de Kalasya eram de um azul-claro profundo.

— O que faria se algo que ajudou a construir estivesse sendo destruído injustamente? — perguntou Kalasya.

Detrit entendeu o seu objetivo com aquela pergunta.

— Tudo o que estaria no meu alcance para impedir. — Mas ele não soou firme como ela queria.

— Bem. — Ela estendeu sua mão para Detrit.

Eles apertaram as mãos rapidamente, com Kalasya passando por ele com displicência.

— Tenha um bom dia.

— Espere!

Ela se virou.

— Eu vou com você.

— Tem certeza? Tem certeza que quer deixar Loxos para se rebelar contra o governo de Hideria? — Kalasya estava com as sobrancelhas franzidas. — É muito perigoso. Ainda mais para você que tem muita reputação.

Detrit era conhecido pela sua sabedoria. Androides, naves e a nova tecnologia eram as áreas que ele mais tinha conhecimento. Sabia-se que seria necessário um esforço intelectual para começar com os planos contra o Império de Vidar, Kalasya pretendia se unir aos civis de Hideria e às repartições políticas para reconquistar Saturni. E os planos que ela tinha em mente teriam de passar longe de Ciberato, o sistema global de vigilância, e longe da Polícia hideriana, comandada pelo Marechal Olister Wary, que, possivelmente, estava recebendo ordens de Vidar. Kalasya poderia ser alguém que não era por muito tempo, para começar com essas centelhas de *rebelião*. Contudo, com Detrit a seu lado, seus planos poderiam mudar. Ela tinha tristeza e raiva dentro de si, e se via como a única responsável restante pela paz em Saturni, visto que era Oráculo e sobrevivente do massacre.

— Tenho certeza. Quero o melhor para o mundo em que eu vivo e isso inclui tirar aquele assassino do topo do mundo, mesmo que isso me faça ficar contra a minha irmã — Detrit disse, determinado.

Kalasya balançou a cabeça, e ele continuou:

— Ela não era assim, mas parece que sofreu uma lavagem cerebral. Kabor um dia chegou de viagem da planície com um conjunto de manuscritos antigos chamados Vedas. Ela entrou a fundo com a ajuda e influência das pesquisas de Ciberato nessas culturas desenterradas e começou a acreditar piamente. Tenho pena de sua crença tê-la feito tão devota ao Império a ponto de considerar a matança de Vidar insuficiente para mover pelo menos um dedo.

— As pessoas precisam de algo para acreditar. Precisam preencher certo vazio com crenças. Mas algumas pessoas passam dos limites — Kalasya disse com os olhos vidrados em um ponto fixo. — Acredito que Vascaros foi mais que um humano. Mas chegar nesse ponto de defender o seu descendente, o novo Imperador, mesmo com ele promovendo tantas desgraças. Ela tenta mentir para si mesma alegando que Vidar é inocente.

A imortal estremeceu ao se lembrar dos corpos que viu quando acordou após a queda amortecida pelo *anjo negro*. Tinha certeza de que não houvera nenhum sobrevivente. Haxinus, o carismático garoto de cabelos vermelhos que ela conheceu, os gêmeos, Ayun, Biah, o Sacer, Elithan. Estavam todos mortos.

Detrit deu um esboço de sorriso.

— Vou com você e, mesmo que dure uma década, nós tiraremos Vidar do poder. Vamos nos vingar daquela matança, nos unir aos sobreviventes, aos rebeldes de facções e irmandades e causar uma rebelião significativa.

Então os dois sorriram, condescendentes um com o outro.

* * *

Os planos os levaram a um profundo questionamento. Detrit conduziu a imortal até uma escala de Loxos na qual esse questionamento poderia ser cessado. Ambos discutiam a chance dos irmãos de Vidar ainda estarem vivos, visto que poderiam apenas ter sido banidos em vez de assassinados, como o restante dos moradores. A Oráculo torcia para que isso fosse verdade. Na planície, onde os banidos do Império eram deixados, a chance de sobreviver por mais de um dia era pequena, porém, existia.

— Pode entrar, Oráculo.

Kalasya entrou.

Tinha aspecto de galpão com iluminação forte em alguns pontos incidindo sobre robôs, carcaças de androides, próteses biônicas e geradores de energia de contenção que serviam como combustível para caso decidisse ligar algum robô, embora geralmente os mantivessem desligados. Ao fundo havia também pilhas de computadores e servidores. A imortal viu mesas com montanhas de peças de metal, ferramentas, dispositivos e máquinas que Detrit utilizava para construir suas criaturas, as quais ele admitia sentir algum sentimento.

— Aqui é o meu quarto também — comentou, quando a imortal viu uma cama no meio de todos os objetos. — É a minha oficina e meu quarto.

Os dois chegaram a um local fechado com telões de vidro. Detrit iniciou o computador e se sentou na cadeira cercada pelos telões.

— Tenho amigos virtuais de longa data que possuem acesso a sistemas das autoridades hiderianas e podem nos ajudar.

Kalasya viu nos telões um processo árduo que ela conhecia. Poderia demorar horas até o rapaz conseguir entrar em contato com os amigos, então decidiu dar mais uma volta pelo galpão secreto de Loxos a fim de conhecer os objetos que Detrit construía.

Ele era criativo. Tinha milhares de milhares de coisas novas que Kalasya nunca poderia imaginar que existiam. Enquanto observava as coisas, sem tocar, como ele pediu, a imortal percebeu a presença de duas borboletas robôs que voavam em harmonia seguindo-a. Eram tão brancas quanto seus cabelos e deixavam um rastro azul fluorescente da chamada energia de contenção. Por instinto, as borboletas pousavam nas plantas. Kalasya viu que eram as únicas coisas, em todo aquele mar de criações, que tinham certa delicadeza.

— Oráculo — Detrit chamou depois de vários minutos nos telões. — Um dos meus amigos me disse que Olister Wary, o Marechal da Polícia, não está do lado de Vidar. Disse que o Marechal, propositalmente, deixou vazar a informação de que Haxinus, Alik e Damisse foram mantidos em Saturni.

Kalasya sentiu um alívio ao saber que Haxinus e os gêmeos ainda estavam vivos, mas poderiam ser reféns de Vidar, já que ainda se encontravam no palácio.

— Isso é uma ótima notícia! — Kalasya exclamou, sobretudo por causa de Haxinus. Ele era carismático, agradável, gentil, e o único das milhares de pessoas de Saturni que não a chamava de Oráculo. Alik e Damisse também eram boas pessoas, mas eles só haviam conversado formalmente poucas vezes.

— Vou tentar entrar em contato com outros amigos de Hideria — Detrit informou. — São hackers e possuem certo grau de eficiência. Quero saber se os três ainda estão em Saturni. O pedido pode demorar mais um pouco.

Kalasya compreendeu.

Depois de duas horas de espera, Detrit chamou a imortal.

— Oráculo! — Detrit ainda estava sentado na cadeira cercado pelos telões. — Haxinus, Alik e Damisse fugiram de Saturni. Haxinus é um militar da Armada Branca, conseguiu fugir ileso e salvou os outros dois com facilidade.

Kalasya correu com as borboletas robôs voando logo atrás.

— Eles estão em Solem, escondidos. Haxinus tinha roubado uma nave da guarda de androides, mas a deixou em um terraço qualquer.

— Como seu amigo sabe disso? — As borboletas pousaram no longo cabelo de Kalasya.

— Eles foram vistos perambulando na capital e um policial repassou a informação em um relatório. Esse meu amigo tem acesso ao banco de dados da Polícia Militar de Hideria. — Detrit levantou-se. Seu corpo estava dolorido de tanto ficar sentado. — Acho que ele conhece alguém que trabalha por lá. Ou ele mesmo é um infiltrado.

— Então Haxinus, Alik e Damisse estão vivos e em Solem. Nós dois poderíamos nos unir a eles — propôs Kalasya.

— Seria a parte mais demorada. Encontrá-los naquela cadeia de prédios espelhados de Solem não seria tarefa fácil.

Mas Detrit os encontrou.

E foi graças a Alik. O jovem herdeiro era um membro honorífico da Hakre e podia acessar o banco de dados da irmandade quando bem entendesse. Depois que fugiu de Saturni com Damisse e Haxinus, foi ao edifício Singular, nos computadores da Hakre, e deixou uma mensagem criptografada para os membros honoríficos da irmandade. A mensagem havia sido enviada por Moray, o nome falso que Alik tinha escolhido para seu disfarce de civil. Os membros não desconfiaram de Alik e leram a mensagem achando que era Moray quem a repassara.

A mensagem de Moray informava que os Cromdha Alik Saliery, Damisse Saliery e Haxinus Elkaish estavam vivos e escondidos no interior do edifício Singular, que ele havia acolhidos os três assim que fugiram de Saturni. A mensagem alertava que seria perigoso se os membros honoríficos que recebessem a mensagem fossem ao edifício para vê-los e, por precaução, orientava que nada fosse feito.

Alik não chamou por Laria e nem por Jan, pois seria perigoso para elas, visto que o Alto Escalão começou a fazer muitas rondas nos arredores. Detrit, com a ajuda de um amigo do mundo virtual, ficou ciente dessa mensagem repassada pelos membros honoríficos da Hakre.

Assim que os irmãos foram localizados, Kalasya e Detrit partiram rumo a uma estação internacional, chegando a Solem naquela mesma hora, graças a tecnologia do Império, que era acessível e tornava as viagens internacionais extremamente rápidas. Era como se todas as 10 Nações fossem uma no lado da outra. Detrit pagou as duas passagens com um *chip* que ficava nos pulsos de todas as pessoas do Império. A imortal não o tinha, o que significava que ela não estava registrada. Raramente deixava Saturni desde que o palácio fora fundado, mas estava com Detrit e ele tinha um nome registrado e dinheiro o suficiente. Os dois chegaram em Solem na mesma hora em que partiram de Rajya.

Como Hideria ficava em outro continente, o fuso-horário era diferente. Entre as duas Nações havia mais ou menos quatro horas de diferença, mas ainda estava de dia. O edifício Singular tinha formato de ogiva e brilhava sob quase a mesma luz que incidia sobre os prédios de Rajya. Kalasya e Detrit atravessaram a famosa praça das estátuas com mochilas em suas costas.

— Alik! — Detrit chamou.

Ele e Kalasya já estavam nos altos e escuros corredores do interior do edifício. Havia portões selados que levavam a câmaras e outros corredores desconhecidos. Adiante, ficava o salão onde ocorria as reuniões da Hakre. Porém, naquele dia, estava tudo vazio.

— Alik! — a imortal chamou. O seu grito ricocheteou pelo interior do edifício Singular por vários segundos.

De repente, os dois perceberam alguém se aproximando pelas sombras. O local tinha a iluminação tão precária que foi difícil de identificar, mas eram Haxinus, Alik e Damisse correndo em suas direções.

— Vocês estão bem? — Kalasya abraçou os gêmeos.

Depois que desfez o abraço, partiu para Haxinus. Os quatro sentiam a mesma dor de terem perdido Saturni. Mas Damisse e Alik estavam de luto, perderam tudo, absolutamente tudo, e aquela dor estava estampada em seus semblantes. Haxinus envolveu Kalasya em um abraço demorado. A imortal sentiu como se o abraço tivesse sido eterno. O jovem herdeiro sofria tanto quanto os gêmeos, mas havia sido forte em lutar contra os androides durante a fuga de Saturni. Eles foram enganados por Vidar e tudo o que tinham agora era a roupa do corpo.

— Quem é você?

Alik e Damisse não sabiam sobre Detrit, mas Haxinus conhecia.

Em vez de responder àquela pergunta, Detrit demonstrou ter um novo plano.

— O melhor que podemos fazer é regressar à Rajya. Oráculo, nós cinco, juntos, podemos convocar o povo balsamense e ir até Loxos para fazer com que Eze mude de ideia. Ela é a chanceler de Balsam e, pela lei, ainda pode interferir na linha de sucessão com o apoio de outros herdeiros.

Os três irmãos se entreolharam. Estavam cansados de se esconder, contudo, todos tinham revolta em seus corações.

— Eze. Sim. — Kalasya olhou para cada um. — Vamos insistir com ela e vamos tirar Vidar do topo do mundo.

CAPÍTULO 19
A MENSAGEM

Kalasya conhecia quase todas as partes de Rajya, os desdobramentos das ruas e vielas mais baixas. Seu conhecimento e o de Detrit foi útil para se acomodarem.

Os cinco fugitivos do Império se esconderam no beco da rua mais baixa, onde as paredes metálicas eram enferrujadas, estava sempre nas sombras e não se sabia se era dia ou noite. Havia nuvens no céu escondendo o resto dos arranha-céus de bronze, bem como as pontes e as linhas pelas quais naves de ferro e carros trafegavam. Havia letreiros de *led* e neônio coloridos em restaurantes e bares fumacentos próximos ao local no qual se mantiveram escondidos, já que androides vigilantes de Balsam costumavam ficar distantes.

Foram a uma hospedaria barata, sem nenhum funcionário, apenas robôs e sistemas de vigilância que apresentaram certo risco, uma vez que Ciberato podia vê-los.

Passaram-se dois meses assim, estavam no começo do mês de março do ano de 1188 DI. Todos eles ficaram aquele tempo acumulando ideias, construindo, preparando-se e arrumando equipamentos suficientes para o que Kalasya planejara e para o que Haxinus e Detrit se dispuseram a fazer.

Eles não tinham quase nada consigo, mas possuíam empenho e grandes ambições. Viveram nas ruas baixas de Rajya como moradores comuns. Aquele era um mundo totalmente diferente, o ar era ácido, os becos eram sujos, as cores e os cheiros eram diferentes e despertavam sensações que as ruas altas não poderiam despertar. As pessoas eram exóticas, os filtros de ar tinham estilos excêntricos, as naves tinham ferrugem, os olhares eram curiosos e a lascividade do povo, da arquitetura e de todos os elementos que formavam o estranho cenário férreo das ruas baixas balsamenses aproximavam-se da distopia das ruas baixas de outras Nações do Império, como se a cultura baixa do Império não tivesse fronteiras. A tecnologia de padrões pesados e desconexos da realidade contrastavam com a candura de Saturni e das belas praças de Solem, por exemplo. Eles conheceram a distância que os níveis das ruas tinham entre eles e toda a filosofia que cada nível carregava em suas raízes. A utopia reinava nas ruas altas de todas as 10 Nações, onde tudo era imaculado. Mas agora, eles tinham que se esconder como baratas nas vielas e locais estreitos do gueto das ruas baixas balsamenses.

Tinham passado extensos dias em clima fúnebre e cada um com sua própria dor. Detrit sentia pena dos poucos moradores de Saturni que conhecia e de seus irmãos. Damisse desabou em uma tarde cinzenta, não conseguindo conter as lágrimas; já Haxinus continuou com uma amargura impregnada dentro de si, não derrubou uma lágrima perto deles, mas seu comportamento tornou-se sombrio e melancólico. Kalasya tentava de tudo para fazê-los melhores, com suas palavras gentis, mas nada era o suficiente para amenizar a dor de perder a casa, a família, e a própria vida que eles conheciam.

Aos poucos, eles foram se recuperando, abastecendo-se e usando o dinheiro para comprarem roupas e outras coisas necessárias. Suas mentes gradualmente conseguiam impulso para que o plano seguisse adiante sem obstáculos emotivos. Eles iam se fortalecendo à medida que se uniam e conversavam, como um grupo, como amigos ou simplesmente como irmãos.

Detrit contatou seus amigos virtuais para responder dúvidas e estudou as localidades de Rajya. Tinha um plano em mente e era necessário estar preparado para todas as etapas. Kalasya o ajudou com seu conhecimento estratégico e assim o grupo estabeleceu um objetivo com a cidade.

A imortal consultava a sua fonte de predições todos os dias. Queria saber se havia alguma mensagem do deus por trás do destino. Porém, todas as vezes que Kalasya fechava os seus olhos e se concentrava, as luzes mostravam as mesmas palavras no fundo de sua consciência. *Nada será como não deve ser*, ela leu uma centena de vezes. *Nada será como não deve ser.* Ela repetiu aos Cromdha, conformada.

Antes mesmo de amanhecer, Haxinus e Detrit passaram pela cidade que, assim como Solem, de madrugada, não cessava seu movimento, suas festas e seu barulho. Eles pararam em frente a um prédio cujos corredores, salões e andares foram mostrados por Kalasya. Portas de vidro, mezaninos, plantas, tapetes e mesas podiam ser vistos do estacionamento, bem iluminados e vigiados por guardas não androides. Os dois irmãos se olharam, Detrit com uma mochila carregada de equipamentos que só ele sabia usar, e Haxinus com o conhecimento adquirido na Armada Branca, que era bem útil naquele momento de invasão e outros procedimentos ilegais.

Era uma central de transmissão, não havia muitas ligações com Ciberato, mas tinha acesso a todos os *outdoors*, televisões e projetores daqueles arredores da cidade. Eles queriam passar uma mensagem aos civis para convocá-los no dia seguinte.

Depois de uma pequena conversa, eles colocaram balaclavas pretas e luvas. Seguiram entre os carros e naves estacionados, atravessaram o estacionamento e pararam em frente a um acesso. A entrada era uma larga vidraça na lateral, sem nenhuma luminária ou guarda de vigia por perto. Detrit tirou um estranho aparelho da mochila que tinha uma grande luz vermelha circular e o mirou no vidro.

— Ainda bem que existo!

De repente, o círculo vermelho se fechou fazendo com que o pedaço da vidraça que foi mirado quebrasse em milhões de pedaços. Derraparam para dentro e para os pés de Detrit como areia branca, deixando um enorme espaço para o dois passarem para dentro da central.

— Se tivesse sido quebrada com um bastão, muito provavelmente o alarme soaria e seríamos pegos.

— É mesmo de dar orgulho — comentou Haxinus.

Então os dois entraram às escuras um após o outro. Haxinus foi à frente liderando o caminho, apontando minuciosamente em direção aos guardas que faziam vigilância e depois direcionava Detrit para se esconder na parede, entre as sombras, como se tivessem desaparecido.

Detrit tinha um dispositivo capaz de bloquear todos os sinais ao redor. As câmeras e tudo mais instalado naquele prédio para vigilância não processaram a presença dos dois e os guardas ficaram alheios a tudo. O dispositivo fazia com que nenhum alarme fosse ativado.

A área ficou limpa para eles passarem e Haxinus deu um sinal para Detrit ir descendo com ele as escadas até o local no qual os servidores e computadores da central eram deixados.

Foi como Detrit e Kalasya planejaram, tudo estava de acordo.

* * *

Vendo a cidade de uma hospedaria, os *outdoors* e projeções pareciam ser o alvo de olhares de muitas pessoas. Kalasya esperava com Alik e Damisse a mensagem ser recebida com sucesso, sendo vista por muitos, e torcia para que se espalhasse naquela mesma noite entre os civis.

Estavam debruçados em uma enorme janela empoeirada na qual a luz mostrava manchas, como se tivessem tentado limpar o vidro com um pano sujo e isso tivesse apenas espalhado a poeira trazida de hélices de naves de carga das ruas baixas. Os três viam naves passando e suas luzes batiam rapidamente com diversas cores, o barulho passava e ia, restando suspiros aflitos e distrações.

— Detrit não é de dar bom dia, não é? — indagou Alik a Kalasya. Damisse concordou.

— Sempre isolado, estudando e construindo, trabalhando e inventando. A paixão dele são os androides. Ele os conhece como a palma da mão, da psicologia à anatomia. Depois, são as espaçonaves. Mas as preferências dele não o impediram de ter vasto conhecimento a respeito de outros assuntos. Há uma oficina em Loxos, onde todas as coisas que ele construiu, desde que chegou lá, estão amontoadas em caixas. Aparelhos, transmissores, máquinas. Tudo criativo e multifuncional.

— E eu nem sabia que ele existia — murmurou Alik.

Damisse concordou. O próprio Detrit tinha contado sua história. Nasceu de forma incomum e foi adotado por Eze de imediato. Damisse e Alik ouviram uma versão diferente. Detrit contou-lhes que Forceni se apaixonou por uma mulher de Apogeo e o teve com ela. Enquanto os gêmeos sabiam da versão inocente, Haxinus e Kalasya sabiam da versão verdadeira.

Damisse deu um suspiro carregado de preocupação. Os três estavam esperando o rosto de Haxinus aparecer dando a mensagem proibida. Quebrando o silêncio, Alik, com uma ponta de empolgação, perguntou às duas:

— Vocês vão falar algo amanhã?

— Haxinus é quem deve discursar. Ele é bem aceito por ter abnegado Saturni e pela formação na Armada — respondeu Kalasya ainda com os olhos fixos em algum ponto longe dali, sem olhar de volta.

— Se surgir alguma oportunidade, vou citar a Hakre com muito orgulho — retrucou o garoto.

Passou mais um momento de expectativa e, dessa vez, quem quebrou o silêncio foi Damisse:

— Kalasya — ela chamou. Os gêmeos e Detrit tinham parado de chamar a imortal de Oráculo ao seguirem o exemplo de Haxinus. — Acha que Eze é capaz de permitir o nosso banimento?

A imortal suspirou pesadamente, segurou em um dos ombros de Damisse e falou com sinceridade:

— Ela, sim. Mas só porque alguém é capaz de algo, não quer dizer que vá fazê-lo. É de Vidar que não podemos nos esquecer. — Damisse fez uma expressão de desolação e amargura. Lembrou-se da mãe, Ayun.

Os olhos Alik se inundaram de lágrimas e ele escondeu seu olhar.

— Nem sei do que ele seria capaz de fazer se nos pegasse amanhã. O que nos resta é ter pensamento positivo.

Depois de alguns segundos, Alik deixou crescer uma expressão maravilhada em seu semblante. Viu da janela o rosto de Haxinus em um fundo escuro surgindo em dezenas de projeções naqueles quarteirões. A legenda aparecia enquanto Haxinus discursava. Detrit, em uma pequena sala de computadores invadida na central, aumentou o volume da transmissão o suficiente para despertar quem estivesse dormindo perto das projeções. Conhecia o sistema de Ciberato, e sabia que podia captar e transmitir ao seu superior somente ondas sonoras e ondas de luz. Porém, não havia alternativas, Detrit tinha de deixar na mensagem uma legenda com a localização do ousado discurso de Haxinus, com a hora e a data.

— Tudo isso é descarado demais — confessou Haxinus a Detrit, entre os pequenos corredores de servidores computacionais. — Vidar pode estar nos vendo agora através de Ciberato. — Haxinus analisou o redor, procurando sinal da presença do sistema que observava tudo onde havia eletricidade.

— Mas o que vale é a coragem.

Os dois se olharam. Haxinus inspirou profundamente e passou as mãos enluvadas nos cabelos, deixando algumas mechas atrás das orelhas. Estava tenso, talvez ansioso, e aquela emoção carregada fazia suas sobrancelhas ficarem franzidas o tempo todo. Havia sido uma noite foi estressante para ele e para Detrit, embora tivessem pensado e repensado nos atos dessa noite no período que ficaram na hospedaria.

Os guardas da central poderiam ir à sala de servidores e se deparar com os dois, mas os dois meses que eles passaram naquela cidade de ferro os fizeram planejar cada segundo do plano. A Polícia de Rajya também poderia chegar a qualquer momento, dependendo do chamado dos civis que assistiam. Eles poderiam convocar as autoridades, já que algo fora do comum estava acontecendo na transmissão. Haxinus contava com cada possibilidade e tinha uma arma de fogo proibida em mãos.

Mas tudo pareceu em ordem. Haxinus passou a considerar que as coisas que aconteciam com ele e com seus irmãos eram mesmo como o destino de uma predição.

— *Caros cidadãos de Rajya, chamo todos para um discurso em relação à violenta tomada de Saturni e ao falso Imperador que assume o poder de Hideria* — a voz de Haxinus era alta e chamou a atenção de todos nos bistrôs, bazares e lojas à céu aberto. A legenda aparecia, complementando a mensagem. — *Venham a mim e aos meus irmãos e nós iremos, unidos e pacíficos, exigir justiça até Loxos, para obtermos ajuda da chanceler de Balsam.*

Detrit conhecia bem o procedimento e tinha unido, no passar dos dois meses, os equipamentos necessários para o discurso.

Depois de transmitida a mensagem, saíram da central com as balaclavas escondendo suas identidades. Já era o meio da madrugada, mas, vendo pelas luzes da cidade que nunca dormia, parecia ser o começo de uma noite tranquila. O herdeiro de cabelos vermelhos tinha aparecido nos telões e a sua mensagem espalhou-se por Rajya de forma sucessiva. A convocação havia alcançado outros locais, pois as pessoas não paravam de falar de Haxinus e das calamidades que aconteceram em Saturni.

* **

Na antiga sala de Forceni ficava um gabinete com papéis e amontoados de documentos. Era quatro horas mais tarde em Hideria, aproximadamente oito horas da manhã. Kroser estava ao lado do novo Imperador, ambos de pé vendo Ciberato, que havia gravado Detrit e Haxinus nas câmeras de segurança da central, como os mesmos haviam previsto. Eles apareciam como ondas e pontos, milhares deles, iminentes, dando forma. As cores da projeção eram diversas como *pixels*.

— Haxinus comentou sobre mim. Eles, de fato, não possuem medo de você — disse Ciberato, belicoso, com o rosto feminino modelado no telão.

O sistema de vigilância escolhia rostos e vozes aleatórios para se comunicar. Obedecia ao Imperador e trabalhava pelo Império seguindo um protocolo antigo feito na sua criação séculos atrás.

— Muito bem — murmurou Vidar. — Agiram de forma esperada.

— O que vai fazer sobre isso? — perguntou Kroser sem formalidades, com os braços cruzados e pernas esticadas. Seus cabelos unidos em um rabo de cavalo pareciam maiores e mais negros e passaram a escorrer pelas costas.

Vidar pensou em uma resposta. A resposta estava relacionada à predição que Kalasya repassou.

— Executá-los, bani-los, prendê-los... qualquer punição aos Cromdha seria eficaz, Majestade. Mas há uma predição a ser seguida. — Ciberato disse. O rosto feminino que ele mostrava refletia suas palavras com um toque aristocrático, sombrio e maligno.

E assim como Ciberato comentou, Vidar seguiu a predição. Pediu algo que somente Kroser poderia angariar. Todos daquele gabinete ouviram as palavras do novo Imperador com bastante atenção.

Depois da ordem ser dada, Kroser fez uma mesura e saiu. Restou Ciberato e Vidar na sala mal-iluminada.

— Vejo nervosismo em seus gestos — comentou Ciberato, intimidante. Vidar não se incomodou. Encarou-o com seu inabalável olhar e ficou em silêncio.

— Entrarei em contato quando ocorrer qualquer movimento de seus irmãos.

— Sim... — Vidar se sentou na poltrona e virou-se para o lado de fora onde o sol da manhã brilhava.

Ficou alguns minutos pensando, sozinho. Em seu rosto claro e jovem, surgiu explicitamente a indecisão. O nervosismo que Ciberato captou era outro sentimento. Não havia nervosismo em Vidar, somente indecisão.

Natasha irrompia em seus pensamentos. Desde aquela dolorosa madrugada, Vidar cogitava desistir de tudo e fazer o que seu coração ansiava, em vez de continuar seguindo o destino concebido a ele. Era um grande risco, ela e o Império poderiam ser destruídos. Contudo, ao mesmo tempo que pensava em causar um desvio e deixar de fazer todos os próximos passos que deixara presos em sua mente, uma força tomava conta dele, fazendo-o continuar com tamanha maldade. A cada minuto o novo Imperador sentia menos pesar por ter criado um exército imbatível, por ter matado Ayun com suas próprias mãos e por ter feito seus irmãos sofrerem. Era doloroso ignorar o coração e permitir o seu eu se esvair, por isso, o jovem sofria, mas estava se corrompendo. Ele tinha que se tornar maligno. Ele precisava se tornar quem deveria ser.

CAPÍTULO 20
A IRA DO IMPERADOR

Haxinus preparou-se mais do que o necessário.
Não parecia nervoso, apesar de estar com os versos do seu discurso resguardados na cabeça, martelando. Por dentro estava ansioso, avistando as pessoas que chegavam ao lugar marcado, formando grupos. Ele, Kalasya e Alik estavam entre os prédios mais baixos, um pouco longe da hospedaria onde ficaram. Era um lugar plano e escondido, repleto de construções novas e velhas. Tinha saguões, pontes, viadutos e praças em cima fazendo sombras. Era uma praça grande o suficiente para portar milhares de pessoas e semear uma manifestação popular até Loxos, como fora decidido.

Havia sido combinado mais um pedido de ajuda à chanceler. Naquele dia, seria Detrit que pediria apoio diretamente a Eze. Kalasya ajudou Haxinus dizendo que a verdade era fundamental para conseguir a confiança dos civis de Rajya, embora lhe parecesse dura e surreal. Era difícil acreditar que Vidar fora capaz de fazer o que as notícias diziam que ele fez. Talvez aquelas pessoas que Haxinus via chegando não iriam acreditar em suas palavras sobre aquela noite em Saturni.

Em Balsam e em outras Nações, o cargo de *homem de prata* era como um *primeiro-ministro* no sistema parlamentarista, que apenas Kalasya sabia, pois havia vivenciado muitos anos atrás. O homem de prata balsamense liderava a Grande Tribuna, o maior símbolo da justiça de sua Nação. Seu nome não era ouvido com frequência, apesar de ser uma peça fundamental para o governo, pois também era responsável pelo poder da justiça.

— Mesmo se vocês não tivessem sangue sagrado — ele disse a Alik depois de ter passado para cima do palco improvisado —, seria extremamente arriscado fazer um discurso em público, meu amigo.

— Nós sabemos — retrucou seco. — E, como disse uma sábia mulher: Vidar, segundo a lei, não pode intervir, pois não pode entrar com tropa ou nave da Guarda Real sem esperar três horas após prévio aviso ao soberano do território. E também deve esperar um dia para que a Armada Branca seja resignada a ele, diretamente. Estamos arriscando a obediência dele em relação às leis antigas que estudou a vida inteira.

O homem de prata pensou, coçando o queixo e a barba espessa e escura.

— Vocês têm medo do banimento? Parecem não temer a nada. — O homem de prata de Balsam estava curioso, mas Alik conseguiu ver nele certa preocupação presente no cenho carregado.

— Temos certeza de que Eze não nos banirá para a planície — avisou Alik. — Quanto a Vidar, ele pode nos sentenciar à execução em segundos, e é isso que tememos. Mas existe uma razão para ele ter nos deixado vivos naquela madrugada em Saturni: ele acredita no destino.

— Ah, é? — Os olhos do homem se arregalaram.

Alik assentiu.

— Sabe o meu nome, certo?

— Bazel Bakoshne Cromdha — Alik respondeu, trocou o peso de um pé para o outro, abriu e fechou a boca como se fosse dizer algo mais.

— O Imperador já foi coroado, autonomeou-se Vidar I. Disse que irá promover várias mudanças com o decorrer do tempo, quando surgir oportunidades de promovê-las. Não pareceu alguém que matou um homem a sangue frio, Alik Cromdha — comentou Bazel em um apelo de confissão.

Alik demonstrou-se frustrado com as últimas palavras.

— Ele não parece, mas isso não quer dizer nada!

— Então acredita em nós? — Alik perguntou iluminando o rosto.

Bazel assentiu.

— No entanto, não posso fazer nada para ajudá-los. Vidar está de olho em cada ação dos chanceleres e das primeiras tardias de todas as 10 Nações do Império. Ele jurou punir aqueles que ousassem ir contra o legado de Vascaros e banir os demais rebeldes — respondeu Bazel firmemente e com certo desgosto no rosto. — Eu me reuni com Eze Cromdha, e ela me disse que está arrependida das coisas que disse para a Oráculo das 10 Nações e que procura por Detrit para conversar.

— Obrigado, Bazel. É... muito bom ouvir isso — agradeceu Alik.

Bazel inclinou sua cabeça e dispôs-se a sair sem dizer mais nenhuma palavra, unindo-se aos civis e desaparecendo na multidão, indo embora da praça sem olhar para trás.

Alik contou as notícias de Bazel aos irmãos e à Kalasya. Eles ficaram em um terraço vazio, isolado e virado para a praça, esperando a hora da aparição de Haxinus, que se preparava sozinho e que ficou ainda mais reflexivo após o que Alik dissera. Então isolou-se em uma viela erma, longe do palco e da multidão. Kalasya apareceu alguns minutos depois e, com seu jeito atencioso de ser, sentou-se ao lado dele, perguntando:

— O que passa em sua cabeça é o mesmo que se passa na cabeça de Alik ou Damisse. Mas sei que você tem algo diferente.

Haxinus sorriu, aturdido, respirou fundo e respondeu:

— Eu queria aparecer ali e contar a todos que Vidar não fez por mal, que ele é inocente. Que ele é o melhor para reger... — confessou, cabisbaixo. — Se pudesse, voltaria no tempo e o impediria. Ou impediria algo trágico que aconteceu no passado que o fez ficar daquela forma.

— Você tem pena dele?

Aquela pergunta fez Haxinus olhá-la no fundo de seus olhos.

— Se tivéssemos ajuda de Eze e da população, e se conseguíssemos, com a Armada Branca, dos androides e humanos, invadir Saturni, o que faríamos com o Imperador?

— Isso depende da vontade dela, estaríamos sob seu comando e sob suas ações. Poderíamos aconselhá-la, como diz a lei — Kalasya suspirou. — Mas a lei especifica isso em caso de guerra contra uma força não Imperial.

— E que conselho você daria a Eze? Trancafiá-lo em um calabouço para sempre? Dar-lhe uma injeção fatal? Queimá-lo na fogueira?

Kalasya abaixou os olhos e afastou os cabelos do rosto, pensando. *Nada será como não deve ser*, ela leu nas luzes, incontáveis vezes, em sua insistência de saber pelo menos uma pequena fissura do futuro.

— Não gosto da ideia de matá-lo. Trancafiá-lo em um calabouço para sempre é mais viável para mim — respondeu, com bom humor.

Haxinus concedeu-lhe um sorriso bondoso. Depois, abaixou o rosto olhando a opala azul elétrica de seu colar.

— Conversei sobre isso com Alik, Detrit, Damisse. Conversei comigo mesmo também. — Ele sorriu tristemente. — Conversei com aquela consciência livre de qualquer ódio ou rancor por ele. E, sim, repleta daquela admiração e saudade que eu sentia por Vidar. Meu irmão era ideal e perfeito demais para ser verdade. Eu aconselharia Eze a matá-lo, sem piedade, sem hesitação. Nunca, em toda minha vida, tive mais certeza.

Kalasya pendeu o queixo sem mesmo perceber. À primeira vista pareceu perplexa, mas depois começou a compreendê-lo.

— Espero que não se arrependa, quando *e se* chegar a hora.

Sem perceber, aproximaram-se. Em um momento de distração, Kalasya tateou o colar de Haxinus com delicadeza, depois, recuou a mão e levantou o olhar.

— Suas sobrancelhas são brancas também — ele afirmou, analisando-a.

Eles estavam tão próximos que, de longe, mesmo naquele lugar sucateado e escuro, pareciam ser um casal conversando de forma íntima. Estavam à vontade, trocando olhares e reparando nas nuances das faces de um do outro.

E enfim o momento havia chegado, o alarme do meio-dia chiou do bracelete de Haxinus, avisando que a hora de discursar tinha chegado. Enfim, eles se levantaram juntos para irem.

— Pronto? — ela perguntou.

Haxinus tornou seu prospecto firme e determinado. Assentiu com a cabeça e foi com ela.

Ele foi o único a aparecer no palco. Viu pessoas contentes, alguns rostos sérios e muitos atenciosos. Receberam-no com aplausos, gritos e seu nome sendo repetido várias vezes com arrimo. Detrit estava escondido na multidão, situado em frente ao palco, vendo o fluxo de pessoas e observando a reação dos civis.

Haxinus levantou a mão para que fizessem silêncio, os civis obedeceram. Eram milhares de pessoas voltadas a Haxinus, e o jovem não estremeceu e nem mesmo mordiscou os lábios de nervosismo. Somente olhou nos olhos de cada um que avistou e se pôs a falar:

— Eu, Haxinus Elkaish Cromdha, herdeiro do governo de Dorick XX, estou aqui para informá-los, honestos civis de Rajya, que eu jamais irei apoiar o Império de Vidar I; não me curvarei àquele que utilizou da violência para tomar posse à força. — Sua voz foi ouvida por todos ali através de caixas de som e telões arrumados por Detrit. — Estou aqui, pronto para fazer uma confissão a quem quiser ouvi-la com prudência: ele matou o senhor meu Pai, Dorick XX, com as próprias mãos, tirou a vida de Ayun Saliery e Biah Deva Kanajram e proporcionou a invasão androide e morte em toda Saturni.

De maneira súbita e avassaladora, os presentes assumiram feições de espanto. Embora já tivessem ouvido falar de tais atos tão surreais, ouvir aquilo do próprio herdeiro do Império tornava a situação ainda mais impactante.

Os balsamenses começaram a trocar conversas e olhares, murmúrios e comentários perplexos. Haxinus continuou em meio ao burburinho:

— Não estou só nesse discurso. Minha voz também emite palavras de Alik e Damisse Saliery. Nós três queremos pedir ajuda a Vossa Majestade, Eze Cromdha, para que aja conosco e mova sua Elite, conceda suas tropas de Loxos e que se imponha contra o nosso impuro Imperador. Mas é necessário a força maior: o povo.

Parecia ser um começo de tarde pacífico, porém, não passava da quietude antes de um trovão — de repente, todos ouviram um impacto estrondoso. O chão tremeu, assim como as vidraças dos prédios, e o metal começou a ressoar em um tom grave e retumbante. No alto da cidade, no espaço estreito entre os prédios negros, surgiu uma nave muito maior do que qualquer outra nave de carga.

Haxinus parou e virou-se para cima. A nave gigantesca descia destruindo sem impasses tudo em sua trajetória e fazendo estruturas ricochetearem e despencarem. Algumas pessoas começaram a fugir. Haxinus fitou a nave com o cenho franzido, esperando-a se revelar na fumaça que se levantou. Sua voz forte se extinguiu restando perplexidade.

Alik e Damisse se afastaram da ponta do palco e também a olharam se aproximando, como uma invasora colossal e destruidora. Era redonda e repleta de partes arcadas em suas bordas. Estava com seus canhões e fuzis laterais armados desde que apareceu, e havia ativado uma barreira magnética ao seu redor que a protegia.

Algumas saídas foram fechadas com os destroços e, enquanto descia no canto da praça, a nave atirou nas laterais e pontes do restante dos prédios para impedir mais pessoas de fugirem. Os tiros eram vermelhos e rápidos, podiam ser fatais se tivessem atingido alguém.

A população entrou em pânico, os civis corriam em todas as direções em busca de refúgio. Mas a poeira levantada pela queda dos destroços e a nave pousando afastava-os e os faziam ficar sem lugar para fugir ou se proteger. Os milhares de civis, parados e incrédulos, formaram uma aglomeração no centro da praça, vendo a nave se nivelar.

Ocorreu desabamentos em algumas partes dos prédios, levantando mais poeira. A nave recolheu suas armas e apagou suas luzes, dando espaço para um silêncio angustiante.

Haxinus e Kalasya se entreolharam. Ambos os corações batiam quase saindo de seus peitos. Os gêmeos engoliram em seco. O medo tomou conta daquela região fazendo a noite do motim de Saturni retornar àqueles que a tinham vivenciado.

Uma vez que a nave branca se desligou, um compartimento abriu-se formando uma rampa, da qual desceram os androides de Vidar, com armaduras, carregando fuzis e com os olhares vidrados e alinhados. Estavam com uma nova armadura negra de emblema de coroa de bronze de Hideria. O heráldico tradicional, soberano. Em fila, os androides se separaram em dois grupos e miraram as armas nos civis à sua frente, esperando ordens do comandante.

Detrit enxergou de longe, entre o tumulto, as armas de fogo que carregavam e sentiu um embrulho em seu estômago, estremecendo-o de temor. Ele gritou para todos que podiam ouvir sobre as armas e o que estava iminente, mandando as pessoas sairem da linha de tiro e fugir. Com pavor no olhar, ele também tentou fugir.

Vidar desceu a rampa até a metade e observou os civis. Alguns desabaram ao encarar o próprio intocável Imperador, tão próximo e tão imprescindível. Alguns pediram misericórdia e perdão. E outros apontavam e xingavam.

O Imperador, de modo frio e impassivo, procurou Kalasya na multidão. Correu os olhos pelo palco e a viu, quase brilhando nas sombras inacabáveis daquele recinto que parecia noturno. A Oráculo estava na frente de Haxinus, que havia ficado meio ajoelhado e pasmo demais para correr. Assim como Alik e Damisse que tinham se abaixado, ainda no fundo do palco.

Kalasya. Vidar sussurrou, como se estivesse pedindo-lhe socorro mesmo sabendo que as memórias dela sobre aquele destino cruel terem sido removidas. *Eu sinto muito, muito mesmo*. Era o que Kalasya dizia, mas, agora, Vidar estava sozinho e tinha de arcar com a predição sem ela. *Não. Eu não quero matar mais inocentes.* Uma parte de sua mente lamentou. Mas ele fez uma promessa e tinha uma vida muito mais valiosa para salvar.

Vidar engoliu em seco, olhou para seus pés e pensou sobre o seu *próximo passo*.

— Atirem — ordenou, sem emoção em sua voz, escondendo qualquer sentimento em seu olhar. Os soldados androides começaram mais um derramamento de sangue sob suas ordens.

Muitas pessoas da vanguarda foram fuziladas de uma vez. Os tiros trucidantes das armas não paravam e acertavam até mesmo quem estava longe dos androides. Os civis começaram a gritar e a correr para o mais longe possível. Kalasya gritou para todos fugirem, passando no sentido contrário que a multidão ia como turbilhão e ajudando aqueles que haviam tropeçado e caído no chão. Haxinus mandou Alik e Damisse correrem para abaixo do palco e, depois que os viu indo em segurança quase agachados, protegendo-se dos tiros, desceu e seguiu Kalasya.

— Parem! — comandou Vidar, depois que viu mais pessoas mortas do que esperava.

Restou silêncio, mas o choro de muitas vítimas ainda ecoava.

Vidar terminou de descer a rampa, escalou os estilhaços em seu caminho e andou em meio à poeira cinzenta. Kalasya ajudava mais civis a fugir e Haxinus a acompanhava, atravessando o fluxo de pessoas.

— Haxinus, onde você está? — Vidar queria saber. Sua voz ecoou como se todo aquele lugar estivesse vazio.

O Imperador andou em direção aos mortos com uma forçada displicência e foi se aproximando do fim da fumaça e poeira que embaçava a vista em direção ao outro lado.

— Fica se escondendo de mim, e eu que sou o covarde? — disse, debochando.

Seu tom de voz tinha vigor e seu olhar era de gelo. Vidar conseguia esconder as verdadeiras emoções de seu coração muito bem.

No outro lado da nuvem de poeira, Haxinus enfureceu-se e prontificou-se a ir até Vidar e enfrentá-lo. Passou por Kalasya com os punhos fechados, entretanto, foi impedido por ela de continuar.

— Nós não podemos te perder. — disse ela, segurando seu braço e o olhando com amargura.

Haxinus não deu mais nenhum passo e entregou-se à sua vontade.

Um vento incomum passou pelas ruas baixas e chegou fortemente à praça impelindo a fumaça e a poeira. O vento foi contínuo, como uma corrente de ar e forte como se tivesse no alto do céu. Revelou as vítimas dos androides e as pessoas escondidas nos cantos, além de ter revelado a Vidar e Haxinus que eles estavam mais próximos do que imaginavam.

Eles trocaram olhares perturbados. O Imperador tinha vários de seus androides atrás dele, e Haxinus tinha Kalasya. Sem hesitar, pegou sua arma e a apontou em direção a Vidar.

— Pode ir, Sya — Haxinus mandou, decidido. — Não me importo se me matarem depois do que estou prestes a fazer. — Ele destravou a arma, ainda erguida em direção ao Imperador. — Mas me importo se te pegarem e te prenderem no calabouço para sempre.

Kalasya ficou sem reação, fitando os dois, sem sair do lado de Haxinus. Tinha medo do que poderia ocorrer se deixasse Haxinus sozinho com um homem tão perigoso.

— Não vou te deixar — afirmou ela, com teimosia.

Vidar olhava o casal de soslaio, enigmático e sombrio.

Próximo passo.

Haxinus respirou fundo e atirou.

Vidar não se moveu. Antes do tiro atingi-lo como um flash violeta, um android entrou à sua frente e morreu por ele, com todo o peito queimado.

Ele erguerá a mesma arma em sua direção duas vezes. Na primeira, faltará coragem e, na segunda vez, um androide seu lhe salvará. A Oráculo havia contado a Vidar sob a luz de uma única vela na Biblioteca Milenar.

Haxinus viu que aquela segunda chance de matá-lo havia sido em vão. Havia uma fileira de androides leais ao lado do Imperador.

— Sabe que o destino dessas pessoas poderia ser a execução, não sabe? Foram vocês que promoveram tal condição — avisou Vidar, de modo frio, seus olhos estavam quase escondidos pelos cabelos, dando-lhe um aspecto mais sombrio.

Haxinus não disse mais nada.

O Imperador passou por cima do androide morto sem comoção.

— Não mate mais pessoas! — gritou Kalasya, suplicantemente.

— Não há nada que vocês podem fazer. O Império é único, é poderoso demais e é capaz de destruir qualquer oposição que surgir. Se não querem o Império de Hideria, acabem com suas vidas ou apenas fujam e fujam para o esquecimento. — discursou Vidar.

Depois se virou, displicente mais uma vez, e retornou seu caminho com o objetivo de ir embora, deixando as coisas como estavam. Ele tinha mostrado uma propositalexpressão de desgosto antes de se virar, o que deu mais ódio em Haxinus.

— VIDAR! — o grito de Haxinus pôde ser ouvido até mesmo nos andares mais altos daquele local de Rajya. Ecoou como um grito desesperado ao invés de ser um chamado carregado de ira.

Vidar se virou, deu um sinal para que uma parte de seus androides o deixasse e fuzilou Haxinus com o olhar.

— Acharam mesmo que eu iria me submeter às leis antigas? Que eu iria esperar horas ou dias para aparecer?

— Você não vale nada! — praguejou Haxinus.

Próximo passo.

O Imperador suspirou de fastio e fez outro sinal aos seus androides, desta vez, para que cercassem Haxinus e Kalasya. Os dois ficaram encurralados e se abraçaram, assustados, então o Imperador se virou para um dos soldados e o mandou atirar em Haxinus. O androide desbloqueou seu fuzil, apontou em direção a Haxinus, que foi surpreendido, e atirou.

Porém, não houve um tiro. A arma simplesmente emitiu um barulho estridente que ressoou pela praça. O soldado estranhou o comportamento da arma e a analisou, confuso. Ela ficou fumegante. A arma coincidentemente defeituosa estava na predição.

Haxinus suspirou de alívio e segurou a mão de Kalasya sem perceber. A imortal estava quase à sua frente. Ela poderia tê-lo protegido durante o disparo.

— Pegue-o como refém — Vidar mandou.

Próximo passo.

Kalasya gritava e tentava impedir que pegassem Haxinus, segurando-o nos braços, mas deram um forte golpe em sua cabeça que a fez cair. Os androides amarraram as mãos dele para trás e o fizeram ficar ajoelhado.

Com Haxinus sob meia dúzia de armas apontadas na cabeça, Vidar gritou para que Alik e Damisse pudessem ouvir:

— Ao restante dos Cromdha fugitivos: se não se entregarem, pedaços do cérebro dele espirrarão no chão e seu nome será sujo até o fim do Império. — Vidar rangeu os dentes.

Kalasya implorou, uniu as mãos, olhando para o Imperador com piedade:

— Vidar... Eu te conheço desde que nasceu. Posso te contar o que aconteceu com você na infância!

— Ah... Você sabia que é um assassino desde muito tempo, não é? — Haxinus riu, tirando a atenção sob Kalasya. — Vou matar você, maldito!

— Cale a boca! — Vidar mandou em tom grave e firme.

Alik e Damisse apareceram com as mãos para cima, trêmulos e obedientes, e foram rendidos pelos androides sob as mesmas condições de Haxinus. O Imperador demonstrou-se satisfeito.

Próximo passo — Detrit.

— Está faltando alguém — disse o Imperador desinibido, descrevendo círculos em torno dos androides e dos seus irmãos ajoelhados.

Damisse chorosa e Alik com a cabeça baixa, submissos.

— Se não se entregar, os gêmeos também serão alvos de meus androides.

Da nuvem de poeira que o vento não conseguiu expulsar, apareceu Detrit com passos firmes e sobrolho carregado.

— Detrit — disseram Haxinus e Alik em uníssono enquanto ele se aproximava.

Vidar o reconheceu de longe. Ergueu o rosto e o olhou de baixo para cima.

— Você estava com Haxinus. Também está nessa bagunça. Legítimo ou não, o destino será o mesmo.

Detrit foi posto junto aos outros, rendeu-se sem resistir. Kalasya virou-se para Vidar:

— Se seus androides tocarem neles, eu mato você, eles e todos os seus aliados — ameaçou com uma expressão de ira.

Vidar não se intimidou, apesar de saber que Kalasya poderia mesmo fazer aquilo.

— Não vou matá-los, se isso mudar algo em você, Oráculo. Quer ir com eles?

Kalasya desmazelou seu rosto. Olhou para cada um do grupo e demonstrou-se passiva.

— Pode vir.

Vidar tornou a caminhar até a nave. A situação já estava sob controle.

— Oráculo ou não, também virá junto com os traidores das 10 Nações.

Então todos foram em fila algemados: Haxinus, Detrit, Alik, Damisse e Kalasya, forçados a entrar em um compartimento traseiro da gigantesca nave branca. Deram suas últimas olhadas para os civis que sobreviveram, aos mortos e viram a nave da guarda real de Eze parada no ar, até as portas serem fechadas, restando-lhes somente escuridão.

* * *

A rampa da nave foi recolhida e suas portas se fecharam. O Imperador ficou em uma das janelas, observando os androides identificarem as vítimas pelo sangue. Vidar ainda pensava no que fazer com os civis que sobreviveram.

Uma mulher e seus filhos mortos, um jovem casal, alguns homens trabalhadores, androides urbanos... todos vítimas em prol do seu destino. Vidar ocultou qualquer possibilidade de lamento e continuou pensando no seu próximo passo.

— A chanceler da Quinta Nação está aqui, senhor — avisou Kroser.

Vidar se virou.

— Ela disse que não sairá até ter uma conversa com o "irmão Imperador".

— E como ela está?

— Furiosa, indignada — respondeu Kroser, vacilante.

Vidar assumiu seu rosto mais soberbo e seguro e atravessou a porta. Do corredor, ouvia mais gritos e reclamações extravagantes de Eze Laixi, vozes masculinas e comentários abafados. Ao chegar ao compartimento principal, deparou-se com ela e alguns nobres, todos unidos, metediços naquela nave.

Os nobres de Balsam voltaram-se a Vidar e demonstraram-se impacientes. Não fizeram nenhuma cerimônia ao vê-lo, livres da ocasião aristocrática por conta da inquietação de sua soberana mais direta.

Eze Laixi cruzou os braços ao encarar Vidar e inspirou profundamente. Estava impecável, com uma coroa dourada na testa, capa de pelos de lebres *deletis*, cabelos enrolados para trás, deslizando em suas costas nua. Era a Eze que sempre foi, porém, com o temperamento difícil mais realçado.

— Está contente com o que fez? — indagou ela, com os olhos arregalados e dentes rangendo. — Dezenas de pessoas inocentes mortas! Um massacre realizado pelo próprio Imperador! Leis quebradas. Várias delas pisoteadas como se o Império e o legado de Vascaros fossem *nada* para você!

Junto a ela, os nobres com dedos enroscados assentiram com a cabeça, em silêncio. Bazel, o homem de prata, estava entre eles, vendo Vidar com expressão estarrecida.

— Bem, você pode achar que considero o Império um *nada*, mas lembre-se que a sua concepção de nada pode ser diferente da minha. — Vidar andou pela sala sem desembaraço. Apanhou uma garrafa de cerveja peralta e a entornou no copo. Encostou as costas no balcão e massageou o próprio ombro. — Portanto, é bom dizer que, para mim, o Império é alguma coisa. — Ele fez um floreio com uma mão e depois a apertou, com uma força frívola. — Ele está bem aqui.

— Você sempre foi um completo miserável. — Ela emitiu um barulho boçal de nojo e repúdio, como se fosse cuspir no chão a qualquer momento. — Tenho tanta raiva de você! Se não fosse Imperador, se não estivesse carregando nas costas o legado de Vascaros, iria torturá-lo e não sentiria misericórdia!

— A Vossa Majestade seria executada — lembrou Vidar, sarcástico.

Os nobres balsamenses balançaram a cabeça em reprovação. Eze, no meio deles, apontou, ignorando seu comentário:

— Mas não iria sujar minhas mãos com seu sangue imundo. — Ela esmaeceu o rosto, ergueu a cabeça e continuou: — Eu mandaria Kabor fazer por mim. E ele faria com toda a honra.

— Vossa Majestade e Kabor seriam executados. Reencarnariam como coelhos, mortos para que o couro virasse capa de mais alguma chanceler megera. — Vidar riu de forma brusca e verteu a cerveja enquanto via a face de Eze enrubescer de raiva.

— Vamos parar com essa conversa infantil. — Os olhos de Eze brilhavam mais do que o comum. Eram lágrimas que quase se transbordavam. A chanceler de Balsam tinha arrependimento em seu semblante, sobretudo, tinha raiva do irmão e de si mesma pelo ocorrido. Se ela tivesse ajudado Kalasya, aquela invasão não teria acontecido.

— Majestade. — Vidar correu os olhos para Bazel, que abaixou a cabeça, evitando o olhar gélido. — Se me permite dirigir-lhe a palavra, sou Bazel Bakoshne Cromdha — apresentou-se, com os olhos baixos para Vidar que permitiu prosseguir. — Nossa chanceler não aprova suas ações, e estamos aqui para evocar-lhe a lei. A lei de Yvis Hideria, a lei do primeiro Cromdha, a lei das 10 Nações. A Lei. A lei que nos rege no mundo e no seu topo e que nos permite, eu, o homem de prata, e nossa chanceler, a interferir nas ações e decisões do Imperador e convertê-las em natureza unânime.

Vidar emitiu um *hum* pensativo e desprendeu-se do balcão, assentindo. Suas sobrancelhas naturalmente franzidas complementavam a sua debochada tranquilidade.

— Ela é minha irmã. A linhagem do legado. É somente ela quem pode demandar este procedimento — consentiu Vidar.

Eze estreitou os olhos e deixou um sorriso perverso se abrir em seu rosto.

— Poucas vezes na história um Imperador tratou de ações e decisões com um chanceler de seu mesmo sangue.

— Então, Vidar? — Eze disse. — Você não pode negar minha proposta. Ainda seríamos os mesmos, eu, Bazel, e você, mas suas próprias ações e decisões seriam passadas por nós para serem subjugadas.

— Ações e decisões específicas — corrigiu ele, colocando o copo de volta no balcão. Depois, percebeu que toda a desavença se fora, restando uma atmosfera mais calma entre eles. Havia silêncio e expectativa sobre ele. — Muito inteligente, Eze, você teria poder sob questões nas primeiras tardias, onde também é decidido o banimento ou não. Mas o *meu* Império é diferente.

Eze franziu as sobrancelhas. *O Império de Vidar?* Era como se ele tivesse dominado todo o mundo. Decidiu ignorar aquele comentário e prosseguiu com seu objetivo:

— Na sua coroação, Vidar, você prometeu punir qualquer chanceler que se atentar contra o legado de Vascaros e prometeu banir os demais rebeldes, os herdeiros, os magistrados, os comungados, os donos de lanchonetes... Isso significa que eles serão banidos, purificados na planície, não fazendo mais parte do Império.

Próximo passo.

— Eu posso transmutar sua sanção e salvar meu irmão, Detrit.

Vidar concedeu a Eze Laixi sorriso perverso e, como sempre, que se desmanchava no mesmo instante.

— Ou todas as suas sombras ali podem ser depostas de Loxos — Vidar apontou com a cabeça para alguns dos nobres que estavam com ela. — Você pode ir para a planície. *Eu não sentiria misericórdia.*

O sorriso de Eze desmanchou-se completamente. Surtiu mais uma borda de lágrimas em seus olhos, e suas mãos trêmulas vieram à boca. Bazel demonstrou-se incrédulo, olhou para os nobres ao lado e viu rostos perdendo a fé.

— Você... — Eze gaguejou, olhou para trás, viu os seus nobres e sua reação se repetindo neles. Engoliu seco e praguejou: — Você irá me banir?

Vidar continuou olhando-a com aqueles olhos frios, mas seus lábios continuavam curvados pelo sorriso.

— Você não pode fazer isso! É contra a lei!

— Eze, *eu* sou a lei agora — Vidar ficou sério. — Sou o Imperador. Você não é mais chanceler de Balsam, você é apenas Eze Laixi e está banida.

— Então... — Eze se tornou uma metamorfose de emoções. — Então... — Ela engoliu em seco. — Mande-me junto a Detrit!

— É por ali. Detrit, Haxinus, Alik, Damisse e a Oráculo estão todos ali.

Os androides de Vidar surgiram rendendo os nobres e Bazel para que não fugissem de seu controle. Eze olhou para trás, em direção à porta que Vidar apontou e virou-se de volta para o Imperador, com o queixo pendido. Vidar balançou a cabeça, asseverando-a, o que fez suas lágrimas caírem pesadamente de seus olhos.

Ela foi lançando o último olhar para Vidar, um olhar desolado e suave. *Ela acha que vai morrer. Falta tempo para você morrer de verdade, Eze.*

CAPÍTULO 21
A LIBÉLULA

No vasto corredor ante a Biblioteca Milenar, os androides ligavam suas armas e destruíam com fogo as estantes e os milhares de exemplares ali guardados. A fumaça passou pelas pequenas frestas dos grandiosos portões e escorreu como fantasmas nos salões de estantes de livros velhos e raros. Vidar havia mandado que queimassem toda a Biblioteca até que não restasse nenhum pedaço de página.

Os androides, com canhões de fogo contínuo, incineraram os portões e invadiram os salões mais altos e distantes da entrada. Depois começaram em direção aos andares de baixo, mirando nos suportes e paredes de estantes. Pedaços de papéis voaram em círculos até o zimbório juntamente à fumaça e o fogo crescentes.

A Biblioteca foi tomada por fumaça, e os androides faziam montes com os esntulhos em meio às cinzas. Do chão ao teto havia ondas de fogo e calor de tons tão quentes que derretiam o ferro das talhas e alcançavam os livros, como água transbordando.

Nem tão perto dali estava o cemitério de estátuas. O novo Imperador também as condenou, queria que todas as estátuas fossem demolidas, com todo esforço, como se fossem pragas do palácio. Segundo a predição, havia vida dentro delas, os ideais e legados dos Imperadores e Imperatrizes foram instalados nos septos e em seus nomes cravados; e era mais um assassinato a ser cumprido. Mais um passo do destino.

Do seu quarto afastado e melancólico, Hemera viu os androides com os canhões de fogo marchando rumo à Biblioteca. Antes deles chegarem, ela conseguiu salvar um punhado dos bons livros da Biblioteca, mas eles não passavam de uma dúzia de todos sobre a história e a filosofia que ela estudava.

Assim como as estátuas, também não havia sangue, somente fumaça e línguas de fogo imergindo dos campos verdes de Saturni. Um precioso monumento da humanidade estava sendo destruído e nada poderia ser feito para impedir. Nunca na história um patrimônio intelectual tão grande fora perdido. O clone sentiu-se culpada por ter conseguido salvar somente um fragmento da Biblioteca Milenar.

O dia tinha chegado e Hemera, desde a madrugada do massacre, não conseguia dormir normalmente, pois sua mente repetia as cenas do acontecido. O clone era a única pessoa de Saturni que lamentava aquelas mortes e a destruição. O evento a havia afetado de tal jeito que ela ficara vários dias sem comer e semanas sem forças para nem sequer levantar. Era uma pessoa sozinha depois que todos se foram e certa depressão tomou parte dela. Os gêmeos, Ayun e Chaser eram seus únicos amigos e Hemera não sabia o que havia acontecido com eles.

Dois meses se passaram desde a chacina e Hemera conseguiu sair da caverna que era seu quarto. Percebeu que Nix e Vidar se comportavam como se nada tivesse acontecido e, inclusive, que tinha pavor do novo Imperador que assumia o gabinete.

Naqueles dois meses, ler os livros — que havia conseguido salvar da biblioteca — sobre clones e foi tudo o que ela passou a fazer. Hemera estava começando a entender o mundo no qual vivia, além de preencher a folha branca que era a sua vida.

Certo dia, ficou sentada no chão, iluminada pelo sol que passou a penetrar pelo vidro da janela. Estava abraçando seus joelhos, com os pés descalços e olhos fixos. Contemplava sobre algo que já estava em seu âmago desde que abriu seus olhos pela primeira vez. Porém, o acontecimento de Rajya que reverberava além de Balsam, começou a embaçar esse sonho. Damisse, Alik, Haxinus e, até mesmo, a chanceler Eze Laixi foram banidos e Hemera se sentia ligada a isso.

Fugir dali e começar uma nova vida em Solem martelava na sua cabeça, mas ajudá-los com tudo o que podia parecia ser um estopim para aquilo acontecer. Imaginou-se saindo naquela mesma manhã com as roupas do corpo e sua vontade de ajudar os inocentes. Refletiu acerca de Nix e na possível reação dela ao vê-la deixar Saturni, ao passo que a reação de Vidar provavelmente seria a indiferença.

Hemera estava acordada antes mesmo do sol aparecer no horizonte cinza e Nix acordou no começo da tarde, quando as estrelas que Hemera tinha contemplado haviam se apagado.

Nix viu-se sozinha na cama, levantou e se aprontou com cuidado. Colocou suas melhores vestes, presentes dados a Ninte. Abriu a caixa de um colar de pérolas *deletis* com um camafeu carmim, ladrilhados em ouro. Combinava com seus olhos escuros. E as bordas de suas vestes reluziam nos feixes de sol que entravam no quarto entre as cortinas que Vidar abrira mais cedo.

Ela respirou fundo e saiu. Desceu as escadas e o encontrou sozinho e absorto em uma mesa. Era mais um dia fresco de uma estação quente hideriana.

— Bom dia! — ela disse e lhe deu um beijo.

Sentou-se ao lado dele e observou suas feições pensativas. Vidar era o novo Imperador e já tinha se acostumado com a rotina. Nix também trabalhava com ele no gabinete. O clone imperfeito de Ninte se recordava dos anos de estudos em Stemonova e tinha tanta sabedoria quanto ela.

— Quando vamos visitar a Nuvem Azul?

— Onde está Hemera? — Vidar queria saber.

Hemera e Nix trocavam escassas palavras de vez em quando, era provável que Nix soubesse da localização do outro clone.

Nix franziu a boca, soltando ar pelo nariz, e disse, esquecendo o assunto que queria começar:

— Está na mesma escala de sempre — respondeu paciente, pegou uma xícara de chá de cevada e entornou pequenos goles, com os olhos voltados a ele.

Então ele foi, com grande vontade.

Encontrou Hemera no lugar em que o sol batia intenso. Estava com os olhos fechados e parecia meditar. Ele olhou para a única janela aberta do quarto e se aproximou. Ela abriu seus olhos e o viu sentando-se no chão ao seu lado.

Vidar lhe pareceu um jovem comum, o jeito como se sentou, o olhar distante, o rosto calmo e o silêncio que o revelava. Um olho estava iluminado pelo sol e o outro na sombra. Ele tinha os dois olhos claros, de tons intrigantes. Com a luz incidente, um ficou verde como esmeralda e o outro escuro, em um tom sombrio. Não parecia que sentado ao lado dela estava o homem que carregava nos ombros todo o poder do mundo.

— Você mandou seus androides queimarem e destruírem os livros, as estátuas, tudo — disse ela, quebrando o silêncio.

Vidar demonstrou-se sério e assentiu.

— Não foi uma decisão minha — comentou.

Sabia-se que o cenho de Vidar era naturalmente franzido, suas sobrancelhas pretas e seus olhos frios eram um núcleo de perdição. As pessoas poderiam se afundar naquele olhar gelado e naquela expressão hipnótica. Hemera viu-se como uma vítima de tal encanto. Tinha uma frieza encantadora naqueles olhos claros de Vidar, naquela postura, naquele caráter poderoso.

— Sobre o que quer conversar? — perguntou Hemera, sem se importar se a pergunta confirmava sua característica subalterna. Ela estava ciente de que sua estadia em Saturni nada mais era do que vassalagem.

— Sabe qual a primeira coisa que um Imperador faz depois que é coroado? — ele perguntou, mais direto e natural que o normal.

Hemera abaixou os olhos, pensando.

— Não sei. O que é?

Vidar escolheu não a responder. Esperou-a desvendar.

— Discursar? — Hemera forçou um sorriso ingênuo.

Os cabelos do clone já haviam voltado a crescer, ainda estavam curtos, mas faltava pouco para uma franja cair sobre os olhos.

— Não. — Vidar começou a sorrir. O que não era o seu natural. — O Imperador registra o seu nome no mosaico das mãos de Vascaros da Biblioteca Milenar. Depois reza diante de sua própria estátua no cemitério de estátuas.

— Você fez isso?

— Registrei meu nome antes de a Biblioteca ser demolida. Quanto à estátua, você sabe. Não estava programado para ser Imperador esse ano.

Hemera ficou em silêncio. *Sim, eu sei. Sei que você tomou Saturni e matou todos à sua frente.*

— Entendo.

Vidar sabia que Hemera não conhecia a predição. Ela o olhava com relutância e era de se esperar que tivesse medo do homem ao seu lado. Ele sabia como ela se sentia, presa em Saturni, sobretudo presa aos próprios pensamentos.

Contudo, era preciso que criasse coragem para salvar os seus amigos, assim como dizia a predição.

Passaram-se alguns segundos de silêncio. O barulho das cortinas movendo-se leves com o vento ressaltou-se.

— Sabe... Uma parte das memórias que tenho de Ninte me faz lembrar de uma moça que nunca conheci. Natasha Oborun, a chanceler de Stemonova. O que ela realmente foi para você?

Vidar respirou fundo uma vez e abaixou os olhos, cabisbaixo.

— A verdadeira razão de eu seguir tudo o que foi cabido a mim — respondeu, recôndito.

— Tudo o que foi cabido a você?

Vidar percebeu que Hemera tinha que saber sobre a predição, caso contrário, todos os seus esforços levariam a nada. E, assim, Vidar contou o motivo das coisas que aconteceram em Saturni e Rajya, justificou seus atos, mas não falou da própria dor. Tentou permanecer neutro, como se não tivesse sentido nada quando foi encarregado de ter aquele fardo em suas costas: o fardo de ser cruel, mesmo que não fosse.

Demorou um minuto para que Hemera digerisse toda aquela revelação em sua mente. Agora, via Vidar de outra maneira. Sentia pena. Via o seu sacrifício e sua dor, mesmo com sua perfeita atuação. Vidar escondia bem seus verdadeiros sentimentos sob aquele semblante naturalmente franzido e olhos isentos de calor algum.

— No final, você vai poder ficar com Natasha? — indagou Hemera.

— Talvez. — Ele olhou para Hemera, uma fagulha de dor em seus olhos se acendeu. — Se eu fugir daqui para vê-la, algo tão ruim quanto sua morte pode acontecer.

— O quê, por exemplo?

— Uma conspiração do universo contra nós dois, talvez. Poderíamos sofrer um acidente, uma doença, uma tragédia.

Hemera tentou entendê-lo, ponderando seus gestos e suas feições, escutando o som de sua voz e o toque de qualquer sentimento, e foi tomando cuidado com suas próximas palavras. Era nítido que aquilo era um assunto sensível para ele. Teve vontade de encontrar palavras para consolá-lo por causa da predição, mas sabia que Vidar era uma pessoa forte e não havia nada no mundo que pudesse diminuir aquela dor.

Mais segundos de silêncio meditativo. Nenhum vento sacudiu as cortinas, mas, longe dali, as nuvens fluíam como água no rio. Hemera ainda pensava sobre todas aquelas informações sobre Vidar.

— Tenho um presente para você — ele disse e depois viu florescer um sorriso verdadeiro no clone. — Para te lembrar do Vidar sem a predição. O Vidar que é bom e que nunca faria mal a ninguém.

Vidar tirou do bolso uma corrente dourada, leve e cintilante. Era ouro velho. Tinha um pendente de libélula, voltada de cabeça para baixo e com entalhados de esmeralda e detalhes foscos. A libélula tinha seis asas abertas e simétricas, tão delicadas como se fossem de verdade.

— Comprei para Ninte quando ainda não a tinha visto pessoalmente. Sabia que deveria presenteá-la com algo puro assim. Mas, quando a vi, percebi que isso não seria o bastante. Que devia ser algo muito mais caro, pesado e carregado de um tom mais impetuoso. Guardei desde então. É um símbolo que significa felicidade e dedicação, e é ligado pelo sol e todo o verde que ele toca.

Hemera deixou o pendente deitar na sua mão, era tão pesado quanto uma pluma e parecia ser tão frágil que ela sentiu pena em tê-lo em seu pescoço.

— É seu.

Hemera subiu os olhos aos dele e sorriu mais uma vez.

— Eu... deve ter sido...

— Não se importe com essas coisas — assegurou Vidar, ainda segurando a corrente e balançando-a sem querer como pêndulo. — Posso? — Ele abriu o colar com as duas mãos e a esperou se virar para prendê-lo no pescoço de Hemera.

Hemera se virou. Nem precisou afastar os cabelos, visto que eles não chegavam à nuca. Espiou com o canto dos olhos atrás dela e o esperou.

— Acho que os artesãos não sabiam que podiam usar ganchos para prender os colares — alegou Vidar.

Hemera tirou o colar das mãos dele de modo gentil.

— Tenho algo para prender. — Ela se levantou e foi procurar nas gavetas. Seus pés descalços andavam silenciosos, enquanto passava pelo quarto com suas vestes de tom laranja movendo-se levemente.

Abriu uma gaveta forrada por veludo. A aliança de bronze duplicada pelo processo de clonagem estava guardada com outras joias. Em um colar quase nunca usado, ela encontrou um gancho que poderia facilmente prender as pontas da corrente e o retirou. Parou em frente a um espelho e chamou Vidar para que colocasse, enfim.

— Por que os vascaritas o fizeram? — indagou ela, queria saber mais detalhes sobre seu presente.

— Foi feito no século três depois dos Impactos, por ordens da Imperatriz Daihil III, na época em que o Império era mais ligado ao legado de Vascaros. As mulheres monges usavam esse colar, e os homens usavam broches em suas vestes. Eram os únicos objetos de valor que possuíam.

— E o símbolo que você me disse?

O colar se prendeu e o pendente caiu no meio de seu peito. Combinava perfeitamente com Hemera. Como se a forma da libélula tivesse sido moldada unicamente para ela, e as esmeraldas lapidadas eram pequenas, como se brilhassem introvertidas, tal qual o clone estava habituado a ser.

— Os monges vascaritas eram encarregados dos rituais das luzes. Eles seguiam os livros dos símbolos, cada símbolo era uma relíquia que ajudava o destino a fluir mais facilmente. O símbolo mais valioso é o...

— Rastro do raio — completou ela.

Vidar concedeu-lhe um sorriso afetuoso e confirmou.

— As libélulas haviam aparecido nas luzes, na presença de Daihil III, então as escolheu como molde de seus presentes — contou ele. — Este colar ficou guardado em miscelâneas históricas de Stemonova. Kroser buscou para mim.

— Usarei ele todos os dias.

Ela sorriu vendo o reflexo de ambos no espelho.

Ele estava atrás dela, mostrando um olhar e jeito diferentemente atraente. Naquele momento, ela viu em Vidar sua essência, que despertava algo agradável, mesmo com todo aquela escuridão e sofrimento que partia da predição.

Hemera se virou e fitou-o de jeito agradecido. Segurou em suas mãos e agradeceu:

— Obrigada — Então o abraçou, fechou os olhos e aproveitou cada segundo com Vidar em seus braços.

Ele era bonito e irresistível demais para ela deixar de abraçá-lo. Além disso, o clone não sentia mais medo. Saber da predição fez com que Hemera não sentisse mais ódio por Vidar, somente *compaixão*.

Ele se entregou ao abraço, fechou os olhos e descansou a mente de toda aquela vida atormentada que tinha.

* * *

Hemera finalmente conseguiu dormir depois que soube da predição e do lado bom de Vidar — o lado real. Dormiu segurando seu pingente de seis asas, como se estivesse protegendo-o.

Saber, através do próprio novo Imperador, que seus amigos, Haxinus e Eze não foram banidos de forma convencional a acalmou. O clone passou a manter em sua mente uma ambição sobre eles, visto que Vidar tinha contado sobre a natureza da predição. Sabia que tinha um papel naquilo e seus pensamentos a incitavam a querer ajudá-los com o que podia.

Ouviu gritos que interromperam seu sono, levantou-se da cama e foi espiar o que se passava no pátio.

— Não vou! Não vou! — o Marechal Olister Wary estava parado, olhando em direção ao saguão de assembleias. — Minha Polícia nunca irá se submeter a isso! Faz parte das leis de Yvis Hideria! As polícias de todo o mundo são feitas por homens com mérito e sangue sagrado algum vai burlar essa lei!

O homem que ela conheceu como o novo audi-interino, Tristar Saider, aproximou-se do Marechal.

— Não é uma ordem, Olister, mas seria bom você se inclinar aos pedidos — ele o aconselhou.

Hemera inclinou-se para ouvi-los melhor.

— Não vou! Eu já disse! É meu mérito! É a *minha* Polícia e não a do Império!

— Que seja — Vidar falou, mas Hemera não o viu.

O Imperador estava na soleira do portão.

— Você fez uma escolha, Olister. Continue sendo Marechal, mas Saturni não é mais sua.

Kroser Gaissak surgiu no pátio.

— Olister, se essa é mesmo a sua resposta final, você terá que deixar o gabinete de Saturni e irá trabalhar apenas no Quartel.

O Marechal o ouviu, ainda tinha rebeldia em seu semblante.

— Aceito as consequências. — Ele olhou para Vidar com aquele sentimento escancarado. — Tenha uma boa-noite, Majestade.

O Marechal da Polícia Militar de Hideria deixou Saturni.

Hemera viu o trio se unindo no pátio depois da discussão. Vidar, Tristar Saider e Kroser Gaissak. O Imperador usava uma capa leve de cor escura que esvoaçava atrás de si.

— O Senhor Olister Wary precisava de um pequeno impulso para se sentir revoltado em relação a mim — Vidar disse. — Ele não apoia o meu Império. Está tudo como deve ser.

— Majestade, tem certeza que a Oráculo disse que a própria cúpula da Polícia não pode apoiar o seu governo? É perigoso demais, se me permite dizer — Tristar Saider quis saber.

Vidar trocou o peso de um pé para o outro.

— Sim. Não importa se não há mais equilíbrio nas autoridades hiderianas. Os Cromdha serão salvos por aquele homem e por... Shappamauck. Com a ajuda de Hem... — ele se interrompeu. — Vocês vão ver.

CAPÍTULO 22
O BANIMENTO

A ponta do sol descera no horizonte verde e sinuoso.

Uma reserva florestal terminava perto de outro horizonte de concreto que parecia ser interminável. Havia grupos de pessoas de branco passando nos campos conservados da plataforma. Os monges vascaritas tinham terminado o jantar e partiram para recomeçarem uma caminhada até um templo milenar de Hideria.

Como haviam visto nas luzes no último ritual, uma nave cruzou o céu tingido de laranja e amarelo e deixou um rastro de vapor azul. Sumiu de vista, atravessou a redoma de Hideria e depois pousou em um lugar desconhecido para deixar as pessoas que foram presas no compartimento traseiro.

Kalasya evocava seu *anjo negro* enquanto era levada pelos androides com os irmãos, todos vendados e mantidos em silêncio. Haxinus sabia onde estava, o ar carregado de poeira e o jeito em como o vento batia em suas roupas lhe forneciam pistas.

Os capturados pelo Império foram empurrados para dentro de uma cela, já sem as vendas e desalgemados, e a única porta se fechou.

O grupo estranhou, pois as pessoas banidas do Império eram deixadas no centro dos locais mais desérticos. Em Hideria, por exemplo, os banidos eram deixados vivos no meio do deserto perto dos cânions, ou em selvas no oeste, ou até no leste. Em Stemonova, eram deixados no pico das montanhas escarpadas, no meio da neve e da selvageria ou nas tundras. Algumas Nações deixavam os banidos até mesmo em ilhas selvagens. Dessa forma, eram sempre deixados no esquecimento, essa era a punição de quem não merecia mais viver no Império.

Mas Kalasya, Haxinus, Detrit, Alik e Damisse foram deixados numa cela. Eles haviam sido banidos de forma diferente, como se aquela cela não fosse o fim e algo estive por vir.

Depois de analisarem o lugar onde foram presos, perceberam que seu destino não poderia ser imediatamente o deserto. Haxinus lembrou-se das conversas que teve com Vidar e dos eventos durante a fuga de Saturni com os gêmeos. Parecia que tudo havia sido uma armação para que eles pudessem fugir do palácio.

Eze Laixi ainda estava com as vistosas roupas que usava quando discutiu com o Imperador. Ela ainda se sentia a chanceler de Balsam e tinha esperança em retornar a Loxos, entretanto, começou a chorar em silêncio em um canto da cela, pois a quietude era perturbadora, como se os androides de Vidar estivessem lhe concedendo tempo para aproveitar seus últimos momentos de vida.

— Como pode ficar tão calmo? — perguntou Eze a Detrit em meio ao seu sofrimento.

Detrit fechou os olhos e se calou, Kalasya, ao seu lado, respondeu por ele:

— Existe algo em Vidar que não o deixa nos punir por nossos atos. Mesmo que tivéssemos cometido alguns crimes contra o Império, ele não quer seguir as leis antigas e nos levar ao deserto.

— Ele é um demônio — reclamou Alik.

— Ele está seguindo uma predição sua, Sya — disse Haxinus, todos se viraram para ele. — Sempre soube que ele costumava crer no destino que os vascaritas como Eze acreditam.

— Não. Eu nunca lhe disse predição alguma, disse apenas a Forceni uma simples frase sobre você regressar de Balsam e sobre o futuro do Império. Vidar não estava conosco. Ele está louco.

Todos se entreolharam. Kalasya sentiu-se incompreendida e Haxinus se aproximou.

— Suas memórias podem ser apagadas? — questionou em um tom baixo, como se fizesse uma pergunta íntima.

Kalasya cruzou os braços, um tanto insatisfeita e austera e respondeu:

— Impossível — proferiu com toda a certeza.

Haxinus colocou a mão no queixo e pensou.

— Nem por algum Glaunt? — persistiu ele.

Kalasya vacilou.

— Existem somente trinta Glaunts registrados — rebateu.

— E estão vivendo sob ordens e vigilância da Rosa Negra de Corssa. Os pactuados pelos chanceleres não podem sair de perto dos mesmos. Os que fugiram com ajuda de Shappamauck estão lá sabe onde — concluiu Detrit, displicente. Sentou-se no chão, apoiou os cotovelos nos joelhos e descreveu um floreio reflexivo com as mãos. — Não importa. A Oráculo não se lembra de nada. E não iremos ao deserto e Eze não será exterminada como rebelde. Resta-nos esperar o "próximo passo" que Vidar tanto sussurra para si mesmo.

Com o tempo, se espalharam pela cela com pensamentos distantes uns dos outros. Haxinus continuou perto das grades de ferro e plasma, olhando para o corredor e a brecha de luz proveniente do lado de fora. Kalasya sentou-se em um canto, abraçando os joelhos.

Damisse ficou desfazendo suas tranças e alisando os longos cabelos, até que quebrou o silêncio nem tão vazio que eles haviam mantido por vários minutos.

— Onde estamos?

Todos interromperam o ressoar interno de suas vozes pensantes e aflitas. Alguns do grupo achavam que estavam em algum lugar de Hideria.

— Na planície — respondeu Haxinus.

— Como pode ter certeza? — Eze quis saber.

— Podemos confiar. Ele foi treinado em Balsam — Alik falou.

Kalasya confirmou. Também tinha descoberto o lugar onde estavam quando desceram da nave, da mesma forma que Haxinus descobriu, considerando que em algum momento da sua vida, enquanto a imortal era um soldado, uma aluna com um mestre, ela havia aprendido a sentir o ambiente ao seu redor de outras maneiras. O ar tinha cheiro de terra árida, e o vento batia como se fosse uma grande área aberta.

— Sim, planície — resmungou Eze, balançando a cabeça em negação. — Eles vão abrir as portas desta espelunca e nos mandar caminharmos por mil quilômetros até nossos pés se desgastarem a ponto de se desprenderem de nossas pernas.

Detrit revirou os olhos de exaustão.

— Hemera — murmurou Alik

Damisse lembrou-se dela. Sentiu esperança crescer em seu peito. Todos olharam.

— Ela pode ser a nossa ajuda. — Alik olhou para o alto, suspirando de alívio, pareceu rezar por um momento, abaixou a cabeça e sorriu. — Ela é o clone mais completo que existiu. Ela possui sonhos, como todos aqui, e se importa conosco.

Damisse sorriu.

— Ela é o clone perfeito!

Kalasya ficou feliz ao vê-los esperançosos mais uma vez e olhou para Haxinus querendo saber de sua reação.

— Hemera ficou em Saturni depois do motim — Alik contou. — Eu, Damisse e Haxinus não tivemos tempo de procurá-la.

— Hemera queria fugir de Saturni, como uma vez vocês me disseram. — Haxinus abriu um sorriso travesso. — Ela podia passar por aqui e nos dar uma carona.

Detrit esboçou um sorriso rápido e embaçado, concordando, e Eze arcou as sobrancelhas, séria e mantendo sua pose soberba no outro canto da cela.

Minutos depois a calmaria já havia retornado e os prisioneiros haviam se acomodados no chão, nos cantos e perto das grades.

Kalasya abaixou o olhar e tentou se concentrar em seus poderes. Perguntava a si mesma sobre o que poderia ter contado a Vidar, perguntava sobre os passos que ele tanto seguia e sobre a vontade e determinação de Hemera que eles tanto precisavam. Abriu uma mão e a deixou no ar, tentando gerar as luzes místicas e proféticas. *Nada será como não deve ser*, ela leu, seu subconsciente obcecado por respostas além da mensagem lhe dava dores de cabeça. Seus olhos ficavam brancos e a cor retornava no mesmo instante. Logo desistiu e encostou a cabeça, mirando no teto da cela. Sem querer, aquilo a deixava em um aspecto tristonho.

Três horas se passaram. A fome e a sede começaram a fazer efeito em todos, bem como o nervosismo de estarem presos sem saber se iriam ou não ao deserto também.

— Dividam a água — disse um soldado android da nova guarda de Saturni.

Haxinus rastejou até o jarro que o android deixou na cela.

Era vidro com água gelada e cristalina que formava gotas no recipiente.

Haxinus não bebeu. Deu a Damisse que, depois de alguns goles repassou a Alik. Depois foi a vez de Detrit, Eze, e quando chegou a vez de Kalasya ela disse:

— Eu estou bem. — Haxinus segurava o jarro com as duas mãos.

— Eu insisto.

— Você é quem deve beber, Haxinus.

— Você primeiro, Sya. Estamos dividindo.

Kalasya achou que o rapaz havia se esquecido que ela era imortal e que podia passar a vida inteira sem beber um pingo de água.

— Eu sou imortal, você não é. Não há problema em não deixar para mim.

O jarro continuou erguido na frente dela.

— Eu me preocupo com você.

Aquilo pareceu uma confissão. Uma troca de olhares momentânea aconteceu. Kalasya continuou sem pegar o recipiente.

— Não há problema, Haxinus. Eu insisto.

Então Haxinus retornou ao seu lugar na cela e verteu o jarro, deixando escorrer pelo seu queixo. Estava mais sedento que os outros.

Tempos depois, o carcereiro levou cada um para que pudessem se lavar. No caminho, perceberam que na planície já havia anoitecido. Quando retornaram, seus cabelos pingavam e tinham, cada um e com exceção de Kalasya, um edredom embaixo dos braços. Os androides daquela base sabiam que a imortal não dormia e não se preocupava com o frio.

Assim que a madrugada chegou, começaram a conversar sobre o Império e a próxima ousada tentativa deles se conseguissem sair da planície. Haxinus ficou em silêncio enquanto os outros conversavam. Pensou nas próximas chances que teria em matar o Imperador, ficou imaginando o Império após sua morte, sem soberano algum, apenas com as 10 Nações prosperando e convivendo em harmonia. O jovem de cabelos vermelhos também imaginou seu nome escrito, imortalizado na história.

Ao compartilhar suas ideias, percebeu que seus irmãos queriam o mundo da mesma forma: Haxinus, Eze, Alik e Damisse, em todos os anos do Império, foram os únicos da linhagem Cromdha com força de vontade o suficiente para causar uma reviravolta tão grandiosa. Eles sabiam que o povo do Império começou a ficar mais atento com o que ocorria no topo do mundo. Sabiam que Hideria e Balsam viram massacres injustos e que havia a probabilidade do Imperador ser vingado pelos seus crimes. Mas Eze ainda sentia receio com tudo aquilo, sentia falta de Loxos e dos seus amigos.

Conforme a madrugada se estendia, eles caíram no sono, exceto Kalasya, que escondeu os olhos com os cabelos e permaneceu deitada. Alik e Damisse dormiram sentados e encostados um no outro. Eze ficou como Kalasya, com os cabelos dourados descendo em seu rosto. E Detrit dormiu perto dela, da irmã que o adotou quando ainda era criança.

Haxinus fez de suas mãos travesseiros e, apesar da fome, sonhou e dormiu por longas horas. Sonhou com Kalasya andando à sua frente. Sonhou que passaram uma eternidade sem rumo. Viu-a assomando-se a um conjunto estranho de torres. Havia no céu uma lua quase se desfazendo por um impacto, um cinturão de pedregulhos e uma estrela azul coberta por nuvens como se fosse uma explosão distante e silenciosa.

Kalasya o acordou e tentou devolver o edredom que ele havia emprestado. Mas o jovem, com seu jeito cavalheiresco, negou e preferiu sentir frio. Estavam todos cobertos, e ele era o único que não. Tinha dado o seu edredom para a imortal de bom grado. Haxinus exibiu seu sorriso típico, e desmanchou-o enquanto percebia o quanto ela era bonita. Viu-a se deitar no espaço ao seu lado, fazendo do pulso um encosto para a cabeça, e viu-a cerrar os olhos. A imortal ficou mais afastada do canto da cela, pensando na luz da lua e das estrelas que bateriam ali se não houvesse o teto, e ficou toda a noite lembrando-se do anjo de sombras negras, das suas asas, cabelos, olhos, e seus dedos, que, por uma razão, lembravam a Morte.

Haxinus, teimoso por não querer o edredom de volta, ficou observando-a até dormir mais uma vez. Sonhou de novo, mas com algo que ele já tinha se esquecido no começo da manhã.

CAPÍTULO 23
OS CONTATOS

Hemera passou mais uma noite em claro, arquitetando um plano obsessivo e obstinado sob luar e, quando a manhã chegou, ele havia sido finalizado.

Ao sair da escala, se deparou com uma caixa perto da porta, dentro da qual estava uma arma de fogo proibida e perigosa, que fez suas mãos tremerem. Foi deixada de propósito para ser entregue a um dos Cromdha capturados, ela pensou. Então, com bastante cuidado, guardou a arma na mochila, mesmo desconhecendo sua natureza. Pressupôs que pertencia a Haxinus, que viera da Armada Branca. Chegou a uma conclusão de que o Império já não tinha mais razão de manter a proibição total de armas de fogo, uma vez que até mesmo o seu Imperador passara a ter um exército androide armado.

Hemera respirou fundo e saiu de sua escala vazia carregando no pescoço o pingente de libélula e no rosto uma expressão pouco vista pelos outros — a de perseverança.

Como se fosse influenciada por uma força maior, o clone aproveitou o trajeto e passou pela escala na qual o Imperador trabalhava. Vidar sabia que ela chegaria à sua sala, que enunciaria certa frase e que lhe ofereceria um último olhar enigmático. *Nesse dia, os portões serão abertos para um dos clones — o perfeito*, de acordo com Kalasya, ainda quando sua mente não havia sido apagada e, como combinado, deixou seus androides prontos para a saída de Hemera.

Estava sentado no gabinete, uma sala espaçosa, arejada e bem iluminada por uma grande vidraça atrás da poltrona. A vista dava para o extenso horizonte de Saturni — ainda pouco poluído pela fumaça oriunda do incêndio da Biblioteca.

Ciberato projetou-se com a face de um homem e, naquela hora do dia, o sistema ajudava o Imperador com atualizações, permissões, processos e problemas a serem julgados. Estava tudo projetado por hologramas em sua frente. Kroser G. Cromdha digitava declarações, como era uma de suas funções. Tristar Saider e Elike Osean estavam em suas mesas e também trabalhavam naquela manhã.

Enquanto Vidar, Kroser e o sistema vigilante trocavam comentários, Hemera abriu a porta e ficou na soleira.

— Vidar, estou indo para Solem — ela disse, correndo os olhos nervosamente pelos rostos confusos com sua chegada. — Depois voltarei.

Vidar fitou-a com o sobrolho levemente franzido. O Imperador captou o pingente de libélula, balançando sobre as vestes Hemera e não disse nada. Logo ela se virou, dando-lhe um último olhar e seguiu seu caminho. O caminho do seu destino.

— Não vai fazer nada? — perguntou Kroser a ele, sem cerimônia.

Vidar piscou e continuou com os olhos fixos na porta.

— Ela ajudará os banidos a sua devida maneira. Não devo ratificar tudo o que ela deve fazer na predição, pois seu destino agirá por conta própria.

— Entendo, e quanto a Astaroth?

— Deixe-o livre por hoje — Vidar respondeu. — Deixe-o saber da saída dela também.

Hemera estranhou o comportamento da nova guarda real. Todos os androides de uma divisão pareciam esperá-la em frente a um dos portões da muralha de Saturni. O clone caminhou pelo pátio vendo os rostos dos soldados androides quase enfileirados para vê-la e saiu do palácio com o portão da muralha fechando-se atrás dela. Deu um suspiro e observou por longos minutos a cidade à sua frente que partia da base plataforma um pouco mais embaixo dali.

O lugar onde Saturni ficava era suspenso e separado por uma muralha revestida; após essa proteção situava-se um grande espaço no qual naves de diversos tipos costumavam estacionar, era alto e ventava muito e, naquele dia, estava vazio. Hemera viu uma escadaria no interior do sustentáculo do pátio e a desceu, sendo levada à cidade, uma extensa avenida deserta e prédios contíguos.

O clone tinha planejado seguir até o complexo de apartamentos, onde os antigos moradores das escalas não exterminadas foram despejados, e onde o Marechal Olister Wary tinha um apartamento. Hemera sentia que precisava encontrá-lo. Ouvira falar da conversa entre o Marechal, Vidar e Kroser antes de ele sair de Saturni. Vidar dissera a Kroser que Olister Wary iria ajudar os Cromdha, e foi aquilo que impulsionou Hemera a encontrá-lo.

Embarcou no transporte público que ia até o centro da cidade, vendo o mundo sob uma nova perspectiva. Tudo se tornou palpável, mais realista, um tanto encantador. O clone estava acostumado a ver a cidade de longe, das torres de Saturni e, vendo Solem tão de perto, a fez se sentir diferente. Era como se Solem fosse uma pintura emoldurada na parede, e agora Hemera estava dentro dela, fazendo parte dela.

A manhã ainda era alaranjada e o reflexo dos prédios espelhados pareciam uma obra de arte. Hemera percebeu que achava Solem mais bonita que o próprio palácio de Saturni. Aquele que era original de Solem chamava-se *solene* e Hemera, ao ver aquela metrópole, percebeu que o significado fazia jus ao nome.

Enquanto subia na região mais alta da cidade, onde a plataforma de Hideria ainda não parecia ter fim, conseguiu ver Saturni como uma ilusão. O palácio erguido, ebóreo daquele ponto de vista, assemelhava-se a algo sagrado e intocável, ainda mais com aquela cadeia de construções em torno da elevação onde residia.

O clone se sentia livre, apesar de sentir que suas ambições fizessem parte de algo maior. E sentiu que todos a sua volta, os trabalhadores, operários, aqueles com roupas sociais, jovens e todos os outros civis solenes eram como linhas entrelaçadas da predição.

As portas do seu vagão foram abertas e Hemera seguiu em frente. Viu do elevador as nuvens escorrendo entre os prédios lá embaixo. Acima do nível daquele rio de naves, pontes e pessoas; nos andares mais altos e mais inacessíveis de Solem, estava o apartamento de um homem capaz de mudar o mundo.

Hemera bateu na porta várias vezes antes de escutar passos em sua direção.

— Clone de Ninte... — proferiu, desconfiado, porém, expectativo.

O Marechal Olister Wary era um homem acima do peso e de meia-idade. Vestia uma farda verde repleta de broches, era alinhado e sofisticado, e emitia um ar soberano.

— Ela te conhecia? — perguntou Hemera, atenta.

— Você me reconhece?

Hemera fez que não.

— Então, não.

— Preciso conversar com o senhor.

O Marechal se afastou e abriu a porta totalmente, revelando seu apartamento com luz baixa e um clima de descanso e aconchego.

— Por favor, entre.

Hemera entrou tentando esconder sua relutância. Olister convidou-a a se sentar no sofá, deixou sua mochila em uma cadeira e foi para trás do balcão da cozinha. O clone observou a mobília, os lustres e as estantes. Era tudo tão sofisticado, porém, um pouco malcuidado. À primeira vista, o homem morava sozinho naquela residência e não tinha muito o que fazer quando ficava em casa.

— Preciso conversar sobre os Cromdha rebeldes. O Imperador baniu todos, pelo que vi. Eles estão perto do... — Hemera abaixou a cabeça e tocou uma das têmporas, tentando se lembrar do que Vidar lhe contara. — Do Distrito 3. Preciso que me direcione aos contatos de qualquer grupo que tenha autorização para acessar a planície para uma missão de busca e salvamento. Será de grande ajuda a ambos os lados.

— Direta e precisa. — O Marechal passou a mão na cabeleira branca, caminhou pela cozinha e tirou um copo de água para si. — Por que eu? Por que logo o Marechal?

— Não sei ao certo. — Ela evitou o olhar. A predição passava pela sua cabeça, mas era uma longa história para ser contada àquele homem. — Só senti que você era necessário.

— Você deu sorte. Tenho contato com um grupo muito peculiar que tem livre acesso à planície.

— Que grupo? Seria alguma divisão da Polícia?

— Não. — Olister sorriu. — É a Facção Democrática. Mesmo sendo Marechal da Polícia Militar, conheço a laia do outro lado da moeda.

Hemera demonstrou explícito espanto. O próprio Marechal da Polícia hideriana tinha contato com a organização mais perigosa do Império, que crescia e crescia, se assemelhando a uma epidemia.

— A Facção?!

O homem assentiu.

— Continue, clone.

Hemera engoliu em seco, depois limpou a garganta.

— Preciso salvar os Cromdha banidos da planície. Sinto que devo algo a eles. — Ela abaixou o tom de voz, olhando para as mãos que estavam pousadas em cima da coxa. — Se acreditar em destino...

— Em destino eu não acredito, mas acredito na leitura que os monges vascaritas fazem. — Ele pausou depois de bebericar da água. — Tem uma mulher vascarita, muito culta, aliás, que costuma ler mãos e interpretá-las. Ensinou-me que cada pessoa possui uma luz em seu interior que se ramifica em toda a extensão do corpo. As luzes podem ser frias ou quentes, suas ramificações podem se embaralhar e se concentrar em diversas partes do corpo. Ela afirmou que pode ler a ponta da ramificação nas mãos. Contou-me que uma moça chegaria e pediria minha ajuda, e seria uma moça com alguma estampa, desenho ou moldura em forma de libélula.

Hemera ficou feliz e sorriu abertamente. Olhou para seu pingente e lembrou-se do homem que lhe deu.

— Shappamauck também acredita no que os vascaritas clarividentes alegam. Ele é um homem muito bondoso, apesar de promover *corrosão* nas ruas baixas de algumas Nações — o Marechal suspirou. — O único jeito que Shappamauck encontrou de lucrar para conseguir estabilidade no submundo foi em revender as armas da Indústria Arcádia.

— Sim, as armas da indústria de Sarter, que fica bem longe do Império e de todo o seu alcance — Hemera completou.

Olister mudou o peso de um pé para o outro.

— Mas a Facção também vende drogas ilícitas que fabrica.

Hemera balançou a cabeça. O Marechal continuou:

— A Facção Democrática tem uma ideologia relacionada ao povo, só que Shappamauck deixa o vício e a violência se disseminar com esse tráfico de coisas proibidas pelo Império.

— Se você é um Marechal que sabe de tudo isso, por qual razão o considera bondoso?

— Você, clone de Ninte, mal sabe o que Shappamauck realmente faz. Traficar armamentos e drogas é um sacrifício que a Facção faz no Império para ela se sustentar. O domínio dela nas ruas baixas é somente a fachada para uma ideia utópica e verdadeiramente democrática.

Hemera ouviu todo aquele elogio que o Marechal fazia a Shappamauck com atenção. O que ele falava era verdade, o líder da Facção ajudava os necessitados onde havia desigualdade social, mas uma constatação dessas partindo do próprio Marechal da Polícia Militar de Hideria era extremamente incomum. Eles deviam ser inimigos, mas Olister Wary falava sobre Shappamauck com admiração.

— Você pode me ajudar a falar com Shappamauck? — indagou Hemera, ainda com os dedos tateando seu pingente.

O líder da Facção Democrática tinha acesso à planície e sua organização era poderosa, portanto, os banidos do Império poderiam ser salvos por ele.

— Ele não. Muito difícil. Ninguém nunca o viu pessoalmente, nem mesmo seus *ratos* mais fiéis. Mas com um membro importante da Facção, sim — respondeu Olister Wary.

Ratos — aquela era uma estranha denominação para os subordinados de Shappamauck. Porém, mesmo soando um pouco degradante para as pessoas que estudavam a organização criminosa, os agentes da FD tinham orgulho de serem chamados de tal forma.

— Posso falar com essa pessoa agora? Será que ela sabe algum caminho para a planície, sem chamar a atenção? — Hemera pareceu mais agitada.

— Sim, sim. — Olister aproximou-se do balcão para ligar uma máquina. — Um pouco de café para acalmar nossos nervos seria bem-vindo.

Hemera ficou sem o que dizer, mas aceitou a bebida. O Marechal, que ainda estava com o seu habitual uniforme militar, adoçou com mel, encheu duas xícaras e as colocou em uma bandeja, servindo o clone e sentando-se a seu lado.

— Sinto muito por Saturni. Ouvi sua conversa com Vidar, Kroser e Tristar. Sei que você estava sendo mandado a submeter a Polícia de Hideria ao Imperador.

— Está tudo bem. Ainda sou Marechal. — Olister desprendeu suas costas do sofá. — Vejo que o mundo continua o mesmo, com ou sem Dorick XX. Foram tantas gerações de Imperadores e chanceleres. O povo e o próprio Império e seu regime se acostumaram com as mudanças de soberanos como se tais mudanças nem existissem. Se uma parte de Saturni foi assassinada, os civis pouco se importam. Continua o mesmo!

Eles ficaram calados por alguns minutos. O café de ambos acabou e Hemera pousou sua xícara na mesa em frente.

— Qual é o nome do contato que o senhor possui? Esse... Esse *rato* de Shappamauck?

— Ela se chama Sinestesi. É bonita.

Hemera sorriu, daquele jeito ainda tristonho e embaçado.

— Ela é rápida, muito competente. — Olister ligou um dispositivo de comunicação. — Entrarei em contato agora.

Aguardaram alguns segundos até a ligação ser atendida.

— Senhor Olister, que coincidência. Estávamos falando de você — disse a mulher chamada Sinestesi. Sua face não foi projetada.

— A libélula era verdadeira — afirmou ele. E, depois, o Marechal tocou os ombros de Hemera como sinal para ela se revelar.

— Olá, bem... eu sou Hemera.

— Hemera de quê?

— Oborun Cromdha. Sou clone de Ninte.

Um silêncio meditativo tomou conta da sala. Sinestesi ficou em silêncio por longos segundos, pasma no outro lado da linha.

Hemera e Olister se entreolharam.

— Mais uma vez aqueles videntes acertaram — disse Sinestesi sem nenhuma centelha de perplexidade na voz. Pausou por algum tempo e continuou: — Existe um espaço no grande horizonte de concreto de Hideria que pode ser aberto para a planície. Chamamos esse espaço de *rota de fuga*. Sabemos que seus amigos estão em uma antiga base perto de uma das crateras do deserto. Não foram propriamente banidos, mas presos, e posso passar as coordenadas.

— Tenho uma nave de sobra — comentou o Marechal com seriedade, olhando para Hemera. — É ultrapassada, mas funciona bem e posso emprestá-la.

— Obrigada — Hemera agradeceu, inclinou-se para mais perto do dispositivo e disse: — Vidar também segue algo ligado à crença vascarita. Ele me disse que segue uma predição repassada pela Oráculo. O meu papel é importante nisso, pois irei salvar os Cromdha do banimento. Atravessar a redoma sem alarde será possível e Vidar não deixará nenhuma proteção na base onde eles estão presos, de acordo com a predição.

— Então, você terá sucesso em salvá-los. Não haverá conflito em troca dos Cromdha, se isso o que diz for mesmo verdade. Contudo, não posso sair de onde estou para guiá-la — avisou Sinestesi. Sua voz era feminina e forte.

— Eu não posso ir com você, clone — Olister afirmou. — Eles podem desconfiar de mim. E tenho muito trabalho a fazer na Polícia.

Hemera assentiu.

— Fico agradecida, de qualquer maneira.

CAPÍTULO 24
A CLAREIRA

O grupo se uniu em uma roda. Haxinus queria que todos começassem a esclarecer os seus pensamentos para que, futuramente, não ocorresse nenhuma divergência entre eles.

Eze Laixi relutou um pouco antes de começarem, visto que ainda se sentia deslocada em relação àquele grupo. Mas Haxinus justificou que agora que eles estavam presos sob as mesmas circunstâncias não havia nenhuma diferença entre ela e seus irmãos.

— Estou determinado a arriscar minha vida ou gastar boa parte dela para que um dia eu possa ver o Império sucumbir — Detrit começou.

Kalasya pendeu o queixo de leve, receosa com as palavras dele. Haxinus percebeu e olhou-a de soslaio atentamente.

— Só quero confirmar, estão todos de acordo com a ideia do imperialismo de Hideria sobre as 10 Nações acabar? — perguntou Haxinus.

Os gêmeos consentiram.

— Não há como piorar — afirmou Alik.

— Seria o melhor a se fazer — disse Detrit e, correndo os olhos para todos, continuou: — O Império, desde muito tempo, é enfadonho para a humanidade e deveria ter se desfeito há tempos.

— O Imperador pode exercer soberania sobre as demais Nações, ele trabalha e mantém estabilidade. Contudo, todos concordam que atualmente não há progresso algum e que, com o fim do Império, ele seria desagregado das demais Nações? — questionou Haxinus, dando foco e prosseguimento à reunião.

Todos acenaram com a cabeça, com exceção de Kalasya. Alik completou:

— O Império cessou seu desenvolvimento como se tivesse parado no tempo. Todos os civis concordariam com isso, é um fato, porém, ninguém tem a vontade de protestar contra alguma coisa pois estão muito bem acomodados, todos os cidadãos de qualquer parte do território. Eles vivem da mesma forma que as gerações passadas.

— Sim, não há como uma só pessoa ter todo o poder do mundo. O Imperador deve ser tratado da mesma forma que todos os outros do Império, afinal, somos todos humanos, com os mesmos direitos — completou Detrit.

O principal motivo para a mudança de ideais deles constituía-se em Vidar. Quando ele não foi incriminado pelos assassinatos cometidos, os Cromdha de Hideria perceberam que a existência do Imperador, de um semideus entre as pessoas, era algo que deveria ser inaceitável na sociedade da qual faziam parte.

Eles reconheciam o passado de guerras e a necessidade que o mundo da Última Era tinha de se ter um centro de poder com autoridade sobre todos, mas agora, na Era Atual, a permanência de um supremo não podia continuar. E eles se viam como os únicos que podiam começar a semear uma oposição.

— Sya — chamou Haxinus. — Por favor, exponha seus pensamentos para nós.

Kalasya umedeceu os lábios e se inclinou para que sua face aparecesse mais na roda.

— O Império é um freio para a extinção — afirmou com a voz carregada de angústia. Ela se detém.

Haxinus enrijeceu os ombros, observou o grupo e constatou as diversas reações perante a negatividade da imortal. Kalasya continuou:

— O Império nasceu do desfecho da Última Guerra. O seu fundador e todos que sobreviveram a ela presenciaram a violência, o extremo lado ruim do ser humano, mas trabalharam juntos para dar início a uma era de paz. As leis antigas foram feitas pelo bem, para conservar a essência boa que restou após o caos. — Kalasya pausou e analisou os rostos que a observavam. — Fazem ideia das coisas terríveis que ocorreram naquela Era?

— Sya... — Haxinus mordiscou os lábios. — Você sabe que tudo tem que perecer um dia, não sabe?

Kalasya e ele se olharam. Eze abaixou os olhos e suspirou:

— Entendo seu ponto de vista, Oráculo. É como uma criação linda e bondosa ser destruída para sempre.

Aquilo mostrava que Eze Laixi tinha mudado sua perspectiva com o tempo passado na cela.

— Vocês não fazem ideia do quanto foi bom para os humanos quando Yvis Hideria terminou a Guerra. Eu o considerava um carrasco, mas, depois, ele revelou ser uma pessoa resoluta. O Império cessou a podridão que vivia em toda a parte e uma era sem guerras perdurou. Não quero que o Império termine com o fim de Vidar. Quero que continue, só que sem ele — disse Kalasya, com um tom gritante e um leve apelo de confissão.

Houve um silêncio.

— Se o Império terminasse agora, não poderíamos impedir que algum problema local ou desavenças ocorressem entre as 10 Nações no futuro — disse Detrit, metódico, quebrando o vazio deixado por Kalasya.

— Mesmo assim, não me arrependeria de ver o Império se acabar com o fim de Vidar — declarou Alik com o olhar decidido sobre Kalasya.

A imortal sentiu uma pontada no peito. Olhou para o grupo, inabalado e rígido. Para ela, estavam falando calúnias. O Império era mais do que um sistema, um território ou junção para a imortal; o Império era o que fazia a vida humana continuar. Não existiram guerras desde sua formação e, se o Império — a soberania da Primeira Nação de Hideria — fosse destruído, as guerras regressariam violentamente, destruindo toda a existência.

— O Império é uma das melhores coisas que aconteceu. Faz do mundo unido em um só — insistiu Kalasya.

Somos todos um. Passavam-se milhares de pensamentos em sua cabeça. Fatos e lembranças que defendiam a existência do Império, porém, ela não conseguia enunciá-los por meio de palavras.

— Kalasya, não me importo com suas opiniões sobre o Império. Pelo que vejo, você é apenas um conjunto de memórias extremamente ligadas ao passado — revelou Eze, lançando o mesmo olhar rígido de Alik sobre ela. — Sinceramente, você é um ponto sem ambição e olhar visionário, como um cadáver.

Kalasya não se feriu com aquilo ou com o fuzilamento de olhares de desaprovação, apenas se conteve em seu canto, com as mãos entrelaçadas. Queria um tempo para escolher melhor as palavras e favorecer seu lado. A imortal não podia ver algo pleno que uma vez alcançou seu estado de perfeição ser alvo de um grupo de renegados.

Haxinus limpou a garganta.

— Se bem que a chanceler de Balsam poderia ter aparecido na coroação de Vidar e ter declarado sua reconstituição na linha de sucessão, em vez de fazer oferendas a imagens e meditar inutilmente em Loxos.

Aquilo fez Eze enrubescer de raiva. Ela se levantou e o bateu com as costas da mão. Haxinus virou o rosto, ainda com um sorriso traiçoeiro.

— Não sei o que você fez para se juntar a nós, mas devia se lembrar um pouco mais do que poderia ter feito para reverter a situação.

— Fiz tudo o que pude! Eu, junto ao meu homem de prata, evoquei as leis antigas para interferir nas ações do Imperador. Mas acha que Vidar as seguiu? — gritou Eze, a voz ecoando na cela como disparos enfurecidos.

Haxinus, ainda sentado e com o rosto marcado, como se nada tivesse ocorrido, retrucou:

— Você fez mesmo tudo o que pôde? Há muito mais coisas além de evocar as leis antigas dentro da alçada de uma herdeira de seu porte. — Ele sibiliou entre os dentes.

Eze piscou de incredulidade, rangeu os dentes e disse:

— Tudo bem. — Ela mordeu o lábio inferior, retornando ao seu lugar. Pareceu ter admitido seus erros, apesar de sua índole exasperada. — Pelo menos fiz mais do que qualquer um de vocês fez a respeito do massacre, mesmo que eu estivesse cega por um tempo.

— Nós arriscamos, Eze — lembrou Damisse, olhando-a com jeito polido. — Para começar, uma manifestação com o povo de Balsam e pedir a sua ajuda.

Eze se calou, evitou encarar o grupo e tentou esconder a raiva e a vergonha estampadas no rosto.

Após alguns minutos de quietude, Alik e Damisse começaram a conversar entre si, e Eze ficou com ojeriza de Kalasya com Detrit, que estava calado e paciente.

Haxinus, vendo as conversas paralelas, tocou a mão de Kalasya e dirigiu-se a ela:

— Sya, respeito você, o modo como fala, suas ações e opiniões, entranto, peço para que repense um pouco sobre o Império. Quero que repense sobre o que ele é hoje, e se esqueça do que foi no passado. Peço mais compreensão a respeito da nossa vontade.

Kalasya refletiu por algum tempo com Haxinus esperando-a, segurando sua mão.

A imortal lembrou das 10 Nações e dos seus soberanos. Os chanceleres pareciam amistosos, desejavam o melhor para seus países, seus territórios tinham tudo o que precisavam, sem contar a planície. Não havia motivos para guerras ocorrerem. As 10 Nações poderiam ser todas iguais, continuando com o equilíbrio e a harmonia que o Império sempre tivera, mas de um jeito muito melhor, sem nenhum Imperador para regê-las. Ela percebeu que era preciso confiar no futuro e nas pessoas que viveriam nele.

Logo Kalasya pensou em Vidar e percebeu sua morte traria renovação. Ao imaginar Saturni com seu Imperador sendo renomeado chanceler e no empenho das 10 Nações para um futuro de paz, concluiu que não restaria vazio algum no topo do mundo, pois o mundo inteiro poderia pertencer ao seu próprio "topo".

— Eze estava certa — sussurrou ela, quase no ouvido de Haxinus. — Minha opinião é baseada em recordações antigas que hoje não têm mais relevância.

— Não, não... — sussurrou ele. — Eu considero você e suas opiniões.

Kalasya suspirou, olhando para baixo.

— Está tudo bem, posso suportar o fato de ter a criação linda e bondosa destruída para sempre — declarou, com um toque de bom humor. — Eu repensei. Talvez fosse melhor mesmo.

Haxinus assentiu com uma expressão pacífica e promissora.

— Obrigado por ter repensado sobre o assunto — disse, depois se virou para o grupo, que não tinha escutado a conversa e os avisou: — Estamos todos de acordo.

Todos fizeram silêncio e se voltaram a ele, o promotor da reunião. Haxinus ficou de pé.

— Vamos fazer um juramento, por favor? Dar as mãos e jurarmos a nós mesmos que iremos dedicar nossas vidas para essa grande causa — propôs Haxinus, com seu jeito íntegro e efusivo.

Kalasya se levantou, olhando para ele. Depois foram os gêmeos, Detrit e, por último, Eze, ainda ranzinza. Todos deram as mãos naquela roda e ouviram Haxinus com atenção.

Eles prometeram dedicar suas vidas e proteger uns aos outros. Aqueceram seus corações com compreensão e força de vontade e organizaram com afinco os planos para quando saíssem dali, pois confiavam em Hemera e lembravam-se de todos seus conhecidos que estavam lá fora. Mesmo com os transtornos, eles tentaram manter o clima amigável entre si, afinal, tinham um grande caminho pela frente, um marco histórico e renovador para cumprirem.

* * *

Mais horas se passaram, horas que pareciam ter se transformado em dias. A fome se espalhou pelos irmãos aprisionados. Kalasya mantinha-se em silêncio. Mesmo sendo imortal, também sentia o que as pessoas normais sentiam. Mas, em uma época passada, ela aprendeu a ter controle sobre seu corpo e mente, e assim se tornou capaz de suportar a fome e a sede por muito tempo.

O tédio estava intenso, até Detrit ouvir o barulho de alguém se aproximando. Enfim todos perceberam e olharam para as grades da cela. Havia uma pessoa de laranja no outro lado, abrindo a porta com chave-cartão. Um solavanco foi ouvido e a porta enfim se abriu.

Hemera surgiu à frente deles, adentrando na cela e fazendo o grupo se levantar.

— Vocês estão bem? — ela perguntou e os esperou se acalmarem do susto que levaram ao vê-la naquele lugar. — Deviam saber que eu viria.

— Nós sabíamos — anunciou Kalasya. — E é por isso que é tão estranho.

Hemera relaxou os ombros e sorriu.

— Esta base está livre de qualquer androide — contou. — Não precisamos ter pressa. Contarei a vocês a minha trajetória até aqui.

O grupo rapidamente saiu da cela, de mãos vazias, pois não tinham pertences na prisão. Depois de terem seguido alguns caminhos tortos e escuros do interior da base com Hemera, eles viram que o dia havia amanhecido.

Antes de saírem, quando estavam nos corredores, Hemera teve de mentir. Contou a eles sobre a ajuda externa que obteve de um esquadrão de *ratos de Shappamauck*. Todos os Cromdha ficaram relutantes ao ouvir que o indivíduo mais procurado do mundo estava por trás do seu resgate, mas aceitaram a realidade. Cada um dos irmãos e a imortal sabiam que não havia alternativa para escaparem daquele banimento e agora eles deviam muito ao líder da Facção Democrática.

Hemera contou também sobre como conseguiu uma nave. Explicou sobre o contato da Hakre que poderia abrir uma passagem por cima, na *rota de fuga*, e citou a arma da caixa que foi deixada em cima do painel de controle. A viagem estava toda programada. Dentro do armário havia mantimentos para dois dias e alguns equipamentos que poderiam ser necessários.

A pequena nave estava em um pátio, o vento contínuo passava pela base e cercava a área ao redor com poeira escura. Ao cair da noite, teriam de acampar para dormir em uma área selvagem e afastada, pois o trajeto atravessava o deserto e se manteria em grande parte acima de uma floresta ancestral.

Hemera ligou a nave e deixou-os embarcar, com cada um dos prisioneiros agradecendo:

— Sempre soube que não se esqueceria de nós. Você é boa — disse Alik, ao abraçá-la.

Os outros também agradeceram, mas Kalasya dirigiu-se a Hemera com uma expressão diferente.

— Sempre serei grata a você. Nós te devemos nossas vidas — afirmou, séria.

Hemera ergueu a mão e insinuou intromissão.

— Sempre soube que vocês me esperavam. — Ela olhou ao redor com certo brilho nos olhos. — Encontrei meu lugar no mundo e parte disso é ser aliada de vocês.

Hemera queria contar que Vidar tinha sido obrigado a fazer aquelas crueldades por causa da predição. Queria contar que ele era bom e que estava condenado a ser o que ele não era. Mas Kalasya e os outros não podiam saber, pois tinham de vê-lo como um inimigo, como um louco, e o clone precisava assumir o papel de traidora para chegar ali, sendo que, na verdade, foi ele quem a induzira.

O clone tinha que fazer parecer que os *ratos* de Shappamauck guerrearam contra os androides para o resgate, sendo que, na verdade, os androides de Vidar a deixaram passar sozinha para salvá-los — tudo de acordo com a predição. A parte da base onde eles passaram estava vazia. Hemera seguia seu papel na predição, assumindo uma expressão de determinismo. Seu pingente de libélula, por acaso, estava escondido embaixo da roupa.

Kalasya fez uma mesura com a cabeça e terminou de subir a rampa da nave.

Despediram-se e partiram todos calmos. Detrit sentou-se na frente para checar pelo painel as rotas traçadas à medida que o restante aguardava, observando a paisagem empoeirada do lado de fora.

A nave decolou sem impasses e voou para longe, sumindo no meio do vento. Restou o clone de pé, protegendo os olhos com a mão, olhando a base em sua volta. Parecia ser um posto, um pequeno esboço de um edifício com as paredes avermelhadas pela poeira do tempo.

No voo, eles passaram o tempo matando a fome que perdurara desde o dia anterior.

Após sobrevoar cânions e vales áridos, a nave passou por uma transição de floras e adentrou em um extenso plano verde infindável. Então, pousou em uma clareira quente e úmida. Havia alguns regatos pela mata que despejavam em um lago eutrofizado orlado por árvores com raízes expostas. Plantas aquíferas imergiam das profundezas, e davam um aspecto pantanoso verde-escuro e cheio insetos indesejados.

Ao desembarcarem, viram o sol quase escondido entre as árvores, mas o dia ainda estava brilhante e o céu estava límpido. Kalasya caminhou um pouco para estudar o local. Haxinus arrastou um tronco de árvore para o meio da clareira a fim de servir como um banco. A imortal e ele conheciam bem o que deveria ser feito para o grupo se estabelecer por ali, com saúde e em segurança.

Alik se sentou e suspirou, conheceu uma atmosfera jamais vista por ele e Damisse ficou de pé ao lado de Eze, olhando as árvores cobertas por musgos e plantas desconhecidas. Detrit se sentou na escada da nave com um comunicador na mão, aguardando resposta de Jan, o membro da Hakre citado por Hemera que iria se encontrar com um dos *ratos* da Facção Democrática para ajudá-los.

Agora, eles tinham de esperar e torcer para que os atos de Hemera dessem resultado. Longe dali, na plataforma de Hideria, o plano de resgate precisava ser executado por outras pessoas. Algumas eram de confiança, como Hemera e Jan, mas outras — da Facção —, poderiam ser oportunistas.

— É mais fácil do que parece — disse Kalasya sentando-se ao lado de Haxinus no tronco tombado da clareira. — Não será necessário lutarmos ou irmos ao extremo de sobrevivência para ficarmos por aqui por alguns dias. Temos tudo de que precisamos; comida, água, nós mesmos e as pessoas da plataforma que estão nos ajudando.

Kalasya abriu um sorriso encorajador e esperou outros de volta, mas estavam todos sérios e enfastiados. Inclusive Haxinus que abaixou a cabeça e pensou em coisas negativas.

— O que vai acontecer com Hemera? — Alik queria saber.

— Nada de ruim, ela garantiu — respondeu Kalasya.

Minutos de silêncio.

— Podemos passar o tempo contando histórias ou jogando — propôs Kalasya, olhando para cada um que estava com uma expressão marcada pelo desagrado.

— Estou apreensivo quanto às palavras do clone — disse Detrit, ignorando o assunto da imortal. — Parece-me tudo tão perfeitamente planejado. Hemera apareceu no exato momento, contou sobre Jan, sobre Shappamauck, sua Facção Democrática e sua ajuda. Se fôssemos pessoas normais, ele não alvitraria contatos e meios de retornarmos e não nos cederia uma nave e equipamentos.

— São trocas de favores, a princípio — rebateu Haxinus, quebrando seu silêncio. — Depois que ficarmos livres, ele irá nos reprimir até conseguir vantagem com o nosso sangue Cromdha.

— Não creio que Shappamauck seja uma má pessoa, se isso fizer diferença — comentou Alik. — Ele só é bastante político e mercenário.

— Eu tenho uma pergunta — disse Damisse, chamando atenção de todos. — Por que Jan é a única que pode se encontrar com esse subordinado da Facção?

— É a única pessoa que conhecemos que tem autorização de passar no local onde fica o Empório de Lahius — respondeu Alik com um sorriso, contudo seus olhos estavam fundos e abatidos. — Já que é minha amiga, Jan é a única pessoa confiável. Segundo Hemera, ele irá encontrar o *rato* da Facção e ele irá passar a localização exata da rota de fuga, após isso, nosso caminho será aberto e subiremos para a plataforma.

Lahius Kumar uma vez chamou Alik de *Alteza*. Aquilo despertou uma curiosidade em Alik. Esse homem balsamense era dono da famosa loja de armas da Hakre, ou como eles chamavam: Empório de Lahius, que revendia armas da Arcádia. Alik supôs, certa vez, que Lahius Kumar poderia ser um agente duplo. Lahius vendia armas pela Hakre, mas a Facção também era uma possibilidade.

— Você tem amizade com civis? — indagou Eze, franzindo o cenho.

Alik afirmou.

— Não consigo imaginar como isso pode ter ocorrido.

Alik deu de ombros.

— Longa história — comentou Damisse.

Para mudar o assunto, Kalasya se levantou e chamou a atenção de todos.

— Vai anoitecer daqui a mais ou menos uma hora e meia. Devemos acender uma fogueira, já que a energia da nave não pode ser gasta, e temos que esquentar os alimentos que Hemera deixou. — Ela percorreu para dentro da nave e mostrou-se bem-disposta, ao contrário dos outros.

Haxinus retirou as botas, dobrou as mangas da blusa e andou em círculos pela clareira, pensando. Parecia marchar, com as mãos para trás, concentrado. Damisse permaneceu sentada no tronco caído, segurando um graveto, apoiada com os cotovelos no joelho e rabiscando desenhos confusos em um pedaço úmido de terra. Alik ficou ajudando Kalasya a reunir lenha, e ela o ensinava sobre os melhores gravetos para reter fogo e sobre um dos jeitos mais viáveis de produzi-lo. Em silêncio, Detrit abriu um compartimento mecânico do exterior da nave e ficou estudando as válvulas desativadas e placas que o formavam. Ele moldava, colocando e deslocando objetos, como bem entendia, somente para passar o tempo. Suas mãos ficaram manchadas e em seu rosto estava uma fina película de suor.

— Agora precisamos de uma lente para inclinarmos em direção à serragem — ensinou Kalasya à Alik.

— Devemos ter uma dentro da nave — disse Detrit.

Antes dele subir na rampa, Haxinus sacou sua arma e deu um tiro certeiro na lenha. O fogo implosivo brilhou em uma cor próxima a do violeta, difundiu-se alto e forte transformando-se em vermelho, banhando toda a clareira com seus tons.

— Era preciso? — perguntou Kalasya, em um apelo.

Alik tinha se afastado bruscamente e ficou apoiado com os cotovelos, também olhando para Haxinus assustado e nervoso.

Haxinus não respondeu. Desviou o olhar, mordiscou os lábios e guardou a arma no coldre. Aquela arma era a que Hemera tinha encontrado em Saturni e deixado no painel. Era uma arma única, somente ele possuía.

— Desculpe. Estou cansado, preocupado, com fome, sede, sono, calor e uma tremenda vontade de tomar banho — desabafou.

Eze empinou uma sobrancelha:

— Todos nós estamos.

— E com picadas — reclamou Damisse, afugentando os insetos a sua volta com as mãos.

Assim como Eze, seus longos cabelos se embolaram e suas roupas ficavam cada vez mais desconfortáveis à medida que o vento não chegava e o ar se misturava com o calor estagnado.

— Vou dar uma volta — anunciou Haxinus, decidido.

Kalasya pareceu alegre em vê-lo menos indisposto.

— Vou ver se encontro algum coala mutante por perto...

— Veja se existe algum lago em melhores condições na região. Siga os regatos — pediu Kalasya.

Haxinus assentiu e foi.

Eze suspirou e olhou para as sombras das árvores se prolongando com o sol poente. Sem dizer uma palavra, entrou na nave e procurou se refrescar com a água fria de uma torneira. Molhou a nuca e os ombros e lavou o rosto em frente a um espelho. Apesar de tudo, estava longe de estar arrependida de ter confrontado Vidar alguns dias antes. E de estar naquele lugar e com aquelas pessoas.

— Eze?

Ela se virou, era Kalasya com as mãos unidas no peito e uma expressão agradável.

— Você pode me ajudar com o jantar?

— Mesmo que eu não tenha feito praticamente nada há dias, estou muito cansada — respondeu, modesta.

— Tudo bem, posso cozinhar sozinha. Mesmo assim, quer se unir comigo na fogueira antes da noite esfriar? Devemos conversar um pouco.

— Tem razão — admitiu Eze, sem ponta de ressentimentos.

Elas voltaram juntas à clareira e sentaram-se uma ao lado da outra no tronco de árvore. Kalasya havia pegado uma caixa de mantimentos na qual havia uma panela, embalagens com refeições, um refil de sopa e latas de água e suco.

— Desculpe-me por tê-la ofendido naquela vez.

— Está tudo bem. — Kalasya virou-se para o céu que escurecia. — Você não tem culpa de nada.

Ficaram em silêncio. Eze pareceu estar com milhares de pensamentos em sua cabeça.

— Estou muito agradecida por tê-la aqui. Imagine se você ainda estivesse em Balsam como chanceler, Eze.

— Fiz o que pude para salvá-los. Mas esse meu jeito... meu jeito de ser me deixa parecer confusa e desagradável. Estou determinada e quero mudar. Estou começando a aprender coisas novas — revelou.

Kalasya pareceu displicente a não a olhar de volta e demonstrar atenção, mas ela viu que seria melhor não olhar naquela ocasião de confissão. Sabia que Eze se sentiria mais à vontade.

— Havia limites estabelecidos para você e todos os outros também, desde que nasceram. Você não deu um aperto de mão no homem trabalhador e nunca reconheceu o sabor amargo da outra vida. Não andou pelas ruas baixas e sentiu o calor agradável das pessoas hospitaleiras. E você não enxergou uma cidade de baixo para cima e percebeu seu tamanho ínfimo em comparação à sua grandeza. Existem valores que ainda não foram ensinados a você, eles extrapolam os limites da regência de Balsam ou Saturni.

— Eu entendo. Você acha que devo ser mais humilde — concluiu, por fim.

Kalasya sorriu, arcando as sobrancelhas.

— Resumindo.

— Você é sábia, Kalasya — disse Eze. — Sinto muito pela forma em como me comportei quando você foi pedir a minha ajuda naquele dia em Loxos.

Kalasya aceitou todas as desculpas com muita serenidade.

As duas continuaram conversando até o começo do anoitecer. Os grilos começaram a estridular no relento e o vento chegou sorrateiro.

Mais confissões surgiram durante a conversa. Kalasya e Eze trocavam conselhos e gentilezas, enquanto os outros haviam se isolado em diferentes lugares. Detrit estava dentro da nave, Alik e Damisse saíram para dar um passeio antes de escurecer e Haxinus tinha se excluído para pensar sozinho.

Os gêmeos se aproximaram do lago eutrofizado e começaram a atirar pedregulhos na água turva. Recordaram-se daquele dia em Saturni, um pouco depois de Haxinus ter chegado de Balsam. Também recordaram das manhãs em que passavam no gabinete da mãe, conversavam e riam, olhavam pela janela e faziam piadas. Porém tudo isso transformou-se em cinzas. Eles sabiam que essa antiga vida havia morrido com a chacina de Saturni, e seus olhos transbordaram sem que percebessem.

O pequeno lago com lodo em sua superfície tornou-se um lugar melancólico no qual eram depositadas esperanças e antigas lembranças. Alik e Damisse sentaram-se em cima da raiz de uma velha e grossa árvore e ficaram vários minutos em silêncio.

Haxinus ainda não retornara para jantar, pois havia encontrado abrigo nos galhos de uma grande árvore para observar o céu estrelado. Antes de dormirem Kalasya disse aos outros que iria procurá-lo. Entrou na floresta com uma tocha improvisada e caminhou sem preocupação. A floresta ficou mais fresca e selvagem com a noite, mas a imortal não se deteve e facilmente seguiu os rastros de Haxinus.

Depois de percorrer um caminho sinuoso por velhas e novas árvores e de ter se deparado com estranhos tipos e espécies de insetos e bichos, ela o encontrou apreciando o horizonte acima da floresta. A visão que tinha era resplandecente, a aurora brilhava verde-água e azul e movia-se lentamente em vórtices e braços que se estendiam entre as estrelas.

Kalasya pigarreou. Haxinus estava deitado a cabeça em cima dos braços e com as pernas esticadas na amplitude do galho rijo da árvore. Ele olhou para baixo, procurando.

— Você pode interromper alguns minutos da sua observação e retornar à clareira para jantar? — indagou Kalasya.

— Sya, suba aqui e veja isso também — chamou, com energia e perplexidade destacadas em sua voz.

— Vi coisas assim mais de um milhão de vezes. Se começar a ver mais uma vez agora, ficaria enfeitiçada e não sairia até amanhecer. — Kalasya tocou uma fissura do tronco da velha árvore onde Haxinus estava e insistiu: — Você pode jantar bem aí onde está. Basta voltar comigo uma vez.

— Sya, acho que os outros iriam gostar de ver essas luzes.

— Já devem ter ido dormir — retrucou Kalasya. — Amanhã, talvez.

Haxinus se calou. Queria que os outros vissem o espetáculo de cores à sua frente, a mistura de tons e seus movimentos minuciosos. Aquela noite poderia ser a única chance deles, mas Haxinus não queria ser persistente com ninguém, ainda mais Kalasya.

— É a aurora austral, se você quer saber — comentou a imortal, quebrando o silêncio.

Haxinus a ouviu calado.

— Antigamente, ela surgia mais ao leste daqui. — Ela virou o rosto e continuou, parecendo falar sozinha. — O polo magnético do norte se deslocou com o tempo.

— Sim. — Ele piscou, os olhos ainda estavam focados nas curvas sutis da aurora. — É difícil de acreditar que é sob esse mesmo céu que tantas coisas terríveis acontecem.

*
* *

Havia vaga-lumes por toda a floresta adentro. Na clareira, a fogueira permaneceu acesa a noite toda. A imortal permaneceu de olhos abertos para o céu, vendo a movimentação do fenômeno que se tornou muito mais perceptível com a longa observação. Kalasya viu a aurora tornar-se estriada e perder a intensidade à medida que amanhecia. A imortal não ficava cansada, mas quando viu os primeiros feixes de sol, fechou os olhos e apreciou o remanso.

Damisse sonhou que andava pela clareira, como se fosse a única pessoa ali. Em seu sonho, sentiu vontade em voltar ao lago. Andou descalça pela floresta repleta de vaga-lumes guiada por algo que chamava sua atenção, como uma luz no fim do túnel.

Alguém a chamou naquele sonho e Damisse foi ao seu encontro. Ao chegar ao lago, Ayun estava sob as águas com um sorriso carinhoso e um braço erguido, chamando-a. A mãe pareceu-lhe um anjo, doce e sereno, sob uma luz que se estendia abaixo da água e com um brilho descomunal que percorria sua pele morena.

A jovem acordou de forma calma e percebeu que aquele sonho foi o mais bonito que já tivera. Sorriu e fez questão de contar a todos na manhã seguinte. Alik sentiu uma mescla de emoções quando sua irmã lhe contou. Abatido, se excluiu dos outros e foi sozinho se sentar nas raízes da árvore junta ao lago. Ficou se perguntando do porquê de não ter sonhado também. Tentou imaginar a senhora sua mãe da mesma forma que Damisse a viu, mas enxergou somente a floresta que parecia engoli-lo e esmagar todos os seus sentimentos.

Naquela manhã ensolarada, Haxinus retornou ao seu galho de árvore e ficou deitado no pedaço de sombra que ali havia. Percebeu que sua árvore possuía frutos grandes e suculentos quando subiu ao seu topo para extinguir sua curiosidade. Lembrou-se do regato ácido que encontrou um pouco longe dali, onde não tinha plantas em sua margem e a terra e as pedras se amarelaram com a água. Chamou os outros para que se aproximassem, inclusive Kalasya, para que ela subisse na árvore com ele e provasse a fruta como teste.

— O vento parece ser mais forte daqui — avisou Haxinus quando se aproximaram.

Kalasya e os outros protegeram os olhos do sol. Pareciam tão pequenos lá de cima. Haxinus desceu alguns pontos e se sentou.

— As folhas das árvores dessa parte da floresta são menos densas — comentou Detrit, como uma forma de protesto contra o sol escaldante que ali batia. Ele e os outros estavam em uma pequena clareira diante da imensa árvore. O mato alcançava seus calcanhares e o sol destacava os insetos que sobrevoavam entre eles.

— Estão a fim de comer algo diferente? — Haxinus se levantou e apoiou uma mão no tronco principal da árvore.

— Essa árvore tem frutos? — indagou Alik, franzindo o cenho. Assim como os outros, ele protegia os olhos do sol com a mão.

— Creio que é *deletis* — comentou Kalasya.

Eles observaram a árvore de cipós com mais atenção e concordaram.

A árvore, além de ter um aspecto mais carregado, tinha fissuras em seu largo tronco que lembravam adornos, e a madeira da parte de cima tinha uma cor escurecida.

— Sya, venha aqui e prove se isso é venenoso — pediu Haxinus.

Kalasya então subiu na árvore com facilidade e calma, como se tivesse feito aquilo por um infinito número de vezes. Haxinus ajudou-a em um ponto, segurando sua mão como se tivesse ajudando uma dama a subir em uma nave.

Eles ficaram de pé no largo galho da árvore, ramos e flores silvestres de diversos tamanhos e cores, que se entrelaçavam na árvore a partir daquele nível e formavam cortinas em alguns pontos. Acima estava a copa, com o galho no qual Haxinus ficara no começo da noite anterior, os ramos e flores formavam um tapete.

Haxinus tirou do bolso as frutas que colheu, assemelhavam-se a romãs. Kalasya as analisou e experimentou.

— Lá em cima elas cresceram como um cacho.

— São perfeitas. — Kalasya se virou para os outros lá embaixo. — Mas essa é a única árvore assim da região. Se tirarmos uma parte dos frutos, seríamos responsáveis pelo estorvo de várias espécies. — A imortal inclinou-se para o céu e apontou para um bando de pássaros que sobrevoava em círculos a floresta. Viu pelos cipós e pelas marcas em outras árvores que ali poderiam existir animais que precisavam daquela árvore. — É uma riqueza e o equilíbrio da floresta.

Haxinus demonstrou entendê-la ao balançar a cabeça.

— Não estamos sob condições escassas para colhermos os frutos — prosseguiu Eze com o aviso.

De cima, Kalasya viu seu sorriso, compreendeu que Eze aprendeu mais um valor da vida.

Assim, todos eles viram a floresta com outros olhos, perceberam que não era somente uma estada para a plataforma. Com exceção de Haxinus e Kalasya, nenhum deles havia ido à planície, e os Cromdha não conheciam aquela parte bonita e verde, onde o mundo começava a se recuperar dos Impactos e a natureza parecia fortificar-se sem a presença humana. Era um pedaço de selva que fazia fronteira com a terra funesta que rodeava Horring.

A floresta começou a dar uma boa sensação ao grupo, mostrando-lhes que era necessário parar de pensar um pouco no Império e nos seus massivos cenários urbanos e começar a pensar no tamanho do mundo que tornava as dez plataformas ínfimos pontos brilhantes no globo.

A tarde daquele dia seguiu rápida, então Jan — o contato da Hakre deixado por Hemera — finalmente respondeu ao chamado. Os planos do resgate foram repassados a ela por Alik e colocados em prática logo depois.

CAPÍTULO 25
A GINOIDE

No Império, os Cromdha foram dados como mortos.

Havia se passado dias desde que o incidente em Rajya. As pessoas que estavam cientes da tragédia se preocuparam com os Cromdha e buscavam informações deles, mas não encontravam nenhuma prova de que ainda poderiam estar vivos.

Os civis balsamenses que sobreviveram ao tiroteio naquele dia retornaram às suas casas em segurança. E o chanceler regente de Balsam foi nomeado rapidamente, Bazel Bakoshne Cromdha, o anterior homem de prata. Foi ele quem conversou com Alik antes do discurso de Haxinus, não foi deposto de seu cargo, como Vidar dissera a Eze antes de ela ser banida. Mas os outros foram, e ele foi mantido sob vigília de Ciberato até que outro chanceler fosse escolhido. Não se sabia se ele retornaria a ser o homem da prata novamente depois que outro chanceler fosse nomeado.

Vidar tinha seguido mais um verso proferido por Kalasya.

O primeiro discurso do novo Imperador fora ameaçador para aqueles que pretendiam se opor ao seu Império. A execução fora citada como a punição ideal para aqueles que ousavam se rebelar contra o legado de Vascaros. Em Solem, a história original de Rajya e certas invenções percorriam paralelamente por toda a população. Jan O'Balley, por intuição, considerou o boato mais falado como verdadeiro — que a sanção de coroação de Vidar I não foi seguida pelo próprio criador, por isso, Jan não se surpreendeu quando ouviu a voz de Alik. Ela sabia que ele e seus irmãos ainda estavam vivos.

No dia em que Jan respondeu ao chamado do grupo, o clima estava mais fresco e agradável. Logo após despedir-se de seu melhor amigo, a jovem desligou, tendo em mente apenas seu novo objetivo. Seguiu pelo seu quarto fechado para olhar pela janela e viu uma parte sombreada da cidade, um prédio irregular de fachada colorida e uma corrente de naves descendo às ruas baixas.

Ela tentou imaginar o lugar de onde Alik ligou para lhe contar sobre tudo. Se era uma vasta selva, uma cidade bombardeada ou um deserto de crateras, era o oposto do que ela via à sua frente. O grupo estava em algum lugar, num mundo totalmente diferente, e ela passou a ser a única esperança para eles retornarem. Fixou em sua mente que Alik e todos os seus irmãos precisavam dela e que tinham que sair de lá antes que o dia amanhecesse. Estava agradecida pelo que Hemera tinha feito e duvidou do Imperador e de suas ambições.

A jovem saiu pela cidade sozinha, a mãe sabia do que ela viria fazer e, em vez de Laria impedi-la, seu espírito de liderança da Hakre e seu caráter valente permitiu-a continuar com grande prazer.

Jan estava com as pernas nuas e o cabelo cacheado rosado caía leve na gola de seu casaco. Passou a andar pelas ruas baixas no quarteirão do seu edifício, o Singular. Os bares e lanchonetes a céu aberto eram marcantes com suas luzes, vapor e letreiros fluorescentes. O asfalto estava úmido, refletindo as cores dos prédios e das naves, as ruas ficavam cada vez mais cheias e, abaixo daquele andar da cidade, encanamentos e sistemas jorravam a água da chuva de verão como quedas d'água. Mais abaixo estavam outras avenidas e outros locais movimentados e, mais abaixo ainda, havia mais avenidas e praças bem arrumadas e cheias. Mais abaixo daquelas, existiam outras ruas onde mais sistemas de luz foram implantados para que não permanecessem na escuridão durante o dia. Por lá também havia o movimento de lanchonetes e lojas, cores e vapor a um intermediário céu aberto, e abaixo tinha o local onde Jan teria de ir para fazer o que Alik lhe pediu em nome do grupo.

A distância entre os prédios era magistral e bem proporcionada para que nenhum andar ficasse com espaço insuficiente. E mesmo com os embates do tempo, as ruas e as proteções para os abismos mantinham-se bem estruturadas.

Enquanto atravessava uma ponte larga, Jan deparou-se com músicos e artistas da noite, havia barracas de cristais e espelhos e, entre a ponte e a rua inferior, uma nave de propaganda passava acompanhada por drones. A mistura de música e as vozes de diversas pessoas falando a mesma língua ressoavam, misturando no ar com o cheiro particular das ruas médias de Solem.

Naquelas ruas não existia introversão entre as pessoas em suas caminhadas. Os membros da Hakre exibiam as suas tatuagens nos pulsos direitos sem medo, diferente do que ocorria andares acima, onde a Polícia mais rondava. Havia vários deles, que reconheciam Jan e, pela hierarquia da associação, respeitavam seu passo e faziam uma breve reverência.

Nas vielas, tinha jovens sem camisa, fumando e bebendo, sentados nos parapeitos, balançando suas pernas para a imensidão da cidade. A vizinhança conversava nas calçadas, calmos e reservados, enquanto passavam trabalhadores e cidadãos duvidosos.

Não era uma rua baixa o suficiente para ser dominada pela violência e pela distopia conhecida nas ruas baixas Imperiais. Mais baixo do que aquele nível, onde parecia ser noite o tempo todo, era pior. As gangues reinavam nas imensidões da cidade, disputavam território, confrontavam o Alto Escalão, tudo em razão do tráfico que a Facção Democrática promovia. Drogas e armas naquela intensidade nunca haviam sido vistas e não circulavam de forma tão aberta nas gerações passadas. Era como se o Império em que Jan e os outros da sua idade viviam estava condenado a enfrentar um grande infortúnio.

Seguranças labutavam na entrada de um prédio com letreiros e fachadas chamativos. O prédio era composto por diversos clubes de festas intermináveis e sempre cheias. Bem abaixo dele situava-se algo pior que as ruas baixas solenes: os anexos inferiores, onde drogas circulavam de mão em mão livremente, onde havia mortes, *hackers*, caçadores de recompensa, androides que serviam aos prazeres humanos e onde as residências eram caixotes de poucos metros cúbicos. Aquela região era chamada popularmente de *neopank*. Os *neopanks* eram regiões sem lei, e existiam em quase todas as 10 Nações, costumavam ficar no interior dos largos prédios baixos e eram imensas e cavernosas. No interior do prédio, depois dos salões de festas e de passagens para aquele *neopank*, estava o Empório de Lahius, escondido como deveria ser.

Jan desceu vários níveis de Solem e chegou às ruas baixas. Um novo mundo se revelou quando as portas do elevador panorâmico se abriram. Jan conhecia o contraste dos níveis de ruas de Solem e já havia vivenciado noites e antemanhãs perambulando entre as pontes, torres de neônio e *neopanks*. Mas, salvo a familiaridade, a diferença gritante das ruas médias, onde ela vivia, com as ruas baixas solenes sempre a atingia, causando espanto.

Em Rajya, as ruas baixas e altas também pareciam pertencer a Nações distintas. O dia e a luz alcançavam somente as ruas altas em todo o Império, mas em algumas Nações específicas, existia o contraste de utopia e distopia nos desníveis das imensidões de suas capitais.

Nos portões de entrada de uma parte deserta da rua, os seguranças e os membros da Hakre que frequentavam o clube reconheceram Jan e abriram caminho. Somente ela e Laria O'Balley podiam passar sem preocupações, por isso Jan era a pessoa confiável o suficiente pelo grupo para a confidência de tal missão.

Ela passou por corredores provando novas atmosferas, o ressoar de música parecia intenso e retumbante, as cores dançavam nas paredes e em seu rosto conforme se aproximava do salão principal. Pessoas circulavam, algumas bêbadas, outras sob efeitos de drogas alucinógenas, tropeçavam e caiam no chão risonhas e tentando capturar com as mãos coisas que não existiam.

Enquanto Jan caminhava, passando em frente aos banheiros onde homens vomitavam e mulheres riam com seus drinques, a jovem começou a sentir o ar rarefeito, uma névoa sufocante de tons diversos e cheiros de centenas de bebidas. Pessoas se agarravam, misturavam-se e consumiam dos prazeres carnais nos sofás sob luzes negras. Pó era inalado, Jan viu androides e lascividade partindo de ambos os sexos, nuis eram transferidos dos braceletes para que os serviços fossem pagos. No caminho que ela atravessava, robôs, androides e ciborgues contracenavam com o vício e a perversão humanas enquanto uma música chiava das paredes sujas. Aquela cena era apenas um vislumbre do que constituía um *neopank* de verdade.

Portais eram abertos sob o círculo errante de neônio e, daquele corredor, era possível ver o começo da cidade cavernosa. O *neopank* anexado ao edifício era o mais acessível de Solem. Sabia-se que o tráfico sempre esteve presente desde que os viciados e os mendigos começaram a habitar as usinas desativadas que eram os *neopanks*, mas só agora havia uma única elite predominante controlando toda a circulação de mercadorias ilícitas — a Facção. Jan chegou no abarrotado salão no qual centenas de pessoas dançavam hipnóticas, umas esbarrando nas outras. Em algumas mesas havia incensos exalando fumaça-verde junto aos canhões de luz que se moviam de acordo com a música. Era frenético, tremia seus órgãos internos e acelerava seu coração. Jan, séria, observou os casais se beijando nos cantos e viu no teto malabaristas com fogo, facas e pó luminescente.

Nas penumbras momentâneas, roupas, sorrisos, maquiagens e tatuagens brilhavam no escuro. O músico no alto, entre as labaredas, preenchia o salão com sua música, impedindo qualquer conversa. A música era arrastada, com rangidos unidos a toques doces que combinavam com as estrelas que surgiam em projeções.

A jovem andou por entre as pessoas suadas, drogadas e inquietas. Alik lhe contou que era necessário passar por toda aquela algazarra colorida, já que era a primeira vez que Jan entrava no Empório de Lahius. Jan sabia que a festa ácida não podia ser evitada, então começou a atravessar o salão. Teve de empurrar algumas pessoas e cuidar para que uma saída específica para mais corredores e escadas não fosse perdida de vista. Mas todo o seu caminho foi coberto por ilusões e distorções, mesmo tendo tampado seu nariz e prendido a respiração por um tempo, a jovem sentiu o seu redor se transformar em um sonho enlouquecido.

Quando chegou a um espaço menos movimentado, percebeu que a fumaça-verde havia a alcançado, mexendo com seus sentidos. Ela sentiu mãos tateando seu corpo, puxando seu cabelo e também ouviu apelos incompreensíveis. Foi tomada pela agonia e por uma sensação de imobilidade, porém, continuou abrindo espaço pouco a pouco à frente, até alcançar a porta, que foi aberta com a autorização dos seguranças de máscara de gás que a reconheceram. Percorreu os corredores vazios se apoiando nas paredes para chegar às escadas, que pareciam derreter com sua presença e as paredes se moviam como se tivessem vida. Mesmo com os delírios, Jan desceu aos tropeços cinco andares, então avistou as portas abertas do Empório de Lahius.

Naquele lugar, outra música ressoava, era clássica, que retumbava repetitiva. A jovem enxugou a camada de suor em sua testa e caminhou para o centro da sala. Tinha mobília acolchoada em tons de mostarda, colunas cromadas e escadas de vidro. Algumas estatuetas e janelas de vistas falsas que mostravam nuvens e sóis brilhando nos lustres. Havia um mezanino com uma ampla mesa e, no andar de baixo, uma parede formada por níveis de estantes com armas, munições e vários outros itens proibidos pelo Império.

Jan, exausta, deixou-se cair em uma poltrona amarela. Encostou a cabeça e fechou os olhos para que os efeitos da droga inalada passassem. Mas, mesmo assim, a fumaça-verde ainda enganava seus olhos fechados, a ponto de seu refúgio particular ficar ofuscado com imagens distorcidas.

A jovem não reparou, mas tinha um androide na poltrona à sua frente, trabalhando com hologramas e controles, com fios conectados no lado esquerdo da cabeça e luvas de metal para que os movimentos fossem mais precisos com as informações que recebia sem parar. Eram dezenas de imagens dos locais tomados pela Hakre, algumas da Facção Democrática e suas dominações em lugares que ultrapassavam as bordas do Império.

— Saudações, Vigilante! — disse um homem do mezanino. Saiu de trás da grande mesa e revelou-se descendo as escadas.

Jan moveu a cabeça olhando-o, esfregou os olhos e espantou as serpentinas ilusórias ao seu redor. Tentou dizer algo, mas nenhum som saiu de sua boca.

— Vejo que a fumaça te pegou em cheio — reparou o homem. — Faz parte do ritual. Cada pessoa tem um efeito diferente.

Lahius Kumar, o dono da loja de armas proibidas da Indústria Arcádia, trajava uma blusa preta de gola alta, calças confortáveis e sobretudo, estava descalço e passava a impressão de ter trabalhado durante muito tempo devido aos olhos cansados. Ele tinha os cabelos lisos e pretos que iam até os ombros, e era difícil definir sua idade, em razão de seus traços e modos, mas tinha trinta e seis anos.

— Você deve inalar uma substância específica para que os efeitos passem de imediato. Mas, sinto muito, não tenho esse produto por aqui. Somente o que consegue ver. — Ele indicou o estoque de armas, era diverso e bem iluminado para que todos os seus detalhes fossem expostos ao cliente: placas feitas à mão, gatilhos, canos e carapaças à moda antiga e montagens de gerações passadas, até mesmo de antes da Última Guerra. Também tinha as de última geração da Arcádia, atualizadas e repletas de ideias novas. — Também tenho esse androide, que na verdade é ela, e que foi fabricada pela Arcádia com um protocolo de assistência.

Jan virou o rosto em direção à androide, que era muito bem articulada, porém os tendões do pescoço, mandíbula e clavículas não possuíam a pele sintética, expondo o interior de revestimento de fibras e metal. Os olhos dela, assim como os de todos os androides, eram de um tom vermelho intenso, seus cabelos eram curtos, de um tom alaranjado e um corte perfeitamente simétrico às suas bochechas, além de uma franja aparada no meio da testa. A androide esbanjava um olhar duro e concentrado e não esboçava emoção alguma enquanto digitava e movia em suas projeções.

— 177? — chamou Lahius.

A androide estancou e atendeu ao chamado. Desceu de sua poltrona e caminhou até eles revelando seu traje diferente. Assemelhava-se a um uniforme, um macacão com a parte de cima caída revelando uma blusa branca manchada de piche, como se a androide também resolvesse outros problemas além de fiscalizar as instalações de Lahius.

— Não repare no estado dela — avisou Lahius. — Ela esteve montando mais estantes para aumentar minha exposição na outra parede e poliu certas armas do arsenal.

Jan desencostou-se da poltrona e ficou apoiada em um dos lados dela. Ainda estava zonza com a fumaça verde. Gostava dos efeitos da droga alucinógena, mas quando não queria senti-los, os efeitos surtiam de forma muito desconfortável.

— Por ser muito recente, ainda não tem nome. 177 é o nome pelo qual atende por enquanto.

Jan se levantou com dificuldade.

— Você sabe por que estou aqui?

— Sei, sim. Shappamauck me contatou. O *rato* dele já está chegando para te passar a localização da rota de fuga.

Jan se virou em direção a Lahius.

— Por enquanto quero que descanse. Sente-se.

O homem a ajudou a se sentar novamente e logo depois caminhou para pegar-lhe um copo d'água. A androide observou em silêncio.

— Você mora aqui? — indagou Jan, enquanto bebericava alguns goles.

Lahius apoiou uma perna no braço da poltrona do lado oposto e respondeu:

— Sou obrigado a morar aqui. Devo favores a Shappamauck por toda a minha vida. A Facção Democrática me salvou do banimento — disse, com o olhar longínquo. — Bem, isso não vem ao caso. Quero que saiba que sou feliz com o que faço. Sou um homem agradecido.

— O que você fez para ir para a primeira tardia?

— Não posso falar em detalhes — respondeu Lahius, com um assombro nos olhos, mas com um sorriso amigável presente em seus lábios. — Bem, só quero que saiba que não cometi um homicídio, ou algo violento desse tipo.

— Você não foi purificado — brincou Jan.

Lahius expandiu seu sorriso.

— Graças a Shappamauck. — Lahius caminhou e ficou atrás da poltrona vazia olhando para Jan. — Como você imagina o Imperador do Submundo?

— Um homem grisalho, com dedos gordos que digitam missões e mensagens para seus subordinados. Uma pessoa solitária — respondeu a jovem.

Lahius assentiu, seus olhos negros brilhavam. A música clássica que ressoava no recinto se consagrou numa convergência de instrumentos e badaladas ideais para o momento. Ele moveu os dedos no ar como se fosse um maestro, depois parou e disse:

— Ele pode ser qualquer coisa.

— Você tem certeza que ninguém nunca o viu pessoalmente? — indagou Jan.

Lahius meneou a cabeça.

— Tenho. Até mesmo os *ratos* mais próximos nunca o viram. Sei que ele mora em um lugar muito bem escondido do Império, em um grandioso quarto, onde alguns membros deixam suas refeições e tudo o que ele pedir numa passagem da porta, como se fosse um prisioneiro.

Houve um silêncio. A música se sobressaiu mais uma vez. Lahius suspirou por um sentimento indefinido e piscou lentamente, absorto.

— E você? Como o imagina? — perguntou a jovem.

— Ele pode ser um homem grande e forte, calvo, sentado sem camisa em uma espécie de trono, com armas e crânios ao seu redor, pernas apoiadas em um monte de ossos, segurando um charuto. O olhar, eu imagino, intenso e amedrontador. Mas também pode ser só um rapaz jovem, daqueles magricelas que ficam sentados no chão em frente a máquinas, aparelhos e transmissores que só ele conhece. Shappamauck também pode ser só uma ideia que não morre.

— A Facção Democrática pode ser bem mais antiga do que pensamos — comentou ela.

— Sei, sei. Sempre existiu uma oposição no Império, não é? Só que nada tão grandioso quanto a criação de Shappamauck. Mas a Facção ainda tem muito pela frente — ele respirou fundo.

— Você já era da Hakre antes de Shappamauck salvá-lo? Já foi membro secundário?

— Desde que nasci tenho certa dúvida sobre o Império e tudo o que ele permite acontecer. A minha família sempre foi desconfiada e acabou castigada por isso. Somos como milhares de outros. — Lahius se sentou na poltrona e gesticulou as mãos como se estivesse preparando coisas em sua mente para contar a Jan. — Todos podem saber que um pianista errou uma nota com o desacordo do ritmo, da mesma forma que todos podem desconfiar da maneira como um soberano comanda seu território, mesmo sem terem conhecimento de política. Mas, infelizmente, existem aqueles que têm olhos fechados para todos os sinais, são os acomodados que não sofrem com as injustiças, não importa se são ricos ou pobres. Eu sempre fui um admirador da *democracia* e um membro da Hakre no pensamento.

— Estou feliz que temos um membro leal como você na Hakre — agradeceu Jan, deixando seu copo de água entre as mãos em formato de concha, era tortuoso e antiquado, assim como o restante da sala. — De alguma forma, não comentamos com Alik que você também é da Facção.

— Ele é inteligente, nosso Alik Saliery. — Lahius riu. — Com certeza, já deve ter suspeitado de mim.

A jovem estava melhor, as alucinações haviam acabado, restando apenas um pouco de tontura.

— Mesmo que a ajuda que estou concedendo seja uma ordem de Shappamauck, estou grato em ajudar os Cromdha. Se eles conseguirem realizar o sonho da revolução, ficarei mais grato ainda em dar esse passo com a humanidade para uma nova era.

Jan sorriu e fez uma reverência com a cabeça.

— Obrigada.

— Boa noite! — exclamou uma voz masculina.

Lahius e Jan se viraram.

Um homem de traje negro estava parado na soleira da porta.

— Eu sou Cádmo, sou *rato* de Shappamauck.

— Eu sou Lahius Kumar e essa é Jan. Muito prazer — disse Lahius.

Jan reparou no homem. Era esguio, de cabelos *deletis* de uma cor verde-amarelado e grandes olhos claros de um tom de lima. Vestia um colete à prova de balas e tinha armas e apetrechos nos bolsos e nos coldres. O homem chamado Cádmo tinha aspecto militar. Seu traje era usado comumente pelos *ratos* de Shappamauck no submundo do Império.

— Boa noite — ela murmurou.

— Desculpem-me o atraso. Lahius, foi combinado de que eu chegaria antes dela, mas cá estamos... — Ele se virou para Jan. — Você é Jan O'Balley. Fui enviado para encontrá-la e redirecioná-la ao alçapão de Solem ou, como chamamos, à rota de fuga — pausou. — Acabei de enviar uma mensagem aos Cromdha na planície. Eles aguardam a nossa chegada.

— Hum. — Lahius coçou o queixo. — Qual a necessidade de Jan, então?

— Eu estarei ocupado. Os Cromdha são muito importantes para nós, mas tenho outros assuntos a tratar.

— Outros assuntos? — Perguntou, sem medo de soar impertinente.

— Bom, o que posso dizer é que há algo que está se aproximando da Terra. Uma nave invisível cujos passageiros dizem contar em três. Eu nem mesmo sem quem são, somente o Druida. Eles querem passar despercebidos pelo Império e estão fazendo uma troca de favores com a Facção. Eu serei o intermediário.

— Será essa uma nave de Metatron?

— Creio que, sim. — Cádmo sorriu. Tinha dentes tortos e sorriso naturalmente medonho.

Ele se aproximou de Jan, era cerca de um palmo mais alto que ela.

— Quero que entregue isso aos Cromdha quando encontrá-los, são as coordenadas da rota de fuga. Eles estão à espera com a nave flutuando embaixo da abertura.

Jan pegou de Cádmo um envelope e um cartão-chave. Havia um papel com um endereço e as coordenadas eram para que ela digitasse no painel da nave. Ela agradeceu.

— A nave está nos fundos — Lahius Kumar anunciou. — 177 irá com você e conhecerá os Cromdha.

Jan assentiu.

— Posso saber o porquê?

— A androide quer — Lahius respondeu.

A androide aproximou-se e olhou Jan com uma expectativa.

— Ela fez uma escolha. Pode não parecer, mas 177 já é despertada e tem as próprias convicções. E, além disso, seria bom eu ter alguém entre eles que conhece o caminho até aqui. Ela será como uma ligação entre mim e eles. Se não se importarem, é claro.

Jan aquiesceu.

— Eu me encontrarei com os Cromdha depois e repassarei as ordens de Shappamauck quando eles se acostumarem com as mordomias da Facção — contou Cádmo.

Jan compreendeu, fez uma reverência a Lahius e a Cádmo.

— Boa sorte — o *rato* de Shappamauck disse.

Ele parecia amigável e bem experiente. *Cádmo* era somente um apelido criado pelo Imperador do Submundo, condizia com alguma característica dele que Jan não conseguiu perceber. Não era a primeira vez que ela via um *rato* fardado da Facção. Cada um diferia entre si, pelas habilidades e pela hierarquia, mas o traje dele era como o dos demais *ratos*; negro, detalhado e com um emblema de cifrão escarlate. Os *ratos* também tinham a marca em suas peles, geralmente nas nucas — um cifrão feito ou por escarificação ou por ferrete.

A androide 177 apareceu segurando uma mochila e vestindo roupas limpas: um macacão verde-escuro de operário e botas curtas e desgastadas, assim como as de Jan. Despediu-se de Lahius com um abraço, apertou a mão de Cádmo e prosseguiu com Jan para os fundos do Empório.

Após um extenso corredor, havia uma parede de metal ondulado. Era uma garagem que guardava uma nave cinza com um cifrão — o mesmo cifrão de Shappamauck. A androide pulou para a porta e digitou uma senha, abrindo o compartimento, então estendeu a mão para Jan subir. A nave estava sendo ligada enquanto elas colocavam os cintos. Na frente da garagem, havia uma abertura para a cidade onde os becos e ruas baixas ficavam.

Jan, depois de repassar as coordenadas da rota de fuga, fez a nave sair e controlou-a para subir entre os prédios. Uma vez que alcançou o céu e um espaço sem barreiras para voar, a nave zarpou em uma alta velocidade. A noite continuava a mesma, e a jovem viu as luzes da cidade e os prédios de Solem como flashes, percebendo que se encaminhavam para o fim da cidade, em meio ao horizonte de concreto no fim da plataforma de Hideria.

Cessando o silêncio, a androide finalmente disse alguma coisa:

— Por que está os ajudando?

Jan virou-se para ela, a alta velocidade da nave fazia o seu interior tremer. Havia hologramas verdes ligados no painel, a única iluminação do ambiente.

— Alik é meu melhor amigo. Acredito que eles vão conseguir destruir o Império — respondeu.

A androide não demonstrou emoção.

— Eles são traidores do legado de Vascaros. — Ela olhou para Jan com os olhos vermelhos e intrigantes. — Serão julgados assim que forem capturados. E você será também, por ser cúmplice. Mas, mesmo sabendo que... estão errados eu quero ir com eles. Quero ser como uma representante daqueles androides que possuem a mente despertada. No futuro, serei aclamada e os androides de mente ativa se inspirarão em mim.

Os olhos vermelhos da androide brilhavam, sonhadores. Jan, ao vê-la florescer uma emoção em seu rosto, percebeu que era mesmo despertada. Tais androides cultivavam sentimentos e absorviam o comportamento dos humanos ao seu redor. 177 logo teria um nome. Jan tentou imaginá-la sendo amiga dos Cromdha.

— Existem pessoas que nasceram nessa sociedade e, da mesma forma como um androide do Império, foram construídas para pensar em defesa dele — Jan comentou. O sistema do Império impedia os androides de raciocinar como os humanos, entretanto, havia aqueles como 177 que se libertavam dos padrões.

— Não sou androide do Império — afirmou. — Sou da Arcádia, fora da Terra. Shappamauck foi quem me requisitou a Sarter.

— É mesmo. Mas a Indústria Arcádia não faz parte da Facção Democrática, portanto, pode copiar os princípios Imperiais de fabricação. Você quebrou muitas barreiras para chegar a tal pensamento — afirmou Jan, olhando de esguelha e mostrando um sorriso. A androide percebeu que era verdade e balançou a cabeça.

A nave estacionou longe da capital, no meio do horizonte branco que cercava as megalópoles. As duas desceram e pararam em frente a um relevo do pavimento de concreto, embaixo estava o alçapão de metal.

— Por que os interruptores estão tão evidentes? — Jan quis saber ao ver a androide caminhar a fim de abrir-lhe a passagem.

Tinha um painel elevado do chão que antes não estava por ali e foi deixado de propósito. Era parecido com os controles de uma nave e já indicava nas alavancas o local onde iria ser aberto.

— Lahius disse que foi Vidar quem os deixou para nós.

E, assim, Jan começou a pensar como Alik e seus irmãos. Vidar estava seguindo algo maior, uma premonição que havia se tornado ditadora de todas as suas vontades. Era como se o Imperador deixasse os inimigos realizarem seus objetivos em prol de uma crença.

A plataforma se abriu depois que o relevo de concreto deslizou. Não havia tempestade de raios na planície, somente o vento frio repuxando para dentro do buraco. E, por ali, pairava uma escuridão sem fim, já que era noite e a plataforma fazia sombras, deixando a impressão de trevas e morbidez na planície. Jan se aproximou para espiar a nave dos seus amigos subindo, enfim.

Era a nave que foi emprestada por Olister Wary, programada por Hemera para que partisse da clareira e viajasse até aquela coordenada. Ela subiu com calma e estacionou abrindo a porta e estendendo a rampa. Saíram Alik, Damisse, Eze, Detrit, Haxinus e Kalasya. O grupo olhou ao redor com receio.

Haxinus percorreu o local após assentir para Jan, que sorriu amigavelmente, admirada em finalmente vê-lo pessoalmente. O herdeiro se lembrou da manhã quando Vidar abrira aquele mesmo alçapão durante a breve e intensa conversa que tiveram após o motim de Saturni.

Detrit também assentiu para Jan, como uma forma pouco íntima de agradecer-lhe pelo que fizera. Alik foi direto para sua amiga, abraçando-a e trocando sorrisos. Damisse e Kalasya estavam atrás dele, e a imortal agradeceu a Jan de forma mais cortês, dando abertura para se conhecerem melhor. Elas trocaram algumas palavras amistosas com Damisse e Alik e eles conversaram sobre a clareira que haviam ficado. Haxinus pareceu de vigia, um pouco mais distante do grupo, com os dedos se mexendo próximos ao seu coldre onde ficava a sua arma proibida.

— Você é de modelo Hexai, na casa dos duzentos — murmurou Detrit à androide. — Os androides desse modelo têm os núcleos no pulso. E, na nuca, um carregador a luz solar.

A androide sorriu. Foi o primeiro sorriso que deu desde que abriu os olhos pela primeira vez, quando Lahius a ligou. Detrit supôs que aquilo era sua mente ativa, e que ela iria se tornar o que eles chamavam de androide despertado.

— Ela vai ficar com vocês — afirmou Jan. — Foi escolha dela.

— Ah, então... — Detrit coçou a cabeça mostrando embaraço. — Você já é despertada?

A androide tinha rosto delicado, embora parecesse séria.

— Sou, sim! — Ela sorriu.

Detrit achou aquilo fascinante. Os humanos inventaram os androides e, agora, ele via à sua frente um sentimento nascer em uma criação humana. Não havia sido a primeira vez que viu um android despertado, mas o modelo Hexai era o que mais se aproximava ao corpo humano e vê-la sorrir foi como ver a evolução irrompendo em um segundo.

— Pessoal — anunciou Jan. — Vocês não vão ficar comigo no edifício Singular.

Alik franziu o cenho.

— Vamos ficar onde? Nas ruas?

— Neste endereço. — Jan entregou o envelope e o cartão-chave a Alik e decidiu não mentir. — Ordens de um *rato* de Shappamauck, chamado Cádmo.

Todos perceberam que o resgate tinha suas condições. Uma estadia e um *rato* que lhes dava ordens — essas eram as consequências de serem contra o Império e contra aquele no topo do mundo. Além de se preocuparem com Hemera, o grupo tinha que seguir a Facção Democrática, visto que foram salvos da planície por ela.

Se Jan não tivesse comentado sobre Cádmo, os Cromdha e Kalasya teriam a impressão de que a maior parte daquele plano de salvamento foi feito por Hemera. Ela foi o elemento principal, eles sabiam, mas a Facção Democrática estava ultrapassando essa marca e eles não demonstraram gostar desse oportunismo do líder dela.

— Você quer mesmo vir conosco? — indagou Detrit à 177.

A androide sorriu mais uma vez.

— Acho que, sim — ela respondeu. — Será que eles vão me deixar?

Dessa vez foi Detrit quem sorriu.

CAPÍTULO 26
A DISTORÇÃO DA PREDIÇÃO

Astaroth estava algemado a um banco com o rosto estava vermelho por uma sequência de socos que levou. Ele tentava provar sua inocência a todo custo. Suas roupas estavam empapadas de suor, as veias de seu pescoço sobressaíram à medida que gritava e praguejava com o antigo tutor palavras que acusavam Hemera e Vidar. Ele percebeu que as chances de conseguir se explicar e provar sua inocência eram ínfimas, mas continuou tentando.

Na sala estavam somente os dois, um acusando e outro negando qualquer participação na fuga dos irmãos, enquanto o Imperador via de longe, no corredor em frente ao espelho falso, sem Astaroth saber.

O antigo tutor de Astaroth era conhecido como Cinic. Recebera um apelido da mesma forma que o aluno — em uma luta em Kralot Hameleon. Era um homem de aproximadamente quarenta anos, alto e corpulento, usava uma regata branca que deixava o peito hirsuto e grisalho à mostra, uma jaqueta aberta e a farda verde escura da Armada. Cinic foi chamado a Hideria pelo próprio Imperador, pois era o único que poderia repreender Astaroth por ter sido o seu mestre.

Vidar suspirou descontente quando lembrou que eram infrutíferos os esforços de Astaroth. Fazia parte de seu destino ser castigado por algo que não fizera.

A luz da sala iluminava somente a cadeira onde Astaroth estava, e Cinic circulava ao seu redor com as mãos para trás, pressionando-o.

— Você traiu o legado de Vascaros ajudando aqueles sujeitos a fugirem. Não há provas de sua inocência.

— Também não há provas de minha culpa.

— A guarda o viu retornando de fora de Saturni na hora em que você deveria ficar aqui.

— Tudo isso faz parte de um plano insano de Vidar! — Astaroth correu os olhos pela sala procurando qualquer vestígio da presença de Vidar. — Sei que você está me vendo. Deve estar rindo agora!

Cinic se aproximou de Astaroth com uma expressão de ódio.

— Não se atreva a falar assim do nosso soberano! — a voz de Cinic era grave e rouca, desvelando seu hábito fumante. — Você havia se tornado a Elite de Hideria, era fiel e servil ao Império, mas agora não passa de um traidor. Todo o mérito obtido em Kralot foi destruído com sua traição!

Do lado de fora, Hemera chegou com alguns soldados androides de escolta. Estava com vestes de duas camadas, uma capa que lhe caiu como um capuz e descia pelas costas e pelos seus braços discretamente cruzados. Usava uma tiara na testa e o seu colar de libélula permanecia escondido debaixo das roupas.

Vidar a viu chegando e a chamou para se acomodar a seu lado. Ele tinha na cabeça um dos versos da predição. O próximo passo que o Imperador realizaria seria banir o considerado impostor sem a necessidade de uma primeira tardia. Astaroth precisava ser interrogado pelo seu antigo tutor para que crescesse raiva pelo Imperador. Entretanto, havia algo em Vidar que dificultava o transcurso até o banimento.

Hemera, taciturna, se aproximou do espelho falso e também observou o acusado.

— Onde ela está? — perguntou Astaroth.

Hemera olhou para Vidar.

— Onde o clone está?! — gritou Astaroth. Cinic parou de descrever os círculos ao seu redor e tornou sua feição sombrosa, no lado escuro da sala.

Vidar aspirou e depois expirou vagarosamente. O que passava em sua mente tornara-se nítido para Hemera, já que ela agora conhecia a sua recente condição ritualística que era seguir o destino que a Oráculo havia lhe contado.

— Não tente se livrar das consequências do que fez acusando a esposa do Imperador — avisou Cinic.

— Tudo bem... tudo bem... — murmurou Astaroth. — Tudo isso foi programado para mim. E não fará diferença nenhuma o que eu alegar.

Ele fechou um dos olhos deixando somente o olho biônico aberto. As lentes vermelhas moveram-se e focalizaram e, enfim, ele conseguiu enxergar o espectro inconfundível de Vidar no outro lado. Mostrou um pequeno sorriso perverso, mesmo estando prestes a ser banido por traição.

Vidar aproximou-se um pouco mais do vidro, fitando Astaroth. Tinha algo errado no guarda-costas. Seria o jeito que ele falava, o olhar, o modo em como se movia para se soltar das algemas em suas costas — qualquer coisa. O olho vermelho de vidro destacava-se peculiarmente, movia-se de modo perturbador. Era necessário tirá-lo e trazer ao acusado mais sofrimento.

Vidar ficou pasmo por um momento, estranhando os próprios pensamentos que formularam uma ideia capaz de distorcer o ciclo que Kalasya um dia lhe contou. Sua mente tornou-se dividida, uma parte desatinada e curiosa, prestes a realizar um feito que mudaria o destino, e a outra que pensava na promessa que fez à imortal e em Natasha e em um mundo onde ele teria paz com ela depois de seguir à risca tudo o que lhe foi cabido.

A parte desatinada ressaltava-se sobre a outra. Sem pensar duas vezes, Vidar tomou a decisão.

— Quero que chame cirurgiões — disse.

Os androides que estavam de prontidão no corredor se aproximaram para ouvir suas ordens.

— Quero que tirem esse olho biônico.

O Imperador se virou, impetuoso, suas vestes de tons escuros se moveram. Hemera franziu as sobrancelhas encarando-o, incrédula. Os soldados fizeram uma reverência e saíram para realizar a missão que lhes havia sido dada. Depois, retornaram com os cirurgiões e androides para a cirurgia. Vidar ordenou que Astaroth não fosse anestesiado e apontou para que os soldados fizessem o serviço rapidamente.

A sala foi invadida por eles, Astaroth sentiu um aperto no peito, começou a se contorcer para não o pegarem, mas os androides eram mais fortes e o reprimiram. Cinic ajustou a jaqueta e saiu da sala para dar espaço aos androides e o acusado. Uma vez que passou pelo Imperador, não olhando em seus olhos como o costume, fez-lhe uma cordial reverência.

— O que conclui? — Vidar queria saber.

— Que é inocente, apesar de tê-lo acusado inúmeras vezes — respondeu Cinic, submisso.

— Aprecio seus esforços. O trabalho de um tutor da Armada é colocar os aprendizes sob pressão — Vidar comentou.

— Não conheço Astaroth muito bem, Majestade, mas sei que ele é leal ao serviço. Só que, se me permite dizer, o julgamento do Imperador deve estar acima dos demais.

— Não seja modesto. — Vidar o olhou com aquele sobrolho naturalmente franzido. — Sua presença foi necessária. Astaroth não me vê como um superior, há muito tempo eu o tornei algo próximo de um amigo. Então, o antigo tutor, aquele com figura imbatível e inspiradora, foi o suficiente para tirar dele o medo e a obediência.

Os soldados, segurando Astaroth nos braços e ombros, surgiram no corredor.

— Não precisamos da primeira tardia para conferir a autoria dele nesse crime de traição — anunciou Vidar, enquanto Astaroth se debatia. — Ele está fadado ao banimento.

Cinic assentiu e seus olhos sombreados pelas rugas encontraram-se com os de Hemera. E então, o Imperador saiu, ouvindo xingamentos e gritos provindos de Astaroth, mas que se distanciavam a cada passo frio e determinado. Hemera permaneceu, observando um inocente sofrer com algo que *ela* fez. Fez com a ajuda de Olister Wary, da *rata* de Shappamauck chamada Sinestesi e de Jan O'Balley. Ela tinha maior grau de culpa, pois fora quem havia começado os planos de resgate. Se não fosse por ela, Astaroth não estaria sendo expulso do Império para o esquecimento.

— Foi você! VOCÊ! — proferiu Astaroth diante dela, movendo bruscamente ombros e braços para dificultar os androides de segurá-lo. Sua respiração ofegante a alcançou com um sopro.

Hemera empalideceu com a chama homicida nos olhos do guarda-costas. Os androides o puxaram, mas os ombros dele se debatiam.

— Quando eu retornar, vou matar vocês dois! Eu prometo! Eu vou matar você!

Enfim, os androides conseguiram suspendê-lo. Seus pés penderam e ele foi levado, ainda gritando.

— Eu vou matar você! Eu vou matar você! Eu vou matar você! Eu vou matar você! Eu vou matar você!

As promessas foram se afastando conforme os androides perdiam-se de vista. E o coração de Hemera queimava cada vez mais.

* * *

Mais uma vez, o clone teve dificuldade para adormecer e se revirou na cama por horas a fio. Quando enfim dormiu, teve pesadelos com o olho de vidro e acordou subitamente. Tentou adormecer de novo quando viu que faltava muito para o sol chegar, mas Astaroth surgia em sua mente com aquele olho e aquela rude cicatriz de três arranhões tão profundos. Aquelas promessas eram assombrosas e todo o ódio enraizado dentro de Astaroth havia sido colocado para fora. Hemera, ao ver um inocente sendo banido, sentiu ódio também, ódio pela predição, pelo fardo que Vidar carregava consigo, tornando-o cruel e minando sua bondade.

Também sentia medo do conceito de um imperador, pois era aterrorizante como uma pessoa com um título pudesse despir todos os direitos de um ser humano com apenas uma ordem. Um imperador possuía poder infindável e assim não era apenas respeitado, mas sim temido. A cada geração, um só ser humano era transformado em deus. O nome de Imperador surgia naquele nascido para governar Hideria e toda essa tradição passou a ser aterrorizante para Hemera.

Ela desistiu, saiu do seu quarto e foi observar Saturni de um terraço da torre. Chovia e trovejava. As árvores moviam-se com o vento como se fossem mãos negras contorcendo seus dedos. Hemera sentou-se no banco do terraço coberto e apreciou a vista de um córrego que quase transbordava e de um jardim coberto pela névoa que vinha com a tempestade.

— As estátuas da área coberta parecem chorar nas fontes — comentou alguém.

Hemera virou-se e viu que era Kroser Gaissak. Ela sempre considerou Kroser alguém em que não se podia confiar.

— Quando a água cai muito, os dutos a levam para os olhos delas. Desaguam como cachoeiras.

Ele sentou ao seu lado. As nuvens do céu estavam marrons devido à iluminação de Saturni. Hemera ficou em silêncio durante vários minutos. Não estava a fim de conversar. Ainda mais com Kroser que sempre era visto perto de outras pessoas suspeitas. Ficava trabalhando com Vidar o dia inteiro e, quando anoitecia, Kroser ia beber com Tristar e os dois homens gargalhavam na escala ali perto, falando coisas que para uma mulher nunca eram boas de ouvir.

— Você não vai sair com seu amigo Tristar hoje?

— Hoje, não. O dever o chama — ele respondeu. — Também vi você subindo a torre e queria ver alguém diferente.

— O que quer comigo? Por que não vai embora? — Hemera o olhou com o cenho levemente franzido. Tinha uma feição passiva demais para soar ameaçadora.

Kroser riu com o nariz.

— Acalme-se, clone. Se subir o tom de voz comigo novamente, não são somente as estátuas que irão chorar hoje.

Ela se virou para a frente, evitando-o. Kroser disse aquilo em um apelo piadista, mas Hemera sentiu-se intimidada.

Lembrou-se do que Vidar disse, que Kroser sabia da predição, mas poderia não saber que Vidar era bom e sofria com as etapas que tinha de realizar. Ele poderia achar que o Imperador não teria problemas em matar inocentes, embora Vidar tivesse sofrido a cada desdobramento desde a tomada de Saturni, mas escondia bem seus sentimentos. Ele podia ser frio, mas tinha calor em seu coração. Se Hemera não conseguia dormir, mesmo rolando por horas tentando adormecer, Vidar teve de se acostumar com o fato de que nem valia a pena gastar seu tempo deitado. Se Hemera sentia-se perseguida pelos fantasmas das vítimas de Saturni e de Rajya, Vidar teve de se acostumar com eles já agarrados em sua cabeça.

Hemera, um dia eu estarei corrompido. Continuarei fazendo coisas más pelo destino e, a partir de um ponto, não mais sentirei remorso. A predição foi feita para me tornar maligno. Foi o que Vidar disse quando lhe contou sobre a predição no dia em que a presenteara com o colar. Ela suspirou ao se recordar e suas mãos foram de encontro ao pingente de libélula sem ela perceber.

— Vamos, clone, conte-me, o que você tem? — Kroser perguntou, e teve de esperar dois minutos para que ela encontrasse as palavras certas para respondê-lo.

— Astaroth é inocente. Sou eu quem deveria estar sendo banida, eu e outras pessoas que também se uniram para salvar os Cromdha e foram contra o legado de Vascaros — ela disse como se fosse devotada ao Império. — Mas... o banimento é o destino agindo, não é? Digo, ele teve de ser banido pela predição mesmo?

— Astaroth não sabia disso, portanto foi enganado. E, sim, o banimento dele fez parte da predição. — Kroser olhava a chuva formando fios de cascata que escorriam do telhado.

Era tanta água que caía, desde a manhã, que parecia que Hideria enfrentaria um dilúvio.

— Não se sinta culpada. Pense nas coisas ruins que ele fez. Ele matou a mãe do menino Detrit. Detrit Ronaybeuer, não é mesmo? Ele também fez outras coisas terríveis quando era de Kralot Hameleon.

Hemera esfregou os olhos.

— Eu... eu só não entendo a razão de Vidar ter tirado o olho vermelho dele — ela soluçou. — Aquilo foi...

— Ele distorceu a predição — Kroser afirmou com o olhar fixo em um ponto vazio. — Não se sinta culpada, eu já disse.

Hemera esfregou os olhos novamente.

— Eu... Tenho medo de que ele retorne. Não consigo dormir — confessou. — Eu... ele me disse que vai voltar e me matar. E... e Vidar, ele não é cruel como todos dizem. É por causa da predição.

— O mundo em que vivemos é injusto, clone. Vidar sabe muito bem disso. — Ele se levantou e estalou o pescoço e as costas.

Vidar uma vez disse a Hemera que um dia chegaria e ele seria corrompido pela predição, tornando-se o assassino sem remorso, tornando-se aquilo que ele tinha de ser. Tirar o olho biônico de Astaroth não fazia parte da predição. Hemera começou a suspeitar se Vidar já estava começando a se tornar corrompido.

— Vidar está bem?

— Qual o motivo dessa pergunta? — Os olhos negros de Kroser eram diretos e atentos.

— Ele fez algo que não deveria fazer. — Hemera respirou fundo. — Ele me disse que seria corrompido pela predição. Vidar se tornará o verdadeiro monstro quando esse dia chegar.

— É mesmo? — Kroser mordiscou os lábios. — Olhe, Vidar não é bom como ele mostrou ser com você. Ele é frio, calculista, egoísta... ele está fingindo, clone.

Aquilo foi como uma facada no peito de Hemera.

— Como pode ter tanta certeza? — Seus dedos roçavam no pingente do colar de ouro. — Ele é bom, sou clone da esposa dele, mesmo sendo o clone perfeito, tenho memórias que podem provar que ele é bom. Ele é bom.

Kroser cruzou os braços.

— Ele sempre fingiu.

Um relâmpago rasgou o céu e em um segundo tudo pareceu estar de dia. O rosto de Hemera iluminou-se com o clarão, suas bochechas estavam molhadas com lágrimas indesejadas que não paravam de brotar. O clone queria ser forte, não queria se abater por uma simples afirmação que ainda não se provara verdadeira.

Kroser percebeu que ela chorava.

— A verdade é dura, mas é com as coisas duras da vida que você se torna alguém melhor.

Dura. Dura e fria como os olhos de Vidar. Hemera pensou, e seus olhos arderam sôfregos para transbordarem ainda mais. Ela os esfregou mais uma vez.

— Agora vamos parar de pensar nisso, clone. Venha comigo, vamos beber alguma coisa. Temos três horas até o amanhecer. — Kroser estendeu a mão.

— Eu sou Hemera. — Ela se levantou sem ajuda dele. Secou as lágrimas com as mãos e o olhou nos olhos dele. — Meu nome não é Ninte e não é clone. Você sabe muito bem disso.

— Hemera. — Kroser sorriu de forma doce.

Hemera conseguiu ver nele uma bondade que nunca pensou que poderia existir nele nem guarda-costas de olho de vidro.

Kroser e Astaroth não eram nada parecidos, mas Hemera até então os considerava dois monstros por terem participado do motim sem terem mostrado hesitação alguma.

Ele tinha nariz adunco e queixo largo, traços de um homem rígido, mas era jovem, somente um ano mais velho que Vidar. Os longos cabelos negros estavam soltos, escorridos pela face. Hemera percebeu que ele ficava mais bonito assim.

— Venha. Vamos aproveitar um pouco a vida que temos.

Ela foi com Kroser, ciente do que eles iriam fazer depois das bebidas, foi segurando a mão dele para se consolar daqueles sentimentos no seu coração.

CAPÍTULO 27
O ESCONDERIJO

Detrit guiava Haxinus, os gêmeos, Kalasya e a androide por Sakahan, a metrópole fronteiriça com Solem.

Estavam nas ruas médias da periferia, seguindo a localização escrita no papel deixado por Jan. Detrit tinha um mapa em seu bracelete e, mesmo tendo pouquíssimo conhecimento sobre Hideria e as quatro metrópoles, já tinha se acostumado com a organização dos endereços. Estava com uma blusa batida, a que na clareira fora enrolada em torno de sua cabeça enquanto coletava as partes não utilizáveis da nave, e ainda estava com luvas de couro áspero que usava para trabalhar. Assemelhava-se a um mecânico do Império com seu android assistente atrás.

Alik e Damisse estavam disfarçados com roupas de frio e capuzes. Haxinus, habituado a atuar como um civil comum, usava uma velha capa que escondia seus cabelos vermelhos, o que já era suficiente para ele. Kalasya vinha ao seu lado com roupas de tons escuros, usava uma calça e uma blusa simples. Eze vinha atrás, com as mesmas roupas que usava quando fora deixada junto a eles na nave de Vidar, ainda em Balsam. O seu glorioso vestido, que havia sido rasgado, ficou por baixo de um sobretudo recatado de cor marrom.

O grupo passava por avenidas desertas da cidade de Sakahan, o que eram raridade em Solem. As construções da cidade eram esguias e mais dispersas e existia poucas pontes para ligá-las. Vendo de longe, Sakahan parecia ser uma cadeia de agulhas em um horizonte.

Sakahan formava uma megalópole com Solem. Eram duas cidades próximas, ligadas por estradas e linhas de tráfego, mas bem afastadas das outras duas cidades daquela plataforma.

Durante o dia, o brilho do sol percorria pelos seus prédios banhando sua luz dourada no metal prateado. Mas já que estava de noite, como era tradição, os prédios mais altos de Sakahan se acendiam em tons de cores aleatórios para cada dia. Naquele momento, o grupo era iluminado pelo tom de chama alaranjado proveniente de traçados que circulavam em janelas e portais. As luzes formavam desenhos em alguns edifícios, elas circulavam em arcos e passarelas, dando-lhes forma. Vistos de longe, as estruturas selecionadas pareciam acesas pelo laranja por inteiro. A vivacidade da cidade fazia a imortal se lembrar das antigas luzes natalinas.

O grupo desceu escadas exteriores aos condomínios nas ruas vazias e passou pelas pequenas transições entre os edifícios. Damisse observou os viadutos inferiores, as luzes laranjas e seu jogo de reflexos no prateado dos prédios causavam um efeito travesso em Sakahan, era como se as ruas estivessem pegando fogo. E as entradas para bazares e fliperamas, os quiosques e os bares da madrugada pareciam não ter fim. Por um momento, Damisse sentiu-se deslocada daquele mundo colorido e psicodélico, sendo tomada pela saudade de Saturni, e logo relembrou com tristeza do momento em que teve a notícia de que sua mãe havia sido morta por Vidar.

O grupo seguiu entre ruelas apertadas. Varais, fiações e encanamentos expostos pendiam acima de suas cabeças. Detrit os encaminhou para um pequeno pátio de uma loja abandonada, era virada para o paredão de outro prédio e escondida na cidade entre o recorte de outro edifício. Eles andaram por um beco estreitíssimo, coberto por sombras e umidade, localizado na quadra Olmer. Enfim, o grupo que fortuitamente formou uma fila, deparou-se com uma porta preta de madeira um pouco mais afundada no paredão e um tapete de algodão cinzento que foi colocado ali notoriamente havia pouco tempo.

Havia pilhas caixas de papelão amontoadas no beco. Foram colocadas como blocos de uma parede, como se tivessem marcando um limite. Também havia lixo acumulado pelo chão, que alguns moradores jogavam de suas janelas no alto.

— É aqui — anunciou Detrit. Procurou algum dispositivo de identificação para que a porta fosse aberta, mas não havia nada.

Kalasya trespassou a fila, agachou-se, procurou embaixo do tapete e encontrou a chave da porta.

Era uma chave de metal sintético, o mesmo material que cobria os prédios em Sakahan; parecia gelada e era pesada, brilhava como prata pura. Detrit teve permissão de fazer as honras de abrir a porta do novo lar. E assim foi revelado um corredor curto que levava a outra porta mais grossa, simulando a de um cofre — redonda e cinzenta, com maçanetas características.

Detrit demonstrou receio, então Haxinus se aproximou e entrou primeiro. Deparou-se com a iluminação natural de cigarras-do-feno, que brilhavam na cor verde. Estavam em uma espécie de aquário sem água, dominado pelos insetos fosforescentes com estoque de seiva e folhas para mantê-los vivos. Haxinus percebeu que a iluminação era natural, para evitar a vigilância de Ciberato.

Ele acenou para o restante do grupo entrar e trancar a primeira porta e pediu o cartão-chave que Jan havia entregado a Alik. A grossa porta de metal possuía fechadura eletrônica. Haxinus a abriu com o cartão-chave, girou as maçanetas e entrou com os outros atrás.

O grupo desceu as escadas do apartamento deixado por Shappamauck. Os degraus de ferro levavam a uma sala com um extenso sofá de veludo vermelho. Também havia uma estante de livros, uma pequena cozinha no canto, uma bancada com cadeiras altas e um corredor para os quartos. Não havia janelas, somente saídas de ar nas laterais superiores das paredes.

Luminárias tinham se acendido revelando a mobília e o chão áspero cinza, arquitetado com grandes quadrados de concreto que se nivelavam com cavilhas em suas bordas. O teto era da mesma forma, rígido e maciço. As luminárias eram simples, mas suficientes.

— Aqui existe eletricidade — constatou Alik, com o cenho franzido. — E Ciberato?

— Acho que em torno desse apartamento deve existir algo que isola a energia daqui. E deve começar naquele corredor antes do portão — disse Detrit, caminhando ao centro da sala, entre a estante o sofá vermelho. Ele indicou para que a androide se sentasse junto com ele para descansar.

Eze foi à estante folhear os livros antigos que ali estavam. Eram da planície, tinha livros de brochura, de capas duras e de material artesanal. Damisse, levada pela curiosidade, também foi.

Alik e Haxinus foram pelo corredor e viram os quartos. Cada um possuía um banheiro, um computador, uma cama e um armário cheio. O teto, as paredes e o piso eram do mesmo estilo da sala e da pequena cozinha. Também havia uma espécie de oficina de máquinas no final do corredor, com as ferramentas que Detrit poderia esperar.

Alik entrou em um dos quartos e percebeu que era destinado a Eze, vendo pelas roupas das gavetas e as cores de ouro. Não era tão luxuoso quanto o quarto da antiga chanceler da Quinta Nação, e sim tão humilde quanto um quarto de um morador de rua média de qualquer outro lugar do Império. Ele chamou sua irmã e comentou que o dele ficava na frente. De algum modo, cada quarto parecia estipulado para alguém.

Cada um tinha um cômodo separado, sendo o último de Detrit, contíguo ao da oficina, e nele havia mais coisas que os outros, mais aparelhos e computadores, como se Shappamauck conhecesse a vida de cada um do grupo. A androide não tinha um quarto, mas Detrit disse que ela poderia passar o tempo na sua nova oficina. Eles mostraram a ela e a advertiram de permanecer por ali, Damisse desenhou em alguns papéis e lhe mostrou um novo passatempo.

Shappamauck também deixou um quarto para a imortal. As suas camas sempre foram envolvidas por dosséis e essa preferência foi atendida, mas já que não havia janela alguma no apartamento, Kalasya não podia cerrar seus olhos sob o luar.

— Acho que vai dar tudo certo. Mau pressentimento é sentido em toda mudança assim — comentou Haxinus, destinando suas últimas palavras às reclamações de Eze.

Kalasya sorriu e concordou.

Não demorou muito para se acomodarem, conhecerem melhor o espaço e ficarem mais habituados ao novo apartamento. Depois de algumas horas, os irmãos e a imortal se uniram na sala, conversando trivialidades enquanto comiam.

Depois, discutiram acerca da Facção Democrática. Estavam cientes de que haviam se tornado peões de Shappamauck. O líder da Facção tinha ambições que contradiziam o Império, assim como eles, mas Shappamauck estava acima de todos agora que eles foram salvos e dependiam dele para se esconderem.

Foram bem tarde aos seus quartos para dormir. A androide ficou testando arte no papel durante toda a madrugada. A imortal foi ao quarto de Haxinus para conversar um pouco depois que viu que ele também estava acordado.

— O clima aqui dentro é mais frio — comentou na soleira da porta. Ela estava agasalhada e com os braços junto ao corpo.

Haxinus estava vendo um baú que fora deixado embaixo de sua cama. E estava mexendo em sua arma.

Kalasya avistou-a ao lado de Haxinus.

— EH2030, da Indústria Arcádia — comentou. — O efeito sangrento é um tabu até mesmo no submundo.

Haxinus sorriu.

— Essa foi modificada. É mais fraca, mas tem o mesmo aspecto. — Ele pegou a arma e a estudou. — O fogo da minha é violáceo, já o da EH2030 original é lilás-escuro.

— A Armada Branca treina seus soldados de forma que não dependam de armas de fogo. — Kalasya sorriu e depois disse com bom humor: — Irônico de sua parte, Haxinus.

Fizeram silêncio por algum tempo. Haxinus guardou a arma no baú. Os *ratos* de Shappamauck deveriam saber sobre a arma proibida que Haxinus tinha consigo. O baú tinha tamanho e forma perfeitos para guardar uma arma.

— Sya, a Armada Branca foi a única academia militar do Império?

— Houve outras há muito, muito tempo, uma em Corssa, outra em Ignis... — Ela caminhou pelo quarto. Estava usando roupas confortáveis e claras e um cachecol longo que escondia uma parte de seus cabelos. E as pontas, pontiagudas como facas que chegavam até a base de sua coluna, balançavam ao seu andar. — Tudo para combater a violência das ruas baixas.

— Desde quando há violência nas ruas baixas do Império?

— Desse jeito? Desde pouco tempo, Haxinus. — Kalasya sentou-se na beira da cama ao lado dele. — Já estava um pouco violento antes da Facção começar a vender armas da Arcádia e chegar com mais variedade de drogas recuperadas com o tempo. Nos *neopanks*, principalmente.

Os dois ouviram uma batida na porta redonda de aço. Correram até a sala e subiram a escadaria. Alguém tinha entrado pela porta comum com uma cópia daquela chave prateada. Kalasya pressupôs que só podia ser alguém da Facção Democrática no outro lado.

E era. Cádmo, vestindo um sobretudo molhado pela garoa, acenou de forma carismática aos dois.

— Boa noite! Sou Cádmo, *rato* de Shappamauck. Posso entrar?

Os dois se afastaram para que ele pudesse descer as escadas. Cádmo parou no meio da sala, tirou o sobretudo, segurou-o em um braço e observou o recinto. A imortal e Haxinus viram o traje negro da Facção e, na nuca dele, abaixo das madeixas verdes desbotadas, o cifrão escarificado.

— Onde estão os outros? — indagou, enquanto Kalasya e Haxinus desciam atrás dele. Viu as horas em uma projeção e percebeu que era tarde. Mais uma vez, Cádmo chegava depois do planejado. A primeira vez que isso aconteceu foi com Jan no Empório de Lahius. — De novo não.

— Fale o que você quer para nós dois e depois repassaremos a sua mensagem. — Haxinus mandou.

— Ah, bem. — Ele se sentou no sofá, juntou as duas mãos entre os joelhos de forma comportada. — Venho para transmitir uma mensagem do Druida.

— Druida?

— Druida é o mesmo que Shappamauck. Os *ratos* o chamam assim. Eu não sou um *rato* normal, se querem saber. Recebo ordens diretas dele, não tenho mestre e o único superior que eu tenho é ele e ninguém mais. Sou o único da Facção nesse nível.

— Isso faz alguma diferença para nós? — indagou a imortal sem a intenção de ser severa. — Fazemos parte da hierarquia?

— Vocês são especiais. Não se preocupem com a hierarquia da Facção. — Os lábios de Cádmo abriram um breve sorriso. — Continuando, ele tem uma mensagem para o grupo e mandou-me assegurar que vocês não se tornem subalternos dele. Muito pelo contrário, cada um carrega consigo uma pequena parte e, juntos, se tornam algo poderoso e que não pode ser moralmente separado.

Kalasya e Haxinus se entreolharam.

— A mensagem é a seguinte: "neste apartamento há provisões para um ano inteiro..."

— Reparamos nisso — Haxinus comentou, interrompendo-o. — Vimos o estoque nos armários. Há pilhas de comida e conservas.

— Bom, é para que vocês não tenham que sair por aí comprando provisões o tempo todo. Sei que vocês têm algum dinheiro, mas não o bastante...

Kalasya se sentou, fitando Cádmo e seus olhos cor de lima.

— Vocês ficarão aqui por, no mínimo, um ano. Poderão sair livremente pela cidade, a Polícia Militar não tentará capturá-los.

— O quê?! — Kalasya e Haxinus disseram ao mesmo tempo.

— Eu disse que a Polícia Militar não está procurando por vocês. Embora sejam procurados pelo Império inteiro, a Polícia de Hideria faz pouco caso.

— Como? Shappamauck comanda a Polícia, por acaso? — Haxinus indagou.

— O Marechal Olister Wary ainda assume o posto de comando, mas ele está do nosso lado — Cádmo respondeu, paciente.

— Sabemos que ele deixou vazar as informações de que Alik, Damisse e Haxinus foram mantidos em Saturni depois do motim de Vidar — Kalasya contou. — Foi um tanto suspeito, mas aquilo provou-se verdadeiro depois que eu e Detrit descobrimos que eles fugiram. Mas... não estar no lado de Vidar, deixar informações vazarem, por descuido ou qualquer outra coisa, não quer dizer necessariamente estar no lado de Shappamauck. Os dois são inimigos. Shappamauck é um traficante, um criminoso, sinto muito lhe informar, e o senhor Wary trabalha pela lei, pela ordem.

— Entendo seu ponto de vista, Oráculo. — Cádmo mordiscou os lábios. — O motivo que explica o fato de que a Polícia não está nem aí para vocês todos é que o Marechal acredita que vocês são inocentes e que não merecem ser presos. Nada além disso.

Segundos de silêncio. A goteira da pia pareceu ser mais incômoda a cada momento.

— Bom, a mensagem foi transmitida. — Cádmo se levantou. — Comida e liberdade. É isso que os Cromdha e a Oráculo têm. Não se esqueçam daquele que lhes concedeu tudo isso.

— Em troca de quê? — Haxinus cruzou os braços e estreitou os olhos. — Nós sabemos que seremos como peças para Shappamauck. Sim, seremos treinados, seremos *ratos* como você, e, depois, Shappamauck fará de nós terroristas. Revolucionários, só que terroristas. Faremos ataques contra o Império, atiraremos em políticos, mataremos inocentes entre outras barbaridades, tudo por ele e pelo cifrão vermelho. Sabemos disso desde que Hemera apareceu em nossa cela proferindo o nome dele.

Kalasya concordou com Haxinus, apesar de ele ter sido rude.

— Hemera nos contou que vocês lutaram contra os androides para nos salvar — ela lembrou.

— Bom, já é hora de vocês saberem. — Cádmo arcou as sobrancelhas. — Ela mentiu, Oráculo. Nós nem mesmo pisamos naquele fim de mundo. A base estava completamente vazia. O clone chegou com a nave de Olister, encontrou a chave em uma mesa e abriu a cela de vocês. Foi isso o que aconteceu.

— Nave de Olister?

Cádmo nunca tinha visto uma pessoa mais confusa que Haxinus naquele momento.

Então, o *rato* visitante explicou todas as etapas desde que Hemera fora ao apartamento de Olister Wary e conversou com a *rata* chamada Sinestesi, até o dia em que Jan os deixava na cidade de Sakahan com o endereço daquele apartamento.

— Quer dizer que Vidar realmente nos deixou fugir sem mostrar nenhuma resistência?

— Exatamente. Tudo por algo que chamamos de *predição*. — Cádmo deitou um olhar enigmático em Kalasya. — Tudo por causa de você.

— Por causa de mim?

— É. Vidar segue à risca o destino por causa da Oráculo das 10 Nações.

— Está dizendo que tenho culpa pelas coisas que ele faz? — Kalasya sentiu-se injustiçada.

Cádmo deu de ombros.

— Sem dramas, Oráculo. Você deve ter tido a sua memória apagada. Bom, já vou indo. Amanhã de manhã vocês repassam a mensagem. E podem contar a mentirinha de Hemera. Sei que ela não fez por mal. Era para que vocês não saíssem perguntando sobre Vidar e questionando a sua culpa pelas mortes. Se soubessem que Vidar esvaziou a base para que pudessem sair, vocês atrasariam as coisas e não chegariam aqui, nesse apartamento, no entanto, devem tê-lo como inimigo. Não sintam pena daquele assassino.

Como posso sentir pena de um homem que congela tudo ao redor com o seu olhar? Haxinus pensou. Entendeu que Vidar tinha seguido a predição ao deixá-los sair da planície, mas relembrou-se da noite em Saturni — um evento que tirava toda a compaixão que ele poderia sentir pelo irmão. Era como se Vidar tivesse aproveitado o momento para ser o que ele realmente era: o assassino que tinha que cumprir sua missão de trucidar.

CAPÍTULO 28
A MARCA DO DESBRAVADOR

A estação quente se encerrou.

O dia amanheceu claro e o sol alcançou a cela onde Astaroth fora deixado. O Imperador havia retornado ao seu lugar com sua decisão intacta. Na noite passada, o olho biônico de seu antigo guarda-costas foi retirado à força e de forma extremamente dolorosa. As ligações da prótese com as partes de seu rosto foram destruídas e a cicatriz aumentou com mais rasgos.

Ainda desmaiado, os androides o deixaram no chão de uma cela fria e pequena, trancaram as grades e ficaram no corredor de vigília. Tinham traços diferentes, rostos de diferentes etnias, e também não demonstravam emoção alguma.

Astaroth acordou coberto pelo próprio sangue e suor. Tateou a face e sentiu as várias camadas de ataduras que cobriam sua cabeça e o espaço do olho direito, mas que não tinham sido o suficiente para privá-lo de sangramento que empapou sua blusa e o pescoço. Reparou que também haviam tirado o seu *chip* de identificação, havia um curativo no seu pulso que o marcava como uma pessoa não mais pertencente ao Império. Um banido. Trêmulo, rastejou para as grades e tentou chamar Vidar, mas nenhuma palavra saiu de sua boca por estar muito fraco.

O exército lhe ensinara a controlar as diferentes intensidades da dor e deixá-las fluir como se não existissem. Astaroth respirou fundo três vezes, colocou as mãos nos ouvidos e se concentrou.

Nesse momento, os androides de vigília receberam a ordem de um superior para levá-lo a uma nave, então acordaram Astaroth do próprio devaneio e o prisioneiro não mostrou resistência ao ser empurrado agressivamente pelos corredores após ter suas mãos e pés algemados.

No pátio, à frente da nave mediana, estavam mais dois androides que se aproximaram e cobriram sua cabeça com um pano. Astaroth foi encaminhado para dentro da nave e esperou seu destino com bonança. Obedeceu às ordens e passou o tempo imaginando matar o clone Hemera e Vidar com as próprias mãos. Usando de outro método para suportar a dor, ele entrou em um mundo de calmaria e boas sensações que uma possível vingança de extrema violência poderia trazer.

Alguns minutos se passaram despercebidos. O barulho das ignições se desligando ressoou e Astaroth sentiu que já estava na hora.

Os androides o levaram para fora onde o chão era arenoso e o sol batia intensamente. Tiraram suas algemas e disseram para não se mover enquanto o rendiam com o cano de uma arma de fogo encostado em suas costas. Depois, tiraram o pano de sua cabeça e o deixaram ali, virado de costas para a nave que logo partiu com um impulso e sumiu na imensidão azul de céu límpido.

Astaroth suspirou com uma ponta de desespero e desabou no chão, afundando os joelhos na terra. Seu crânio latejava constantemente, doía como se estivesse em chamas. Ele segurou as ataduras e, fortemente, levantou-se para andar e talvez esperar pelo seu fim.

Era um homem banido do Império e o seu destino era morrer ali, no esquecimento.

Vagou por uma tarde inteira somente com as roupas do corpo e uma ambição gigantesca. Reconheceu a paisagem que o cercava, os desfiladeiros e a vegetação rasteira. Percebeu que estava perto da base onde os Cromdha rebeldes foram aprisionados por um tempo — para depois fugirem com a ajuda de Hemera e assim *ele* sofrer com a culpa.

Passou pelas corcovas e entre os rochedos vermelhos vendo destroços da Última Era e, de longe, uma cratera e algumas ilhas de vegetação farta. Andou por estradas antigas e por entre escarpas. E o sol descia para enfim sumir por entre os desfiladeiros. A sua idade, por volta dos trinta anos, já não proporcionava tanta energia que tinha quando era lutador em Kralot, mas a sua experiência era dominante e estava esperançoso, pois sabia que seguia a direção certa.

Eventualmente a dor se tornava agonizante, forçando-o a descansar na terra árida até se recompor e continuar em frente. Era levado pela raiva e pelo rancor que preenchiam sua mente. Vingar-se do sofrimento causado por Hemera e, especialmente, Vidar passou a ser o único motivo dele para viver. Queria encontrar um refúgio para se recuperar, reencontrar a plataforma no céu e achar um jeito de voltar. Mas sabia que era impossível. Não havia chance alguma na planície, à noite os animais selvagens geneticamente modificados caçavam e ladravam, as plantas tinham se tornado venenosas, e os locais com probabilidade de ter água eram radioativos, porém estavam por perto e, naquele estado, não poderiam ser dispensados.

Astaroth havia tirado a blusa suja de sangue seco e a amarrado em torno da cabeça para se proteger. Nas suas costas estavam marcadas cicatrizes de diversas lutas em Kralot Hameleon, mas nenhuma delas se igualava às dificuldades passadas por ali.

A fome e a sede tinham sido sentidas antes mesmo de Astaroth ter acordado em sua cela e, naquele mar vermelho, aumentaram progressivamente. Em contrapartida, a fixação por vingança estava ocupando o vazio de seu coração. E ele continuou andando, mesmo que suas pernas falhassem e mesmo que sua respiração vacilasse. Adormeceu no alto de um rochedo de cor terracota e acordou duas horas depois com o sibilar de uma serpente distante e um escorpião escalando seu braço.

Antes do sol nascer, Astaroth tornou a caminhar para uma só direção — o noroeste. Cruzou um planalto e viu-se coberto pela secura e pela vermelhidão desértica. Andou por mais um dia, mesmo que suas pernas queimassem e latejassem, e continuou guiado pela vingança, quando enfim encontrou o que desejava.

Avistou uma cidade de arranha-céus afundados na terra e cobertos por kudzus e ramos selvagens. Era um pedaço de metrópole emergido do deserto de cânions com os edifícios tortos e tombados, árvores altas e um matagal que a fazia parecer verde de longe, sob a luz do sol que ia embora mais uma vez. Parecia ser um oásis vertical vendo de onde Astaroth estava, o que o fez correr para alcançá-lo.

Sabia-se, por todo o Império, dos acontecimentos que geraram as dez plataformas e as suas respectivas Nações do Império. Havia muito tempo que a Última Guerra ocorrera — em torno de dois mil e novecentos anos, e Hideria destacou-se entre as demais nações formadas com seu soberano, um general conquistador que submeteu nove territórios ao seu. Os territórios que ele exerceu soberania eram pequenos, mas iam além daquele continente, sendo basicamente congregações formadas por presidentes de diferentes países que em conjunto seguiam os seus ideais. Yvis Hideria foi o único conquistador e foi quem escreveu as leis do Império, as leis antigas.

Havia aproximadamente mil e cem anos desde que os Impactos ocorreram em alguns pontos do planeta. Os meteoros haviam extinguido cinco gigantescos impérios que não haviam se submetido a Yvis Hideria. Os sucessores do conquistador não tinham partilhado a tecnologia que protegeu as cidades dos meteoros com os impérios maiores. Em razão desse ato egoísta, o Império de Hideria prevaleceu como único e resistiu sozinho até a Era Atual, a era das plataformas. Astaroth cruzara a região onde havia uma das crateras causadas por aquela época apocalíptica. Passou longe, mas era possível ver os efeitos destrutivos ao redor.

Durante o longo trajeto pelo cenário seco visto, lembrou-se que o primeiro grande meteoro que deu início aos Impactos caíra perto dali. Graças a uma tecnologia agora inutilizada pelo tempo, os impactos não se alastraram em cidades escolhidas do Império. O meteoro caíra, mas a onda de destruição do impacto não afetou nada do Império, graças à proteção criada nos territórios, impedindo a extinção total da humanidade.

Havia uma cratera perto da plataforma hideriana. Na época dos Impactos, o meteoro que a formou caíra bem perto do território de Solem, entretanto, a tecnologia fez com que a cidade ficasse intacta enquanto os outros locais poderiam ser sacrificados.

Restaram apenas cem milhões de pessoas em todo o mundo depois dos Impactos. O Império também sofreu, visto que não podia salvar todo o seu território. Antes dos eventos apocalípticos, já havia pouca população devido a crises contínuas, então, o mundo foi unido e fortificado com o primeiro Cromdha, Vascaros, no ano *zero*.

O que tinha feito a população diminuir foram pandemias que a imortal vivenciou, mas que naquela Era não eram tão recordadas. Uma doença chamada nefastia espalhou-se de forma pandêmica e continuava até os tempos atuais, mas com muito menos vítimas. A história do Império também contava sobre a época em que as plataformas se expandiam aos arredores do planeta, com estações e outras naves que buscavam entretenimento de uma determinada faixa da sociedade. Ocorreu, também, guerras menores antes da Última, por conta da água e de recursos naturais; contudo, tais guerras não eram lembradas assim como a doença nefastia. O tempo vivido nas plataformas fez com que o Império esquecesse um pouco de seu passado na planície.

Havia transcorrido 1188 anos desde que as plataformas foram erguidas através do projeto promovido por Vascaros. E, durante um tempo após esse acontecimento, o Império nas plataformas vivenciou uma verdadeira era de paz, sem crime, sem pobreza, sem infelicidade; porém sem nenhuma mudança absoluta até então.

E o caso do primeiro cidadão banido foi o que deu destaque ao fim da era de paz. E o fim disso não foi o começo de uma guerra, afinal, para o povo do Império, a paz não era antônimo de guerra. Astaroth lembrou-se da história do primeiro cidadão banido e da Imperatriz que o baniu. A soberana era uma vascarita e justificava sua religião ao expulsar cidadãos na planície.

Aproximando-se da cidade, Astaroth sentiu o passado da humanidade renascendo à sua frente. Caminhou pelas ruas de grama alta e carros antigos afogados pela terra farta em plantas. Em um muro quase desabando estava pichado a frase: "Distrito 3, antiga Horring, ao norte".

A noite chegava junto com os insetos, que se acendiam em tons esverdeados. Cobriam toda a cidade e revelavam refúgios e espaços que antes estavam nas sombras. Iluminaram os paredões de concreto que havia entre os prédios, e um deles, grande e elevado com o nome de Haxinus escrito com faquir. *Haxinus... Haxinus esteve aqui.* Astaroth sabia que o garoto de cabelos vermelhos provavelmente tinha escrito seu nome naquele paredão durante alguma missão da Armada Branca. *Você estava na mesma situação que eu? Tinha fome e sede? Tinha um olho arrancado à força?* Astaroth começou a falar sozinho:

— Haxinus, você sentia vontade de matar alguém quando escreveu seu nome? — sua voz ecoou na cidade como o único barulho do mundo. As cigarras-do-feno rodeavam-no, iluminando tudo com seu verde fluorescente.

A dor aumentou excruciantemente, fazendo Astaroth cair de joelhos segurando as ataduras e se concentrando em deixar a dor fluir mais uma vez. Ele se sentia ardendo em chamas desde que fora deixado no esquecimento. Seu olho bom ficou molhado em decorrência do dor. Astaroth sentia-se muito perto da morte, mas estava com uma obsessão rancorosa possuindo-o, que atormentava suas pernas para que não parassem de levá-lo adiante.

A cidade estava completamente vazia, tinha uma quietude mórbida que se estabeleceu após os Impactos. Astaroth sabia que o Distrito 3, a cidade da costa, poderia ajudar mais do que aquela na qual estava, portanto, planejou dormir aquela noite em um lugar alto e seguro. Para quando o primeiro raio de sol bater enfim, seguir ao norte em direção ao Distrito 3. Sabia que era provável ter contaminantes em quantidade o suficiente para queimá-lo vivo em alguns pontos subterrâneos por lá, mas não se importou. Estava tão próximo da morte que não se importava com mais nada. Ele não era nada mais do que dor e vingança, e ter tudo isso circulando em suas veias era seu estoque de energia.

— Haxinus... — Astaroth murmurou com uma raiva contida enquanto escalava os paredões tombados e os troncos verdes que perfuravam os prédios. Insetos luminescentes brilhavam em seu corpo. Haxinus teve duas chances de matar Vidar, mas não o fez. Astaroth percebeu que eles partilhavam o mesmo sentimento. — Agora eu te entendo.

No dia seguinte, depois de escalar os andares dos prédios e dormir demoradamente embaixo de uma mesa antiga perto de uma janela, arriscou a vida atravessando o deserto novamente, permitindo a vingança quase improvável ser seu único motivo para continuar vivendo. Dingos latiam, mas ele não se deteve, continuou seguindo, adentrando na neblina seca de cor bege que cobria as dunas. E a cratera histórica, do primeiro meteoro, distanciava-se a cada passo.

CAPÍTULO 29
O NOVO NOME

O grupo se reuniu na sala novamente.
    Dessa vez, incluíram a androide e a deixaram ao lado de Detrit. Haxinus foi quem teve a disposição de realizar outra reunião. Falaram sobre o novo lar e comentaram trivialidades. A imortal discorreu sobre o local no qual se encontravam, aquela parte de Sakahan era diferente das outras. Ela contou que era escondida e quase abandonada pelos civis devido à uma duradoura estagnação de nascimentos na sociedade de Hideria.

Eles viviam os dias pacientemente, ainda em luto, e resignados com os recentes acontecimentos, como se estivessem arcando com os seus destinos. Não mais demonstravam-se abatidos, e sim confiantes, pois cada um tinha em mente uma revolta contra o Império.

Antes de da discussão sobre os planos, o grupo fez uma espécie de prece; deram as mãos e garantiram a si mesmos lutar até o fim em prol do povo do Império, das vítimas do massacre em Saturni e em Rajya e da idealização que tinham de um futuro sem o imperialismo de Hideria, como a Hakre e como a Facção Democrática tinham.

Eze se aproximou e olhou cada um de seus irmãos, a imortal e a androide:

— Sinto falta dos meus conselheiros e do meu decisor. É provável que Bazel Cromhda nos ajude. Ele era um bom homem de prata. — Ela estava com uma ruga entre as sobrancelhas. — Não sei se ajuda de Loxos será possível, mas sei que Bazel se preocupa conosco. Ciberato e Vidar podem estar de olho nele, mas ele é o atual chanceler de uma Nação inteira.

Um silêncio pairou por alguns segundos. A androide estudou as expressões de cada um.

— Sinto que estamos sob a mão de Shappamauck e que logo a Facção irá nos cobrar sobre todo esse trabalho causado pelo salvamento que nos foi concebido — confessou Damisse.

Todos olharam para ela e aquiesceram com acenos.

— Acho que todos estamos condenados a trabalhar para ele durante muito tempo, mas isso não vai ser tão ruim quanto parece — afirmou Kalasya. — Não vai ser tão ruim, pois temos a mesma ambição que ele.

— Se estamos expondo tudo o que sentimos agora, tenho que deixar algo esclarecido. Detrit, você merece meus sinceros agradecimentos por tudo o que fez pelo nosso grupo. Se não fosse por você, não teríamos nos encontrado naquele dia no Singular. E sou obrigado a concordar que você é o rapaz mais inteligente que já conheci e tenho orgulho de ser seu irmão — revelou Haxinus, olhando para o irmão com uma ponta de admiração.

Detrit suspirou e sorriu de uma forma tímida, olhou para Haxinus e depois para cada um do grupo que o olhava com orgulho também.

— Na verdade, cada um do grupo contribui em algo.

A androide reparou em Detrit e estudou suas feições lisonjeadas. Viu o modo em como ele sorriu espontaneamente, como se tivesse florescido alegria em seu rosto. Ela também via as feições dos outros e reparava no modo em como suas expressões mudavam com o decorrer da conversa, viu os movimentos das mãos e dos dedos que também demonstravam sentimentos e começou a unir essas informações corporais a fim de mantê-las como um exemplo de comportamento.

Também começou a perceber a profundidade das palavras, a carga emotiva que elas traziam combinadas com o olhar que seu interlocutor tinha. E a androide aprendeu um pouco mais sobre os sentimentos humanos e o poder que as palavras poussíam, que elas podiam transformar, destruir, construir...

Quando ela foi vista pela primeira vez, cada um dos Cromdha imaginou que a androide poderia ser uma espécie de espiã de Lahius entre eles, mas a própria 177 disse que havia escolhido acompanhá-los espontaneamente. Ela explicou a Detrit e aos outros que queria representar os poucos androides de mente ativa que existiam no submundo, que fugiram do serviço pelo qual foram criados e que permaneciam escondidos das rondas do Império. 177, além disso, afirmou que seria uma espécie de ligação entre eles e Lahius, já que somente ela além de Jan tinha acesso à loja de armas, visto que o Empório de Lahius poderia servir como refúgio caso alguma situação ruim ocorresse no apartamento. Quando foram deixados em Sakahan, os Cromdha tinham ficado cientes desse recurso através dela.

— Que pedra azul é essa? — a androide perguntou e apontou em direção ao colar de opala oceânica de Haxinus.

Ele sorriu.

— Um presente... Bem, longa história.

— É uma bela joia — observou Detrit.

— Parece uma Pedra Secular — Eze comentou.

O grupo focou sua atenção em Haxinus e no colar de um brilho azul elétrico descomunal.

— Parece com os olhos de Kalasya — Alik disse.

A expressão do rosto de Haxinus tornou-se espontânea como se ele tivesse feito uma grande descoberta. Olhou para a imortal para firmar aquela constatação e concordou com o irmão.

Eze suspirou de pesar, lembrando da vida que tinha em Balsam, de como era bom governar com seus amigos, de como era bom ser importante para um país.

— Seu colar brilha como uma Pedra Secular... Eu era a guardiã da Pedra Secular de Balsam, que ficou em Loxos. Ela é verdadeira, tem uma cor aleatória, como as outras. A de Balsam é de cor de café, como Vascaros a fez. É passada de geração em geração — Eze lembrou-se de Biah Deva e do dia em que ela entregou a Pedra Secular em suas mãos.

Quando Eze Laixi se tornou guardiã, tinha mais ou menos a idade de Alik e Damisse, quinze ou dezesseis anos. A Pedra de Balsam tinha a cor escura e brilhava em um tom marrom instigante, era leve e parecia oca. Constituía-se em um artefato tão valioso que Eze a segurara como a joia mais preciosa do mundo.

Quando Bazel vier me salvar, Haxinus e Kalasya a terão. Se eles não se importarem, eu retornarei a Loxos como chanceler e eles podem ficar com a Pedra. Não faz diferença. Eze preferiria estar de volta à sua Nação como soberana do que apoiar uma revolução ao lado dos irmãos e das facções criminosas, mas tinha medo em expor aquele sentimento, não queria que os seus irmãos a vissem como uma traidora. A única coisa que ela tinha em comum com eles era a vontade de ver o Império sucumbindo.

Haxinus e Kalasya contaram sobre a visita de Cádmo e as mensagens de Shappamauck. Detrit tinha desconfiado da predição, como se Kalasya fosse suspeita pelas ações de Vidar, afinal, se não fosse por ela, ele ainda estaria em Loxos e os outros em Saturni. A imortal e suas luzes místicas tinham certa culpa em relação às chacinas, entretanto, ela não se lembrava de predição alguma, e assim não poderia ser julgada pelo que dissera a Vidar. Somente Vidar se lembrava dos *próximos passos*. Vidar e aqueles a quem ele havia contado: Kroser e Astaroth; Nix soube na noite em que se casara com Vidar, quando ainda era Ninte. E, agora, Hemera.

* *
*

Damisse fazia um penteado em frente ao espelho, ponderava seu rosto e os cabelos que escorriam pelos ombros enquanto prendia uma parte com grampos. A jovem queria ter os cabelos tão longos quanto os de Kalasya, mas eles mal alcançavam sua cintura. Os cabelos brancos como leite da imortal eram puros, capazes de enrolarem-se em coques e mais coques, com longas tranças.

A androide entrou em silêncio, olhando com curiosidade para o quarto, e depois para Damisse.

— O que está fazendo?

— É um penteado — respondeu a jovem resvalando seus dedos em uma mecha. Os cachos não se desfaziam, e o coque que ela havia feito era grande e pesado.

Damisse se virou.

— Para quê? — a androide quis saber.

Damisse sorriu e respondeu:

— Para ficar bonita.

— Então, não sou bonita se meu cabelo não estiver dessa forma?

Damisse viu mais do que uma ponta de curiosidade na androide.

— Claro que é bonita — respondeu. — Da sua forma.

A androide limitou-se a piscar e reparar mais ainda nos traços da jovem, e depois analisou seu reflexo no espelho. Alisou a franja e reparou na linha de sua face.

— Detrit me acha bonita?

— É impossível que ele não ache — respondeu Damisse com benevolência, e sugeriu: — Pergunte para ele.

— Por que sorri tanto?

Damisse sorriu ainda mais com a pergunta, mesmo vendo a expressão um tanto impassível da androide.

— Porque você é engraçada.

A androide inclinou a cabeça como se não a entendesse. Damisse chamou Detrit, que coincidentemente passava pelo corredor. Ele se aproximou, reparando e algo diferente na androide.

— Ela está me fazendo milhares de perguntas! — exclamou Damisse, de bom humor.

Detrit sorriu.

— Já era hora — comentou ele, então, virou-se para ela: — O que fez durante a noite?

— Artes. — Ela olhou para Damisse e apontou. — Ela me ensinou.

— Mostre-me — ele pediu.

A androide pareceu se entusiasmar e acenou para que a seguissem até seu canto da oficina, onde estava um grandioso e colorido mural.

Nas paredes daquela parte separada do grande cômodo de Detrit foram coladas várias folhas desenhadas e pintadas em conjunto que formavam uma imagem — um olho em diversos tons contrastantes.

— De quem é esse olho? — indagou Damisse.

A androide não soube responder.

Detrit reparou em um dos desenhos que ainda não fora pintado totalmente, levantou o pedaço da folha caída e se reconheceu. Foi desenhado com perfeição, com o olhar fundo e audaz, e uma mão escondendo a metade de seu rosto, com as sombras demarcando-o.

— Você me desenhou?

— Sim — respondeu a androide indo ao seu lado para ver o desenho.

No canto estava escrito o nome dele corretamente, embora "Détri" fosse a forma em como era pronunciado.

— Ainda retratei a sua luva... mas ainda está faltando alguns detalhes.

Damisse ficou boquiaberta ao se aproximar do restante dos desenhos e reparar nos mínimos detalhes mais de perto. Eram retratos de diversas pessoas, cenários e símbolos que ocupavam um pedaço inteiro formando o olho. Detrit ponderou cada traço.

— Fez tudo isso em algumas noites?

— Mais ou menos. — Ela deu de ombros.

Damisse e Detrit ficavam se perguntando no que a androide pensava naquele instante. E, a partir dali, foram eles quem passaram a reparar em seu comportamento.

— Devia escolher um nome para ela — propôs Damisse, quebrando o silêncio e os devaneios de Detrit.

— Que tal... *Trezire*?

Ambos sorriram, e a androide olhou-os confusa.

— E o que significa esse nome? — ela perguntou.

Damisse também quis saber.

Detrit virou-se para a androide e, com desvelo, respondeu:

— Despertar.

CAPÍTULO 30
O *CHIP* DE IDENTIFICAÇÃO

Árvores mortas e tortuosas moviam-se leves com o vento. O luar refletia no asfalto encharcado onde Haxinus caminhava em seu sonho. Ruídos estranhos confundiam-no e faziam-no apressar o passo. De repente, os galhos começaram a se contorcer para pegá-lo. Mais uma vez, ele se viu no lugar cavernoso de ideogramas nas paredes e teto plissado, e as paredes e as árvores se misturavam em meio à ilusão, sufocando-o. Ele acordou, atônito e suado entre os lençóis.

Ligou a ducha e lavou os cabelos que escureceram com a água e com a luz tênue, tornando-se pretos avermelhados. Ficou evocando aquele pesadelo que se repetia quase todas as noites. A gruta escura, os símbolos nas paredes, a impetuosa sensação de sufoco. Se tivesse algum significado, teria de encontrar por si só.

Os fios de água escorriam pelas suas costas repletas de cicatrizes superficiais, enquanto os cabelos emolduravam cortinas com o peso da água. Os olhos estavam cansados, o jovem estava fastiado de acordar sempre de forma desagradável e com gosto amargo na boca.

Haxinus ergueu o pulso direito na altura dos olhos, viu as marcas de lutas passadas que o evidenciavam em quase todo o corpo. Bem abaixo da primeira camada de pele havia uma pequena mancha quadriculada, algo que todos no Império tinham desde o nascimento — o *chip* de identificação. Imaginou-se tirando-o, já que não era mais parte do sistema.

Uma vez que a tarde chegara e os irmãos se dispersaram no apartamento, Haxinus teve a ideia de conversar com Detrit, que estava ocupado na oficina. A porta estava fechada e ele a deixou encostada, avistou Trezire sentada no chão com as pernas cruzadas, concentrada em seus afazeres, parafusando peças metálicas umas às outras. Quando o viu, a androide abriu um sorriso e disse:

— Olá, Haxinus.

— Olá, bem, qual o seu novo nome mesmo? — indagou ele, sem graça, e sentando-se ao seu lado.

— Trezire — respondeu. — É um lindo nome, não é?

— Com toda a certeza — respondeu de forma simpática.

Naquele momento, percebeu que a androide tinha uma beleza única. Ela pareceu-lhe pura e o fez lembrar-se de Kalasya com seu sorisso meigo e caloroso.

Trezire parecia ser um pouco mais velha e seu jeito dócil revelava um grande caminho de sensações e emoções. A androide ainda teria que enfrentar dores e apreciar momentos felizes, como todo o android despertado tinha a capacidade de fazer e, com o passar do tempo, se assemelharia cada vez mais a uma humana. No entanto, nem Haxinus e nem Detrit gostariam que ela conhecesse de perto o lado cruel da humanidade.

Detrit surgiu nas sombras entre as máquinas e os corredores de aparelhos da oficina. Estava sem camiseta, deixou-a em torno da sua cabeça, usava uma espécie de óculos para proteger seus olhos e segurava um maçarico.

— Boa tarde — sua voz pareceu abafada. — Feche a porta, sim? Eze pode reclamar do barulho. Apesar de querer mudar de jeito, tenho receio de que ela apareça e... você sabe.

Haxinus fechou a porta. Detrit procurava por algo entre suas posses e pareceu displicente com o novo visitante. Seu torso era magro, os ossos da coluna se destacavam em suas costas.

— Parece-me que a FD deixou vários equipamentos essenciais defeituosos para que eu perca um bom tempo pensando em como começar a corrigi-los — queixou-se Detrit, estudando a natureza retraída de uma peça sob uma forte luz. — Trezire está me ajudando com a carcaça de um futuro dispositivo de comunicação. — Detrit distraiu-se com uma peça de ferro, colocou-a sob a luz analisando suas características.

— Por qual razão mexe tanto nesses objetos deixados aqui?

Detrit coçou a cabeça. Abaixo dos óculos de proteção, seu olhar tornou-se uma mescla de tristeza e cansaço. Ele olhou para Trezire, que parecia não prestar atenção na conversa deles.

— Um dia ela vai ter que se recarregar.

— Mas ela não tem um carregador de luz solar?

— A luz solar é como o combustível para os androides do modelo Hexai da mesma forma que o oxigênio é para nós. Mas todos os androides têm que fazer uma atualização em seu corpo. Mesmo sendo uma androide independente e não própria do Império, Trezire, um dia, terá que trocar o seu interior seguindo o padrão Imperial. — Detrit colocou os dedos na boca reunindo palavras melhores. — É como uma nave que deve trocar seus motores de tempos em tempos. Ou como um computador.

Haxinus e Detrit olharam para ela novamente. Vendo-a com diferentes olhos, Haxinus entendeu seu irmão e pediu-lhe:

— Então, mostre-me o que conseguiu fazer até agora.

Detrit permitiu-se exibir um leve entusiasmo e acenou para que Haxinus o seguisse a um canto da oficina, com estantes, mesas, tralhas e objetos empilhados em caixas. Indicou ao irmão um pequeno núcleo triangular brilhante que emitia uma energia com tons de azul. Flutuava em cima de um círculo magnético, vagarosamente girando em seu eixo.

Haxinus viu bem de perto o núcleo de energia pulsante, seus olhos pretos brilharam com o tom azul ciano. Ele se virou para Detrit que retirava sua blusa ao redor da cabeça e perguntou:

— Você fez uma cópia do que há dentro dela?

— Sim. Mas ainda não está pronta — ele suspirou, vangloriando-se, e secou uma película de suor que lhe cobria a testa. — O núcleo original dela emite muito mais energia de contenção por ser muito mais desenvolvido que esse. A energia é cara, porém, farta em naves de diversos modelos por ser um combustível que dura décadas.

— É farta inclusive na nave de Hemera e na nave que Jan usou para nos levar à estação — terminou Haxinus. — As duas naves deixam um risco azul de seus propulsores. Uma pena é que nenhuma delas pertence a nós.

— Tem razão — disse Detrit. — Ainda falta muito para terminar o núcleo de Trezire, pois é muito detalhado. — Ele secou a testa novamente enquanto olhava para o núcleo triangular que brilhava em demasia. — Não tenho tudo o que eu preciso disponível nessa oficina. Há certos apetrechos que encontramos em próteses, *chips* e robôs que são muito raros e são feitos de materiais que eu posso precisar. Mas eu não quero arrancar o braço artificial de ninguém, muito menos roubar algum robô de uma cafeteria qualquer.

Haxinus sorriu com a piada, olhou para o pulso e o ergueu:

— E se tirarmos isso?

Os olhos de Detrit esbugalharam ao ver o que Haxinus indicava para ser tirado. Podia solucionar algumas insuficiências que Detrit tinha com o núcleo de energia da androide, mas o *chip* de identificação era quase um órgão vital, uma identidade, um nome, e Haxinus pretendia se desfazer dele.

— Quero tirar isso. Não sou mais parte do Império, portanto, não fará diferença.

— Se você tirar o *chip*, não poderá mais andar por Sakahan e Solem livremente, já que o *chip* autoriza o acesso a certos locais. Com o dinheiro que temos nos nossos *chips* podemos comprar uma quantidade considerável de energia de contenção nas ruas baixas e ainda peças para minhas trocas — comentou Detrit, depois de um longo minuto meditativo.

— Mesmo assim... viver sem um nome tem suas vantagens. — Haxinus estava confiante. Tão confiante quanto aquele dia em que ele fez o teste de Kralot Hameleon. E tão confiante quanto o dia de sua formatura na Armada Branca, mas tudo aquilo parecia ter acontecido havia uma eternidade.

— Sei que é tão bem traçado e preciso quanto o núcleo que Trezire possui, e talvez eu precisaria do material e da anatomia de alguns *chips* para fazer o segundo núcleo de Trezire. — Detrit coçava o queixo. Os seus olhos de neblina pareciam acesos sob a luz do núcleo girava acima do círculo magnético, como se tivesse vivo.

Trezire tocou no peito com as mãos em forma de concha, deslizou seus dedos com delicadeza nas fibras expostas que partiam de suas clavículas e olhou para Detrit.

— Eu tenho um coração?

Os dois se viraram e perceberam que ela estava ouvindo a conversa.

— Tem — respondeu Detrit. — Quase no mesmo lugar que nós e brilha como os nossos nunca poderiam brilhar. E é de sua natureza trocá-lo pelo menos uma vez em sua vida. Estou fazendo um para você, Trezire. Não quero que pare de viver.

Detrit não conseguiu abrir um sorriso, embora aquelas palavras tivessem soado tão doces. Trezire pendia o queixo. Não conhecia o seu corpo e muito menos o corpo humano, portanto, descobrir que existia algo azul tão brilhante quanto uma estrela dentro dela a fez ficar fascinada. A determinação de Detrit em construir seu núcleo substituto lhe despertou mais um sentimento.

— Desculpe-me interferir no clima e apressar mais as coisas, mas desejo muito tirar o *chip*. Se é do Império, se foi o Império que o criou, devemos perceber que não é confiável quanto pensávamos — comentou Haxinus.

— Ainda não entendo a razão. Tudo bem, nós não somos mais do Império, mas isso não seria vantajoso. Acho que até os *ratos* de Shappamauck ainda devem ter *chips*.

— Sinto que esse *chip* está incomodando o meu corpo — confessou, enfim. — Não sei se é somente uma neura minha, mas isso, ultimamente, está mudando algo em mim. A minha mente parece estar sendo influenciada. Isso é possível?

— Pode ser que seja um catalisador no seu sangue, um regulador que estimula a liberação substâncias químicas para equilibrar sua forma de pensar e de agir.

— Como se o Império, além de mexer com a genética, também controlasse a forma de pensar de seus cidadãos. Talvez, tornando-os mais passivos — concluiu Haxinus com o rosto perplexo.

Detrit ficou convencido com a constatação.

— Você quer mesmo fazer isso?

— Sim! — Haxinus balançou a cabeça. — Os outros também podem seguir essa mesma opção.

Haxinus ergueu o pulso na altura dos olhos e observou a mancha do *chip*. *Aquilo pode ser verdade.* Ele não se surpreenderia se o Império estivesse controlando as emoções humanas de todos os seus cidadãos.

A notícia de que Haxinus ia tirar o *chip* de identificação espalhou-se pela casa. Mesmo depois de debater com o irmão, ele manteve-se obstinado e apressou Detrit a arrumar as coisas para o procedimento. Seria na oficina, sob uma maca improvisada, e o pulso direito de Haxinus ia ser bem iluminado por uma espécie de lanterna. Detrit esterilizou as pinças e bisturis que haviam na oficina.

Eze, os gêmeos e a androide permaneceram no quarto ao lado, circulando no corredor de vez em quando, esperando notícias. Com Haxinus, estavam Detrit e Kalasya, que poderia ajudá-lo caso algo desse errado.

— Tem certeza que quer fazer isso? — questionou Detrit, sentado na cadeira junto ao braço estendido de Haxinus sob a luz.

O jovem de cabelos vermelhos fez que sim.

— Haxinus, estou aqui, se precisar se distrair um pouco, pode conversar comigo.

Haxinus limitou-se a respondê-la com um sorriso, porém, mais aturdido do que de costume. Ele virou seu rosto para cima, evitando-a. Tinha em sua mente dezenas de pensamentos em relação à Kalasya, mas naquela ocasião, ele se perguntava do como ela se preocupava tanto com ele. E o jovem questionou os sentimentos da imortal e duvidou se ele era mesmo especial para ela assim como as centenas de milhares de pessoas que ela conhecera e, que com toda a certeza, já tinha se preocupado em algum momento.

— Então, posso começar? — perguntou Detrit.

— Sim — respondeu.

Detrit respirou fundo, ficou olhando para Haxinus através de seu par de óculos improvisado com várias lentes, para que enxergasse de forma mais ampliada. Respirou fundo novamente, manifestando extrema hesitação.

— Vai... — murmurou Haxinus. — É só um corte.

Detrit balançou a cabeça em negativa. Não negava o comentário do irmão, mas sua decisão.

— Boa sorte para nós — disse, por fim. Então, fez um corte horizontal no pulso de Haxinus, olhando atentamente para o *chip* inerte acima de suas veias e tendões. Detrit tinha medo de algo dar errado. Mas suas mãos estavam firmes e ele sabia o que era para ser feito.

Kalasya pareceu não se importar com os movimentos de Detrit, permaneceu olhando para Haxinus que rangia e contorcia o seu pescoço de dor.

— Não está saindo muito sangue. Você é firme — comentou Detrit de bom humor, apesar do sofrimento.

— Continue tentando — disse o jovem de cabelos vermelhos.

O braço de Haxinus foi amarrado para que não o movesse mesmo que o jovem conseguisse se segurar. Concentrou-se nos métodos do exército para que a dor o deixasse, e conseguiu diminuir a sensação de ardência. Kalasya afagou seus cabelos vermelhos de forma calma, como uma mãe cuidando para que seu filho não sofresse muito.

Enquanto isso, no corredor, estava um silêncio profundo cheio de expectativas. Damisse, Alik, Eze e Trezire estavam sentados no chão, olhando para um ponto fixo. Ficaram cansados de tanto circularem sem rumo, portanto, sentaram-se um ao lado do outro, compartilhando a mesma angústia.

Longos minutos se passaram até que Kalasya abriu a porta da oficina e chamou Eze, os gêmeos e Trezire para entrarem e notaram que nada havia dado errado ao verem o modo em como a imortal sorria.

Uma vez que entraram, viram Haxinus sentado com a metade do corpo iluminada pela única luz da oficina. Ele ergueu o pulso muito bem atado em algumas camadas de curativo. Detrit estava ao seu lado com uma longa pinça que reluzia prata, segurando o *chip* vermelho pelo sangue. Os quatro que ficaram no corredor na hora do procedimento se entreolharam e sorriram satisfeitos.

— Esse é o *chip*. Do tamanho de uma unha — disse Detrit. — Está se sentindo melhor, Haxinus?

— Sim. Estou. — Ele se virou para Detrit. — Obrigado.

— Foi difícil? — indagou Damisse, enquanto via os curativos de Haxinus mais de perto, curiosa.

— Foi mais fácil do que eu pensava — Detrit respondeu.

Eze, que no fundo ficara muito mais preocupada que qualquer um do grupo, cruzou os braços e empinou uma sobrancelha.

— Como é o *chip*, então? — ela queria saber.

Detrit acenou para todos se aproximarem. Acendeu mais algumas luzes, limpou o *chip* com um pano úmido e o deixou em um plano demarcado sob uma espécie de lupa.

Todos viram as cores originais do *chip*, seus circuitos extremamente detalhados, partes desconhecidas de um tom metálico de brilho roxo e conexões de cobre e adornos. A forma dele era retangular com algumas falhas propositais, possuía níveis um acima do outro e relevos característicos.

Detrit examinou-o com sua pinça e percebeu que a tecnologia parecia ser capaz de armazenar informações infinitas. Não conseguiu tirar outras conclusões naquela análise a olho nu, mesmo sabendo muito a respeito.

— Posso aprender muito com isso. Depois de tirar o metal que o envolve, procurarei os supostos estimulantes que o *chip* deve ter para que o cérebro produza neurotransmissores que regulavam o comportamento de Haxinus na sociedade — comentou Detrit.

— Traduza, por favor — pediu Alik, Eze e alguns outros do grupo também não entendiam o que Detrit dizia.

— Eu e Haxinus estávamos pensando na possibilidade de este *chip* ter uma espécie de regulador de substâncias químicas. Essas substâncias químicas que eu digo são aquelas que ficam no cérebro e que mudam o que a pessoa sente. Serotonina, que causa bem-estar, acetilcolina, que tem ligações com a memória, com a atenção, entre outras. O *chip* pode regular as substâncias e fazer com que a pessoa se torne mais obediente, mais passiva, vamos dizer assim. O Império pode ter controle de cada cidadão com esse pequeno aqui. — Detrit segurava o *chip* em sua pinça.

Os outros passaram a enxergar o *chip* como um parasita deixado pelo Império.

— Você vai estudá-lo? — indagou Kalasya. — Tem os recursos para isso?

— Tentarei. Mesmo que eu não tenha todos os equipamentos necessários. — Detrit pousou a pinça. — É muito diferente do que eu imaginava.

— Diferente para o mal ou para o bem? — perguntou Haxinus massageando o pulso.

— Diferente para mal — respondeu. — Muito, muito, muito mais elaborado do que pensei. Mesmo sem nenhum equipamento, posso constatar que o *chip* foi criado para várias funções desconhecidas por nós que vão além da identificação e informação monetária do usuário.

Todos tornaram a olhar para o chip. As ligações que aquilo poderia ter com os pesadelos de Haxinus ainda não se provaram verdade, ele havia começado a ter esses pesadelos ao chegar em Balsam. Mesmo assim, Haxinus sentia que aquele o dispositivo agia como um parasita em seu corpo. Foi criado pelo Império e tudo em relação a ele passou a trazer repugnação ao jovem, que assim como o restante do grupo de renegados, também começou a acreditar que o Império poderia ser mesmo capaz de controlar sua população com um *chip*.

Kalasya tinha visto uma cicatriz no pulso de Cádmo, o *rato* de Shappamauck, que apareceu em uma madrugada. Vendo pela cicatriz, coincidência ou não, ele poderia ser um entre poucos que tiraram o *chip* e Haxinus tinha acabado de se incluir entre essas pessoas que não tinham mais identidade.

Alik também sentiu vontade de tirar aquilo. E, sem perceber, começou a raciocinar como Haxinus. Agora que todos os moradores daquele apartamento não eram mais do Império, não havia necessidade de manter os *chips* em seus pulsos. Antes mesmo de começar a dizer que queria tirá-lo, Damisse mostrou-se decidida e pediu para Detrit fazer o procedimento com ela também. Depois, até mesmo Detrit foi influenciado por aquela vontade do grupo, contudo, refletiu que poderia ser necessário o uso do sistema do Império e que pelo menos uma pessoa do grupo deveria permanecer com o *chip* por precaução.

No fim daquele mesmo dia, todos aqueles que nasceram e ganharam uma identidade abaixo de suas peles, com exceção de Detrit, estavam com seus pulsos enfaixados.

CAPÍTULO 31

A ANDROIDE DESPERTADA

A cadeia de agulhas que era Sakahan deixava de ser iluminada pela luz do dia.

Entre os prédios prateados, os últimos feixes de sol recuavam paulatinamente. As sombras de Detrit e Trezire se alongaram por todo o pátio onde passavam. Os dois estavam em uma rua mais alta e menos movimentada, em um local onde existiam mais praças e pontes e ligações entre os prédios, diferente da grande parte de cidade.

Uma nave cargueira estava estacionada com o compartimento aberto, homens e androides urbanos carregavam caixas e abasteciam uma loja. Artistas com violão tocavam sonatas arcaicas nos parapeitos, na contraluz do sol poente. E no pórtico de um colossal teatro de arquitetura monumental passavam diferentes pessoas que conversavam e riam. Algumas estranharam Trezire, apesar de ela ter colocado uma blusa de gola alta e um cachecol para esconder o interior de metal exposto. Ao redor de seu rosto, com exceção da testa e do queixo, também havia exposição das placas de metal. As pessoas poderiam pensar que ela era uma mulher que teve problemas estéticos, mas, ao ver seus inconfundíveis olhos vermelhos de androide, qualquer dúvida sobre suas origens era sanada.

Visto que ela acompanhava Detrit, nenhuma suspeita hostil foi levantada. Os androides urbanos a viam, uma parcela provavelmente despertada como Trezire a reconhecia como igual e acenavam. Mas havia aqueles mais robotizados que nem mesmo olhavam para o mundo ao redor. Esses eram autômatos, totalmente concentrados em seu trabalho.

Detrit descansava dos árduos dias que passara na oficina e aproveitava o tempo livre da androide para instruí-la à vida cotidiana na cidade de Sakahan.

Ele costumava morar em Loxos, que era tão luxuoso quanto Saturni, mas o rapaz nunca tivera uma vida de mimos. Detrit quase nunca frequentava Rajya por não ter amigos e por não ser sociável, salvo isso, ele era um jovem mais ligado à vida de civil comum do que à vida de um nobre.

A distância que ele e Eze Laixi tinham fez ele pertencer ao mundo não nobre. Porém Detrit Ronaybeuer tinha aproveitado o poder que Eze Laixi possuía como chanceler e ingressou nos melhores cursos do Império. Havia nascido com vontade de estudar as criações da humanidade e, mesmo tendo a sorte de ter Eze como sustentáculo, mostrava-se prodigioso.

Começaram pelas ruas mais calmas, as que estavam longe da periferia, e passaram em frente aos estabelecimentos de alta classe que Hideria possuía de mais marcante. Como Sakahan era uma cidade com menos passarelas entre os prédios, os dois percorreram os interiores labirínticos de bazares e praças de alimentação.

Eles conversavam sobre os costumes sakahanitas enquanto caminhavam até o pórtico do imenso teatro. A construção era metálica, com o mesmo aspecto metálico do prédio onde o teatro estava embutido. Naquele pátio, via-se a fachada alabastrina com estátuas de rostos de diferentes tamanhos e expressões esculturados.

Entraram num grande salão que se assemelhava a um estádio. Todo fechado com os assentos das cabines virados para o palco lá embaixo. Sentaram-se e começaram a esperar o salão se encher. Detrit teve uma ideia de distrair-se ainda mais do seu cotidiano trabalhoso, e pediu limão maresia a um servente.

— O que é isso? — indagou Trezire, depois que o servente se retirou para buscar o pedido.

— A bebida mais forte já criada, é viscosa, estranhamente agridoce, mas com um toque suave de limão amarelo. Deixa uma pessoa bêbada nos primeiros goles.

— Está sendo negligente agora pelas horas de trabalho na oficina? — Detrit soltou uma gargalhada.

— Na verdade, não. Só pedi uma taça rasa. Quero experimentar.

— Eu tomaria algo também, se não fosse pela minha "constituição corporal sem sistema digestivo".

Detrit apoiou uma perna na outra, sentado de forma relaxada na poltrona acolchoada.

— É a primeira vez que ouço algo com tom humorístico saindo de você — comentou.

Trezire sorriu.

— Os seres humanos são uma mistura daqueles que convivem, assim como os androides despertados. — Ela olhou para Detrit com seus olhos vermelhos penetrantes. — Eu me considero humana, Detrit.

Fez-se silêncio. Detrit observou-a de um jeito que nunca tinha feito.

— Mas, afinal, o que é ser humano? — questionou ela com o olhar longínquo. — Será que é característico de cada ser humano transformar sua vida em um desenvolvimento? Os animais... será que eles são os mesmos desde o nascimento até a morte? E os humanos... será que eles mudam a cada dia que passa? Será que ser humano é *mudança*?

Ela olhou para Detrit esperando a resposta. Ele desencostou as costas da poltrona, apoiou os cotovelos nos joelhos e pensou por alguns segundos.

— É. Realmente, Trezire, é a coisa mais inteligente que já ouvi de você.

A androide exibiu um sorriso orgulhoso. Detrit continuou pensando sobre as palavras proferidas.

— Não sou tão inteligente quanto você e nunca serei — disse ela.

— Afinal, o que é inteligência? — perguntou ele, brincando.

Trezire pensou ainda com um sorriso lisonjeado no rosto, mas não conseguiu encontrar uma resposta.

— Você sabe?

Detrit tornou seu semblante sério ao evidenciar preponderância à resposta.

— Estamos programados para fazer coisas que classificamos como inteligentes. Só que, na verdade, são apenas ferramentas mentais e físicas para sobrevivermos na selva que nós mesmos montamos. Se olhar para uma cobra e vê-la escalando uma árvore, usando de sua força e sua forma para um esquema astuto mesmo sem braços ou garras para ajudar, ou se você olhar para um grupo de tigresas e reparar em sua tática para caçar sua presa, você vai perceber que não foio intelecto desses animais que os fez alcançarem algum objetivo. E vai perceber que a inteligência deve ir mais além do que um ato de sobrevivência. A inteligência faz o desenvolvimento de uma civilização. O desenvolvimento nada mais é do que as etapas que ultrapassamos de *sobrevivência*, forjando-a para uma fase de apenas *vivência*. A inteligência é o que faz a civilização humana alcançar níveis tão avançados de desenvolvimento.

Trezire balançou a cabeça entendendo-o.

— Então, o que você é?

Detrit mordiscou os lábios e respondeu:

— Nem mesmo eu saberia responder.

O limão maresia chegou, Detrit agradeceu e pagou com seu *chip*. Ele foi o único entre seus irmãos que ainda não o tinha tirado, então todo o dinheiro que estava no *chip* dos seus irmãos foi transferido para o seu. Além disso, ele levava aquilo como uma vantagem, visto que era um filho ilegítimo, não era Cromdha, portanto, não tinha preocupações. O Império não tinha motivos para procurar por ele com a mesma intensidade que procurava seus irmãos.

Ainda chegavam pessoas no salão que sentavam e conversavam em suas cabines. Os burburinhos eram ouvidos por todos os lados, mas na cabine de Detrit e Trezire, os dois ficaram calados até a androide quebrar o silêncio.

— Como é ser tão criativo? Construir e criar tantas coisas grandiosas e dotadas de tecnologia sem ajuda alguma? — A pergunta pareceu ser um peso tirado nos ombros de Trezire. Enquanto falava, mostrou seu fascínio pelas habilidades de Detrit. — Eu sempre quis saber do porquê ter feito essa escolha. A escolha de passar parte da sua vida trabalhando daquela forma.

— É a vocação que tenho. Desenhar em hologramas e tirar dos rascunhos ideias novas, aprender com minhas próprias criações é o que eu mais gosto de fazer — ele respondeu. Colocou sua taça intocada de limão maresia na mesa e se encostou na poltrona. — Sabe, não é tão fácil quanto parece. Há muito mais coisa por trás do que eu faço. Eu pesquiso muito, pois não sou perfeito. É muito mais complexo e complicado o procedimento que eu fiz para começar a construir seu núcleo de energia. — Ele apontou para Trezire. — Quero dizer, o seu coração. Acho que sou um Glaunt do tipo que cria. — Detrit olhou para as próprias mãos. — Não sei como, mas tenho sorte e facilidade em tudo o que eu faço. Como se não só a oficina tivesse sido preparada para mim, mas sim tudo o que eu toco e pretendo modificar.

Trezire compreendeu. Detrit estava com o sobrolho levemente franzido, um pouco transtornado com suas conclusões. Ele não queria admitir ser um Glaunt. Havia trinta registrados no Império, mas o número deles era muito maior do que se pensava. Ele sempre soube que era um, mas nunca contou a ninguém para que não fosse registrado e então pactuado com a Rosa Negra e convocado à Armada Branca. O que vinha depois da Armada Branca poderia terminar de forma fatal, afinal, quase todos os Glaunts registrados um dia chegavam à Kralot Hameleon, a violenta arena de Corssa.

Ambos se viraram para frente, atentos ao espetáculo que iria começar. Não somente no palco, mas sim em todo o lugar, surgiram efeitos visuais que imitavam nuvens, nébulas coloridas e estrelas. Eram cortinas de imagens que se formavam em frente aos espectadores. E foi como se tudo ao redor de Detrit e Trezire sumisse dando espaço ao efeito.

Uma música começou. Entre as estrelas surgiram artistas pendurados em faixas vermelhas que rodavam como floreios, voavam entre as nuvens, sumiam e apareciam, uniam-se e separavam-se, e em vários momentos descreviam flores desabrochando-se.

Detrit deu uma tragada no limão maresia e permitiu-se ser hipnotizado pelas ondas de cores. Não havia somente álcool na bebida, ele sentiu algo mais ácido que desceu como uma mão quente em seu estômago, e o efeito veio como um sonho. O espetáculo ainda tinha muito tempo até o clímax. Alguns minutos depois da taça verter sua última gota, Detrit conseguiu recobrar seus sentidos e sua dissociação com a realidade terminou. A música continuava, instrumentos antigos tocavam em conjunto com as vozes orquestradas com o floreio de artistas.

Ele olhou para Trezire. A androide estava de olhos fechados deleitando-se com a canção. Detrit percebeu que seus dedos se moviam conforme a música repercutia. A beleza de um trilhão de cores voando em sincronia estava bem diante de seus olhos cerrados, porém, Trezire dava preferência à audição. Ela conseguia ouvir desde as notas mais altas que tremiam o coração da plateia até aqueles que somente a alma mais sensível e centrada à beleza de uma sinfonia poderia sentir.

*
* *

Algumas semanas se passaram.

O outono começou a chegar com novos ares, enfraquecendo o verde das folhas das árvores para depois elas começarem a cair. Trezire viu o pôr-do-sol do dia anterior com Detrit, Kalasya e Haxinus, enquanto conversavam sobre a constituição do *chip*. A androide estava em uma missão; a de encontrar-se com Lahius Kumar, como foi combinado na mensagem dele.

A androide sentou-se em um banco de praça no centro de um calçadão plano e aberto para o céu. Os prédios em torno não tinham muitos níveis acima de lá e existia uma certa calma e encanto, já que estavam nas ruas mais altas, que por alguma razão eram mais silenciosas. No banco atrás de Trezire, uma moça com roupas azuis escuro e uma jaqueta com um grande capuz se sentou. Estava com as mãos no bolso e fez silêncio por vários minutos até ser permitida, pela ocasião, a falar:

— Ele descobriu o metal do *chip*?

— Sim — respondeu Trezire. E mesmo tendo esperado por Lahius e não por ela, ficou disposta a continuar com o esquema.

— Explique-me melhor — pediu ela, sem virar o rosto.

Estavam ambas simulando não se falarem diretamente por causa de possíveis olhares dos civis que circulavam.

— Em qual etapa, exatamente, ele está?

— O metal que envolve a maior parte do *chip* é alienígena.

— "Alienígena"? É essa expressão que ele usou? — A moça virou um pouco seu rosto para trás, revelando a Trezire seus olhos amendoados e pele morena, seu rosto era em forma de coração e as sobrancelhas naturalmente arcadas. Ela aparentava ter em torno de trinta anos.

Era Sinestesi. Uma *rata* de Shappamauck, da Facção Democrática, que já havia tido contato com Olister Wary e ajudado Hemera com os procedimentos para salvar o grupo da planície.

— As ondas de destruição dos Impactos foram amortecidas com campos de força preparados pelo Império. Uma chuva de rochas gigantescas perfurou as camadas da atmosfera e antes de causar a sexta extinção em massa da Terra, um conjunto de máquinas lançou, perto dos horizontes de futuros eventos, os campos de força. — comentou Sinestesi com os olhos fixos em um ponto vazio. — Foi um pouco antes do ano zero, ou, segundo o antigo calendário usado, ano de quatro mil e trezentos e poucos...

— Sim — disse Trezire com uma fagulha de impaciência. — O Império de Hideria salvou seu território, mas os outros impérios morreram.

— Mesmo com todo o trabalho do Império, os impactos, no sentido amplo da palavra, reduziram cidades e outras dezenas de localizações do planeta a pó — continuou Sinestesi ignorando o tom particularmente frio de Trezire. — Mas cada uma dessas rochas trouxe um presente encrustado entre suas fissuras e pedaços de lonsdaleíta. Cada uma delas tinha pepitas de metal roxo. O modo como o metal trabalhava com reações de diversos tipos proporcionou um avanço tecnológico, mesmo em meio a uma atmosfera pós-apocalíptica. A classe intelectual de Artiov não parou de pesquisar a respeito depois que Vascaros reuniu o mundo ao Império por lá.

— Sei que várias mulheres aristocratas mandaram fazer colares com o metal roxo, que era tão bonito e brilhante como ouro tingido — continuou Trezire, ela conhecia a história. — Depois que as plataformas foram estabelecidas, os cientistas estudaram o metal mais profundamente.

— Não é um metal propriamente dito, apenas uma nova substância um tanto sobrenatural. Depois de algum tempo, foi constatado que essas mulheres tiveram certo problema mental. Em grande quantidade combinada com o tempo de uso, o fostosêmio faz com que a vítima perca parte das atividades cognitivas.

Sinestesi virou seu rosto para Trezire, olhando-a com olhos vazios e intimidantes.

Ela disse, pausadamente:

— As mulheres passaram a viver suas vidas como um bando de acomodadas, ignorantes, que não queriam mais saber a respeito do mundo lá fora. Elas se tornaram zumbificadas com o tempo, até descobrirem que era o uso das joias feitas do metal "alienígena", e as separaram delas antes que fosse tarde demais.

Trezire se assustou. Nem ela e nem ninguém do grupo sabia daquelas informações. Sinestesi puxou a manga de sua jaqueta e mostrou seu pulso direito disfarçadamente. Tinha uma pequena, porém marcante, cicatriz horizontal.

— Vale a pena se livrar da semente da ingenuidade e se libertar.

Houve um silêncio. Trezire remoeu as informações em sua cabeça enquanto observava os civis passarem. Viu-os de outra forma, reparou no jeito em como cada um tinha de andar e enxergar o mundo em suas frentes e começou a perceber que todos eles não se preocupavam com a planície, com a política, com o topo do mundo ou o que havia ao redor deles. Somente viviam as vidas escolhidas para eles.

— Daihil V foi a primeira Imperatriz a permitir o banimento como purificação do ser humano. A sua filha, Daihil VI, foi quem começou a investir em pesquisas mais maliciosas sobre o fostosêmio. Uma grande equipe descobriu diversas funções positivas para o metal, mas a Imperatriz escolheu encontrar uma forma de conter a geração daquela época na linha, então teve a brilhante ideia de substituir o metal do *chip* de identificação com o fostosêmio para impedir o iminente crescimento da violência. Mesmo assim, ainda temos *neopanks* e mortes a céu aberto. Faz parte do ser humano ser violento, não é?

— Eu... eu não sabia dessas coisas — confessou Trezire.

— Era preciso contar isso a você, para que seus amigos retirem o *chip* também — Sinestesi declarou.

Ela e Trezire olharam para direções opostas.

— Eles tiraram. Todos os que nasceram com *chip* tiraram. Haxinus foi primeiro, Damisse, Alik e Eze. Mas... Detrit não tirou. Ainda não — Trezire contou.

Kalasya não tinha *chip*, pois seu atributo imortal fazia com que tatuagens e implantes fossem impossíveis.

— Lahius também tirou? — a androide quis saber.

— Não. Ele precisa ter o *chip* para que a Primeira Nação não desconfie. Precisa estar conforme a primeira tardia pactuou.

— Ele é muito importante. Tanto para a FD quanto para a Hakre — comentou Trezire.

Aquele era um pensamento próprio de Alik que ela passou a concordar quando percebeu que o seu antigo *dono* tinha certo valor para a irmandade e a Facção.

— Tão importante que Shappamauck teve a pouca vergonha de subornar o magistrado da primeira tardia que o julgava naquela época — reclamou Sinestesi. — Não foi agradável saber que Lahius, nosso antigo grande informante de Loxos, quase foi banido por ser cúmplice de invasão ao sigilo na época do governo de Dorick XX.

— Informante? — perguntou Trezire, virando seu rosto. — Está dizendo que Loxos tem algo a ver com a FD?

Sinestesi deu uma bufada espontânea e soberba.

— Claro que, não. Já ouviu falar de infiltração? — ela mesma se interrompeu. — Loxos possui especialistas em invadir bancos de dados alheios. Lahius vivia em Loxos, no meio dessa turma criminosa. Ele era o hacker mais bisbilhoteiro do Império. Invadiu algo que não devia e acabou descobrindo um ninho de cobras que até mesmo ninguém da Facção sabe sobre.

— Sei que pode parecer tolo o que vou dizer, mas desconfio de que Lahius seja Shappamauck — confessou Trezire com o cenho franzido.

Sinestesi balançou a cabeça negando qualquer possibilidade. Seus cabelos lisos de mechas roxas moveram-se. Ela lembrava um pouco Jan. Ambas tinham um tom de pele levemente escuro e traziam cores vívidas em suas madeixas.

— Existem pessoas curiosas na FD que dariam de tudo para descobrir quem é Shappamauck. Já se tornou clara a ideia de que Lahius é somente mais um *rato* entre nós. — Sinestesi mordiscou os lábios. — Nós nos conhecemos muito bem. E tudo o que sabemos é que Shappamauck é uma ideia e, como você sabe, uma ideia é como um fantasma que domina o hospedeiro.

— Por qual razão está me contando tudo isso? É perigoso demais você soltar essas palavras ao vento.

— Acalme-se — disse Sinestesi. — Não há *ninguém* nos observando. Sou uma Glaunt, sinto as coisas e tudo mais, pode confiar em mim.

Trezire se aquiesceu. Depois de alguns segundos em silêncio, ela tornou a falar:

— Existe mais algo que eu deva saber?

— Terminamos aqui. Conte tudo ao seu grupo. — Sinestesi pegou algo do bolso e a entregou, seus olhos amendoados fitaram Trezire. — Diga a Detrit para usar esse receptor. Há alguém disposto a dialogar através disso. — Ela se levantou e foi embora, deixando Trezire com milhares de dúvidas e um pequeno dispositivo preto em suas mãos, tinha detalhes vermelhos e alguns botões que talvez somente Detrit seria capaz de entender.

A androide se levantou e foi embora deixando o calçadão.

Enquanto Trezire retornava ao apartamento, viu no céu uma rajada de naves passando fora da linha de tráfego. Era uma pequena nave de modelo simples, seguida por uma tropa de naves da Polícia que deixava um rastro de fumaça e causava barulho por todo o centro. Todos em torno daquela parte de Sakahan pararam de andar e olharam para cima protegendo os olhos do sol. A androide estranhou a perseguição policial, mas continuou em frente.

Havia um velho homem passeando com seu cachorro, um dálmata de manchas azuis. O homem tinha barba branca, pele clara e bochechas rosadas, trajava roupas sociais que a faixa mais idosa costumava usar, por cima, uma jaqueta cinza de algodão. Mancava um pouco, apesar de ter um aspecto consideravelmente saudável. Olhava para a androide com o canto dos olhos sem ela perceber — ela tinha algo que ele queria.

Uma vez que a Trezire dobrava uma esquina, o homem se esbarrou com ela propositalmente.

— Ah! Que descuido o meu — resmungou ele enquanto ambos tropeçavam. — Estou muito desajeitado ultimamente.

— Não tem problema — assegurou ela, com os olhos levemente estreitos, um pouco desconfiada. — Tenha um bom dia!

Foram para direções opostas, ambos andaram por alguns segundos. A androide tateou o bolso onde guardou o dispositivo que recebera de Sinestesi. Depois de seus dedos moverem-se descontroladamente dentro de seu bolso, Trezire sentiu que o dispositivo tinha sumido. Quando olhou para trás para procurar pelo homem, viu que ele fugia, andando rapidamente sem mancar, sumindo entre as pessoas com o cão seguindo seus calcanhares.

Trezire ficou sem chão. Olhou em torno para ver se havia alguma testemunha e se virou novamente na direção onde o homem fugira. Refletiu sobre suas opções e tomou uma medida drástica: com um semblante determinado, atravessou o corredor entre os prédios e percorreu por mais de vinte minutos perguntando aos mais observadores e desocupados sobre o homem.

Depois, insistiu em sua procura ainda naquela praça e, finalmente, encontrou alguém que o viu e que apontou a direção em que o homem foi.

O homem era Demetrus Arsen, o médico que comandou o procedimento de clonagem de Ninte e que trocara muitas confidências com o Imperador anterior. Agora falido, Demetrus seguiu um caminho obscuro. Por alguma razão, ele sabia de alguns fatos a respeito da Hakre e da Facção Democrática, observou Trezire e Sinestesi conversarem e se interessou pelo dispositivo, que a olhos nus parecia ser mesmo importante.

Demetrus dobrava uma esquina vazia ao lado de seu cão sem coleira. O velho estava quase abrindo as portas da portaria do edifício onde morava quando recebeu um golpe na cabeça e desmaiou.

Quando acordou, no mesmo beco vazio de sombras, viu que a androide estava encarando-o de longe, com os braços cruzados, encostada na parede. Demetrus se sentou, seu cachorro lambia seu rosto e ele analisava seu pulso ferido, envolvido por ataduras.

A androide segurava algo pequeno em seus dedos, balançou-o mostrando a ele.

— Tirei seu *chip* — disse ela. Tinha orgulho de ter aprendido rápido a forma em como Detrit tirou o chip dos Cromdha num certo dia.

— Você o quê?! — Demetrus berrou e se levantou aos poucos. — Ladra!

— Olhe só que irônico. O que você fez quando esbarrou comigo? — Ela guardou o *chip* no bolso onde o dispositivo estava. — Meu amigo precisa do metal desse *chip*, aproveitei essa oportunidade.

— Seu amigo... — Demetrus postou-se ao lado de seu animal de estimação e tornou sua expressão débil ao se fingir de fraco. — Por favor, moça. Sei que é uma boa pessoa. Por causa da injustiça da vida algo foi tirado de mim.

— Pare de se lamentar! — Trezire se aproximou.

— Eu-eu sou um homem falido. Não tenho como pagar minhas dívidas!

— Então trabalhe e se sustente.

Fez-se silêncio. Demetrus e Trezire ficaram se olhando.

— Estou muito grato por não ter chamado a Polícia de Hideria — ele disse. — Só que tirar o meu *chip* não faz parte do seu direito.

— Você vai recuperá-lo sem pagar nada. Basta requisitar ao sistema um novo. — A androide ainda estava de braços cruzados e estressada com o ocorrido. Queria contar os segredos descobertos acerca do *chip*. Mas algo em Demetrus a fez repensar em suas gentilezas.

— Tudo bem. — Ele abanou as mãos. — Pode voltar à sua jornada, moça. Estamos quites.

— Não sou uma simples moça. Sou uma androide — alegou, virando-se de costas para ir.

— Uma androide de Lahius Kumar, suponho?

Trezire parou e se virou.

— Você é de Lahius?

— Eu era — ela respondeu. — Agora, não pertenço a ninguém. Vivo como você ou como qualquer um desse mundo. Sou praticamente humana agora que sou despertada. Como você sabia disso?

— Conheço o Empório de Lahius, na verdade passei a conhecer por acaso depois que fali. E quem é este seu amigo pretencioso que quer o metal do meu *chip*?

— Ele se chama Detrit — ela respondeu.

A expressão do rosto de Demetrus tornou-se pasma.

— Detrit de Loxos, o bastardo, eu me lembro. Então eles estão vivos? — questionou ele, com os olhos arregalados.

Trezire percebeu que ele sabia de alguns fatos importantes que nenhum civil comum poderia ter conhecimento e, que, se juntasse todas as pistas que tinha, em pouco tempo se tornaria perigoso para o grupo.

Trezire limitou-se a negar balançando a cabeça e fugiu correndo pelos becos estreitos.

CAPÍTULO 32
O ROBÔ HUMANOIDE

A ruína emergia da terra e do verde da mata.
    O Distrito 3, assim como a cidade anterior, assemelhava-se a um gigantesco oásis no meio do horizonte de terra vermelha e vegetação rasteira. E o mar estava adiante, as águas já afundavam alguns de seus prédios. Astaroth estava arfante, seus braços cansados seguravam as ataduras do olho. Estava quase no seu limite quando se assomou a um morro e deparou-se com os topos de antigos prédios soterrados. Havia relvas e kudzus por toda a parte. A terra que enterrava os prédios era abastada e prosperavam plantas selvagens. Carros de milênios atrás se revelavam pelo caminho, estranhamente mais conservados do que deviam.

Nos terraços havia fundações construídas recentemente, e o mato entre os prédios estava aparado. Outras coisas chamaram sua atenção, era como se um banido tivesse passado por lá recentemente.

O ex-guarda-costas se apoiou em um paredão. Sentiu uma súbita exaustão em todo o corpo e escorregou suas costas até se sentar. Cada músculo de suas pernas ardia e a voracidade da juventude que lhe sobrou se esgotara.

Descansou por horas. Depois, ele se levantou e deixou sua curiosidade guiá-lo novamente. Lembrou-se da história de Horring, a cidade morta da Última Guerra. Um inimigo do império havia soltado uma bomba em fases de teste em Horring. Mas não era uma bomba convencional, era uma bomba elétrica que matava todos os seres vivos em uma escala de dez quilômetros com um choque fatal. Toda a população da cidade havia caído morta como se estivesse dormindo e, com o tempo, entraram em decomposição, transformando-se em plantas. A cidade se tornou uma selva de fantasmas. Ninguém de Hideria queria nem mesmo passar perto de Horring por ser uma cidade cadavérica e amaldiçoada. As construções de Horring continuaram por eras até os Impactos que, felizmente, não interferiram muito na cidade.

Astaroth não era supersticioso, mas sentia um frio na espinha ao passar entre os prédios da antiga Horring. O Império a tinha nomeado Distrito 3 depois dos Impactos terem acontecido, mas continuava sendo lembrada como a cidade morta. Cadáveres tinham ficado deitados no meio das ruas como um cemitério a céu aberto, ele sabia daquela história. Mancando, o homem via o mato que rachava no asfalto e pressupôs que antigamente as plantas poderiam ter nascido dos nutrientes daqueles corpos. Sentiu seu estômago se arrefecer e engoliu em seco ao se imaginar sendo vítima de um massacre daqueles.

Ele tentou procurar entre os prédios tombados e cortinas de cipós algum edifício mais conservado. Entretanto o Distrito 3, a antiga Horring, não passava de uma cadeia de concreto manchado e coberto por verde-escuro — pelo menos onde sua visão poderia alcançar.

Subiu uma encosta que provavelmente fora causada pelos Impactos. Andou entre prédios, ervas daninhas, escombros e pedaços de carros antigos. Ao olhar para trás, Astaroth percebeu que estava no mesmo nível dos décimos andares de alguns prédios. A terra deslocada da encosta os engoliu. Continuou andando.

Adentrou um beco e percebeu uma janela deformada, cuja parede em torno aumentou a abertura revelando uma pequena biblioteca, com estantes e mesas que não pareciam ter sido afetados pelo tempo. Astaroth caminhou sem pressa, apoiando-se no paredão do edifício, pulou a mureta que separava a biblioteca da avenida de terra e entrou.

Lá dentro era bem-iluminado com a luz do dia, havia velas secas e lampiões ainda não usados. O chão era de porcelanato vermelho descascada, as paredes eram brancas bolorentas, mas as estantes pareciam novas como se tivessem sido reformadas. O ex-guarda-costas encontrou em uma das estantes dois livretos de capa dura de couro preto com páginas amareladas pelo tempo. Havia marcações e folhetos de anotações em ambos os exemplares. O homem sentiu certo interesse em tê-los sem nem mesmo ter lido qualquer frase para saber o seu conteúdo, apanhou-os sem remorso e os enfiou no cinto. Andou mais um pouco, analisando as outras estantes e os outros livros empilhados. Deu algumas voltas, deslizando seus dedos nos invólucros dos livros, lendo os títulos e se distraindo, como se a dor dilacerante instalada em cada músculo de seu corpo tivesse sumido, assim como seu cansaço por ter atravessado os cânions.

Entre o conjunto de livros estavam um frasco, duas cápsulas com rótulos, um pote de algodão e um de pomada, todos juntos em uma bandeja de alumínio. Ele leu os rótulos e abriu o pote, estudando a autenticidade das coisas que dispunha. Tudo aquilo parecia ter sido deixado somente para ele, e Astaroth não sentiu pesar em violar o que poderia ser o único pote de pomada disponível em toda a planície de Hideria.

— Isso é creme de sábila. — Astaroth se virou para a origem da voz.

Um robô humanoide estava sentado no chão. Era uma carcaça metálica de olhos fundos como duas lanternas verdes e a mandíbula avançada para frente. Era aquele mesmo robô humanoide que organizava os livros e fábulas em ordem alfabética quando a cidade ainda era Horring do Império de Hideria. O mesmo que Kalasya vira depois de ela ter deixado seu grupo de amigos no dia em que o pulso elétrico se alastrou pela cidade.

Astaroth se aproximou.

— Quem é você?

— Sou apenas um androide, ou se preferir, um robô humanoide despertado e que não tem muito o que fazer com o tempo de vida praticamente imortal — respondeu o robô. Sua voz era a mesma que tinha desde que fora construído, a de um homem. O seu corpo robótico se tornou enferrujado e com as juntas gastas, restou a ele a incapacidade de se locomover.

— Que lugar é este?

— O que você leu em seu trajeto, homem abandonado pelo Império, *Distrito 3, antiga Horring.*

— Não. Estou falando daqui, desse prédio. — Astaroth olhou ao redor. — Tudo me parece em boas condições. Você cuida desse lugar?

— Não passava de um simples condomínio. Esse espaço era uma biblioteca comum. Na verdade, não posso me mover daqui sozinho. Não sou apto a cuidar de um lugar tão imenso quanto essa cidade ou esse prédio — respondeu o robô.

Astaroth se agachou ao lado do robô humanoide.

— Está esperando um fim? — perguntou de maneira traiçoeira. — Não há mais nada o que fazer, não é?

— Na verdade, estava esperando por você — disse o robô.

O ex-guarda-costas franziu o cenho.

— Eu?

O robô fez silêncio. Astaroth sentou-se de costas para a estante contra ele e respirou com dificuldade. De vez em quando sentia-se mais do que sobrecarregado, além do seu corpo ferver de tanto ter andado, sua visão ficava turva e suas mãos tremiam. O ex-guarda-costas estava febril e suando frio, e ele percebeu somente naquele momento a tamanha fome e sede que sentia.

O robô percebeu a exaustão do homem, mas não interveio.

— O que você encontrou na bandeja é para você.

Astaroth umedeceu os lábios. O lado direito de seu rosto, seu pescoço e sua blusa estavam com uma crosta de sangue seco.

— Você é forte, visitante. Mais forte do que pensa — comentou o robô.

Astaroth não demonstrou gratidão.

— Sou Glaunt. De resistência. — Ele o olhou com indiferença. — Já fui uma cobaia e sobrevivi a coisas muito piores do que andar por três dias sem parar.

Um silêncio solitário se adensou. Astaroth viu-se falando com um robô. *Tão medíocre.* A sua situação era injusta, o que fizeram com ele foi o mesmo que matá-lo. Mas era necessário continuar vivo. Era necessário retornar a Hideria e se vingar. Queria causar dor, queria torturar Vidar e Hemera até eles implorarem para morrerem. E então ele poderia morrer em paz. Seria melhor do que desabar em uma biblioteca ao lado de um conjunto de metais falante.

Seus pensamentos instigaram-no, sua expressão tornou-se sombria, seu nariz enrugou-se com o desgosto. Astaroth tirou o coturno desgastado e sujo de poeira e ficou descalço, seus pés também estavam feridos, tinha bolhas estouradas e queimaduras, o que fez seu estresse aumentar. Espantou a poeira da calça e afastou os cabelos bicolor que haviam caído negros e duros com o sangue no rosto.

Ele era Glaunt de uma categoria temível, se fosse uma pessoa normal, estaria morto por desidratação ou por perder grande quantidade de sangue. Por um momento, sentiu-se grato pelos seus atributos, mas logo retornou o foco ao seu maior anseio.

— Nas escadarias, os ecos dos mortos da Última Guerra ecoam até hoje. Se andar por este prédio, será capaz de ouvir as pessoas que moravam aqui há dois mil e novecentos anos e que foram eletrocutadas até a morte.

— Que bobagem — murmurou Astaroth e, depois, soltou um suspiro profundo. Estava farto demais para se levantar, mas viu certa vantagem em falar com um robô supersticioso. Ele poderia lhe ser útil dando-lhe informações importantes da cidade e da planície e, então, poderia se sentir livre em matá-lo.

O robô percebeu nele uma mescla de desalento e puro ódio.

— Você está a alguns passos da morte — disse ele. — Mas algo o impede de deixar esse mundo.

— Quero vingança. Preciso voltar a Hideria e matar um traidor que permitiu essa desgraça. Servi a minha vida inteira ao Império. Fui leal, sempre. Sempre fiz tudo o que mandavam... tirei vidas, machuquei pessoas, transformei-me em um monstro, o reflexo das próprias ambições do Império. E o que recebo em troca? Injustiça! — gritou Astaroth com apelo de confissão.

O robô humanoide olhou para o chão descrevendo, assim, um sentimento de compaixão em seu prospecto férreo e imutável.

Astaroth enxugou o suor da face com as costas da mão. Descansou um pouco o corpo e a mente deixando o silêncio evasivo entre o robô e ele impregnar-se por um tempo.

O que o Império denominou como planície era o globo terrestre. Constituído de ruínas antigas da Última Guerra, ruínas dos Impactos, selvas, desertos e mares. Poderia haver, naquele momento, uma dúzia de pessoas espalhadas pelo mundo, condenadas a morrerem sozinhas. Depois, as 10 Nações iriam banir outras. Talvez alguns pares poderiam se encontrar, mas era consideravelmente impossível. Astaroth era um criminoso que estava sendo purificado – de acordo com a religião predominante no Império. Ele era um Glaunt de resistência, porém não tinha nada naquele fim de mundo para salvá-lo. O que restou para Astaroth constituía-se naquela cidade condenada e na companhia de um robô humanoide.

Depois de alguns minutos, ele se virou para o robô e disse:

— Há mais ajuda nesse prédio?

— Vejo que alguns minutos de descanso podem fazer muita diferença para um Glaunt de resistência. Mas... — O robô indicou empinando o queixo.

— Você realmente precisa daqueles medicamentos. E verá na hora certa se há mais ajuda ou não.

Astaroth se levantou com dificuldade e mancou até a estante da bandeja. Tinha um espelho que ele não tinha reparado anteriormente. Ele o pegou e regressou ao seu lugar perto do robô.

Tirou as camadas das ataduras em torno da cabeça. Seu olho direito antes biônico se transformou em um buraco fundo e, onde antes começava a cicatriz de arranhão, um grande rasgão se formou descendo pela bochecha, mas que foi remendado com pontos. O estrago de ter retirado o seu olho biônico foi tanto que toda sua pele em torno do olho inchou.

Astaroth se contemplou no espelho. Estava perturbador.

Ele pegou os algodões e começou a passar a pomada pacientemente. Depois, tomou duas pílulas contra a dor que estavam nas cápsulas que haviam sido deixadas junto ao frasco com um líquido. Astaroth matou sua sede e descansou por mais algum tempo, deixando a pomada secar. O robô permaneceu em silêncio com seus olhos de vidro observando-o.

Uma hora se passou. Astaroth tinha fechado os olhos e dormido. Quando acordou, percebeu que a inclinação do sol fez as sombras das estantes se esticarem ainda mais. Distraiu-se, pensando naquela mesma ambição. E, quando se virou para o lado, mostrou-se curioso com certo assunto:

— Como conseguiu aqueles medicamentos?

— Você vai descobrir.

Astaroth se mexeu em seu canto. Sua situação pareceu melhorar com a ajuda dos recursos encontrados.

— Um Glaunt do tipo médio é bem raro — ele disse. — E é mais raro ainda um android ou robô despertado obter as atribuições de um Glaunt.

— Acho que o meu tempo de vida que foi passado todo por aqui, nesse prédio, contribuiu para essa habilidade. É o contato com a energia. — O robô humanoide levantou o braço e apontou para o lugar onde Astaroth estava. — Bem neste lugar, uma Glaunt morreu. Ela estava no lugar onde você está quando a cidade transformou-se em uma cama de moribundos. E sua energia permanece a mesma. Horring e seus edifícios permanecem no mesmo lugar onde ficavam. A poeira chegou com os Impactos, e formou uma montanha nessa região. Mas tudo é o mesmo. Os livros são os mesmos, eu sou o mesmo, fui encontrado sozinho entre os corpos, o único sobrevivente do choque. Não havia radiação até explodirem outras bombas.

— Sei dessa história. A Federação do Exílio atirou uma bomba de pulso elétrico e matou milhares de uma vez — completou Astaroth. — Os hiderianos nem mesmo chegavam nas fronteiras por ser uma cidade morta. Sentiam medo, como se estivessem espíritos por aqui.

— A Glaunt cuja energia está no seu lugar era de um dos países adeptos e se chamava Enjulie. Ela veio enquanto a cidade ainda era habitada, com os prédios prateados e pessoas risonhas, me lembro perfeitamente. Enjulie avisava em cada esquina para todos deixarem a cidade sabendo que a guerra afetaria esse território. Também havia outra mulher Glaunt que uma vez veio a este mesmo prédio para deixar seu legado registrado. Essa se chamava Halena, chegou quando a cidade já tinha se safado dos Impactos com as artimanhas do Império. Halena ficou insana e se matou. Sua energia se dissipou com o tempo.

— Por que ela fez isso? — perguntou o ex-guarda-costas mostrando interesse incomum da parte dele.

— Porque ela já havia terminado o que tinha que fazer. Seu objetivo era ajudar uma mulher imortal a unir o mundo em Artiov para perto de Vascaros e do Império — respondeu o velho robô.

— A mulher imortal... Eu sei quem é.

— Eu a conheci. Ela também era amiga de Enjulie. A última vez que as duas se viram foi antes da fatalidade de Horring — contou o humanoide. — Essa imortal, Isabel, deveria ser tão reconhecida quanto Vascaros. Não. Creio que ela merece ainda mais.

Astaroth riu com o nariz.

— Vascaros deve ter tido muito trabalho e responsabilidade com o que ele era. Com certeza, muito mais que aquela imortal.

O robô permaneceu em silêncio.

Astaroth se lembrou de algo que tinha a dizer. Abriu um sorriso hediondo e declarou:

— Vou ficar com esses livros.

— São destinados a você. Ninguém nunca os leu, nem mesmo os tocou. São sagrados, e agora são seus

Astaroth estranhou.

— Leia cada palavra com atenção. Halena, a mulher que os escreveu, demorou muito para registrar a predição da imortal. E ouvir dela a entristeceu. Eu a vi chorar de vez em quando por aqui. Cada página é uma lágrima de Halena.

Astaroth folheou a primeira página de um dos livros. Identificou pelas frases escritas à mão o tipo de registro que os livretos continham.

— Isto é como um diário.

— Agora, como você já fez o que lhe foi destinado, que foi pegar estes livretos, saia com boa vontade, e saiba que sua vida estará protegida até entregá-los à pessoa certa. Desça as escadas, vá ao primeiro andar e encontre o que deve encontrar — mandou o robô.

Astaroth deu importância ao que o robô alegava sobre o que havia após as escadas daquele prédio, então calçou as botas, levantou-se, despediu-se com uma afirmação séria de cabeça, pegou o que precisava e saiu da sala sem olhar para trás. *Minha vida estará protegida até entregá-los à pessoa certa.*

Lembrou-se que era o único naquela vasta cidade arruinada além do robô. Talvez o único vivo em toda a planície de Hideria, *talvez o único vivo em toda a planície do mundo.* Astaroth respirou fundo, a solidão nunca tinha lhe causado tanta agonia. Como o robô humanoide disse com tanta convicção, ele teria de descer as escadas para encontrar o que ele devia encontrar. Era um homem banido que se sentiu preso àquelas palavras, pois não tinha mais nada que pudesse fazer naquela cidade morta. Então foi, mesmo em meio às suas dores, andou pelo corredor seguindo a superstição daquela carcaça metálica.

Chegou a uma escadaria em espiral e começou a descê-la. Os remédios fizeram um efeito extremamente eficaz e o tempo gasto com o robô na biblioteca pareceu ter recarregado suas energias. Agora, sem ataduras na cabeça e apenas com algumas pequenas pontadas de dor, ele continuou seu trajeto.

Ele achava que Horring nunca foi visitada após a detonação da bomba de choque da Última Guerra. Todos os seus edifícios ficaram no mesmo lugar, com as feridas do tempo. Astaroth estava descendo os mesmos degraus que Kalasya descera no momento de desespero antes do choque. O ex-guarda-costas viu que havia passado do nível da terra e já estava praticamente no subterrâneo.

Alguns apartamentos estavam com as portas escancaradas revelando a terra que cedeu para dentro, outros, fechados com tábuas e caixas. Ele estranhou. Era como se tivesse pessoas por ali, o que seria impossível, já que havia tantos perigos nas ruínas da planície hideriana. O mundo inteiro era assim, tomado pelos animais selvagens, mutantes e plantas venenosas. Somente as plataformas tinham vida humana.Começou a ficar escuro, mas tinha velas acesas em cada degrau. *Velas. Velas de cera. O robô humanoide as colocou ali, com toda a certeza.* Com paciência, desceu observando tudo à sua volta. Seu objetivo era chegar ao que era o antigo térreo. A cada andar descido, conseguia enxergar o salão oval do primeiro andar. Vozes de fantasmas eram ouvidas. As vozes dos mortos da bomba de choque. Aqueles cujos corações pararam em um segundo, todos ao mesmo tempo. Astaroth ouvia murmúrios e estalos em seu crânio, como se levasse o choque que assassinou a cidade. A cada passo, os fantasmas se aproximavam, assombrando-o, mas ele continuava descendo.

CAPÍTULO 33
A VISITA

Alik e Damisse bateram à porta.

Hemera a abriu em meio minuto e os deixou entrar. Era o apartamento de Olister Wary que servia, naquele dia, como um ponto de encontros. Hemera tinha adquirido certa liberdade em sair de Saturni, pois não estava sendo vigiada por Vidar nem pela guarda, e Alik e Damisse podiam circular pelas metrópoles sem se preocupar com as autoridades, portanto, Olister deu permissão de se encontrarem em sua casa. Ele podia ser o Marechal da Polícia de Hideria, mas apoiava os Cromdha e seus ideais de revolução.

Hemera e Alik se abraçaram, depois, ela abraçou Damisse e os três se sentaram no sofá. O apartamento continuava o mesmo, Hemera só tinha as chaves e não pretendia usá-lo para outros fins. Aquele dia era uma data especial para que eles se atualizassem sobre os planos. Mas Alik e Damisse não tinham muito o que contar, além das mensagens de Shappamauck e das visitas periódicas de Cádmo, que agia como um tipo de informante. Porém, uma conversa que eles tiveram com Haxinus e Kalasya antes de deixarem o apartamento de Sakahan revelaram algo a mais.

— Haxinus nos disse que irá pressionar Cádmo e Shappamauck para que comecem o mais breve possível com os planos da Revolução — contou Alik. — Ele tem a ideia de começar um treinamento intensivo com o maior número de pessoas para que um dia todos invadam o palácio de Saturni juntos com os *ratos* da FD.

— E o que acha desse plano?

— Acho que é uma das melhores ideias que já ouvi. — Hemera arcou as sobrancelhas. — Imagine só... a Facção poderá começar a recrutar civis comuns e treiná-los para que lutem pela nossa causa!

Hemera sorriu.

— E você, Damisse? O que acha dessa ideia de Haxinus?

— Ele teve uma ótima ideia. Mas tenho muito receio com uma invasão a Saturni — Damisse confessou. Não falou mais nada sobre o que sentia.

— Ela não consegue se acostumar com as mudanças — Alik disse, como se Damisse não estivesse com eles.

Hemera reparou em algo que os dois irmãos tinham em seus braços.

— E essas ataduras, Alik?

— Nós tiramos o *chip* de identificação.

Hemera arcou as sobrancelhas. Depois, o jovem começou a explicar o procedimento que Detrit fez. Também falou da audácia de Haxinus que tinha começado com tudo aquilo.

— Trezire está se encontrando com Lahius — Damisse falou. — Ela irá conversar com ele sobre os *chips* de identificação e as constatações de Detrit.

— Entendo.

— Bem, ela pode ser androide, mas é despertada e está se comportando muito bem. — Alik sorriu. — Ela aparenta ser mais velha que nós, mas a tratamos como se fosse uma pessoa mais nova. Certo, Damisse?

A irmã assentiu. A conversa fluiu como rio, tomando algumas horas daquele dia. Hemera havia pegado um pouco de água para os três.

— Soube que Vidar deixou você nos salvar. Ele deixou você nos tirar da base, de propósito — Alik declarou.

Hemera sentiu uma sensação ruim partindo de seu peito. Sentiu-se incapaz e incompreendida, já que seus amigos não podiam saber da profunda verdade por trás dos atos de Vidar.

Vidar é bom. Ele está seguindo a predição da Oráculo para que coisas ruins não aconteçam com as pessoas pelas quais ele se preocupa. Hemera tentou dizer aquilo, mas sua boca abriu e fechou, sem palavras. No mesmo momento, percebeu que teria sido melhor ter ficado em silêncio, como ficou. Se contasse que Vidar sofria por causa das coisas que fez e que não tinha alternativa, Alik, Damisse e os outros poderiam perder a vontade de destruir o Império.

— Ele não é tão insano quanto pensávamos — Damisse disse. — Ele segue uma predição e você também a seguiu quando nos salvou da planície. Hemera, um dia você poderá fazer alguma coisa cruel com pessoas inocentes por andar no mesmo caminho que ele.

Nunca causarei um massacre como ele fez. Não sou tão forte quanto ele.

— Você mentiu para nós para que não suspeitássemos de você e de Vidar, como se o defendesse. — Damisse continuou. — Mas sei que você não está no lado dele. Ele é maligno e sente prazer com essa predição.

Vidar é bom. Eu estou no lado dele. Vidar é bom.

— Você ainda está obedecendo a *ele*? — indagou Alik olhando nos olhos de Hemera.

Ela acordou de seu devaneio e estudou Alik. Os gêmeos tinham olhos verdes capazes de sugar a pessoa em um segundo. Inclusive os olhos de Alik que podiam ser tão gelados quanto os de Vidar, ambos tinham os olhos parecidos, não a cor, mas os traços. Ambos poderiam fazer as pessoas se arrepiarem com facilidade.

— Não foi questão de obedecer. Senti uma vontade sobrenatural de tirar vocês da planície, então recorri aos artifícios que tinha ao meu alcance — Hemera explicou. — Vidar não fez nada para me impedir, portanto, sim, segui a predição como ele segue, mas não ouvi palavras do destino partindo da boca de ninguém. Ele sabia, então tirou todos os androides daquela base e, indiretamente, me permitiu passar até vocês.

Os gêmeos se calaram, digerindo as palavras do clone em suas mentes. Solem, visto das janelas do apartamento, parecia ser mais verde. As dezenas de praças que ficavam nos edifícios como gavetas se estendiam pela frente, pintando o cenário urbano de uma cor mais natural. O apartamento de Olister Wary tinha uma vista exuberante que poderia servir de refúgio aos olhos confusos de Hemera.

Hemera se levantou para apreciar a vista. O clima estava agradável, mas o sol da manhã batia forte nos prédios espelhados. Hemera virou seu braço, analisando seu pulso sob a luz. Não havia nenhuma mancha quadriculada demarcando o *chip*, tudo o que o clone tinha era o nome original de um conto mitológico e as memórias de Ninte acessadas em epifanias e sonhos.

Hemera também tinha a aliança de bronze guardada em uma gaveta que contava sua história de clone de Ninte. Ao ver Solem, a cidade azul que refletia o céu e as nuvens, percebeu que tinha que encontrar um rumo que ia além do mundo fechado ao qual pertencia. Ela tinha de encontrar uma identidade. *Eu disse uma vez a Alik, sairei de Saturni e terei uma vida comum, entre os civis,* mas o clone só podia imaginar o dia em que teria a chance de viver aquela vida. Para Hemera, seria um tanto improvável uma chance surgir tão cedo, visto que estava inclusa nos conflitos alheios, ajudando seus amigos, preocupando-se com o jovem Imperador do topo do mundo...

— Sei o que está pensando. — Alik aproximou-se e ficou ao seu lado.

Os dois estavam de pé, na frente dos arranha-céus. Tinham a mesma altura e, olhando daquele ângulo, era como se aquele apartamento estivesse acima de todas as outras torres.

— Você está pensando em seu sonho de morar na cidade.

Parece que ele lê a minha mente, pensou.

— Sim, sim. Parece que estou lendo a sua mente.

O semblante de Hemera entregava seus pensamentos. Alik continuou:

— Se quiser, pode dar as costas para nós, pode viver sua vida e realizar o seu sonho. — Os olhos de Alik cintilaram naquele tom de oliva. Sua pele também era de um tom escuro e mestiço. Era nessa característica física que Hemera encontrava Ayun. — Nós precisávamos de você, sim. Pensei em você. E é melhor parar de colocar os outros à sua frente. Comece a pensar em si própria.

— Não, Alik. Quero que vocês se sintam vingados pelas coisas que Vidar fez — Hemera murmurou olhando para ele no fundo dos olhos.

— Me recuso a usar você, Hemera. — Alik ergueu a mão como se nada mais que ela falasse pudesse mudar o seu pensamento. — Os meus irmãos concordam comigo. Estamos plenamente agradecidos pelo que fez quando estávamos banidos, mas agora, você deve começar a viver por si mesma e não pelos outros.

Hemera percebeu que aquilo poderia ser verdade. Ela estava começando a colocar o sonho alheio à frente do seu, que era viver como uma civil solene e comum. Quando Alik disse que não queria usá-la, e quando ele disse que os outros Cromdha concordavam com ele, ela se viu de um ângulo totalmente diferente, percebendo que estava sendo ingênua ao lutar por um sonho que não era dela.

— Você é um clone perfeito, a única em todo o mundo, e tem uma longa vida pela frente. Não precisa arriscar sua própria vida por uma causa que nada tem a ver com você.

Hemera piscou, meio que atônita. Alik era só um garoto de quinze anos, mas falava tantas verdades como um homem maduro. Ela se sentiu menor e mais nova que ele. Alik a olhava com atenção, esperando-a dizer alguma coisa, mas o clone retornou ao seu estado de espírito assustado e reprimido que tinha quando abriu os olhos pela primeira vez. Ela abraçou seus ombros e ficou pensando por alguns segundos.

— Hemera — Alik a chamou, tirando-a do devaneio.

Quando o clone percebeu, Damisse também estava em sua frente com aquele mesmo olhar gentil e cuidadoso.

— Não estamos nos *livrando* de você. Estamos pensando no seu bem — ela afirmou.

— Sim — Alik anuiu. — Sobretudo eu.

Ela o abraçou fazendo-o quase cair para trás.

— Obrigada, Alik. Obrigada — ela murmurou em seu ouvido. Sentiu uma sensação estranha.

Ele também a abraçava como se tivesse deixado sua gratidão em tê-los salvado da planície para aquele dia. Hemera desfez o abraço e se afastou. Olhou para a gêmea e disse:

— Obrigada, Damisse.

A garota deu um breve e cortês aceno com a cabeça. Damisse também se importava com a vida de Hemera. Elas também deram um abraço, só que foi menos duradouro. E assim o clone e os gêmeos Cromdha se despediram.

— Mande notícias depois — Alik pediu enquanto ia com Damisse para o corredor do prédio. — Nós nos veremos um dia.

Sim. Quando me mudar para Solem, quando for uma civil comum. Pensou com avidez enquanto a porta do elevador se fechava.

— Nos veremos quando meu sonho estiver realizado. — A porta do elevador se fechou e a última coisa que Hemera viu foi o sorriso torto de Alik.

Então ela ficou sozinha com seus pensamentos. Hemera estava a um passo de realizar seu sonho de ser uma civil comum, ela tinha todas as oportunidades do mundo. Tinha dinheiro, tinha vontade e tinha liberdade para deixar Saturni quando bem entendesse. Sorriu ao olhar a vista de Solem e seus olhos encheram-se de lágrimas de esperança. Nada poderia impedi-la.

CAPÍTULO 34
O INTERLOCUTOR

Trezire chegou no apartamento, contou ao grupo o que havia ocorrido em sua trajetória e entregou a Detrit o *chip* de Demetrus e o dispositivo de comunicação de Sinestesi.

Todos se dirigiram à oficina e esperaram Detrit conectar o dispositivo para conversarem com o interessado. Pressuporam que podia ser o próprio Shappamauck, alguém de um nível importante da FD além de Cádmo ou até mesmo um intermediário do Império, entretanto, nas telas apareceu a imagem desconexa de um indivíduo que eles não conheciam.

— *Kaili. Geun an dir Metatron.*

Todos se entreolharam assustados. Kalasya colocou as mãos na boca e se aproximou de Detrit, o único sentado na cadeira junta às telas. Os outros se afastaram, com semblantes de estranhamento.

Fazia séculos que Kalasya não escutava uma língua estrangeira.

— O que ele disse? — perguntaram Damisse e Alik, que tinham acabado de chegar do apartamento de Olister Wary em Solem. Ninguém respondeu, demonstraram-se hipnotizados com a figura de preto. Então, a imortal murmurou:

— Ele disse algo sobre Metatron — Haxinus e Detrit concordaram.

A projeção era cinzenta, com chuviscos e falhas, as imagens se distorciam e produziam chiados como se procurasse sintonia.

— *Voq' dru elgro taj...*

O indivíduo falava uma língua rudimentar, lembrava uma civilização simples, com o dialeto pouco desenvolvido e sem muitas conjugações. Ele moveu a cabeça para o lado como se tivesse dito algo a outra pessoa ao lado dele. Revelou um pouco sua fisionomia, mas continuou misterioso; parecia usar uma roupa e capacete escuros.

De repente, surgiu legendas que traduziam as palavras dele para o idioma do Império. O estranho repetiu algumas de suas palavras e as legendas disseram:

"Perdão. Acreditava que teriam algum dispositivo tradutor." — O indivíduo tocou no peito. — *"Sou de Metatron. Estou realizando essa transmissão por motivos pessoais."*

Detrit se remexeu em seu lugar e se aproximou do microfone.

— O que quer conosco?

"Ver com meus próprios olhos os Cromdha renegados. Aqueles procurados pelo Império e que precisam de ajuda para se fortificarem. Sempre me questionei sobre o que vocês pensam de Metatron."

— As colônias formam a única sociedade não Imperial. Por um tempo pensei que poderiam ser nosso refúgio, já que agora somos procurados pelo Império. — Detrit olhou para o restante do grupo procurando sinal de concordância e a ideia de mais uma pergunta. Mas estavam todos muito atentos às telas, em busca de algum sinal de humanidade no indivíduo.

Detrit se conformou em ter que dialogar com o metatroniense sozinho:

— Quem é você?

"Metatron não está em guerra contra o Império no momento para que tenhamos o talante de acolher rebeldes de imediato. O problema do Império não se aplica a nós e não deveríamos nos envolver. Vocês têm algumas dezenas de facções rebeldes. As duas únicas mundialmente conhecidas estão entrelaçadas com seus ideais revolucionários e as mesmas já estão ajudando a sua causa."

Assim, perceberam que o sujeito tinha ciência de muitas informações acerca deles. Basicamente que eram Cromdha e que estavam interligados com a irmandade Hakre e a facção criminosa de Shappamauck.

— Então, está querendo dizer que a comunidade científica de Metatron nega qualquer cooperação conosco?

"Hae" — o sujeito disse, mas não surgiu nenhuma legenda. Agora o som estava mais claro e eles conseguiram ver que a voz daquele estranho era feminina.

— Sim? — Detrit gaguejou. — Há dezenas de anos o povo do Império não possui contato com o povo de Metatron. Eu... eu não sei mais o que dizer — confessou com sinceridade. — Existem tantas dúvidas...

— A primeira dúvida. — Kalasya aproximou-se do microfone. — Por que falam outra língua?

"Chama-se parsynte. A língua mais comum. Tem como base diversos dialetos locais que foram unidos devido a globalização."

— Do que está falando? — Detrit perguntou. — Como podem ter criado dialetos locais? E como pode ter ocorrido uma "globalização" sendo que Metatron é somente uma colônia de exploração científica?

O metatroniense não respondeu. Kalasya inclinou-se para mais perto outra vez:

— Há famílias ricas também que partiram com os cientistas na Nave de Irmano, mas...

"Não tenho autorização para esclarecer essas dúvidas. O destino não permite — por enquanto. Mas posso lhes dizer uma coisa: não pensem mais que Metatron é uma mera colônia. Seria ignorância pensar que o Império é superior mesmo sem conhecer a minha sociedade atual. Metatron é muito maior do que o Império e o pedaço de terra em que ele faz parte."

— É um pouco difícil não ser ignorante nesse quesito. Quatrocentos anos para Metatron, quase três mil para o Império sendo mil e cem nas plataformas — comentou Haxinus, com um sorriso matreiro.

O metatroniense o ouviu, mas não reagiu.

Kalasya virou-se em direção ao grupo, os olhos dela e de Haxinus se encontraram, fervilhando por respostas.

— É tão pequeno e medíocre esse Império em comparação a uma colônia que não faria diferença alguma, não é? — indagou ele aproximando-se da tela.

Os outros do grupo pareceram concordar com a pergunta como se tivessem tido a mesma reação saturada de sarcasmo.

"Exatamente". — O sujeito da tela pausou por alguns segundos, seu corpo se moveu uma vez como se ele tivesse respirado profundamente.

— Metatron pode ter entrado em uma fase de subsistência em decorrência do grande número de recursos naturais dos continentes explorados, mas ainda pode depender do Império — Detrit comentou. — O povo que forma as colônias é inteligente, podem construir usinas e estações com partes da Nave de Irmano, mas há milhares de coisas que quatrocentos anos não bastaria para desenvolver.

Uma risada repentina ressoou das caixas de som. A figura escura na tela meneou a cabeça, ria em um escárnio calmo e contido.

"Mal posso esperar para ver a reação de vocês ao verem o atual Metatron. Suas cidades, suas ruínas, sua herança cultural..."

— Quantos incensos de fumaça-verde você acendeu? — Detrit indagou em tom de deboche. Os outros estavam tão confusos que começaram a pensar na chance daquela pessoa estar delirando.

— Por favor, explique-se melhor. — Alik pediu.

— Desembucha — Haxinus mandou.

"Perdoem-me. Tive um momento de recaída. A tentação de abrir os olhos de um grupo de ignorantes foi muito alta..."

Silêncio. O grupo inteiro considerou a possibilidade de aquilo ser mesmo verdade.

"Saibam que não haverá nenhuma ajuda partindo de meu povo por agora. Mesmo que seja penoso permanecer invariável, já que o sangue de vocês ferve por revolução e morte ao Imperador, vocês devem cooperar, na realidade, com o nosso estado de omissão."

— De qualquer maneira, acho que estamos todos gratos por nos informar da displicência — Eze disse rude e pausadamente. Esteve imóvel durante toda a conversa, recebendo as informações com o cenho franzido.

"Saibam, também, que no momento que fizermos contato com o topo do mundo, o que não está longe, vocês e toda a população Imperial não será prejudicada."

Todos ficaram sem o que dizer, embora terem tanto o que comentar e perguntar.

— Vocês estão próximos daqui, sei disso — afirmou Detrit, quebrando o silêncio deixado por ambos os lados do diálogo. — O que farão quando chegarem? Diplomacia?

"Vocês saberão. E prepare-se, Kalasya. Temos aqui uma pessoa imortal como você, é o seu anjo da guarda."

O metatroniense desconectou-se e as telas ficaram brancas.

CAPÍTULO 35
A ESPADA SÚBITA

Naquele mesmo dia em que conversou com os gêmeos no apartamento de Olister, Hemera retornou a Saturni e aos seus aposentos. Sabia que algo estava se aproximando para tirá-la de lá finalmente. Uma motivação, uma ideia. Ainda se sentia presa no seu receio. Com o tempo, passou a se acostumar com o fato de que não haveria outra coisa melhor do que a punição de um inocente como Astaroth. Desde que Astaroth foi banido, Hemera sentiu-se culpada, mas aceitou o ocorrido e o fato de que não podia fazer nada a respeito por ele. Ele estava respondendo por outros crimes — ela costumava justificar para si mesma durante as noites em que mal conseguia dormir.

Porém, seus pensamentos se dividiram. Era o Império que dava ordens incontestáveis a ele, Forceni e aquela parte de Vidar que seguia a predição eram os verdadeiros monstros.

Hemera de vez em quando via os androides de vigília em Saturni, mesmo que o palácio estivesse quase vazio em comparação ao número de pessoas que o habitava antes da tomada. Às vezes, alguns políticos de manto branco visitavam Saturni e faziam reuniões com o Imperador na escala de câmaras; em outras vezes, o Imperador ia às repartições políticas no centro urbano de Solem.

Hemera conhecera os Presidentes das repartições políticas. A Grande Tribuna e o Supremo Conselho, além dos Presidentes, possuíam um sistema muito ligado ao gabinete de Saturni e ao gabinete do decisor de Hideria. Existiam dez decisores, um em cada Nação, porém, em Hideria, o sistema era diferente dos demais, o decisor hideriano tinha poder independente e, como sempre aconteceu, o cargo ia para aquele com mais conhecimento de política e uma sabedoria que nem mesmo os herdeiros jamais teriam.

Hemera o conhecia de vista, pois o homem carregava o título de mais intelectual do Império. Era magro e calvo, e o tradicional manto o fazia se tornar mais esguio. Além de administrar, o decisor era o mais sábio entre os conselheiros. Da janela, o clone também viu os senadores do Supremo Conselho e uma movimentação peculiar partindo da escala adiante da sua. Era como se o Imperador e as demais autoridades estivessem fazendo planos para a Nação.

Podia-se dizer que Hideria estava em crise. Naquele século, a Primeira Nação sofria com o aumento da violência dos *neopanks,* que afetou a classe pobre das ruas baixas, onde a maior parcela trabalhava braçalmente nas indústrias. Os *neopanks* sempre presenciaram o tráfico e o contrabando. Eram, basicamente, usinas desativadas pelo Império cujas empresas foram transferidas para outras regiões. As origens dos núcleos mais depravados das ruas baixas contavam com mendigos e viciados que começaram a se multiplicar a cada geração. Na época em que Vidar I chegou ao poder, foram constatadas brigas de ramificações da FD nos *neopanks* e novas ordens antigas não Imperiais que se fundiam com a Hakre.

Mesmo com esses conflitos internos em Hideria, passou a ocupar nas repartições políticas um assunto de grande proporção entre outra Nação. Kroser Gaissak estava sendo indicado pelo Imperador para governar Balsam, mesmo não tendo sangue balsamense. Todos os chanceleres podiam intervir e votar a favor ou contra a coroação de Kroser, e ele não tinha direitos nesse processo. Mas Vidar era quem mais o defendia para substituir o regente Bazel Bakoshne.

Nesse dia, após várias sessões e discussões a respeito desse assunto, Kroser passou o tempo em Saturni refletindo sobre tudo que ainda estava por vir. Estava em um banco em frente ao que era o cemitério de estátuas. Os cabelos negros soltos se moviam com a brisa leve, estava com a blusa desabotoada, exibindo uma camiseta branca por baixo. Via a campina verde brilhando sob o céu límpido. À sua frente estavam alguns montes de mármore que se formaram depois das tropas terem destruído o patrimônio, e as árvores que ladeavam a trilha começaram a perder suas folhas, dando início ao outono.

— O que quer comigo? — questionou Hemera, surgindo da trilha. Estava com uma manta de duas camadas cor salmão e com gravuras douradas. Seus braços estavam escondidos adstritos ao corpo e uma mão segurava o pingente de libélula. A barra da manta lhe caía como um capuz, se diferenciando dos trajes tradicionais de Hideria.

Kroser não olhou para trás. Seus cotovelos estavam apoiados nos joelhos e os olhos negros em seu rosto níveo estavam concentrados no vazio.

— Quer conversar?

— Sente-se — ele pediu.

Hemera obedeceu um pouco hesitante.

Os dois ficaram olhando para o campo onde o vento batia com mais intensidade.

— E essa roupa?

— Eu tive que estar bem apresentável para os outros chanceleres e o decisor de Balsam.

— Eu tenho algo a ver com a sua indicação ao governo de lá? — perguntou o clone, com uma expressão neutra no rosto.

— Nix tem. Mesmo não sendo muito amigáveis uma com a outra, ela e a sobrinha, Natasha, conversaram e conseguiu convencê-la a votar a meu favor. — Kroser abriu um sorriso brando. Seu queixo e nariz adunco sobressaíram da moldura que seus cabelos faziam nas laterais do rosto.

Hemera percebeu que ele não tinha mais ninguém para conversar. E, assim como ela, construía paredes em torno de si mesmo para evitar aqueles ao redor. O rapaz, que era somente um ano mais velho que Vidar, tendo vinte e quatro anos, também tinha um papel na predição. No motim de Saturni, Kroser teve de exercer o papel de assassino. Mesmo ciente disso, Hemera e ele tiveram uma noite casual.

— *Ele* não sabia que iria levar a culpa sozinho, não é? — perguntou Hemera mudando de assunto.

Kroser sabia de quem ela estava falando.

— Vidar teve que mentir para ele — respondeu. — O que me leva a suspeitar de que ele poderia ter mentido para mim também. — Pausou.

Os dois contemplaram o céu azul.

Kroser suspirou manifestando um sentimento indecifrável.

— Sei que serei aprovado na conferência, Vidar me contou que o gabinete de Loxos será meu em breve. Mas desconfio de que ele esconde segredos de mim também. Será que no futuro serei assassinado? Será que serei digno para Balsam?

As perguntas de Kroser foram em vão, pois Hemera demonstrou não se importar com elas. Agora, ela se esforçava apenas para não se preocupar com os outros e não lutar pelo sonho alheio. Sua mente estava ocupada apenas com a nova vida que pretendia levar em Solem, como civil, embora lhe faltasse um pouco de coragem.

Ela estava começando a decidir sair de Saturni ainda naquele dia, antes do anoitecer. Era só fazer as malas e partir para onde seu coração poderia levar.

— Você me chamou para saber o que acho de você sendo chanceler?

— Não. — Kroser pausou. — Vidar me disse que a predição se desviou, vamos dizer assim, somente pelo fato de que Astaroth não ter mais aquele olho. Se ele morrer depois de ter perdido tanto sangue, aí, sim, teríamos que ficar realmente preocupados e o ciclo se transformaria em cinzas.

— Bom, não acho que ele iria morrer tão facilmente — alegou, tentando mais convencer a si mesma do que ele.

De certa forma, Hemera tinha ficado desesperada com a notícia, entretanto, com o passar dos dias, ficou ponderando em sua mente que a situação iria se resolver sozinha caso o ex-guarda-costas morresse no esquecimento no qual fora deixado.

— Há outra coisa que ele mandou e que não fazia parte da predição da imortal. — Kroser mordiscou os lábios. — E que eu, que agora estou no lugar de Astaroth, não posso negar *de forma alguma*.

Hemera se levantou.

— Não. Por que Vidar está fazendo isso? Se algo fora da linha for feito novamente, não haverá mais predição e o Império e Natasha sofreriam as consequências.

Kroser também se levantou. Sua altura era ligeiramente superior à de Hemera. Ele lançou-lhe um olhar coberto de enigmas que a fez se calar e se retrair.

Houve um silêncio assustador. Hemera não percebeu, mas seus olhos se encheram de lágrimas.

— Sei que sou um empecilho, mas eu sairei de Saturni hoje... Eu juro! — ela murmurou, entre lágrimas que não paravam de brotar. Pela segunda vez, o clone chorava à sua frente.

Kroser se aproximou. Seu cenho carregado trazia um sentimento profundo que o clone tinha dificuldades em decifrar, mas parecia ser pena, muita pena.

— Nix. — Kroser olhou por cima do ombro de Hemera. — Faça agora.

Hemera sentiu um rasgão profundo no pescoço, na jugular, no corpo inteiro. Desabou de joelhos gemendo e tentando impedir o sangramento com as mãos.

A espada de diamante resvalou das mãos de Nix e Kroser a pegou. Hemera, agonizando, viu Vidar de pé olhando-a sem emoção nenhuma.

Nix, que também ficou no chão, segurou os braços e colocou seu peso contra o corpo de Hemera, que se agitava freneticamente com a dor.

Kroser olhou para Vidar, assombrado. O jovem Imperador continuou inexpressivo, com os olhos mirados na cena à sua frente. Nix chorava, dizendo palavras incompreensíveis segurando os pulsos de Hemera contra o chão. Hemera sentia o calor do seu sangue escorrendo pelo corpo, espirrando, sujando ao redor, espalhando-se com cheiro de ferro. E o rasgão de sua garganta ardia como chamas, afogando-a a cada segundo. Ela engolia seu sangue, e tentava se soltar, mas não conseguia. Nix a segurava aos prantos e murmúrios chamando Vidar e implorando por misericórdia.

— Por que você quis fazer isso? Por que ela? Eu iria no lugar dela.

Vidar não se dignou a responder. Nix se virou para Hemera, que se engasgava:

— Eu sinto muito! Eu sinto muito!

Hemera começou a sentir sua vida lhe deixar. Um, dois, três, dez segundos. Seu corpo ficou banhado em sangue que fluía da calçada para a grama. Seus olhos iam ficando mais pesados, seus braços pararam de se mover, os ganidos de sufoco iam se dissipando. O pingente de libélula tingiu-se de vermelho.

A última pessoa que ela viu foi Nix e suas lágrimas pingando em seu rosto.

Kroser caiu de joelhos com os olhos ardendo e fitando Hemera banhada em sangue. Agora ele se sentia assim como ela na noite chuvosa, não conseguia se conter. De seus olhos não paravam de brotar lágrimas. Nix gritava, aos prantos. Vidar expirou o ar como se tivesse guardado sua respiração desde que Hemera caíra. Sua sobrancelha frisou uma vez como se estranhasse alguma coisa. Sentia-se entorpecido, em um sonho sem cores. Entretanto, ele se sentiu bem, como se tivesse se livrado de um peso nos ombros. Estava hipnotizado.

Deu algumas ordens aos guardas e saiu como se nada tivesse acontecido.

NOTA DO AUTOR

Digo-lhes aqui que se você é um leitor que está bem imerso nesse universo, você está livre para pensar no que quiser e também ter todas as reações possíveis com o que vem pela frente. Tristeza, felicidade, agonia... há tanto o que sentir! Mas pode ter certeza que o que você mais terá no próximo volume é surpresa. Mais personagens estarão prontos para serem mostrados, – destaco aqui o anjo negro de Kalasya –, mais acontecimentos, mais reviravoltas, mais de tudo.

Como muitos podem perceber, a morte é presente em várias partes da Maldição da Luz. De uma forma, ele tem um clima mórbido tal qual um livro de fantasia medieval, por exemplo. Peço desculpas por isso, mas foi necessário para mostrar que a humanidade desse universo está num nível retrógrado e para causar o baque no leitor, o meu maior objetivo é impressionar com essa atmosfera pesada.

Confesso que o fim da Maldição da Luz não era propriamente o fim quando esse universo foi criado, por isso foi tão abrupto, então o que vem a seguir está conectado. A Lenda dos Imortais não é somente o segundo livro desta saga, mas onde o verdadeiro clímax começa. Você encontrará respostas para suas dúvidas e os pedaços que faltam dos mistérios. A Lenda dos Imortais é, na minha opinião, o auge que A Maldição da Luz preparou. Não espero que gostem, espero que amem.

Informações sobre nossas publicações
e últimos lançamentos

PandorgA

editorapandorga.com.br
/editorapandorga
@pandorgaeditora
@editorapandorga